2pm写 6th, June, 1993

爱的二哥:

已经4点（11Am）. 我在等你的信. 几次走近电话亭, 又怕惊扰你, 同时也闹不清怎样开口. 我如果来到你身旁, 会也不知道怎样开口喔!

早上写了一篇关于教会真国生生的孩子学中文的随笔. 下午还要也交《随笔》黄伟经吧. (1500字)

只要一出太阳, 家里就晒衣裳. 毛毡子. 我帮你寄去的四季衣服写装三口皮箱喔. 放不下, 就放在女儿那边. 我总不能上你取衣裳. 如果你住到我家来, 物件你带来还要多喔! 常去. 常字典. 我就免了. 两女人在家总是要比男人多些. 老冬天, 我得穿三件…… 的羽绒衣裳. 我一次也比别是你……费用归宁事的. 大红的家乡羽绒……孩子的金娃剃眼吗……做衣了好几年了. 挺随便的. 我寄你了白色的黑色的桌子床……掛个棉里子. 就不用做新的了吧. 我不跟你商量了吧. 你自……

……就等你.

今天阿姨说的炒肉末. 沐纷炒的好吃. 中午吃拌面, 有绿芽……小碟口. 蛋放绿. 色彩很好, 当初我用最多个花椒油吧. 生去一看. 你两好行来喔? 乌拉!!!

我想, 你一定是忙才把邮票贴忘了. 哈哈哈, 我记得你怎么出来, 我怎么去. 我不该把你留住了……已好了. 只是正经书信像……我也记得把色铅笔, 先寄了. 星期日……加一条吧. 吻你. 小妹妹

纯 冯亦代 黄宗英 著 爱

海天出版社
·深圳·

图书在版编目（CIP）数据

纯爱：冯亦代黄宗英情书 / 冯亦代, 黄宗英著. –
深圳：海天出版社, 2020.5
ISBN 978-7-5507-2842-4

Ⅰ. ①纯… Ⅱ. ①冯… ②黄… Ⅲ. ①书信集 – 中国
– 当代 Ⅳ. ①I267.5

中国版本图书馆CIP数据核字（2020）第013565号

深圳出版集团
SHENZHEN PUBLISHING GROUP

纯爱：冯亦代黄宗英情书
CHUN AI FENG YIDAI HUANG ZONGYING QINGSHU

出 品 人　聂雄前
责任编辑　孙 艳
责任技编　梁立新
装帧设计　自留地　交流邮箱：919679085@qq.com

出版发行　海天出版社
地　　址　深圳市彩田南路海天综合大厦（518033）
网　　址　www.htph.com.cn
订购电话　0755-83460239（邮购、团购）
设计制作　深圳市斯迈德设计企划有限公司（0755-83144228）
印　　刷　深圳市华信图文印刷有限公司
开　　本　787mm×1092mm　1/16
印　　张　29
字　　数　360 千
版　　次　2020 年 5 月第 1 版
印　　次　2020 年 5 月第 1 次
定　　价　58.00 元

冯亦代、黄宗英结婚照

在山上还是一员健将

我眼中的黄宗英

——与友人漫谈

李 辉

○ 想先请你谈谈她的写作。

● 认识黄宗英老师之前就读过她的作品，当时主要读她的报告文学，后来我又买了她早期的一些诗歌、散文。她是一个演员，他们家里人的性格很像，包括她和黄宗江的文风都很接近。黄宗江的文字也是跳跃性很强，也是不着边际，好像是一把豆子撒得到处都是，但是还能收回来，黄宗英也是这个特点。演艺人家出身的她，有一种舞台感，她演电影、演话剧，有这种舞台上的蒙太奇的跳跃性，剪辑和文字就打通了，这是她的一大特点。另外，她是一个才女型的作家，别看她很早就从事演员工作，没有受过正式的科班教育，但是她从小阅读的东西很多，很爱学习。晚年以后，到了北京，她还天天去上函授大学，还学英语。她一生都在学习。她读了很多的作品，一个人的修养是由人生经验和文学的体验构成的。所以和同时代的女作家相比，黄宗英是非常有个性的。这种个性和政治也有关系，她是很敏感的，政治主题抓得也很紧，但是在写作过程中，就和别人不同。比如说她选的人物是不一样的，20世纪70年代末，写科学家成为一个热潮，徐迟写了《哥德巴赫猜想》，后来写了植物学家等这样一些人物；黄宗英也写科学家，但是她选的是与生态环境有关的团队，比如说《小木屋》，不只是写徐凤翔一个人，实际上是写一个团队。在她晚年长达 20 年的时间里，《小木屋》一直是她创作的一个支撑点。在跟冯亦代结婚之后，她还最后一次进西藏，大家都劝她不要去，但是她还是坚决要去。第一她想拍纪录片，第二还想继续写《小木屋》。她把文学真是当成她的生命，所以投入地去想各种各样的题目。

○ 您说得很对，因为她跟冯亦代结婚是 1993 年 10 月份，她1994 年的 5 月又去西藏了。太不可思议了，70 岁的年龄。徐迟也拖着不让她去。

● 我们都劝她了，因为她本身身体也不是太好，所以那次去西藏回来之后，她的身体就彻底垮了。黄宗英的性格是与众不同的，她想到的事情，是一定要去做的，就像她的黄昏恋一样，她想到了冯亦代，两人就较上劲，就要追到手，两人就能够沟通，最后真的走到一起。走到一起是完成她晚年爱情的过程。婚姻对他们来讲，在一起生活并不是首要的，就像前面我们聊过的一样，是晚年这种感情的寄托和宣泄，所以他们写情书的过程，实际上是文学写作的过程。而且因为隐私性很强，并不想让别人知道，所以能讲出很多很精妙的句子，甚至老人的那种谈恋爱时候的萌动，甚至有点性感的对白都在这些情书里面体现了。这不是一般人能做得到的。包括她后来的性格，包括为什么后面吃药让她安静下来呢？她处于亢奋状态，所以她的创作，从 20 世纪 50 年代到现在，实际上整体来看，都是在一种亢奋状态下进行的创作。亢奋状态下的写作，能够天马行空，所以她的语言有一种不合规范的跳跃，而她的思路也是天马行空的一种变化。我就觉得这样一个人，在 20 世纪 50 年代能够从演员很快转到文学创作，本身就是文坛的一大幸运，也是一个非常特殊的现象。能写作的演员，中国有几个？包括后来的新凤霞。新凤霞不一样，她本身是一个文盲，到了 20世纪 50 年代开始学认字、写字，写回忆的文章，她的文字跟黄宗英的文字相比是完全不一样的。有一个歌唱家也想写作品，让我推荐作品，我就推荐了《黄宗英自述》和《新凤霞自述》，看完之后，她说还是更喜欢黄宗英。这就说明黄宗英是一个才女。这是一个很简单的说法，实际上她是很有才气，同时又很聪明的一个作家，她是把舞台的各种感觉、银幕的感觉和文字的感觉糅在一起，尤其是短文章，她的千字左右的文章是非常好的。哪怕到了 80 年代之后，她在《新民晚报》发表的那些小文章，写完之后寄给我，我整理完之后就发给《新民晚报》副刊，像这些小文章都非常精彩，一小段一小段的故事，很有味道。所以，我想我们不谈她写的人物与时代的关系，光谈她谋篇布局、起承转合和她的那种开篇和结局的跳跃性的风格，就这点从散文的写作上来说，也是值得我们欣赏和认真研究的。

〇 特别是当下，我觉得黄宗英写的怎么跟今天小朋友写的那么像，跳跃性很强，动词、名词活用，这种短的句子，这种声音嗖嗖嗖早就有了。

● 对，有一个跟她可以相比的人是郁风，也是一个女作家，也是画家。她的文章也漂亮，她的文章和黄宗英文章相比更多了那种书卷气和文学性，但是那种跳跃性和那种神来之笔两人很像。两个人有一个特点，都喜欢写信，信都写得又长又好，这也是女作家很大的一个特点。黄宗英与冯亦代谈恋爱的时候来往的书信，我认为就成为当代文人之间恋爱情书的经典之作，《沈从文家书》那种水准的。当然，《沈从文家书》的文学性更强更经典，但是感情的宣泄，两人之间的东西，黄宗英表现得更强烈。编选他们的情书时，《纯爱》也是琢磨了好久的一个书名。因为他们不是为了经济利益的爱情，也不是为了攀附名声的爱情。你想，黄宗英、赵丹多大的名声，冯亦代跟赵丹在文化界的影响力是不一样的。一个是著名影星；一个是翻译家、散文家，主要做外国文化的推广。所以黄宗英选择他，不是为了要找一个名声更大的。"文革"之后，她经历赵丹去世之痛，她有一段时间是一个人的，那么这段时间，一个人就会等到一个新的人物。冯亦代是杭州人，在上海碰到之后，他重新让黄宗英感到很不一样的一个人出现在面前。黄宗英对很多陌生的领域都有一种极其强烈的渴望，想介入进去。像翻译、像外国文学，这都是黄宗英过去很欠缺的。她觉得跟冯亦代聊天，给冯亦代写信，是一种快乐。到北京两个人结婚之后，快80岁的人，她还去夜校学英语，每天在练英语。我去的时候，经常看到她在学英语，不懂的就过去问一下冯亦代。两个人晚年的恋爱，我认为是她生活的一种升华，让自己更丰富。同时，她自己喜欢的东西，也是会坚决去做的，比如说她不顾一切地、不顾我们几个人的劝阻，一定要去西藏，你想70多岁的人还去西藏。去西藏之前，她的身体已经不好了，但是她就要去。黄宗英不光是学英语，她还上别的课，我去的时候看到她还做了一个课程表，上午做什么，下午做什么，都写得清清楚楚。她是一个求知欲望很强烈、学习欲望很强烈的女人。而对她这个女人来说，与有知识、有文化修养、有世界文学视野的冯亦代走到一起，也是顺理成章。冯亦代的文章主要是介绍西方文学的，文章写得都很平淡，大多是一种介绍性的文章。冯亦代年轻的时候也是一个帅哥，风度翩翩。在1949年参加第一次文代会的时候，有的人在他的笔记本上题词，称他为宝玉，他其实是个很招女孩子喜欢的文人。那么，晚年的他和黄宗英走在一起也是顺理成章的事情，因为他有吸引黄宗英的地方。而黄宗英那种不顾一切的、充满着热烈词语的情书，对冯亦代来讲，也是他晚年的一个兴奋点。

1992年，我们在什刹海为冯亦代过生日，我、我爱人，还有凤子。凤子是沙博理先生的夫人，也是复旦大学30年代的学生，学生剧团很有名的演员，曹禺《雷雨》《日出》等最初几个话剧的所有女主角，都是她第一个扮演的；后来在重庆也是文艺界主要的人士之一。当时，冯亦代住在三不老胡同，凤子住在什刹海的后海那儿，两家很近。从三不老胡同走出来，有一个杭州菜馆，叫知味观。我们四个人去吃饭，吃饭的过程中，冯亦代第一次跟我们说他跟黄宗英的事情。那时候比较早知道的是北京几个人，我们和凤子、黄宗江，后来与姜德明先生也说了这个事儿。后来，他们的婚礼在西长安街三味书屋举行，当时去了不少人。几个书画家送给他俩一批字画，黄永玉、丁聪等都给他们送了字画，现场也很热闹。他们在北京的这个婚礼是当时文化界一大盛事，一件有意思的大事。

在这之后，他们在一起的生活也是很有意思的。冯亦代的房间很小，开始时他们在同一个房间里面，有两张桌子，一人用一个。后来，因为黄宗英从西藏回来之后身体不是很好，就在隔壁房间也弄了一张桌子，就各人忙自己的一摊子事，忙完之后，会找时间坐在一起聊聊天。说得开心的时候，冯亦代也哈哈一笑，他们都很快乐。我觉得他俩走在一起，最后的几年，互相之间是非常恩爱的。

我举一个例子，冯亦代突然脑出血，住在中日友好医院，我基本上每天会去一下。开始，冯亦代脑中风之后不能说话，也不能写字，那时候我们就拼命想让他说话，让他能手动。黄宗英买了一个黑板，我去买的笔，黄宗英就让冯亦代每天在黑板上写字，后来又拿毛笔让他写，教他说话，一教就是一个多小时，一个字一个字教，就像教演员说台词一样，就这样过了几个月，冯亦代开始恢复说话了。在此之前，实际上他们之间有点矛盾，黄宗英一气之下想走的，最终当然没有走。然后，冯亦代记忆也开始恢复了。我记得有一次医生去检查，问他是哪一年出生的，他说成了1957年。那是他被打成"右派"的那年。他记忆也不好，说话也不能连贯，只能说几个字，后来黄宗英坚持不懈地训练他，每天让他练，最后能顺利地说出很多话来。再过两年，冯亦代讲话已经不太行了，那个时候人都恢复了过去的样子，只会讲上海话，不会讲普通话了。这就像杨宪益喝醉酒之后，只说英语，不说中文一样的道理。

所以说，他们的晚年虽然有时吵吵闹闹，也闹过别扭，好几次闹别扭是我在中间斡旋。有时候黄宗英一气之下走了，冯亦代写封信过来，我再去帮忙斡旋在一块。因为我和他们在一起时间多了，觉得他们很好，每个人身上都有各自的缺点，但都是很有意思的人，都不是太大的事。他们两人的情书，还有人家送的东西，双方的孩子都不合适给，捐给什么地方也不是一个很好的归宿。黄宗英说："就放到你这儿，都给你。"我也不会说留到我这儿，先暂时有一个保存的地方。几个月前，我又去上海看她，我说你还有信在我那儿，怎么办？她说："那怎么办，还放你那儿吧。"她还专门写了一个委托书交给我。我这个人做事情，一定要有个明确的说法，避免日后的麻烦。她所有的资料，我就收集起来分类，分得清清楚楚。来往的书信，别人写给她的信，尤其她和冯亦代之间往来的书信，包括他们两个各自给我的信，我都归在一起。我还买到她的一些旧书，因为每本书对于黄宗英来讲，都是一生写作的纪念。有些书她自己都忘了。比如说买的最早的是《和平列车在向前行》，是她从演员转为作家的第一本书，写的多是散文；还有她的第一本电影剧本。到现在90岁了她还在写。上次我去的时候，她刚好写一篇小文章，谈她生活上的一些细节。我带回来，发表在《人民日报》大地副刊上。

○上海报纸副刊上有个她的专栏"天下都乐"，写的都是小文章。

● 对，不光"天下都乐"，最早是叫"杂拌集"，就是小文章，从她童年的故事开始写起的小文章。后来返回上海以后，她还继续在写，贺小刚就给她在《新民晚报》上发表。她是闲不住的，她身体不弱的时候，你随时到医院去看她，她都在看书。这十年在医院堆了一堆的书。我每次去她都会问你有什么新书，有什么东西。她的求知欲很强烈，这和一般的作家不一样。

2008 年的时候，我去看她，她坚持背唐诗宋词，还背李清照的词。与在北京的黄苗子通电话，她当场背诗，"凄凄惨惨戚戚……"。她就是这样一个追求生活质量和文化质量的人，这样的演员真是不多，所以她能够成为一个作家。同时，她也演戏、演电影电视剧，她还做纪录片，《望长城》这可是"文革"之后中国当代纪录片的一个重要代表作。60 多岁了，能够把长城走一遍不容易。她是个闲不住的人，是个有创意的人，只要生命还在运动，她还会阅读，她还会想一些东西。要死就死在阅读和写作上。她不会闲着无聊的，她就是这样一个人，让人很敬佩。虽然我在北京不会常去上海看她，但会想到她，逢年过节会打个电话过去，与她讲几句话问候她。她很坚强，确实很坚强。坚强靠什么？她就靠阅读、写作和回忆来摆脱现在的孤独。

○她非常坚强。晚年写的散文，我们原来认为她是在躲避某种东西，其实她是找到一种大爱。这个社会不需要太多的伤痕文学，不需要太多负面的反思，我觉得我们现在缺少的就是小小的快乐。人生的一些乐趣，我的聪明在哪里体现，这种东西太少了。我觉得黄宗英在20世纪90年代以后就自觉地在这样写，写得也让人动容。她觉得人生有意义，我为什么要这样写？

● 是的，"文革"的经历，赵丹的经历，包括我编《赵丹自述》时，我也跟她做了一些访谈，都是含着血泪的叙述。虽然她过去在那个时代，是跟潮流跟得很紧的一个人，可能有不少人认为她很"左"。经过"文革"动荡之后，她对历史是有很真切的感受。所以她对巴金的《随想录》非常推崇，不仅仅是因为巴金写过好几篇有关赵丹的文章。她与巴金的关系很好，"文革"期间干校又在一起，所以她对巴金的历史反思感触很深。她写过类似文章，包括她写《星》，叙述上官云珠的悲惨故事，写得凄凄惨惨的，令人过目难忘。我觉得，进入90年代，有了这么一个晚年的婚姻之后，她对人生有了新的认识。历史永远都会有错误，而历史的错误会给很多的人带来很深的伤害，尤其是在赵丹的问题上，对她的伤害是很深的。怎么面对它？我想就像黄永玉写长篇小说《无愁河的浪荡汉子》，他在扉页上写了三个词：爱、怜悯、感恩。哪怕是伤害过他们的人，也不是靠直截了当地揭露或者咒骂来解决的，更高的怜悯或者更高的一种责任，可能叫作包容，或者叫宽容，或者叫怜悯的一种心境。我想她也具有了怜悯之心。她一生太苦了，从十几岁许配婚姻开始，遇到了多少灾难。这样一个人，没有一颗坚强的心，没有豁达的心态和包容的心，那很难活得踏实。你读她的回忆录，很少有抱怨，更多的是一些细节的渲染，展现那个时代生活的风貌、人与人感情交往的方式。她把譬如当年夫妻之间的矛盾，或者人跟人之间的敌意，都隐到后面了，这是另外一种写作方式。当然我们不能说伤痕文学，或者揭露性的文学就不好，每个人要根据每个人的性情、根据每个人的需要，判断一个作品的高低。对于黄宗英这样的人，她经历了太多的痛苦，看到了太多的风云，多大的人物都见过，多小的人物她也亲近过。所以，人们在她面前都是普通的，无所谓上和下，而是好和坏、对和错的一种关系。什么叫洞察人生，或者领悟人生？这就叫洞察人生，所以她这种心态下写出的东西，能够很好地总结自己的一生，或者告慰自己，或者让读者也能从中感受到经历过历史灾难的人、经历过磨难的老一代人的心态是多么有意思。她的文章，我觉得还是值得我们慢慢地品味。虽然她的书不会是畅销书，但是这种书还是会有读者愿意看。

现在黄宗英还在继续写，我想她还会写出一些好的东西来，哪怕她写不出来了，我觉得也不要紧。读她的作品，就能感受她的性格。

她有这样的心态，一个根基就是充满童心。她好奇，童心是好奇的基础。她很好奇，很多新的东西她都想试，这就使她能够很坚强很乐观地走到今天，而且能够在病房里面依然关心着很多的事情。后来，言语不多了，写信少了，身体也弱。2013 年，我参加巴金研讨会的的时候去看她，我觉得她的精神状态还算不错，比前两年好多了，那年她虚岁 90 岁，我还拍了些照片发给大家看，大家觉得她真年轻，还是挺富态的样子，很乐观的样子。我想她身边的保姆小琴也是相当好的，我借这个机会还是表达一下对小琴照顾黄宗英老师的谢意，她们有一种亲人的感觉，这个也是不容易的。黄宗英有一个特点：待人平等。现在的保姆跟了她 20 多年，她把她当成自己的家人一样对待。哪怕是对来照顾她的人她也是平等对待的，没有感情障碍，这点很重要。可见她这个人身上有一种博大的爱。

〇非常好，谢谢你。我发现一个很重要的特点，到底是年纪不一样，我们前面采访的人都很苦情，他们都会掉眼泪，黄宗英很多的特点从你的嘴巴里讲出来，我就觉得很有兴趣，她可能不希望别人这样讲她。

● 对，不想哭哭啼啼讲她。

〇如果没碰到您，我们的节目就会往悲壮的调子走了。

● 她是很乐观的。我觉得要表现她的那种爱，那种乐观，那种人生历经苦难之后的大彻大悟，或者叫作荣辱不惊的那种状态，这种状态一般人达不到。黄宗英了不起的地方就在这儿，她真是什么都见过的，什么都经历过的人，来什么事情对她都无所谓。我觉得这是她了不起的地方。

　　对于黄宗英来讲，苦难是有的，她都经历过。巴金也是，巴金受的苦难也不少。从 20 世纪 50 年代开始挨批判，"文革"期间开批斗会，在文化广场开批斗会，还是当时唯一的上海电视台现场直播的；而且很多他过去培养的作家，"文革"时候写文章批判他。但是"文革"之后，巴金写的《随想录》里面，没有点过任何一个直接批判过他的人名，从来不谈别人，都是谈自己，反省自己。因为"文革"的发生，他认为他们这代人每个人都有责任，与众不同的境界就在这儿。伤痕不在于只说打你的人，而要讲伤痕怎么形成的，人心怎么变坏的，包括自己怎么受屈辱的、被扭曲的。我觉得黄宗英也是如此，她这一点受巴金的影响很大。所以她写赵丹主要的不是控诉，是一种对人性的理解、对人性的挖掘和对这个人命运的感慨，这才是最重要的。

在苦难的情况下，我们每个人应该怎么处理？实际上，我们大家都经历过苦，但是经历了苦之后，对这个苦的判断、感悟，是人生的另外一种境界了。一般人达不到，但是黄宗英能正视这种苦难。如果知道一些事情的话，她会难过，但是她会很快走出来，走出来就是靠写作。好多苦难她都承受过，对她来说没什么了不起的，所以，说黄宗英与众不同是体现在这个地方。

每个人都有很艰难的事情，但是你仔细琢磨，哪个时代哪个年代没有艰难的事情呢？哪个人哪个家庭都那么顺呢？都一样的，千百年都一样，中外都一样，那么就看每个人的定力和心态。这是最重要的，没什么了不起的，该挺过来就挺过来，挺不过来你就挺不过来了。就这样。能挺过来的人，一定有特殊的地方。黄宗英特殊的地方，就在于永远对新的东西充满好奇。只有对新的东西充满着好奇的人，才不会永远沉浸在过去的痛苦之中。新的好奇会让她化解过去的东西，而且也能给现在的读者带来新的东西。我认为她的好多小文章，年轻人都可以看，可以弄成微信文字做推广，那些短文章非常好的。我现在实在没时间，不然，我都想把她的小文章弄成一段段的文字往外推，让大家知道一个耄耋之年的老人是怎么想的。她在90岁的时候再看童年，包括婚姻的那种惨状，她又是以什么心态在叙述。现在的"80后""90后"遇到的一些事情又算什么呢？我觉得拍摄黄宗英的这个专题片，能够把一个老人历经苦难之后，晚年以这样一种创作姿态、这样一种对生活的感悟，提供给现在的年轻人看，可能会有一个对接点，对现在的年轻人会有启发。包括我们过去拍的《蜗居》，就说现在怎么样苦，其实我们这一代，包括过去的老上海人，哪一家不是蜗居呢？每一代有每一代的苦难和痛苦。痛苦都是走过来的。一个人的人生，永远不会有那么顺利的东西给你的，就靠你自己。黄宗英就靠她自己，用各种方式走到现在。

（根据2014年李辉与上海东方电视台《黄宗英》专题片导演方雨桦的对话整理而成）

目录

冯亦代黄宗英往来书信

冯亦代黄宗英往来书信

黄宗英 ▶ 冯亦代（1993 年 2 月 26 日）

亲爱的二哥：

　　阿朗寄来你在《新民晚报》上发的我兄妹二人的摘函。二哥，是我写信时曾允诺你几乎全文发我写给你的信吗？吓得我不敢再写了。本来，情人节怎么也会写几行，寄个卡，乃至说上几句悄悄话。

　　我第二次进精神病院了。

　　我在读白朗宁夫人的抒情十四行诗。

　　我幻想的白朗宁来把我接出医院。

　　我是因连续写作日夜不能勒笔致病而已。把创作意念冷藏保鲜，把稿纸对我封锁，略施医疗措施，也就能正常睡觉、走路了。

　　下一阶段将在医院中实验无日无夜激情大写而特写，看又如何……？

　　我不是个残废人，只不过艺痴魂魄相扰，才非常有可能成为半残人，这样一折和你门当户对了。聪明的傻二哥，你到底懂也不懂？

　　I miss you so much.

Honey Ying

1993 年 2 月 26 日

黄宗英 ▶ 冯亦代（1993 年 3 月 27 日）

二哥：

　　如果你知道这里的日子多么单调，无聊，可怜……犯人也有放风的机会，我们没有。我们几乎连治疗都极少，一天喂我们三次睡觉的药……为什么要把我关在这里。下回，再病也不进这样的医院，绑着进来也不来。

野葡萄集之一

26th. Feb. 1993.

亲爱的二亨：

阿朗拿着你在新民晚上意见，让先姊二人瞒过。二亨，是我写信件曾允诺你几乎全又发给你的信写。听得我不敢再写了。辛素情人节怎么也会寄几行。寄个卡，乃至讯上几句情话言古。

我第二次进精神病院了。
我在读白朗宁夫人的抒情十四行诗。
我幻想我从白朗宁拿把我接出医院。

我望回到写作，日在不停动笔敲病句。把创意会冷落你鲜，把稿派对从请摄损。置施医病摇施，也就无所谓明之意了。

下一阶段将回医院中突然无日无在激烈大字面持手。痛又如何……？

我不是个残痞人，乌不过势病魂魄相接，才以常有了能成为丰残人。这样一折求的事书户扔。聪明人傻二亨，偏的神也不难？

I miss you so much

Honey
Ying

我已看完 9、10、11、12 期四篇你的《西书拾锦》，别的还没看，老怕上当，既然日子那么闷，还怕看到没劲的文章。

等家里有人有工夫来，再有工夫去复印，不知到哪天了。明晨有兴致，自己誊誊抄抄看《灵飞经》小字帖，几十年来没临帖了。

我拒绝 6:30p.m. 服安眠药，（院方）只答应（我）推延一小时，如此治疗也过于简单，养一群猪吧。我已抄好一份《断》，把忘记的繁体字写进去了，还删了段《没什么说头》。有些排行重排了排，把新誊的寄司马了。原稿明天就可以寄给你了，好像不知为什么那么急。

二哥，同屋那姑娘、那封信（26 日）居然那么顺利地被探病的妈妈带走了，今天我给了那女孩子（20 岁）10 块麦芽饼干，因为她吵着不肯吃面。

医生为什么要把我在星期六、星期日关起来呢？他们又不值班，我本可以去外面多呆两天，人，喜欢作弄人，以虐待人为乐，为有权威。

我今天又搞了一本"断章残句"一折七句吧，弄着玩，如果今天若有人给我送饭菜来吃，就可以复印寄给你了。

好啦，我要学英语了，昨晚读了你给的《哈洛特的鬼魂》，看来只能一天看一篇，因为给我的药劲太大。只有早上不服那倒霉的碳酸锂，精神好些。

那位写 Japanese As NO.1 的作者叫什么？PROF VOGUE？他约我去写作，不要我房钱，可是房子里没厨房……

小妹说来玩玩
1993 年 3 月 27 日

黄宗英 ▶ 冯亦代（1993 年 3 月 28 日）

二哥：

我以为你们都不会理睬我了。其实我只是睡不着觉所致，睡不着因为在孕育作品，此刻流产了，再说吧。

我在看一本苏联的小说《谁是疯子》，是真实的事，本来从不对这种题材感兴趣的，只因在疯人院中有所感罢了。

我还在硬读 Washington Irving 的 *Rip Van Winkle*，为了找到那个睡了二十年的梦，和保罗·列维尔的马蹄对写，在怎么样一篇文章里。

会读《读书》的，去年赴美，未续订。

我在选玩一些"断章残句"，已交马义，还在继续选……从笔记本里，小纸条上。

你搬家了吗？那得多大工程？还是住到子女家去了？念念。

想你。

小妹

星期六 1993 年 3 月 28 日

冯亦代 ▶ 黄宗英（1993 年 4 月 6 日）

小妹：

接到二封来信，很高兴，知道你平日，可以回家。我想病总是折磨人的，但若以泰然处之，它也会败退的，只要你有病一定可以好的信念，不要急躁，就可以了。我病了近二十年的高血压，最近也基本正常了，但必遵医服药，不要与大夫"讲斤头"。

我很喜欢你写的"断章残句"，积多了，可以发表，也说明一时的心境。你说的马义是编辑吗？

搬了新居,一扫胸头抑压,写了篇《辞听风楼》。寄上请一读,可惜孩子们管住我,不让我有远行,我喜欢你写的《寂寞与丰满》和《朝霞与晚霞的对话》,写下去,不要丢掉。

两会之后,似乎"惊蛰"了,人都出来了,但我能不去参加什么会就不去,宁愿在家读书听音乐,但有些又辞不掉,人而有"名",真活得累。我最近重新搞翻译,但实在累,不如自己写痛快。董乐山劝我不要浪费有限的时光,话也对,以后决不做烂好人。

明后天也许可以寄给你一些书,其中的《西书拾锦》离我上次出书,快十年了。

亦握手

1993 年 4 月 6 日下午

黄宗英 ▶ 冯亦代（1993 年 4 月 8 日）

二哥:

这些天,我天天在查字典,我多么想你,当然没有把你当字典的意思,我挺喜欢查字典,查时自我感觉良好,也不管它记不记得住。有时看英文小说就不怎么查字典。小说是家里的老书,是王佐良在1984年编的《美国短篇小说选》。凡能看下去猜得出意思,我就不查字典。可对我写作有关的,我就查字典,很熟的字有时也得查,因一字多用。前两天我写了篇《葬礼上的笑》,写出来的文章,我要求《文汇报》FAX到TAFTS朋友处。我此刻在读*Poet's Chestnut Tree Could Spread Again*。我也许跟你说过这篇东西,起意译它很久了。这篇不管以后是不是以感想带摘译,我想先把它译出来,其中涉及Long Fellow的诗,总之,我喜欢歌德之一二,做些科学的功夫。

天知道我的病是怎么回事? 我睡了两觉之后,就感觉自己什么病也没有了。可至今不批准我出院,医院还要跟作协领导谈,我家里小妹：

接到二封来信，很高兴，知道你平安回家。我想病这么多年人的，化着以幸好过之，它也会好起的，心里的有如一定会好的。你么不要急躁，放开了，我病了近二十年的高压，最近也基本正常了，但必须坚持吃药，不是三天二日可见效。

我很喜欢你写的新章诗句，情真意切，语言……

……

还又为我请了一个保姆，以防意外，医院主任还说每周将派护士来我家。我怎么啦？怎么啦？？怎么啦？？？我不管医生当面或背后怎么说，我只相信自己的感觉。我只要警惕自己不要太累。不要过度昂奋（哪那么多令人昂奋的事）也就行啦。

二哥，如果有一天，我真变成一个出不了院的精神病患者，请你依然寄书给我，寄美的小画片——用手画来印的，我在自己学画画玩，治我这不肯休息的脑子而已。拿了本《芥子园画谱》还有一本狂草提肘瞎划拉。

我给自己编了两句座右铭：

　　　不以不会为耻

　　　仅以不学为憾

二哥，你可别把我的信再抖搂到报上去，何况绝大多数人不知道我得了什么病呢。一被人认定是此病患者，我将来哭也不是笑也不是，活泼也不是，沉默也不是了。二哥，估计后天我可以草译完Poet's……然后，我这初小程度学生的忙，你这大专家要费心哩。

小妹

1993 年 4 月 8 日

　病中是把《读书》一页页读下来的，编得好！我今年仿佛又没订，没人给我订，请将九三年的寄给我。

黄宗英 ▶ 冯亦代（1993 年 4 月 10 日）

二哥：

我是怎么的啦？！

昨天继续内部搬迁，在我整理半年多来未读书报杂志信件时，看到了你用《群众》信封于 3 月 19 日写来的信，使我脸红心跳。这信怎么没由保姆转递到医院呢？怕伤我的心吗？我实在不明白我曾明白地写了什么。不然就不会有后来的坦荡荡的信。我很可怜精神病人——她们不知道自己在干什么，我又很羡慕精神病人——因为她们真哭真笑真说真闹。如果我竟然曾向二哥直白爱情（不是一般的爱慕之情），我替自己高兴，小妹依然拥有着燃烧的青春。感谢你婉言退出阵地，这是真的。我更尊重爱惜友情，在我的和睦的黄家兄弟姐妹间，我们更知道兄妹之情金不换的分量。而且，我已习惯于孤独，喜欢孤独。我曾断言，一个寡妇三年五年没再嫁就一辈子不会再嫁了（你想，屋里廿四小时多一个男人——或多一个女人——多尴尬）。所以我还是没明白也不想明白我曾明白地给你写了什么，吓着了我的好二哥。我想把你 3.19 的信还你，把明白或不明白的信都放你那儿，将来你出书信集，也堪称佳话一瞬间。

我会常常给你写信，但你不必常常回信。你忙，我不忙，医生和家人已经把我所有的朋友回掉了。待书桌有序，我将再开始工作，很笨地工作，用那伤了的脑子。

《西书拾锦》印刷中错字太多了，我从熟悉的作家看起，但也没几个熟悉了。

小妹
1993 年 4 月 10 日

黄宗英 ▶ 冯亦代（1993 年 4 月 15 日）

二哥：

我此刻坐在自己家里了，医院还说是"假出院"（留着床），本来还非塞给我一个一天 2 小时的特护，生是让我顶回去了。到家就看到你的《西书拾锦》和三本《读书》。太好了，我正烦着。女儿孝顺，要我搬回东边有独卫的卧室，我已经在西屋住了三四年了（打儿女常常回国之后），这下我什么都找不着了，仿佛一时什么也干不了了，我就专门读你的书吧。床头灯不够亮，该换个灯泡了。

马义又名司马璐，是戈扬的同时代人，是《探索》杂志主编。我一共书写了三小本寄给他。我也寄给要好女友罗君一册（第一册）说明给她私人的，可她给我发了，发在《文汇电影时报》上，挺郑重地发了。我真不知怎么好。而且二、三两册的复印件我阿姨说我没交给她，我一下头就疼了，无所谓，还是先看书吧。其实关于黑雅典、东西方文化我还都没看完呢。

前年丢在天津的箱子，今天看到了。这稿纸格子大，正好训练我把字放大。

我敢不敢、该不该酝酿写二三十万字的写意自传体作品呢？还是写吧，不是这些天，过些天，还是得豁出再进精神病院（的劲头），不然，活得太窝囊，只是生理的延长。

我看肖岱对付高血压是每天泡一瓷缸黄菊花茶，一缸玫瑰花片茶，控制得挺好，后来因心脏病辞世，他是我的好朋友——牛友。

小妹

1993 年 4 月 15 日

译书累，以后就别译了，你不习惯一个人译，而我这还没译什么的，却很喜欢译书那种累，用的是另外的脑子。

冯亦代 ▶ 黄宗英（1993 年 4 月 20 日）

小妹：

收到来信后，颇为高兴，不知怎的最近常常想到你，你来信说也在想，可能是种感应吧。当然我不会气功，但我相信精神的感应。北京这几天热得像夏天，上海则多雨。我想天气阴凉也许有助于你的健康。早要给你写信，但这些日子有外事活动，人不免有些疲倦，就拖了下来，我希望你下次信中告诉我收信的日子。

你的翻译搞完了没有？搞好了，请即寄来，这样我可以在空时给你推敲。我最近写了《哀悼约翰·黑塞》的文章，已寄给"笔会"，不知能否刊出，你如看《文汇报》希望注意。希望你把"断章残句"写下去，我觉得很有意思的。

你以为我真是个傻瓜，会把你的信都抖搂到报上去，上一次是因为许多人问起你，所以我才这样做的。事实上你的观众是不会忘掉你的。我以有你这样的妹妹骄傲。现在我们的信中多了悄悄话，那我就不会如此"mǔ 淘成"（杭州土话：类似"十三点""二百五"的意思）。

我每天五点就起来，写稿读书，到十一时看报，下午睡一觉就不用脑子了。但医生说用脑的人可以延长寿命，但愿如此。

医院对你的关注，显然是为了治好你的病，所以你一切照他的话做就好了，但你不用着急，病既来了，就安之若素，等它病好了再说，我患了几十年的高血压病，现在基本血压正常，也没有冠心病，唯一的经验就是配合大夫的治疗，我希望你也如此。

等着你的信，你能亲亲我吗？

亦
1993 年 4 月 20 日上午

冯亦代 ▶ 黄宗英（1993 年 4 月 21 日）

小妹，我真幸运，竟在一天里收到你两封信，昨天清晨，我刚寄出了一封信，到近午时报纸来，带到你 16 日发的信，到了下午，你 17 日的信又随着晚报来了。你看我会有多高兴。

你不记得你那封信里写了什么，那就不知道好了，否则会引起烦恼，人又何必活得如此累呢？但我还是感谢你在这封信上及你致宗江信上的话。我们现在不是很好吗？我空空的心上，多了个可以时时想念的人，你也可以有说悄悄话的人，世上还有这样舒心的事吗？你高兴说就说，你高兴怎样说就怎样说。这样我们可以得到心理的平衡，但谁也不欠谁的。你说对吗？心原有个空的地方，平时是容纳一些事情，一旦又变空了，不免难受，现在又充实了，我感谢你给我的信任。

最近，读完了一本《海上花列传》，除了重新温习了一遍苏州话外，就是为那时的人活得这样累而揪心。看看他们的一团糟的生活，我们现代人当感到满意了。你知道我这两天在读什么？我读《剑桥中华人民共和国史》（从1949写到1965），很有趣，使我知道了为什么中国有几千年封建统治的原因。至于《西书拾锦》，我还没有重看一遍，你说错字多，那我就要看了。

想来你归置也已完成了，今后希望你真正动手写你的巨作，但中间也不妨写些短的，以换换口味。写到此一时无话了。便留着下次写吧。但我不隐瞒我对你的思念。一个人有人可想，是幸福的，谢谢你。

二哥
1993年4月21日晨

黄宗英 ▶ 冯亦代（1993年4月23日）

二哥：

20日上午来信，约在23日上午10时许来到我家，该时我正约了堂弟妹去南京路精品商厦，为我小儿阿劲媳妇肚子里的小姑娘去买小衣裙。又在外边吃了荣华鸡快餐，回家时快一点了。你的信让我糊涂了，让我有些明白了，也还是糊涂些……

我是个非常入世的人，考虑事情也很世故。可能是因为我9岁失父后就是准小当家了（母亲有病，姐姐在外，其余家中就我一个女的了）。我想：儿媳妇赚的钱比我儿子多，丈人丈母娘又去美国准备带新生儿，我怎么也得给我小儿子做做面子……我已习惯在家事方面庸俗了。

这两天没干什么，赵青的搞舞蹈的儿子过沪，与监制一起在家住了两宿。他拍了一部MTV，进入后期录音合成。我小女儿阿橘又不知来上海忙什么……我什么职都能辞，就是大家庭主妇这个公职可能越做越大了。小外孙女儿Jenny 6月22日放假，将从洛杉矶来姥姥家。姥姥的职务是带她游泳、打网球、画画、学舞蹈……找专家呗。

波士顿的孙惠柱、费春放夫妇给我寄来一沓英文资料，我查了20多个英文生字，还没明白他们寄了什么来。我大概还是回到那被我惯久了的"栗子树"吧。打算译好或将译文直接寄《绿叶》杂志。或摘译文重写一篇散文——像你教我的那样。

关于翻译。关于英文我都不着急，也不敢着急。我喜欢，我把它当做我的老年脑保健操，尤其有你为我把手，我不敢停泊，至少在这件事上我不是 paddle my own canoes。

拥抱你，好二哥。

小妹
1993年4月23日

我家里订了有《文汇报》，我仿佛看到了你的文章，刊在"笔会"右上，但此刻一点儿内容也想不起来了。别怪我轻视你的文章，是药片氯丙嗪在作怪，那药是使我变木头的，可求了好久，不许停此药，说不会变笨，只暂时木笃笃，"断"在继续写或整理（以前胡乱写在小本上）。

黄宗英 ▶ 冯亦代（1993 年 4 月 23 日）

二哥：

寄去 Boston 的 Dr.S & F 给我邮来的英文资料，我们在 B 告别时有约，彼此寄资料，我给他们国内文学、艺术及有关学术方面的信息（例如《读书》11 期，我就整本寄给他们了，有的拆散也寄过，去年我订了《读书》），他们给我寄可考虑翻译的资料。（我们是新朋友，他们很奇怪我会选择什么"栗子树"！！）现在 SF 双星座（我将来要写他们的恩恩爱爱一切一切不可分离，就以此称呼。并在无垠的寰宇运行中遥望 HZ 双星座，也许还有什么双星座如 Fanna……正是因为有了这样的构思意向，把本来可能是一般性自传体的回忆录，落笔成大写意，时间只是新交十数天，笔能所及无限无限，粗线条构架，工笔描绘，正是因为这么想了，就睡不着觉了，就进医院了）。我扯远了，SF 第一次寄来这些资料，可能因为我首先看的是有关电影的 *The Best Pols Money Can Buy*。我觉得难了些，而且我懒得理政治，那不如译 14 岁儿童捐款人。我现在把资料全部寄给你，我保证以后不会这么奴役你，我不会把你当成一本字典、一本英美文学百科全书，你是我的好二哥，我只需要你在我起步时，给我指点指点，当然要花去你宝贵的时间。你只要浏览一下，在原件上批个 A、B、C、D 就行了。不忙，一点儿也不忙。我想，我总得译个一长一短吧（*The Kids Down The Hall* 也不译），不然以后怎么继续麻烦人家呢。他们都是卅出头的人，S 已经当上终身教授，教外国戏剧史，F 学的是英国文学，后在美也学戏剧，既教授文学也教戏剧。可惜我没办法使自己的英文撑竿跳，好啦，我不着急，急出病白搭。

明天，我誊清一折"断章残句"，应该清明之前发出的，如今，是不是在演无对象交流呢？第一则是：

不想

不想了，不想了，不想了，

不想……不想……

又想了，又想了，又想了……

Yours 小妹

1993 年 4 月 23 日

如果你能找到《文化老人话人生》，里边有小老人我的文章《我公然老了》。

黄宗英 ▶ 冯亦代（1993 年 4 月 24 日）

二哥：

我有可能一天给你写两封信吗？除了今天。热昏哉！大概是两天的信走了一天的邮班。我该"防暑降温"了吧。一笑。

下午，我的小学女同学来给我说媒。我笑问她："什么规格？""当然是高知喽。"我又笑问："你怎么知道我没有心上人？"再一笑。

你 21 日晨来信，使我挺 relax，因为我紧张别刹不住车。说实在的，如果现在我见到你真不知说什么，不知手往哪儿搁，反正仿佛不可能握手啦。再再一笑。

我今天又整理出一沓"断章残句"，本来有七八段，后来觉得还是清一色好。明晨九时弄堂隔壁科海公司开门时复印了随信寄你。

明天开始把毛笔啦、画谱啦通通从书桌上请下去，专攻英文。译累了，就捡几张英文生字卡做针线活（我会进行身体锻炼），我买了一大块挺有童趣的花布，准备做一个大床罩，用手工做。懒得穿针上缝纫机，手做有一种田园之乐。

《西书拾锦》和晚报在我床头，才 8:20p.m.，已经在催我做睡觉的准备了。我还想给沙漠写几行，她怪可怜的。药品使我每天比你们少活好几个钟头，真冤枉。但想到有人疼，时光就又找补过来了。送你两张 Valentine Card 当书签，是 Jenny 送我的，你床头有三本书……让小男孩的奶奶小女孩的外婆跟你说说话吧！

Yours 小妹

1993 年 4 月 24 日

再补吉祥物——我的名片，阿丹保佑。章为"卖艺人家"，大篆"买"与"卖"同。25 日 8:15a.m. 停笔削萝卜球，做干贝萝卜球汤去了，估计 10a.m. 信可寄出。

黄宗英 ▶ 冯亦代（1993 年 4 月 25 日）

二哥：

我今天 4a.m. 就起来了，平常我也习惯的 4:30a.m. 就醒了。遵医嘱要我多躺一会儿。我告诉医生和保姆我一多躺就特别累。我一生不会"焐被头"。有时为了照顾楼下邻居，我不敢两三点钟起来。我的房子隔音不错，但楼下住的女医务工作者，她很关心我睡不睡得着觉。她丈夫呢，栀子花开时，每天往我楼上阳台扔一朵花儿闻香。我的阳台上一般只栽几盆易活的草花。阿丹像前例一般不缺他喜欢的鲜花。我家杜绝塑料花，厌恶一切的假。

我特别开心，特别特别开心。我没有期望我有如此的幸福。在一次给大学生讲课的会场上，我接递上来的纸条一张张回答同学的提问，没想到读到一张："在你未来的人生旅途上你不想再有一位终身知音伴侣吗？"举座哗然，鼓掌良久。我笑答："我不封建。但我曾经嫁给大海，怎能再嫁给小河，除非我遇上大洋。"掌声雷动。你听得见吗？你看得见吗？我正驶向大洋。

所以没说"亲一亲"，Reason 1: I'm so shy;

Reason 2：说了之后呢？不会止于"亲一亲"。那怎么办呢？现实总是很啰嗦的，在中国。（我的儿女会万分高兴的，阿丹也会高兴的）但……我宁可长相思。再说，我还有我的《金石录》没有动笔。待我查一查李清照是再嫁前写的《金》，还是再嫁后写的（当然，用不着嫁也用不着娶的方式），写《金》还是寂寞着的好，可已经来不及了。已经不寂寞了。虽说我的《金石录》底起根儿就没打算用悲苦的基调——是写一对傻瓜、艺痴而已。

我是不是又把你吓着了？还是你又"用词不当，文法有误"，又把我弄迷糊做起 day dream 来。寄给你模糊不清的"栗子"原件复印件和我译了不丢点儿的译文。你别当回事。你等着看我闹笑话，对我测试。我是从 He is a boy，she is a girl. This is a desk，There are chairs 的水平，自我"撑竿跳"居然敢翻译。即使普通生活用语，我也常常把意思弄个满拧。但我大哥总夸我"真不易"。That's not my fault！在二哥这样的老师面前，更是 My face is as thick as the Great Wall！

不止亲一亲。

Yours 小妹

1993 年 4 月 25 日 9a.m.

黄宗英 ▶ 冯亦代（1993 年 4 月 25 日）

二哥：

去年 11 月，我去 S. Pasadena Library，偶然走进大会厅，那里正举行 J.R.R.Tolkien 的 100 周年诞辰纪念，以 reading & discussion 为主，还有画了全绿脸的人，有穿古装的人，为这位英国（？）作家，美国有专门的协会，定期的活动，可是我一点儿也不知道赫赫有名的 Tolkien 是谁，不知道中国译名（查不到），不知道有无译作。例如：

The Lord of the Rings

Smith of Wootton Major

……

我在会场做了几个钟头木瓜，现随便问问你。

小妹

1993 年 4 月 25 日夜

你差一点儿一天接我三封信，一封不知怎么躲抽屉里躺了一天，一封太嗲了，被我扣下了。又是一个一天两封，可以了。

你完全有自由落后，三五天一封，可以吗？

小妹

1993 年 4 月 25 日夜

黄宗英 ▶ 冯亦代（1993 年 4 月 27 日）

二哥：

既然你真喜欢看我的信，我就把和你有关系的信，也复印寄给你，你看第二页最后三行，你就明白或猜得到我为什么扣了自己的信。

我不怪……我不知说什么。

我的美术老师要来检查我的作业，我许久没乱涂了。我前天把颜色都收拾起来了。

小妹

1993 年 4 月 27 日

黄宗英 ▶ 冯亦代（1993 年 4 月 27 日）

二哥：

我真担心你血压升高，很担心。

"二哥转大哥"的信没转就不转吧，我也不跟大哥说什么了。别让小妹把你烫着。

一切寄去的英文资料，都不忙着回答我。学生交的作业太多了，别把老师累着。我开始试译从波士顿的 Somerville 图书馆复印来的 Pirandello 的资料。明晚（28 日）要去看皮兰德娄的《六个寻找作者的剧中人》。很难译，戏剧虽是我的专业却也不见得比"栗子"和霉菌好译。我看一篇 Irving 的 *Rip Van Winkle* 短篇，也就是看看，只要求基本看懂，就查了一百五六十个生字，看完查完又都忘个差不多。我的英文程度太浅了，但我也不气馁，可能无大志吧，活着总得日有所学，日有所为，哪怕缝个枕头套儿。

怪我，我先宁静下来。

珍重珍重。

小妹

1993 年 4 月 27 日夜

冯亦代 ▶ 黄宗英（1993 年 4 月 29 日）

小妹：

一连三天收到你四封信，真使我快活。还有什么比读你的信更美妙的事呢？我想不到晚年还有这样的幸福。我是相信缘分的，记得当年在重庆见到你我就有抹不掉的印象，但是我想不到你会活得这么累，也许天也在妒忌你。在我坎坷的前半生里，我总怕接受愉快欢欣的日子，因为我怕它的突然飞逝。但是现在我不这么想。既然幸福来了，我就全部接受，高高兴兴地接受，怀着感谢的心情接受。

这些日子因为有海外朋友来，所以生活比较忙碌，但是我多想有些安静的时间，可以多想想你。原想今天清晨给你写信，可是为了赶发一篇文章，埋头写作，好容易在午前寄出了。是篇写童年的梦想的。我现在像个输急的赌徒，各处都来要还欠的稿债，但我又不肯随随便便乱写，文章写不好，但我总想写得好一些，以免砍招牌。上午把稿寄出，心头落下了块石头，预备午后写，可午睡醒来，又来了客人。现在我可以安安静静地写下去了。

你在思忖"亲一亲"以后是什么？但我所希冀的我亲亲你抱抱你，因为容许我粗俗，我前几年就成为 impotent，因为我老了，而且十多年的高血压症，吃了许多镇静药，你不会不高兴我对你的坦率吧？我完全同意这两地相思的日子，没有这些思念，便不会觉得我们见面时的可贵。

李清照的《金石录》是在她和赵明诚结婚后写成的，可惜我们今天看不到这本著作了。你现在写正是时候，我希望你在写过大海之后，能够再写……我配吗？你没有吓着我，因为这正是我所希望的。当然幸福之突然到来，只会使人不知如何是好的。是喜悦，还是嫌自己的渺小，被你看得太高了。

奇怪，我们清晨醒的时候也会差不多。我也不喜欢"焐被头"，一醒就要起来。但最近醒了也可以躺一会儿，为的是可以想你。但到五点多我一定起来，做做操，然后看书或写东西。我想到你觉得日子又长又短，长是说我们何日相聚，而短则是一天做不了什么。所以我佩服你能把自己的日子，铺得满满的。其实我又无急事要做，何必急急，让脑子闲着是难受的事情，但我现在就没有闲了，因为我可以思念你，这时候你在做什么。

你寄来的剪报我都读了，我觉得不是全部有用的。关于栗子树倒可以写千字文，完全不用译的名义，以免发生版权问题。我想在这两天有空给你写一篇使用外国资料的范文以做参考，这样你在啃的时候，也可以少花些时间。

沙漠我曾收到她从纽约寄来的贺年片，我的是寄到旧金山她原来给我的地址。不知她能否收到。她的纽约地址我因搬家找不到了，但相信最后会找出来。要是你在信中说我向她致候，你想她会敏感得想到我们的关系吗？因为我觉得我们的关系完全可以告诉朋友，但我不想自己去报信，因为世俗的人总有世俗的想法，有时可能很可怕的，对否？

你做的不是白日梦，而且不是你一个人的，感谢你的"不止亲一亲"，我太高兴了。

Hug you forever！

二哥

1993 年 4 月 29 日下午

黄宗英 ▶ 冯亦代（1993 年 4 月 29 日）

二哥：

我今天一整天坐在阳台竹椅上做针线，从阳台上可以看到邮递员骑车进胡同挨门送信。没有你的信，还是没有你的信。

我只担心你病了。如果你这时候生病，总是和我惹了你有关系。如果血压高到不能给我写几行字，就太让我着急了。如果我有你新家的电话，我一定会打长途去了。

这么让人提心吊胆的，我不玩了。我还是一个人划我自己的独木舟吧。我没有任何反悔，也没有一丝退缩，只担心把别人烧焦了。菩萨、上帝、真主保佑你平安。万一你真病了……请你女儿把病情告诉我。

昨晚看了皮兰德娄的《六个寻找作者的剧中人》感受颇多，想写一篇《迟来的艺术营养》。介绍 P 的英文资料，我已经摘译了些，我采取了"不懂就跳"的办法，生字当然还是要查的。明天准备继续摘译（只为自己多点儿学问，不为发表）。悠着学。别像我做针线的细活儿，也要一口气使抡板斧的劲完成。我今天做的大花布包很美，蛮趣格。

你要不是生病，你……谢天谢地没有生病，什么话都好说。

我太痴了。

我不该这么痴，我又不要求什么。如果，你说你只能一个月半个月或半年给我写封信，就跟我直说，我也用不着天天往那忽晴忽雨忽冷忽热的阳台上傻坐着了。不说了，不说了。

I miss you so much.

Yours 小妹

1993 年 4 月 29 日

冯亦代 ▶ 黄宗英（1993 年 5 月 1 日）

小妹亲爱的：

想你，想你，想你……清晨，我四点半不到就醒了，再也睡不着。似乎我听到你在轻声叫我，于是我就想你。现在我才感到当巨大的幸福来临时，一个老年人真是无法表达的。昨天我刚把一篇给《读书》的文章写完，报纸就来了，还有你的信，不知怎的，我的心竟会怦然颤动起来。于是我急急地把信打开。我真想大叫一声，大笑一场，或者大哭一场，因为喜极也可以悲的，我不相信我的眼睛，幸福之感突然来临，我怎能不大叫大喊，大笑大跳呢？可是我只能坐在转椅上，看着你上封信寄给我的照片。

你给宗江的信，我一直扣留到午后，因为我看了又看，想着我们的新生命的到达。我躺在床上午睡，可是我睡不着，我想你，想你。于是把信放在胸口，好像我亲你一样。下午叫阿姨把信去发了，又打电话给宗江，也幸而没通，否则他一定认为幸福把我弄成不知所措了。一个下午我没有工作，我想着你，从在重庆剧社的后台第一次看见你，一直到我收到你给宗江的信。

上次的信里，我也许吓着了你，因为我坦白地告诉了我的秘密。我对你什么也无可隐瞒的。老实说给夏老拜寿的那一天，我真想留下来，可是我已经站起身走了。你记得你进屋的一刹那我看你的眼风吗？那是爱怜的眼风，但是我无法表达出我的言语来。

今天我要电话告诉宗江，叫他不要收到你的信时吃惊。《西厢记》里有句话："是几时梁鸿接了孟光案。"除了缘，你能说什么呢？

事有凑巧，今晚冯陶家有朋友来，就在我的小厅里请客，我视之为给我办的喜筵，可惜你不在。我真想告诉每一个人我的幸福，但我同意保守秘密，因为世俗的眼光是不会理解我们的，当然我们也不会理会他们的不理解。

自从我们的鱼雁往来，我似乎换了一个人，因为在这之前，我总觉得自己的孤单，什么事都不会使我高兴，因为我的生活调子是低沉的。如今不同了，我不是一个人，而是两个人了。我应该笑得叫得每个人都知道。我现在倒是很感谢那次舒湮误传的事了，我现在真的又成了一个新人。

小妹，你觉得我是多么的想你的吗？两地相思是好事，因为这思念是十分真诚的。

吻你，亲你，拥抱你，forever。

二哥

1993 年 5 月 1 日晨

2 Ju. Apr. 1993

二哥,

我今天一整天坐在阳台竹椅上做针线。从阳台上可以看到邮递员骑车进胡同挨门送信。没有你的信,还是没有你的信。

我真担心你病了。如果你这时候生病,总是和我惹了你有些关系。如果血压高到不能给我写几行字,就不让我着急了。如果我有你新家的电话,我一定会打长途去了。

这么让人揪心的眼病,我不玩了。我还是一个人划我自己的独木舟吧。我没有任何反悔,也没有一丝退缩,只担心把别人连累了。菩萨、上帝,真主保佑你平安,万一你真病了。—— 请你女儿把病情告诉我。

昨晚看了发王德厚的“让方塔寻找它亲密的同屋人”感受挺多,也想写一篇《迟来的毛方警号》。匆匆即祝

第　页

20×15=300

的英文资料，我已经摘译了些，我采取了"不懂就跳"的办法，生字查些还是要查的，明天学写继续摘译（给自己多点儿学习，不为藏拙一）。做事学，别像想做针线儿细活儿，也要一口气像批报等加劲完成。我今天做的大花布包很美、很顿挫。

你要不是生病，你……，游天游地没有生病，什么话都好说。

我太疲了。

我不该这么疲。我又不要求什么。如果你像你写给一个月半个月或半年给我写封信，我也用不着天天往那么晴忽雨忽冷急热的阳台上傻等着了。不说了。不说了。

I miss you so much.

yours

冯亦代 ▶ 黄宗英（1993 年 5 月 2 日）

小妹：

　　昨晨发了给你的信，到 11 时报纸来了，又收到你的，谢谢你，我现在把读来信的时间，作为我一日的高峰期，因为你的字，总使我欣喜若狂，幸而那时屋子里只有我一个人。

　　上一封信我是在十分激动时写的，因之把那句《西厢记》名句，也背错了，对不起红娘！那句话应该是"是几时孟光接了梁鸿案"，也许你看了信已经知道我背错了。

　　我真羡慕你，你还有哥哥，可以分享你的快活，我却没有人可以分享，只有和你分享，其实这个快活本来是只有我们两个人的。昨夜，女儿女婿为我祝寿，但事先没告诉我，等客散了才告诉我。一屋子的第二代、第三代，看了使人高兴，但又感到寂寞，因为你若在座，是应和我分享这份高兴的。但是你又无时不在，你和我一块坐在转椅上。你装在我心里，我装在欢乐的屋子里，一股柔情，一股温馨，我想着你。你燃烧起我心头的爱火，我爱这份烫，人是应该被烫着的，也烫着人。如果你早烫了我，我们也不会过那些枯寂的生涯了。人是古怪的，当火在一边燃烧时，反而觉得害怕，但如果烧着了肤发，他不怕了，他和她一块烧起这堆生命之火。你又何必害怕小妹会烫着了我呢？你不是后退吧！还是爱怜？

　　美国的朋友带了本戏剧 David Henry HWang 的 *M. Butterfly* 给我，这是个 1988 年获 Tony 奖的剧本，1980 年我去美国时，想去看但买不到门票。百老汇因这个剧本而沸腾了。昨晚的客人中有位《新剧本》的总编辑徐恒进，他和宗江是极熟的朋友，他们可以发刊翻译的剧本。我就想我和你一同译，你译初稿，因为你懂得舞台语言，我来润饰如何？等我读完了，我就寄给你。把我们名字放在一起是秘密也是快活。

　　搞翻译要求确切的用字，即使认识的字，有时也要查字典，往往有十个意义，最先是常用的，最后一个是不常用的意义。还有就是中西语言的不同。A chair英语只用一个A字，但在中文里，北方人叫一把，南方人有说一张的。普通话说得好的没问题，说得不好的就闹了笑话，我便用过"一张"而受到了编辑的讥嘲。PIRANDELLO很难译，但开译前吃透了英语（他也是翻译的），我想是可以过五关斩六将的。如果找得到别人的译文，以之对照，可以省你查字典。但是查字典也是必要的，钱锺书就是读通了一本牛津词典，当然还有其他。

　　新春后有一日，舒湮忽然传出我归西的消息，一时许多朋友知道了包括宗江和若珊，都为我洒了眼泪，我电话去更正，才破涕为笑。女儿觉得此事触霉头，我却另有想法，也许旧的去了，我会有个新的生活，须知那时我十分消沉，每天念念谈禅的书，而且自己承认"此心已同泥絮"。但是你的那封信，燃起了我新的希望，现在真的成了"正果"。你给宗江的信，我转去之后，又打了电话给他，说他不要惊，他说他早有所感，想来这也是他所希望的。我和他是缘，我和你更是缘。阿弥陀佛！善哉！善哉！

　　我欣赏你在信中的那句"活着总得日有所学，日有所为，哪怕缝个枕头套"。旨哉言乎！有人要出去，就把此信带去，也把我的心带去，带到你的心里，望着你的眼睛，我喜欢。

二哥

5/2 晨

　　冯的生日是11月13日，他说不清是什么历，他出生廿几日就死了母亲；郑安娜的生日是正月初一，所以今儿一大早我们就点上香（王兰英阿姨也是初一生日），怎么会冒出个人5月2日生日？待问女儿女婿。

　　庚巳大年初一，早上十时许，女儿冯陶、女婿朱焘来拜年，询之，他们也好一番回想，才明白是迁新居后，第一次把701、702室的门敞开，邀请冯浩一家人，准备了自助餐，热闹中朱焘提议：就给老爸提前祝八十大寿吧。

——黄宗英注

冯亦代 ▶ 黄宗英（1993 年 5 月 3 日）

亲爱的小妹：

　　昨天你的信没有来，整日心里空洞洞的。你只要我隔几天写封信给你，我等不及你的信，不论你写的是什么，我是永远永远读不够的，两地相思就只有翰墨传情了，我盼望你的信已在路上，也许过不了几个钟点信就会放在我的桌上了，但愿如此。

　　午睡过后，把你的信又都读了一遍，随后即把你的"栗子树"译文把玩起来，我通观全文，作了删节，编译成篇，寄来给你看，我不是好为人师，只是为小妹的韧性感动了，你说你英文浅，然而我难道深吗？我只是这种编辑工作做惯了。我将要把那篇谈电影与布什的文章再改成千字文给你看看，这种谈电影的也许对你更适合，对吗？

　　今天凌晨我不到三点就醒过来了，是对你的思念拥抱着我，于是在恬静的音乐声里，我又睡着了，再醒来已是五点。于是做过早操后，我伏在桌上给你写信，有一日我总要把这情境写成一篇小文，但你不要怕，二哥不会傻得把什么都和盘托出，这只是我们二人的秘密，正如我在思念里亲你吻你抱你一样。

　　宗江没有给我电话，我想他不会反对，他的小妹和好友得到了一个圆满的爱情，他们只有庆幸，可是一封接一封的来信，你家的阿姨会猜出什么呢，可怜的鼓里的人。

　　不多写，我要把文章抄给你，然后在寂静中过着和你在一起的丰富的内心生活。

　　亲你抱你，我梦想有一天我不只是在纸上写这些字眼。

你的

1993 年 5 月 3 日晨 6 时半

冯亦代 ▶ 黄宗英（1993 年 5 月 3 日）

小妹，亲爱的：

　　收到你上月 29 日发的信，奇怪，那几天我一天收到你两信，我十分高兴。我记得是写了回信的，上星期可能是 2：1，你 2 我 1。但我查查我的收发簿却只有收的没有发的，那时我可能欢喜得犯了糊涂，可是回忆起从 26 日到 30 日中间，我肯定回了你的信的，然后是五一，到今天每天发一封，今天要发两封了。北京因为最近邮件大增，连本市的都有发了信至今杳然的。董乐山寄了两份稿子给我，已经快十天了，我没有收到。他写稿不留底，是个损失，平信连查也无可查。但愿我鸿运高照，不会遗失信件，也许你现在已收到我的信了。

　　早上发出了给你的信，打了电话给宗江，他刚刚收到你的信，我说你不祝福我们，于是他祝了福，若珊也祝了福。宗江说为什么要"秘密"，我说你（指亲爱的你）是个大名人，我是个小名人。我们的私事，何必去作为别人的"嚼舌头"。说好的也不会增加我们的幸福，说不好的听了糟心，何必自讨口舌。我说现在只有四个人知道，我们和宗江夫妇。我连女儿也没讲，到有机会再说，她是要告诉的，儿子就不一定了。

　　我身体很好，唯一使我担心的是吃好睡足，肚子又变成官家翁了，我正在每早晨做仰卧提脚（我不知学名），也许会小下来。我的高血压早已正常了，但也有上次我告诉你的副作用，我每天服药控制升降。你放心好了，我不会有什么的，为了你我要争取多活几年。亲爱的，这是你给我的幸福带来的，我得感谢你。

我的电话号码是（加 01 是北京的 code）225，2211×412 分机，有特别事可打电话来。我这个电话是由总机转的，我已申请装直通的电话，所以号码还会变，我会再告诉你。你的电话号码呢？请告诉我，我还不知用分机打长途如何打法，人们都告诉我，用分机打长途容易窃听，所以我要装直通电话。现代文明有好有坏，分机打长途即是一个不方便。

你有没有一本商务印书馆的《现代英国文学选读》，如没有我当寄给你一本，请告我。女人有闲可以缝衣服，男人就亏了。我是听音乐，看小说，打电话。你选什么？我这样会引起你的情绪波动吗？对你健康有益吗？我想是一定有益的，但这是一厢情愿的想法。

我也相信心灵感应，大前天我就有些坐立不安，我不知你在做什么？原来是等我的信，罪过。你寄给我的照片，是三代还是两代，背景太杂了，看不清楚。我要看你，就是那一年你来我家送我的那张。做生日那天拍了几个单身的，印好以后我当挑一张寄给你。你能给一帧最新的吗？我要配个相框。放在桌上陪我工作。

盼望有一天我可真个亲亲你，不像这样画饼充饥。热烈地 Hug you，我想你。

二哥
1993 年 5 月 3 日下午二时半

黄宗英 ▶ 冯亦代（1993 年 5 月 3 日）

二哥，亲爱的：

谢天谢地，你安然无恙，谢天谢地！我这些天半点儿事情也没做（只做做针线，佯言"过节"嘛！）。我今天仔细查了：从 4 月 22 日到 4 月 29 日，也不过才 8 天，瞧，把我急成格付腔调，要依赔！

我是希望你多活动，多写作，正正常常生活，我并不奢望经常收到你好几页深情诚挚的 love letter，看得我心疼；我只能给你添力添情不能给你添忙添累。但因为等呀盼呀等你的信让我六神无主，我请求你，我要你立个规矩：不管多忙，逢五一定给我写几行字来。你看完这封信就把一叠信封写好，邮票贴好，到时候划拉划拉封上，往邮筒一扔就行啦，能自由走到邮筒吗？做得到保证月飞三笺吗？违令则……则只好违吧，连罚你也舍不得。

二哥，你在重庆做梦梦见我吧？我四十年代从来没到过重庆。当年和大哥兄妹俩商量谁抗日？谁养家？我说："我养家。"哥说："我若牺牲了，日后若还有尸骨，立碑题'优黄'。"哥就走了。而我是因为阿丹而不是因为宗江结识你，结识小丁、光宇、正宇……阿丹常戏称你"小开"，告诉我你是大好人。阿丹这话我记住了。你那害我查字典的英文字 I don't care！我要的是、找的是、觅的是、投身的是大好人，疼我疼的人。

李清照的《金石录后序》找得到的，阿丹走后我还见过，哪天我问魏绍昌吧。是篇极动情，因之也极动人的文章……我说错了，我看的是李清照的《金石录后序》而没看过李清照协助赵明诚的《金石录》。我手边就有这篇文章，一共才两千五百字，那实在是血泪文章。而我的《金石录后序》是写两个天真的大傻瓜——艺痴，不想悲悲切切。今天下午，我的挚友来看望我，我对他谈了和你的事，他极赞成，说这是很优美的感情，我补充说："也不嫁也不娶。"他说："很好，有时你去他那儿住住，有时他来你这儿住住。"我说："我的《金石录》还没起笔呢！不行。"他说："想不到你还那么封建。"二哥，反正现在不行，情愿长相思，一时难以长厮守。大洋？我的大洋难道有标准吗？标准……就是……赢得了我的爱，燃烧的爱。我实在想不到满头银发犹有乌丝云鬓时坠入你大海怀抱般的灼热。

那篇"栗子"我是准备摘用，以衬托我国的青年病毒专家的卓越科研成果……但我觉得我得逐字逐句先译下来，一为学英文，再避免牛头不对马嘴，天哪，一掺和英文，我写作的工艺程序变得繁琐之至，不过它使我赢得我的老师的心。那另外一些资料你寄还给我，我至少得跟人家说"我看过了，谢谢"吧。我还有两页资料，关于皮兰德娄的，这些英文玩意搞得我什么中国字的文章都写不成，除了给我二哥哥写情书。

不好意思。

小妹妹
1993 年 5 月 3 日

> 刚开笔想写一篇顺溜点儿的文章，想写。想写《我的异母姐姐》，动了感情，所以也许这几天不给你写信。你看我多好，先发"安民告示"，不像你，八天是很长呀。

冯亦代 ▶ 黄宗英（1993 年 5 月 5 日）

小妹，亲爱的好人：

这信到时，你该收到我以前的信了，据我的发信簿，5 月 1、2 日都有信给你，3 日则发了两封，分为上、下午的。希望这些信不为洪乔所误。上个月里月底前记得也有信给你，但我在发信簿里找不到，可能我记忆错误。因为我一直生活在幸福里，连日子也有些糊里糊涂了。清晨我忽地醒来，一看表已是五点，但一望窗外路灯还亮着，再看表，只有两点半不到，于是又沉沉睡去，在五点十分起身。你不必在阳台上忽阴忽晴忽风忽雨，过不定神的生活。如果你不以为我的信打扰你（显然已经打扰了，但是负面的），我就每天给你一封信。以后孩子辈将这些信合在一起，就是一本《两地书》了，使鲁迅不能专美于前。但是你必得写清日子，以免他们编辑困难，是吗？（有一封信你都没有封口，就是给宗江的，幸而不像有人看过，否则天机泄露了。）我现在就是想有一天小妹会到我的梦中来，因为只是思念已经不足以表示我们的相思了。有时我也梦想我们真正见面的时刻，我希望，我也害怕，我拿什么来迎接你呢？若珊在电话里说不知你什么时候来，我当然日思夜想这个日子。

在3日的报上看到了你写的文章，又如你在对我说话一样。孙大雨是我的旧知，他译的莎士比亚似乎比朱生豪的更精彩，那还是他那本《黎琊王》，别的曾念过他译的十四行诗。我昨天想如果我们发起一个募捐运动，平均每人十元，千人也有一万元，够印几本书了。今天下午《上海滩》的葛昆元要来看我，我想请他和《读书导报》谈谈是否可以做这件事，哪怕只集到能印一本书的钱，也是好的，你说呢？

我有一篇谈母亲的，《晚报》"十日谈"里预备七日母亲节刊出，这期里就会在同一张报上刊登你我的文章，我高兴这个巧合，你高兴吗？我想这样的事，以后还会有。我给你写的"栗子树"文章，你满意吗？但我还是希望用你的笔调，再给它润饰一番。我的笔触已经和我人一样地老了，但是你的文章就不断有精彩处，昨天文章里写的那句"真是自己左脚踩住右脚"，我大为赞赏，写文章就要不经意处写出警句来。还有最末的那句"书比一闪一闪双层天花板的彩色灯'上档子'"，真的妙极了。时人大为吹捧张爱玲，她能写出这样形象化的妙句来吗？我这一比较，对你也是颇为唐突的。

你念的《李普大梦》是在哪本选集里的？下午我要寄给你一本 *Great American Short Stories*。你应该多读现代的英语，这样对你看目前的报刊文章有帮助。所以这本书你可以从后面看到前面。读时不必有生字必查，除非这个字经常出现，这样可以不必打断你的兴趣。我就是这样读小说的，要翻译就又当别论。你如对这集子的短篇有中意的，不妨看过几遍之后试着翻译，译完了寄给我，我这里还留着一本原书，可以查考。剪报文章你要译，不懂的就跳过，这也是个好办法，但译文学作品不能这样。前天说的那本英国文学选读，我觉得古典的选得太多，有些字今天的字典里也查不到，我也觉得难，暂时不寄。现在砖头一块，会妨碍你的兴趣的。写不完的话，你看了肯定还不会满足的。明天再写，我也一样 miss you so much，我想你有时会走神的。亲亲你，抱抱你，我的信没有吓着你吧！

二哥
1993 年 5 月 5 日

黄宗英 ▶ 冯亦代（1993 年 5 月 5 日）

二哥：

今天（5.5）10 点来钟收到你的信时，腿有点发软。我是在焦急地等你的信等我大哥的态度等我大哥的来信。看了你的信，我放心些了，我大哥不给我来信了吗？"预感"就表示同意了吗？二哥，如果和你作伴，虽不论嫁娶，但也是我的（我仿佛才想起来）第四次婚姻了，简直成了中国的泰勒（她第八次结婚）！可叫我怎么说！不是对你。独居十三年让你把我等了去！你的信是燃烧的烈焰……我也不必向你解释我的 Romance，如果两人都要了解彼此过去的种种经历，这总数一百五十岁又如何说得完，说得清。想倾诉时就倾诉，没工夫没必要说，就不说不写。除非你突然又来灵感，通过给我写信写出自己的自传。合译是我做梦也没想到的，太好啦，我努力吧，别嫌我笨。

我前些日子利用英文资料写的稿子寄往美国 Boston 去请孙教授核对补充，今天我收到他的信和稿。居然对我译的部分没怎么改，我挺高兴，等我誊清了（他有补充）寄一份给你。这是老师函授的小果实。老师，我是有时对熟悉的字也查字典，因为那个单词搁在那个句

· 035 ·

子里有点儿特别，我就查，我发现 come 有两张半（5 pages）纸的解释，究竟是英文的一字多义多还是中文的一字多义多？

女弟子黄小妹

1993 年 5 月 5 日近午

黄宗英 ▶ 冯亦代（1993 年 5 月 5 日）

二哥 my dearest, my honey：

　　你 5 月 1 日写就的信到达的刹那，正是养子民民进门的时刻，我左手接过民民从海南岛带来的两包椰子糖，右手赶快把刚撕开口的你的信揣口袋里。民民是给我送钱来的，这孩子特孝顺（还给我送些杂七杂八的报纸杂志）。他白天当商人，晚上当诗人，一手给妈铜钿，一手给妈诗文。我不敢跟他说和你的事，我问过他两回了："你认识冯亦代吗？"他答："冯亦代？晓得！"我这当妈的没下文了。民民"钢杆保赵保黄"的，他对赵丹的感情至深，阿丹待他胜似亲子，以致外面误传民民是阿丹与周璇所生，所以黄宗英才领养他……我们的社会特会编故事。民民没有思想准备我会"再嫁"，我担心宗江是不是赞成。一次在章含之家院子里吃（buffet，不会拼），一位即将去某国出任大使的同志说："我赞成寡妇再嫁，不过中国只有两个寡妇不能再嫁，一位艺术界的 Madam Sun yi 仙黄宗英，一位外交界的 Madam Sun yi 仙章含之。"我和含之跟他顶了半天嘴，仿佛我们非再嫁不可（时 1985—1986，含之为我公司配《中国一绝》或中央台《小木屋》英文版）。宗英……二哥呀，女方的舆论压力总比男方大得多，男方没什么压力，人人会由衷为他恭喜。背后也许会说："这老头子好福气，那么大年纪了……"贬语也止于："这骚老头子……"二哥，我还是害怕舆论压力的，不说那早期的浩劫之类，打从 1980年 10 月 8 日《人民日报》刊载了赵丹的《管得太具体，文艺没希望》以来，我就是被追查的对象，直到1992年我申请探亲出国，久久不批，直到7月"对持不同政见的人"的政策下来，我才得到护照。之前有两次邀请和派出都卡了我，所以你明白了年复一年对我的压力的风源。其实我赴美探亲完全可以申请定居，我三个儿女在美国，这条件只是办个手续，可是鬼使神差地我又回来了？为什么……命运使我回来，你的简·爱听到了熟悉的呼唤。

我的三个亲生儿女一直催着我再嫁，老是问："老头子有哦？"我笑答："又不能阿猫阿狗随便嫁。"这你放心。

二哥，你能体谅我不想再制造爆炸性新闻，我希望悠着点儿，一是前封信说到要把阿丹的事办完（告一段落），昨天我已约民民，等小简妮放暑假回来，我们娘仨加老阿姨一起去南通扫墓，把事儿跟阿丹说说，请他放心。二是把你对我的函授公开（《新民晚报》就很好，有群众性，读者有100多万），这也是促你面对我这名学生抖搂你的满腹经纶，愚笨如我不敢私藏，你多写几篇写到10月下旬或11月初我就从函授班进入24小时面授班了。

二哥，你家里现在是什么样，就让它是什么样，一点儿也不要为之操心，你若去添床锦缎被岂不把我"候"煞。昨天我向在我家做了几十年的老保姆张阿姨说了咱们的事，她先是不赞成："介老了还要嫁，勿要。"后来同意了，笑说："奈我要去北京送亲。"

复活的童贞使我想把喜事办得认真而不喧张。我想10月下旬或11月初旬到北京，先住史家胡同我三弟宗洛家，当然会马上来看你。然后我会知道咱们家需要添点儿什么，三五天我就能办齐。我当然认为应该在小厅里吃喜酒，这，咱们见了面再商量。我的娘家在北京，我有俩姐俩哥俩弟还有对我一直教育关怀的堂哥宗颖，哈哈，看来女方的势力要占领冯家堡了！赶快珍惜11月前单身汉的自由和宁静吧。

一切不许动，安娜的照片现在放在哪儿，以后也永远放在哪儿，我也会带一张阿丹的小照片来。民谚：男儿爱后妇，女子重前夫。民谚总是凝结了传统，我们也会完全不自觉地浴在规律中。但我们的姻缘是你的安娜回来了，我又走向我的阿丹，不是吗？

听你教我我该说什么。

你的老伴儿

1993 年 5 月 5 日

冯亦代 ▶ 黄宗英（1993 年 5 月 6 日）

亲爱的小妹：

昨天《上海滩》的葛昆元来了，我拿了三种书给他，他们是捐了去义卖资助奥运的。我和他谈到了孙大雨。我把我的筹款计划说了。他说他去看邵燕祥，邵燕祥也有这样的提议。他这次是和《读书导报》的副总编一同来的，现在我也这样提议筹款，他们一定回去好好地商量一下。我希望他们能搞这个筹款计划，希望这事能成功。

我寄了本 *Great American Short Stories* 给你，如何运用这本书，我在前天的信里已经提到了。我学美国文学和搞翻译，就是用这样的方法出来的，以你学习的专心，你一定会成功的，我也一定帮助你成功。文法的掌握，只要懂得动词、前置词和 in, on, at, by 就可以了。动词中尤其要注意时态，但是这一点也重要也不重要，因为中国人说话的时态是差不多的。我是美国教会学校出身的，有美国人教英语，但是他们不太重视文法书，我从来没有读完过一本文法书，一切还是依赖于平时的体会。好了，不讲了，怎么把我们的通信，变成讲学英文的讲坛呢？

两天了，你没有信来，不是被我信里的字吓着了，便是故意按捺住心里的想望，怕打扰我。其实你一天写十封信，我也不会满足的。我信里有什么话伤害了你吗？而你没有信来，倒反而使我坐立不宁了。人真是无法满足的，整天在想望和白日梦里过日子，但是我的心是充满了愿望的，两年的空洞洞的日子，我都害怕了；当然你比我活得更累。可怜的人。

前天，我读了何为的《老屋梦回》，其中一篇《文艺沙龙与咖啡店》，使我完全沉落在忆旧的心情中。我也写了一篇《咖啡馆的思念》，我记起有一天在亚尔培路回力球场对面的赛维纳咖啡店，那里是文化人经常出没的地方。我在那里看到了你和阿丹，才知道你们回了上海，于是有一天我到徐家汇来看你们了。我依稀记得你们的那间小屋。不多说这些旧事了，但是我相信，我会伴你一生的。两地相思，又好又坏。好是使我有事做，鱼雁传书，翰墨姻缘；坏的是这一份思念，是要有耐心去"熬"的。

还是说我对你的思念！我看不见你的字，但是你的身影，却每天陪伴着我。西湖有个张相公祠，阴历除夕，赌徒们都到那儿去求梦，我现在就想在梦里看见你，但无需卜吉凶，因为我们的生命已经联结在一起了。你不但是我的好小妹。也是我生活中的亲人。留着话明天再写。Miss you a lot. Hug you forever！

二哥
1993 年 5 月 6 日晨五时半

冯亦代 ▶ 黄宗英（1993 年 5 月 7 日）

小妹：

现在轮到我来着急了，似乎我已经有几个世代没有收到你片纸只字了，是病了还是恼了，是我连篇的信打扰了你吗？我已痴等了快一个星期了，究竟因为什么呢？希望今天报来时，能收到你的信，否则我真会想疯的。

昨天去了北大医院拿药，碰巧神经科的石大夫门庭稀落，由她为我检查周身一次，结果完全是优良。自从 1982 年两次轻度血栓后，一直是由她诊治的，她说我完全正常了。16 号要体检，我每年总是 pass 的，我会告你结果的，你可以放下心来，我的血压 70/120，这样的情况我已保持几年了。

由心如止水到活力鼎沸，如果没有你，我今天还会低沉下去的。现在我把给你写信，当作个加油站，油加足车就快跑，这便是我现在健康情况和心境。所欠缺的，就是我们只能写，有一天我们当面谈了，又多好！我就羡慕和希冀这一天的到来。

好人，想你，想你想你，千百个思念用什么来偿付呢？

今天晚上你大概可以看到《我要个疼爱我的妈妈》的文章了，这是第一次我们在报上的见面，希望以后还会在什么刊物上见面。文章刊《新民晚报》。

北京的天气真怪，就是不肯热起来，说有雨又不见下来，有如我们的思念，不知何时可以见了面不用思念。

祷告你平平安安，快快活活，每天用思念来消磨时日，可怜的人。

亲你，抱你……

二哥

1993 年 5 月 7 日晨

黄宗英 ▶ 冯亦代（1993 年 5 月 7 日）

二哥老师：

昨夜窗外雨潺潺。我服了安眠药后，难得一觉睡到六点钟，也许我喜欢听雨声，无论它引起我的哀伤和如今的缠绵。我昨天去离家 300 米远的老人大学书法班听课，我对陈老师说，我的目的很单纯，就是把赵丹没题的书画题了。我和邻居一起去的。一路上我挺紧张，为了又坐在课桌后面。邻居是一对夫妇，女的是原华东医院工作人员，她说："你什么事都那么顶真。"我答："我是顶真，生活上也是，答应人家什么，一定要做到。"

二哥，你老是怕我变，我老是怕你病。我甚至想，如果我真的"不止亲一亲"，你的血压就"倍儿"地升高，升高，我吓煞哉。你现在持续烈焰般地为我燃烧，我也提心吊胆。咱们平静些好不好？首先你定心，在我们的有生之年，小妹是你的定了。我只依然还是赵丹夫人而已，你是大洋，你有博大的胸怀，摆脱旧传统观念，此外，没人会抢走你的小妹。所以我要求你我降温，像老夫老妻那样平和地相处，让我们的相爱使你益寿延年，使你创造一生事业上的高潮，使你享受从未有过的宁静的温馨的幸福。

好啦，我以后也尽量写短信，虽然时时刻刻心里在跟你说着话，所以你"听到了"。《西书拾锦》在我枕畔，我睡前看看，我除了佩服你的学问外，我还有点儿意见。就是：字里行间少一些情趣，句与句之间结构太紧密了，有些并牢了的感觉。以后，你起笔前，只要想着——"小妹你听我讲"，有了这句潜台词，龙就会腾空而起，然否？

写你的函授篇吧，苏格拉底、孔丘、罗丹……都是授情而成的。

你的小妹
1993 年 5 月 7 日

黄宗英 ▶ 冯亦代（1993 年 5 月 7 日）

二哥：

这种颜色的信笺，只能给你写信用，若给别人写就可能引起误会了，不是我特为设计用笔，是多年弃之不用的它突然出现。

如果再说等我信，收不到我信真是冤枉了。今天将寄出一封牛皮纸信封内装一小本 Post it，寄如此一本小书似的要去邮局，敞着口让他们看一下，也许会比此函晚到。

你我频频书来信往，老阿姨当然有数，起先不赞成我再"嫁"人："介老了还要嫁，勿要。"说着说着也就同意了，我前信已说过，她要去北京"送亲"。不过她问："伊几何年纪？"答："去年做过八十大寿。""介大年纪！吓？""是吓格。不过伊苦了一辈子了……""有钞票？""不会得有，也不过就像我一样拿拿工资，有点稿费吧。""几个小人？""不晓得！""屋里厢和啥人蹲了一道？""不晓得。""哪能住法？""不晓得。""全不晓得，侬就跑得去？唉，侬格人……"不过她已经在办我小小的"嫁妆"了。这个小嫁妆就是我自己的被面。

我得有自己的被，我有失眠症，再有我不能伤你的元气。

担心你等信，心不在焉地写给你，我答应文汇"笔会"主编交稿子呢！

小妹
1993 年 5 月 7 日

冯亦代 ▶ 黄宗英（1993 年 5 月 8 日）

亲爱的好人：

阿弥陀佛，你的信终于来了，而且是两封，使我有如贫儿暴富，不知手之舞之，足之蹈之，你会想到我的疯劲儿吗？只差大叫一声了。但如果真的大叫，人家便当以为老头儿发疯了。我突然想到《北京人》，他们不是要想笑就笑，想叫就叫吗？可是我又何处去叫去笑呢？只能使叫笑出之于笔端了。可怜人也二哥。

你是不是每天在两三点之间醒来的？我每天总在那个时候醒来，似乎有人叫醒我似的。看表之后，便想着你，似乎你就那样爱娇地躺在我的臂弯里。你还在熟睡，我就怕把你吵醒。我可以闻到你的馨香。思念，思念，我就是那么打发日子。

当然在重庆我只有听宗江常说起你，他经常在我面前夸你这个小妹。因之当我第一次见到你时，觉得十分熟脱了。前几天我写篇小文章，谈到亚尔培路回力球场对门的赛维纳咖啡馆那里是我们第一次见面吧？还是在上海剧艺社演戏的后台？我越想越糊涂了。其实何必想我们的第一次见，想想今后我们的见面，就很幸福了。

你问我会不会妒忌阿丹，其实我心里一直是喜欢阿丹的。如果我是小妹，我也会爱上他的。他是个最最纯朴的人。我和他是一见如故，我们一块见面的，还有朱今明、王为一等，但我只和他交了朋友，而且他也是一开始，就叫我二哥的。可能我还头脑封建，我对你的迟迟疑疑，就是我怕伤害了他。但后来我想通了，你是他所爱的，我应当尽力帮助爱护你，才对得起他。大概这时我才真正感到"隔墙花影动，疑是玉人来"的心情。爱是无坚不摧的，这两天电视里演唐明皇，他之对待杨玉环的一片痴情，是多么可贵哟！现在我对你就是一颗灼热的心和一片痴情。我想我是世上最幸福的人了，你给予我生和希望，感谢你，因为你使我这口枯井，重生了波澜。

你似乎也和我一样，要朋友们承认我们的恋情。你对你的知友讲了，他为我们出了主意，真得谢谢他。我也要找一个朋友，告诉他我们的爱情，这也和我想要向世人大喊大叫，告诉他们我们的新关系是一样的。总有一天，认识我们的人都会知道的。先从我们共同的事业做起吧！我们有材料时，便共同写译文章发表，我取了一个名字叫"黄亦英"，使读者猜这个人是谁好吗？从那篇"栗子树"开始，你一定要改写它，加上你原来想写的东西，文章如嫌长，可以把我原来写的删去一些，好吗？

昨天我给你订了一份《英语世界》，使你可以养成不查字典而读书的习惯，而且这里面刊登的材料什么都有，可以扩大你的读书面。我舍不得你为查字典而减少读书的兴趣。我以前学英文，也是得到这一类杂志帮忙的。读着读着，词汇便多起来了，兴趣也就更浓厚了。

你对于写信的规定，太严格了。一个月只写三封，我又怎能做得到！我建议我们每两天写一封，如果有事要做则我们预告通知，要你我不天天盼望。你大概不高兴我不写信就十一天不写，一写就不可收拾。好人，你说这样好吗？但如果你要我多写，不受此限制。

你要吻得我叫饶命，我也会报复的。温柔地亲亲你。抱抱你……

二哥

1993 年 5 月 8 日晨五时半

资料我寄给你，但留下了关于谈美国政府腐败的电影一张，我想缩写，然后由你润饰，满意就去投稿，用你乐意用的名字或我取的那个名字。要不了多久，大家便会研究，终于发现，完全自自然然，比开新闻发布会好。但如果你要开新闻发布会，我也不反对，举双手赞成。

你叫我把那封信发表，我正在研究，写好了我会寄给你，由你决定交给谁家。但考虑到写的不是抒情的，我也可以找一家报纸，如读书专刊之类的发表。

多写了两段，便又有机会再吻你，亲你，抱你一次。

永远爱你的二哥

冯亦代 ▶ 黄宗英（1993 年 5 月 8 日）

亲亲我的好人：

"洞房花烛夜，贫儿暴富时"，我就盼望这一天的早日来！真应该听你的，可以烫，不可烧，这些天我真烧得糊涂了。你看我写字笔不由心，就可以想到了。但是还有我们的共同事业，我必须定下心来冷处理。

想不到你也是喜欢听雨的，可惜这里已经好久没有下雨了，而且我觉得高处七楼，听不到雨脚落在地上的声音。回忆我听雨声最开心的那一夜，是在重庆的北温泉。我喜欢李商隐的"何当共剪西窗烛，却话巴山夜雨时"。古人注为闺中之诗，我盼望这一夜，越快越好。

你看了我在《新民晚报》"夜光杯"的那篇文章吗？（5月8日晚）我喜欢写这篇文章时的心情。过去每当我有这样的情绪时，我总是心收缩得厉害，而这次我想到的只是你。我真搞糊涂了，是你给我的情，还是梦想给我的情。

我把你给我的信编号，从由宗江转的那封信，已经有19封了。我望你把我的信也编一下号，看看三个月不到，我们写了几封信，这些信是我们的见证。

为了冷却我只写了一张，但不能说明我心中潮涌的爱，还是想亲亲你，抱抱你。

亲亲你的二哥

1993 年 5 月 8 日

冯亦代 ▶ 黄宗英（1993 年 5 月 9 日）

我亲爱的小情人：

收到你的来信，知道你决定来了，我怎样形容我的心情呢？因为一个人总是矛盾的，他渴望幸福，但是幸福真的来了，他又觉得有些不可信。我们可以这样快中止我们两地思念的生活，做梦也无法想到。但是你要来了，我又觉得有些手足无措了。我这里的一切设施，原是照我是老光棍安排的，我怎样迎接你的来临，迎接天上掉下来的幸福呢？我要使你快活，十三年来你吃的苦够多的了，我要平息你心里伤痕，当然我也有伤痕，我已经逐渐愈合了，我们又新生了一颗心，我们要相互建筑一个心巢，而这些幸福都是你给我的，我感谢你。

现在就只有等那个好日子的来临了，如果你11月来，整整是半年，我们还有半年的两地相思。我挨不住了。但是我尊重你的决定，我等你把阿丹的事做一终结。当然我们的屋子里要摆阿丹的照片。二嫂一向欢喜你和阿丹，如今你代替了她，我代替阿丹，做完我们四个人的梦，这将是一件美事。我不要听你的往事，因为这不是"政审"，我只要你的爱，你中有我，我中有你，这是个小要求，这也是个大宏愿。也许有一天我们会回忆往事，那只是老人讲故事，那就听其自然了。我们只讲阿丹和安娜，你和我的事……

你的娘家，宗江之外我还认识宗甄，他是我的老朋友，如今已十多年不见了。宗洛我当然见过，其他的就没有见过面。我们当然会成为朋友的，你可放心。宗江原来说要写一篇文章谈你我，但至今未收到，我想他是赖不掉的。若珊是个好人，我很敬重她。

在你写《艺痴录》时（这书名，将与《金石录》在历史上相互辉映），必须注意身体，须知你现在的身体也有我的份儿，什么事情都要考虑我在内。你觉得我自私吗？我以为男女之爱本来就是自私的，否则不足以显出爱和情。你说对吗？

如果你要知道我的过去，我一定讲给你听。我不愿向你隐瞒任何事情。谈谈那篇有关电影的文章，我看了也考虑了，他吹捧克林顿总统，我们何必去锦上添花，所以我寄回给你，不必为此花力气。

这次轮到我来吻得你透不过气来了，亲爱的。我还得紧紧地抱着你，我就在等这个伟大的日子。

永远是你的二哥

1993 年 5 月 9 日

你昨天在《新民晚报》"十日谈"看到我那篇文章了吧！

黄宗英 ▶ 冯亦代（1993年5月9日）

二哥：

依枕看晚报（5月8日）见你的《我要个疼爱我的妈妈》，二哥，就唤我"妈妈"吧，就在信中唤吧。你不觉得我对你的感情，母性多于女性吗？也是惯了。二哥，小妹将抚吻你一生的种种不幸的伤痕……乖，妈妈就在你身边。

二哥，我演过《七重天》，在我十七八岁的时候，在上海巴黎电影院，是外国戏改编，我什么也不记得了，只记得自己梳两条小辫儿，穿一身褴褛，胳膊上挎个花篮，我饰演一个卖花姑娘……如今，我又要上《七重天》，二哥呀，此刻我不再写命运的抒情曲……

再一次发安民示告，我得停信若干天，我得变起床第一件事是给二哥写信的行为为写作。三日不写作，顾影疑非我，上次我寄你一份我的什么文章，写到我和小绿格的渊源，你不见得会 jealous of 小绿格吧。如果你有裴多斐的诗，请看看他写的《三只鸟儿》……

吻你

小妹

1993年5月9日

我有心把信压到今天发，我不允诺一天一封，更不许自己一天写两封，但你一天一封，我当然开心。哇，忘了你的《两地书》计划，我写的什么呀！我是要忘掉悄悄话就是悄悄话，如果想到编书，会想到是跟亿万人说话，我有的是别的话跟亿万人说，但说悄悄话只你一人。

黄宗英 ▶ 冯亦代（1993 年 5 月 10 日）

亲爱的哥哥：

今天天好，我把被头晒到阳台栏杆上，又种了两盆各一对丝瓜。我喜欢种花，十多年了，我的家总是没花，我总是浪迹天涯，在蛇口，户户种花，人家问我住哪儿，我说，你看哪个阳台没花，我就住哪儿。今年，我一时不出门，我有心情种花了。以后，我会移些花儿到"七重天"。不是从上海，可以从我珊嫂和弟媳尚梦初（宗洛）家移一点了。

二哥，你……见邮递员骑车过，果然有你信，怎么又说没接到我的信，好啦，为治你这心急病，我尽可能每天写一封（我说尽可能，是怕你万一哪天没收到，又要急煞）。你现在（5 月 10 日）一定陆续收到我的 every day letter（日志怎么说？）。

你把那怎么写自传的参考的文章写好，可在文汇"学林"发表，可以用《西书拾锦》中许多资料，什么梅勒的，托罗的，肖氏的书信集等都可以旁征博引之，你好好写上一大篇，一让年轻人得益（你书印数只一万册，定价 6.10 元，年轻人一般不会买），二让世人都知道你在帮助黄宗英在写她和赵丹在一起的日子。你作为给我的信款款写来，又书生般给我讲课，顺手拈来许多范例……我真的需要，对学问，我是"雁过拔毛"的，小心我把你的毛拔光！我前次写了我准备怎样写我和阿丹的书，大概你早忘了。好吧，我重新写一封弟子求教书，反正由"笔会"主编我的好朋友琢磨怎么发吧。说干就干。

总体设计：

可以分上、中、下三次刊完的文学书简。

小妹提问、引出、托住。

二哥风趣讲学，寄《西书拾锦》寄美国小说选……换稿纸写。

二哥，一开写，我可能要糊涂，先把你的信寄掉，你不要听我瞎指挥，因为我究竟还是不清楚你每天在做什么，我们舞台表演上讲究：演得好更要托得好，托比演难，是见真功夫的，外行又看不出这功夫。

小妹

1993 年 5 月 10 日

黄宗英 ▶ 冯亦代（1993 年 5 月 10 日）

好二哥：

今天（5 月 10 日）上午发出一函，此刻已 5p.m.，写就并复印好《二哥小妹书简》，因为你一直没搭我这传记的茬儿，所以也不勉强你。我把刚写就的、改得乱七八糟的草稿（函）寄给你（明天一早）。美国小说选是 5p.m. 以前刚收到，我会喜欢，一个短短的前言就挺帅。

今天上海晴天，再晴，阿姨跟我就要扛箱子，收晒冬衣，取出夏衣了。也就是我理"嫁衣"的时候。10 月中旬，上海天还暖，我得在这时候留出来，不然抬樟木箱子也挺沉的，我不过是把压箱底的布料找一找，把棉毛衫裤北京、上海分一分，袜子、短裤……甚至毛巾、手绢儿（现在市上不卖手绢儿了）。早上找出一对新枕套，花图样也是小女孩儿。我不是没钱办新的，但既然要跟二哥过日子，那就该会过日子，到了二哥家，我会巧妙地拿出我该开销的钱。总之，我体会得到二哥一个人撑家不容易，我有孩儿们替我撑持些个，没关系的。

别一天二十八小时想我，别逼我用金钗戳自己眼睛，公子呀……

小妹

1993 年 5 月 10 日

冯亦代 ▶ 黄宗英（1993 年 5 月 12 日）

亲亲你这甜姐儿：

昨晚下了雨，可是我听不到雨声，现在还在下，我只见闪眨的屋顶和楼下行人的雨伞。我喜欢你那篇写松树的文章。

我只是慑服于你那一头漂亮的白发，而忘掉你这个可人的甜姐儿。当然我记得，要不然我们就不会有这段将会"永志史册"的黄昏恋了。奇怪我怎么没有将我们和王洛宾及三毛联系在一起呢？当时看了这一段只觉得三毛的痴，却忘了我们的痴。我老是在糊里糊涂过日子，以前我总是以第三者身份看待自己，一旦我深入到"我"，便感到糊涂了。

照片三张、向阳花画、剪报都收到，我突然财大气粗起来（那张纸是 8 开）。昨天有个年轻编辑来看我，说了他选我文章的理由。但这些颂扬引不起我的兴趣，有了你才是值得为每一个世人知道的！至于我自己，憨大一个，却招来了你的倾心，世事真怪，退回十三年，你我能想到这样吗？哦，亲爱的，亲爱的可人儿！

宗江来了天书和剪报，遵嘱寄给你的，你可以放下心来吧！我真不知如何感谢你，如何更亲地爱你，如何亲切地吻你。

另一封信，我寄了皮兰德娄的材料给你，希望对你文章有用。严格遵守谕旨，到此为止，但我的心却跟着这些字，飞到了你那儿。

你的老淘气二哥

1993 年 5 月 12 日晨 7 时

黄宗英 ▶ 冯亦代（1993 年 5 月 12 日）

二哥：

今天我下午上书法课，虽然用不上了，但 6 月 22 日就结业了。班里老师挺重视教我，老师讲课……晋唐宋元……时代与书法风格的关系，挺有意思。反正无创意、无真情难以成家。用不上，我就没工夫好好儿学了，我不是为消遣而学。学画为小外孙女儿（这课要从 6 月 25 日以后专家开祖孙学画班，我和小简妮二人）。学书法，为给阿丹未题画上题字，现在行家说不用题，我解放了。我总是这么想，什么都得在 18 岁以前打好基础，现在硬学，什么都学而难成，这才从也不求成，真好玩处想。真好玩是在"二哥转大哥"之前，二哥赐我的"座右铭"。下午，不可能给你发信，不对，下午上课路上给你发信，可以把我为阿丹办事的筹划的信夹在里头。

昨天没收到你的信，我不着急。因为现在可以打电话了，我不会乱打电话，若打电话在早上六七时以前，那时候家里就我一个人，我并没有盼你天天给我写信，你要把时间用在最该做的事情上，你不要瞎操心我有什么变化。我发神经病啦，从大洋里调头还是大洋啊，Don't be so nervous。

阿丹在南通举行的纪念仪式，我不邀请你，你回头按捺不住瞎发嗲，阿丹可是个吃醋大王。我想，他内心是同意的。具体见了，又一定吃醋，而且那时候宗江、袁文殊、荒煤等一定都知道了，你一时也尴尬。这就是我最初有些犹疑的，就是娶名女人为妻，对你来说是很不容易的，你要想到办好这件大事，我就来到你身旁。

我还是把信分两次发吧。

现在去复印，此信也许可以赶上 10 点多的邮班。

深深地吻。

你的小妹

1993 年 5 月 12 日

范用一本小书,《我爱穆源》,小小的,挺可爱。

黄宗英 ▶ 冯亦代（1993 年 5 月 12 日）

二哥：

连接你 5/8、5/9 两日火山爆发似的信,我好幸福。我可没有习惯落笔写如此热火的情书,我不好意思。反正我会以同样的热情回报你。我像独自跑完了马拉松,然后悠闲地浸在涡旋的热流池中。我何在乎你的屋宇朝南朝北（你没说清楚,南房是朝北的,北屋是朝南的）,我管你什么东西南北,为了你,我可以重新在亭子间里困地铺。当然,知道一些也好,不然,我买一床双人床的床罩去,你睡的却是单人床！好玩吧。我什么人的臂弯里也没有熟睡过,我有失眠症,你不要做梦,过了"宵禁"时间你别碰我,我一夜睡不好,会十天睡不着的,比你的高血压吓人。

你什么也别动,我只是回家了。如果你一定要动一动,我派我弟媳尚梦初去。我想最好由我自己来动,不麻烦别人。我不会到了你家第二天就写作的,那不变了"呆痴"了吗？总之,你不要在这方面费心思。我相信我能做到你一样不添,我去后自然地就不一样了。

今天就写到这儿,你看我给大洪（赵的外甥）的信,我要开始启保险箱了。文章的事就听老师的。给大哥打个电话,说说南通的事（当然他们要去的）,并说让他别过早发关于咱们的文章,别冲了。

二哥,安心,静心,千万珍重。关于你的 secret,你是否有意看看医生？

小妹

1993 年 5 月 12 日 11:48a.m.

11.48AM/12th May. 1993

二哥：连接你5/8. 5/9 两日火山爆发似的信 我好幸福. 我可没有习惯用笔写如此热火的情走. 我不好意思 反之我会以同样的热情回报你. 我像独自记完了写这批. 地似悠闲地漫走涡流的热流地中. 我仍去拿你的居室朝南朝北(你以说清楚 南房是朝北么. 此房是朝南的) 我给你什么东西南北. 为了你, 我可以重新去拿子问呈四围地铺. 当然, 走这一些也好. 不走, 我要一床2人床以床罩去. 你睡的却是单人床, 好玩吧. 我们么人以肩要里也没有熟睡过. 我有失眠症, 你不要从姜 过了宵禁时间 你别碰我. 我一宿睡不好, 会十天睡不着么. 比你以高血压吓人.

你什么地别动. 我可走回宗了. 如果你一定要动一动, 我派我苹娘姐高素西去. 我想, 最好由我自己来动, 不麻烦别人. 我不会叫了你在第二天就等你的那么, 卖了"寻疯"么吗? 总之, 你不要走这方面费心思. 我相信我转你倒似你一样不深, 我去似自然地死不一样了.

今天就等到这儿. 你务必给大姐(越以升场) 打信, 我要开始 发你的院箱). 文章人事头你怎办的. 你大多打了电话, 说说商店么事. (信告他们要寄什么) 并说让他们到这早去买关于响似的文章. 别冲了.

二号走心. 静心. 千万珍重 关于你以 SECRET 你最好有意告诉医生~ 协和医院名院长方所(说)是大夫顿了条证.

和好

冯亦代 ▶ 黄宗英（1993 年 5 月 13 日）

宝贝的亲人：

今天我起晚了，醒来时已是六点钟。我三时半就醒来了，想着你，想着你，过了半个钟点，才又迷迷糊糊睡去。昨天收到你 8 日、9 日的长信，又熟视了你给我的四张照片，我真喜欢，我已不知多少次向她谛视了。你的那张大的，少女的挺出的胸部，令我心头怦然，不知想到哪儿去了……好容易才把意念收了回来，但她始终在我的心头。王洛宾是个傻瓜，他竟将宝贵时间给予了无聊的拍电视。他是有爱而不会爱，而我则是有爱而不能爱，老天对人就是那么残酷，你知晓我的意思吗？你会想到一切的。

我为什么在我回答你的信上（即你致宗江的信）那样地拒人于千里之外，就因为这个苦衷，但是我无法径直对你说。其实我喜欢你（那时还不能说爱，但已有要亲亲你的想望）不是在你写了那封信，我回答你信时，我心里是滴着血的。我完全可以装得真像个二哥，但我心里想的却是我就是二哥！而且只是二哥。那一年你和沙漠来看我，我竟冥顽不灵？但我那时想的是何必多此一举。真的幸福到来时，我又迟疑了，因为我的生理缺陷。我常常想我一辈子是个可怜儿。但我也可以骄傲于世人，因为我 80 岁还得到了你的爱情。可是我写这封信时，真如一个等待判决的囚徒。

《两地书》只是梦想，留给我们自己看的，你不必寄来，将来带给我好了。如果这些信能够出版，我们便成了写《金瓶梅》的兰陵笑笑生了。据说他就是冯梦龙，那我真是祖传的了。

我和你一样是靠工资和稿费吃饭的，工资直接由民盟存入我的银行户头，现在也不知多少底薪了，每个月一起有快 500 元的收入，稿费大概也有这样多。积蓄这次搬家装饰及家具花了大半，但今年还万把元收入而已，如此儿女辈全不要我的了。我现在不喝酒抽烟，每月除了吃饭买几本书之外，便没有什么用途了。

有客来，不写了。我尽量做到三天一信，我不要来妨害你的工作。说到学字，我现在完全不写毛笔字了，我等你的道德经，你抄给我的几句很有意思。

抱抱你，亲亲你，吻吻你。

你的二哥

1993 年 5 月 13 日 8:43

冯亦代 ▶ 黄宗英（1993 年 5 月 15 日）

亲亲我的小妹：

我硬着心阻止自己给你写信，因为我不想把你的心搞得悬悬的，分散你写《艺痴录》，我觉得这个名字很好，副标题是"阿丹与我"。最近我常常想到他，问自己我这样做，是否冒犯了他在地下的安宁。转眼想想，又觉得他会为我们在一起感到高兴的。你有次信上说我总是怕你变，没有，我是完完全全认为你是真诚的，我怕的是我在任何一方面都比不上你。

发了前天给你的信后，似乎我的忧郁症又犯了。心里是一片空白，百无聊赖，一刹那又想得你要发疯，小妹，你说我是怎么了？这样的心情，我想一定要等你来了，一切安排就绪，开始我甜蜜而又宁静的生活。我不想把我们的生活，搞得闹哄哄，当然我对这一点是有心理准备，而有承受力的。你这个新闻敏感人物！而我又是个抛头露面的人。我不要我们平静生活被这些身外事打乱甚至打破，生活是宁静而甜蜜的，要疯就只能限于你我两个人。

关于你要写的《艺痴录》，这个名字是由于你启发，我很爱这个名字，你呢？我总以为你胸中已有框架，所以我不愿来打乱它，其实回忆录又有什么一定之规。不过有一点是要注意的，就是一个真诚，否则便成为写小说了。但是这里面还是有取舍问题，牵涉到其他人的，必须一带而过，笔下留情。否则伤害了别人，便不好了。即使是真正的事实，也要留有余地。Frank Harris 写《我的生活和我的爱情》把肖伯纳和丘吉尔调侃得好苦，幸而这两个人都比霭理斯硬，所以无所谓，别的人恐怕早已受不了。对于已去世的朋友而牵涉到自己的，不要计较恩怨，淡然述之，读者似乎会下结论的。

《二哥小妹书简》题目太长了，我提议改为《兄妹书简》，书简二字不嗲，我们的黄昏恋才嗲哩！这两天北京的熟人中间正在议论徐迟的新婚，说双方都吃不消，徐已经七十九了（比我小一岁），可是他的对象还在五十左右，每天晚上拉着徐迟去跳舞和玩卡拉 OK，老朋友都说看了女的令人吃不消。当然各人心里爱，旁人无可多言。我们当然永不会去唱卡拉 OK，我们只会在纸上写，但我们也决不会让我们自己成为别人的话柄。这些要发刊的书简，如果在报上，则二人加起来，不能过 1500 字或稍多一点，字不能太多。如果在刊物上发表，则长一些无所谓。你想在哪儿发表呢？如果为了公开我们的爱情，则可选《上海滩》或你认为适当的地方。报纸只有《新民晚报》和《文汇报》，但"文汇"常常压稿，我不知你有没有可以左右他们的人。不要忘掉在你的信上告诉我，或者干脆写多一些到七八千字，那就比较自由了。

你来了，没有"入厨下"的要求，因为我这里有阿姨，当然不会阻止你一试身手，我也要尝尝你的手艺。我的儿媳、女儿、孙女都会做菜。我不想这些世俗事来打搅你，你的座位在书桌，我把书桌给你，因为我随便什么地方都能写，而且书桌是对着墙放的，你不会看到我在看你。我们要写的时候我也可以到隔室去，这样就不会妨碍你了。

我喜欢读你的信，我只把你的信编号，因为我常常看你的来信，把前后弄乱就不好了。登记簿不是专门为了你，这原是为了我的投稿，可以查考有没有寄到，有没有发表，使我心里有数。我常常读你的来信，就因为可以温暖我的心，我真感谢你。你虽不编号，但肯定你的信比我多，我怕多写信会给你老是抱着兴奋的心情，有害于你的平静。至于你的信，则我是永远盼望的。

你也在看《唐明皇》，我怀疑他之爱杨玉环一半出于父爱，他们年龄是祖父与孙女，但他们是恋人的模范。作为一个观众，我觉得他们的表演太现代化，但如果不是这样演，又怎能说明他们的爱情，你说呢？

昨天，有朋友要我写回忆录，可能上海有家书店要他编一个回忆录丛书，不限于作家，社会活动家以及影剧明星、运动员的都要。我曾经在香港大公报写《忆香港》和在《收获》发表《在重庆的日子》，他要我加上青少年时，和1957年"反右""文革"做阶下囚、与安娜的日子及离休后的生活，一共写上20万字，我已答应了他。当然我要写我与你的生活，写得好，这将是一本"奇"书。

明天我去体检。要折腾一个早上，后天再给你写。吻你，抱你，亲爱的小妈妈。

永远永远是你的二哥

1993 年 5 月 15 日 8 时

黄宗英 ▶ 冯亦代（1993 年 5 月 15 日）

亲爱的二哥：

遵你嘱我一大早起来就整理你的 love letters，从 4 月 6 日至 5 月 10 日吧（信头信尾是你没写日期）一共 14 封信，不包括我寄还你的两封信，一封是我感到莫名其妙不知自己说了什么惹得你如此嗫嚅闪闪，为安你心表示我没有别的意思的信，并把你的原信退还。另一封是写到洛杉矶关于学英文的，那么总共是 16 封信（今天已经 15 号，好几天收不到你的信，但你已说了要冷处理，我也不那么担心，如果今天再不来信，星期日想打一个电话，别吓着你，就是问好）。学英文的信不想写不写好了，无所谓的，又不是命令，我们彼此不下命令，这样出主意的时候也就没什么顾虑了。你文思很旺，不必瞎费心思去撰文，我在等着你的英文剧本，我觉得合作从译作开始比较好，不然委屈了你，在合作事宜上还是得二哥挂头牌。

重新读了你的来信，顺日脚一一读下来，我沐浴在爱的热浪里，我没想到会被爱得那么浓烈。你千万别操心怎么迎接我，你既然去过阿丹和我在徐家汇的小屋（那是在1948年元旦以后），一担米租一月的底层前客堂，没窗，只有打开四扇门才有光线进来，邻居都是普通劳动阶层，阿丹塑造的"小广播"形象的契机是来自这里。你有没有注意到在这间小屋里我们的橱，是买的肥皂箱搭出来的，一切被小妹布置得也挺好。二哥，我说这些只为安你的心，你的爱怜是"七重天"最最重要的一切一切，男人是不会布置家的。你千万千万别为这操心。我来了，这也就是一切一切。你千万别费尽心思搞点儿什么来我又看不上眼，又不能把它们从"七重天"扔下去，那要出人命的。

今天除了找这找那拽我出国前包在哪里的东西外，没别的日程，就跟你聊聊往事。

如果你是在上海剧艺社后台第一次看到我，那就是1941—1943年。因为上海剧艺社从"珍珠港事变"后就被迫解散了，以后恢复时叫美艺剧社，由翁仲马任社长，我和宗江演的黄佐临导的《依发痴》打头炮，我饰一少女被一古板的学者追求得烦透了就装疯（实是话剧的《花子拾金》《十八扯》）把那"考虑博士"吓走。那时我才十六七岁。1980年在纽约碰到董鼎山，他说："你当年逛大上海是坐在我腿上乘三轮车兜风的。"是一个可以坐在大哥腿上的小姑娘，那时候和你相差十来岁，你又不跟我跳绳玩，我怎么可能记得二哥哥呢？

但在大哥去内地之前与我合演了《甜姐儿》，轰动沪上之后，我也成为被不同身份的男人（并也包括我身边的我叫哥的男人）追求的对象，我怕得很。大哥临走时，把我托给了他的好友异方，异方说"你应该是我的妻子"。我就跟他回北京香山他的家，我们准备婚后翻山去冀东游击队。他母亲给了我们一座三合院，我睡他母亲和保姆的大炕上，异方下山去筹办婚礼，我就在山上布置洞房，可婚礼前异方病倒了，上百份请帖发出去了，我下山时说是婆婆代替新郎，可是新郎自己撑起来了，行过婚礼，他就依然住在医生舅舅家，我睡他舅妈屋。十八天后午夜他在医院里死去，一大早棺木寿衣俱全把他殓了，原来他们家人都知道他必死，都准备好了，只瞒我一个。当棺木往香山坟地抬时，在我布置的洞房里停了一会儿，继续上山，下葬之后，招待杠头们在山上吃松枝烤肉……

异方母亲要把我奉献给主，让我参加查经班、布道会，天天早上和一些女查经班的孤寡飘零的修女一起仰天呼号祷告（是不是美以美会？还是奋兴会，要喊得基督降临），天天只是《约翰·克利斯朵夫》伴我。半年以后，共产党员和国民党特务一起来接我，我回到上海重做冯妇，报刊大登小寡妇长小寡妇短，如此如此，我又决然离开上海投奔天津我大姐家。我不想演戏了，我想念书。我省吃俭用带回几枚可换钱的金戒指，可这时孙道临和卫禹平也从上海回平津，他二人来找我，要我为拉家带口的几十位剧团同仁的生活再出山，我只得答应。我在平津又演出《甜姐儿》《魂归离恨天》（Wuthering Heights）等剧，苦苦地维持这南北剧社。社长是大哥的大学同学程述尧来承担，跑货款得带着我，办大事得带着我。圈里人人都说程是热心办事、热情待人的好人。一来二去，我就选择嫁给他，我累了。婚礼办得还挺隆重，连异方家也送了礼来。婚后也还可以，当他改在中央银行工作，房子分得挺大，薪水可以，就接了我娘、我兄弟住在一起，帮我养母亲扶持兄弟。这时我在中电三厂拍摄了《追》，又演了一位漂亮的阔小姐。以后陈鲤庭看了这片子，阿丹又在李伯龙那里看了我《甜姐儿》照片——就是"她",就这样,1947年初夏返上海。

再以后,与阿丹的结合你可以想像,爱怜是从阿丹脚上穿两只不同颜色的袜子开始……是金山协调我和程述尧和和气气解除婚约,与程结合的心理空虚,只是两年里他不读一本书,一到他五点钟下班,我就担心和他说什么,很担心的。我那时在辅仁大学选修 English、History、美术欣赏,都是用英语讲,太深,我听不懂。下了课我就去北图,中午吃碗面,我又回到北图,骑自行车来往,这么过了有小半年时间。没上几堂课,我还学了《左传》,老师在讲堂讲课是很慢很慢的,我像没吃够奶的娃娃老啃拳头似的渴望坐在课桌后面。就是没学到什么,仅仅坐在课桌后面我也挺过瘾的。我在学校曾是考第一,或是前三名的好学生,我是为哥哥、弟弟的学费自动辍学的。解放后,除宗江外有三个兄弟填表时,在家庭成分中填的是我的成分,因解放前三年曾靠我贴补家用。

好啦,不多说了,够写一本长篇小说的。如今命运让我走到你的臂弯里,嗜学——是我再一次燃起爱情的契机,你说是这么回事吧?深深深深地亲你。

小妹

1993 年 5 月 15 日 10:50a.m.

冯亦代 ▶ 黄宗英(1993 年 5 月 17 日)

我的亲亲:

昨天我表妹夫妇来看我,问我最近在做什么,我说正在恋爱,而且已经神之乎之了。她拍手称好,说早该如此,她举双手赞成。她问我是谁,我说暂不告诉她,将来她会大吃一惊的,她只要祝福我,我就感谢不尽了。

今天我去医院检查身体,碰到了一位久不见面的友人,他问我在做啥，我说在谈恋爱。他说你这个榆木脑袋也真开窍了。他是演员张瑜的干爹，我独身后，他们曾经讨论过我，而且预备介绍我一个人，这也是我和你都认识的。但是，我拒绝了他们的好意。他一定要问我是谁？我就说是你，他说太好了，太好了，你们是写作朋友，不过你不及她，因为她还是位企业家。他当然永远不会知道我不及你的地方，岂止于企业家。

昨天我逼着自己不给你写信，我怕打搅了你的写作。两天我一共收到你五封信，但是资料还未来。你要我写英文信，天呀！我已经四十多年没有写英文信，我不知能否考试合格，不过你可以放心，我一定把学生交给老师的功课做好。放心哦！不写信了也因为上下午都来了客。

说说我检查的初步结果吗？一切及格，就只有一些脂肪肝，因为我在重庆时曾经生过黄疸病，同吃饭的，四个人得了黄疸，留下命的只有我一个，真是你福气好，老来还得了我这个活宝。另外是心跳过速，七十几跳一分钟，没有关系。但是他治不了我的病，我一定去找宗江的朋友，开个方子，看看他能否回天有术，你信里说你总是我的，我衷心地感谢你。因为这几天，为了这问题，使我过着煎熬的日子。但是你的纶音，使我一如重生。谢谢你，我的宝贝儿。2:30 p.m.

我从医院回来已经11:10了，折腾了半天，又是空肚子，人很累。但看到了你的三封信，拆开一看，你那张照片。天呀！我从来没有看见过这样美丽的胴体，那样的光泽四射，我真想一口水给你吞了，小生何幸，老来还得到这样的艳福，我一定要吻遍你的全身，向你感谢。饭后我躺在床上，但是睡不着，想你，每一秒都是对你的思念。我知道看你的照片，会使我睡不着，但不看，也还是睡不着。我要把你这张玉照放在哪里，我可以只要一瞥，就可以看到。于是我想了又想，决定把她放在我书桌的玻璃板下，这样我随时都可以看到你，而别人看不到。我妒忌别人看到了而且生爱心。你为什么长得这样美，是谁的耕耘，是天意也是天赐，宝贝，我的好宝贝，我的可人，抱抱你，亲亲你，吻吻你，但我笔下的话太平淡了，即使是出于一种崇敬疼爱的心情，也无法表达我对你的感谢。如果有个选美会，观众的眼光都会向你投过来的，奥林匹克泳池里的，哪一个能盖过你呢？她们有好纪录，但是她们没有美，那夺人的光彩！11:00 p.m.

现在我知道了，附近的邮筒，是在上午九点半来开启收信件的。你预定 20 日去南通，今晨我把信发出，也许还能赶在你行前到你的手里。小妹，你说我该送个花篮吗？如果你同意，你给我代送一个。如果今明也下葬，也给我送一个。给阿丹的是表示我对他的爱意和感谢，我不怕他妒忌，因为现在你是我的了。至于给今明送，那只是对他的敬意。我恨不能插翅飞来，祈求阿丹的同意。我想为了你，他也一定会同意的。你几时从南通回来呢？

我真得收收心了，要做的工作太多了，因为这几天我一直心思不在工作上，我甚至爱看的书也无兴趣。我觉得老天太不公平了，他一面赐福于人，一面却又如此吝啬，惟恐人们太幸福了，昨晚上我一边看电视，一边伤心，因为你没有在我实质性的身旁，这无底的相思。

我有两篇序言要写，一篇关于爱伦坡的，另一篇是关于一个系列丛书的。还有一篇散文要译，要给报刊写稿。都是连续下来的，还要动手写我的回忆录。两本今年未出版的书，也须催出版社。我是在矛盾里，想日子快点过，那是为了我们的团圆，想日子慢些过，那是为了那些文债，哈哈，债多不愁，旨哉言乎，我给你算算，你的心情大概也和我一样的。

等你南通回来，我们再谈共居的事。我要赶快把这封信寄出，希望在你离上海前能收到，这样你可以心里好过一些。

你写的那个"千百遍"真是好形容词，我要吻遍你的全身。我又为你的光彩吓住了。

等着亲你的二哥

1993 年 5 月 17 日 6:30a.m.

黄宗英 ▶ 冯亦代（1993 年 5 月 18 日）

亲爱的哥哥：

我正一边做着针线，一边心里在喊冤：哼，我一天一封信，他真守规矩，三天一封，还不准时，哼……这时张阿姨把你的信送来，掂掂分量，也就释然了。

我差一点儿把我的嫁妆（棉被、冬衣、长靴等）给你送去，因为东运会一结束，有去北京的便车（小汽车），后来觉得太神经病了，但八月我去领奖，我会带些东西去，不然十一月里非超重不可。八月带去放宗江家，看吧。

我不要书桌，我会把你的书桌弄乱的。我也会打游击，但我希望跟你在一个屋里。我设法买个学生单屉桌，或个体户大排档里的支架小桌，总有办法的。

我没有开始写《艺痴录》。那得像举重似的喘几口大气大吼一声举上去，还不能让它下来。我休息了两天，逛书店时旁边就是帐子公司，三斤的太空棉棉被挺好看，六十几元也不贵。但中国人没有在洗衣机里洗被服的习惯。我就省省吧。我家里有两个艰苦旅行拍摄用的鸭绒被套，我拆拆弄弄可以做我的"棉花套"。现在我的钱也是你的钱了，我们毕竟那么大岁数了，我们要留一些备用金。

我的《艺痴录》原本打算作为遗作的，以便我撒开笔无顾虑地写，我现在也还是这样打算。我一生绝少怨恨什么人，所以我可能写来"无冲突"，不吸引人——我是指作为长篇可能吊不住人。唉，不知为什么，十天十夜为之痴迷不眠，出了医院，却浑都忘了。我想六月一日以后，有了游泳运动后，再动脑筋。

我认识文汇报笔会主编肖关鸿，他们最近压稿可能因为东运会。肖关鸿和我很好，但我看不懂。二哥，你难道真要发表我们的书简？

亲爱的哥哥：

Tue. 18th, May. 1993

我正一也做着针线，一边心里去喊着。亲爱的一天一封信，他真字规矩，三天一封，还不喷时。唉……这时间仍映把你仏信送来，临仏笔也觉释些了。

我是一定仏把城仏嫁妆（被褥、冬衣、各批台）给你送去，因不来这会一块来，有去北京仏便車（小汽車），以免荒了神经病了。但八月城去领誉，城会带些东西去，不过十一月里非超重不了，八月带去孩家仏家省吧。

城不多生病城会把你仏身家乱仏，我也会找好去，但城希望跟你七一个房里，我说传累个学生单宿舍，成个绿庭大都籍里仏支架小象，去看如诗仏。

城及得可以长以老庭東只那得保安劲仏仏地，高仏大气大吼一声笔去去，也不喻记之下来。我休息了两天，邀也晤了春迪就生娘么学习。三个仏方告桥、涌巷四有，六十九元也不贵，但中国人没有老说在机里仏披服仏吕惯，我就有吧，仏家里有两个報告张行用仏鸭城被囊城桥上去，可以做城仏"棉衣窝"。现主城仏城也当绿仏城),我仏学党那么大夕教了，我仏要当一笼当用金。

苏州虎丘

我和小吾痛哭。原来打话的儿子遗作如，以往我撒开笔无顾虑地写。你现在也还是请打扰。我一生缺少耐性的人，所以我写了稿主要"无冲突"，不叫引人——你是搞报纸，长在了细节不任人。咳不和好像，十云稿子之感还不眠却使烦，都摩都累了。你这二月一日一代，写了时你这功成，再动搬动。

我话说文汇笔汇会主编有关小鸣。他们最近压缩了好多因为重会。有关小鸣和我没想。但我还要这二事，你准这里要装表我们小志简？切切不了！中国没到赏至这书荷小呼候去我们以后往那一起以呼候，那时候书荷之事一般度。我们两一起重温地狂，商量着得把之编成一卷书。

我根本不会烧菜。但没人烧呀，我也做不着。可怕你要自己烧饭，只是因糖尿病（指任己绝的乙事）医味少吃多某，你偶向烧出多少小小故事，这使到担心，地某我很忧我要吃的美心。

你至你们回忆录吧，弥你望吧

不要把娘成搞长搞到沒那，3/6.
如果已单住在我们。说了之之小所保络，
来你约对面去，单身住你们，心也记起。
两冬人的回即友某，那你们我辈住书
迟以，就也不会像去你们那么担接
我的悲人，你如出去是私念头，池经
儿，英文的字注，你给你涅时向露，先
若奏在涅不住，哀底你。

苏州虎丘

切切不可！中国没到发爱情书简的时候。当我们以后住到一起的时候，那时候书简已告一段落，我们再一起重温把玩，商量怎样把它编成一本书。

我根本不会烧菜，但没人烧时，我也饿不着。可能我要自己烧的，只是因糖尿病（指标已趋向正常）医嘱少吃多餐，我偶尔烧些"多餐"中的物事。这你别担心，北京多的是我爱吃的点心。

你写你的回忆录吧，为我写吧。

不要把婚后被打扰看得那么可怕。如果是单独找我的，我可以在小厅接待，或约到外面去。单独找你的，我也回避。两个人的好朋友来，那我们就索性松弛松弛。我也不像你想像的那么招摇，我只是人缘好，出去总有人点头，说话儿。英文剧本哩！你仿佛没时间看，先发表合译为佳。亲遍你。

你的小妹

1993 年 5 月 18 日

冯亦代 ▶ 黄宗英（1993 年 5 月 19 日）

亲爱的宝贝儿：

清晨醒来突然想到一句称赞你的话："你不但在心智上是个尤物，在肉体上也是个尤物。""尤物"这一词很好，再没有更好的字眼，可以赠送给你了，小妹，你同意吗？亲亲你，抱抱你，我现在整天都在梦想我们见面时的情景，这煎熬的时日呀！我真无可奈何呀！

不知昨晨我发的信，能否在你行前收到，因为我献给你的是一腔爱心，无法用文字形容，使你可以在阿丹的纪念会上少点悲伤。我将要在每天早晨给你写几句，积多了便给你寄去，以便你回到家里就可以看到，你知道，每天我是怎样急切地在等你的信，等到信来时，我的心又是怎样怦然。于是我看到玻璃板下的你，想着我们将要有的美好日子。当我们有一日漫步在小西天街头时，又将有多少艳羡的目光投射到我的身上，我是天下最富有的人，因为我有了你。

如果你十月里来，大概要过几天寒冷的日子，因为那时还没有暖气。要是十一月中旬来，那就屋子里暖暖和和的了。我们只要买一张床就好了。现在我的床是东西放的，那天表妹夫妇回来，他们都是练气功，讲天人合一的，认为我们的床应该南北放，这样才能顺应自然的磁场，有益于健康。我想就照他们的话办。这样调过来一放，屋子自然显小一些，但感觉上更cozy。

上次我告诉你房屋的方向，也许我学北京话不对头，照上海人的说，我的房是面向太阳的，而我女儿冯陶的房，则是背着太阳的，因此我的房暖和，她的房较冷。

你醒了吗，还是尚在熟睡？你梦见了你的二哥吗？我似乎抱着你睡了一夜，但醒来后身边是空空的，我又感到怅然。但是这样的日子不会太久了，我永远在想着你。

昨天打了电话给宗江，他叫我take easy，真是饱汉不知饿汉饥。言语之中，似乎他也好不了多少。他说方大夫是看心脏病的专家，是忙人，很难找，特别这些日子有大人物因心肌梗死躺在医院里，那就无法找了。但他答应我试着去找，另外他要为我访得有效的药物，但是我有些惶然。

你信里说你找不到我写文章的笔调，我这些日子也一直在苦恼。你是年轻人的笔触，每篇文章中必有神来之笔，而我呢？朋友们说我写得越来越苍劲了。神来与苍劲，又如何能配合呢？你的《笑》文，我读了又读，就是一股年轻的气息扑面而来，我的文章里，却没有这些。昨天我想根据你的思路，写一花草与仿生植物的文章，运用你给我赞美真花真草有益于人类的文章（剪报），但没有写成，我今天再努力。我同意你，暂时我们各写各的，但尽量靠近，等你来了，我们再研究。我虽然只要你有文章我就贪婪地读着，但你发表的范围广，我看不齐。我想"栗子树"也许是个开始,你把我的文章改了,放进你的文思,从美国的栗子绝迹,谈到我们街头的栗子又何不可,不是更有趣吗?你南通回来后,不妨试试。我的文章找不到算了,你告诉我,我这里留了底,我另外抄给你。

昨晚上看《唐明皇》,我把杨玉环、玉瑶二人的胴体和你相比,我深切地感到你胴体的光泽,这是岁月给她的营养,不是化妆可以得到的。这便是我的结论,是这样吗?你说。至于那些跳芭蕾的,大都瘦得可怜。她们只有线条,没有成熟女人的光泽,所以我说你是尤物,大概说得还不够,也许"凝脂"二字用得上。我又哪来的这么大福气?好人哪,你真太美了,美得使我透不过气来,你说抱着这样的美人儿,我能 take easy 吗?

北京逐渐热起来了,我是喜欢夏天的,似乎气候和人的隔阂消除了,人又与自然结合在一起,这便是我高兴的理由。我猜想你也是欢喜夏天的,豁达的人是自然不能囚禁他的。你今年夏天是闭门课孙,我听说政协今年还请我们到北戴河去住二十天,如果确实,那我就去那儿了。我十年来每年去北戴河,因为广垠的大海使人胸襟宽广,我不喜欢山,山有山的好处,但我总觉得面对大山,总有些逼气。你呢?你喜欢山还是水?我想你是喜欢海的,因为大海和你一样宽广无垠。你的爱就如大海那样包围着我,我会在你的爱海里游泳,永远永远。

好人呀!我怎么向你倾诉我对你的爱呢?可惜我读的诗句太少了,就找不出适当的字眼来形容,其实我对你的情是无法用字眼说出来的,好人,你感到吗?小妈妈,我要躺在你的怀里。

爱你的二哥
1993 年 5 月 19 日 7:20a.m.

黄宗英 ▶ 冯亦代（1993 年 5 月 19 日）

二哥，亲亲爱爱的：

你忍心让我等你的信，我不忍心让你等我的信。这话没有让你多写信的意思，习惯于平静些很好。我不会拽你去卡拉 OK，也不会拽你出去跳舞，也许只在小屋里我们可以（cheek to cheek, face to face）跳个慢 Fox，我还找不着磁带，只是活动活动……

今天做好第四个花包，这一个归我了。我就把以后将要带到你那里去的短裤、袜子、毛巾……想着什么就把什么塞进去，因为你没说你卧室里有衣橱，我也不敢多带，也许板床下可放箱子，也许过了季节的衣物可以放阿姨屋……

如果我 8 月份去看你一看，你不会紧张吧？仅仅是看你一看。环保颁奖，我是想去的，我大姐回北京了（82 岁，属猪），我想她。你说呢？你看你啊，我像捧个玻璃瓶，轻重都怕碎了。我不该这么早跟你说的，只去看一看，文文雅雅的。

因为下午要上书法课，就先胡写些。你以后寄文汇稿，直寄主编肖关鸿，以前的稿子你告诉肖几时寄？题目？几千字？

Yours 小妹

1993 年 5 月 19 日 9a.m.

冯亦代 ▶ 黄宗英（1993 年 5 月 20 日）

我的好人儿小妹：

昨天报来时带到你的信，我是想你不会来信而又等待着你的来信。但是我要和你说的是前天，你要我去检查，但找谁呢？宗江说方大夫很难找，检查也无用，要吃药，我真有些沮丧。昨天又读了你在

15 日写的信，读着我觉得有种压抑感。小妹，你好苦呀！我一直不知道这些事，看了你的回忆录才知道。其实，只要我们相爱，又想这些陈年旧事干吗。我一定要弥补你所受的坎坷，舔平你的创伤。回想我虽没有像你那样的苦恼，但我的一生也不是平平坦坦的。我们相濡以沫吧，否则又有谁来补偿我们呢？

这几天我已拿起了"蝴蝶"，因为是口语，不会太困难的，但要使人看懂，却不是件易事，他写得太现代了。在中国不一定能上演，不过这一类的写法，却可以吸收过来。以前我告诉你我去美时看不成这个戏，那是我记糊涂了，那时还没有这个剧本哩，想来是作者另一个剧本。

说起我的记忆，我一直在想究竟是什么时候第一次见到你。你在上海演戏时，我在香港，不过 1941 年的早春，我曾经送安娜回上海养第一个儿子，我住了一个多星期，也看了戏。但是看什么戏呢？又只记得是《葛嫩娘》，其他的就记不得了。可是我对你又是这样熟脱，可能是因为阿丹的关系。即使是在梦里见过，也说明我们已是半个世纪的旧识了。我以前见你，感觉的确与对别人不一样。我遇到了许多"星"，即使我想望他们，我也知难而退，只在心目中保留一个美好的记忆。我写那封莫名其妙的信前，宗江把你给我的信和你给他的信交给了我。你给宗江的信里谈到了我，我看了简直不敢接受这个幸福，因此好容易写了那莫名其妙的信给你。现在我们可以不必谈这些了，因为我们二人都如愿以偿，谢谢你，我的小妹，我的好人，你把我已熄的火又重燃起来了。你常说我傻，因为我总怕害苦了别人。所以我装傻，亲爱的，原谅我。

昨天我写了一篇，寄给你看，你认为这样的写法好吗？说说我们共同的生活，这篇文章细心人可以窥测到春的消息的，你说呢？如果你同意，就拿去发表好了，但是我觉得文汇和新民都喜欢压稿子，我这里天津的《今晚报》，大连的《大连日报》都来向我约稿，我想如果不在上海发，最好在天津，那是你的故乡。

玻璃板下的你在向我微笑，我的好人儿，亲亲你。

永远是你的二哥

1993 年 5 月 20 日 6:20a.m.

黄宗英 ▶ 冯亦代（1993 年 5 月 20）

亲爱的二哥哥：

昨天喊我吃晚饭时，是 ten to six，我想不会有你的信了。我没有"哼"你，谁叫你比我大呢，让着你。晚饭前我是在缝我将带到你那里的被里，后被阿姨抢了去缝了，也许我准备得太早了，也许我说我 8 月赴京领奖会到你家去看看你，又把你吓着了，你担心什么呢？难道我是王公贵族的娇小姐吗？我家里锅碗瓢勺都翘边裂口的，我也还照样接待外宾哩！

我明后天不给你写信了。因为我得写那篇"栗子"，要把它与中国的合成不那么容易，我试试，努力试一试，不然太单薄了，不是字数长短的问题。

我现在就开始啃那我看不懂的陈剑平的生化资料。6:50a.m.

我没有去南通，因为陪我去南通的曹孟浪先陪应云卫的女儿去杭州、宁波等三个城市，我不急，反正是十月里的事吧。届时我一定代你送花篮，这事（整个要办的事）我会找人办，我只是出出主意，敲定主意。如果去南通，也不过是三天来回吧，不急。如果市委经费有困难，就小办，这我也没什么想法，阿丹已经是超国际、超时空的。

我正欲开笔写《植物的诗篇》，毕竟半年多来没怎么写，有些涩，万事没有艰苦又哪能得好果子。你也忙着还稿债吧，它们也是我的，但并不妨碍抽空给我写一张纸。

· 071 ·

吻你，吮你我的爱

渴望共枕的小妹

1993 年 5 月 20 日 2p.m.

冯亦代 ▶ 黄宗英（1993 年 5 月 21 日）

亲爱的小妹妹：

宗江一个电话，给我的一条思绪线打乱了，阿姨又说要带信出去买菜，真是乱上加乱。我寄给《散文与人》的那篇文章是《咖啡馆的余音》（我要改），不是《鲜花与仿生植物》——这篇文章寄给你，你如同意这样的写法，就可以交给约稿者发表，否则就算了。现在似乎又回到童年，忙中做事，往往成了个没头苍蝇，好妹子，你不要笑我。

八月间你要来，我听了高兴，但不紧张。我现在对我们的看法，是一切听其自然，又何必自己把自己搞得紧张，我欣赏宗江的话 take easy。我一直相信做人应得潇洒，不要怕树叶打破头，好像每天都是最后的审判。但是说说容易，做做很难。"七重天"招待你的岂止是一杯茶，一杯水，而是一颗炽热的心。但我决不使她爆炸，我们的日子长着呢！

至于我决意要做的事情，我是不达目的不罢休的。搞翻译和写文章，我就有这股韧劲。我真懊悔当年答应胡乔木搞行政，但是想想我即使留在上海，也还是要搞行政的，我就是做跑龙套的梦或命。一个人不能吃后悔药，那样就活不下去了。我常常这样想：如果我不搞行政而搞创作和翻译，我就一定会成器吗？回想当年，初到香港，也居然跻进了文坛，那时全靠一个朱血花，他在编副刊，我选定了写影评铺设我的道路，我永远记住这个帮助过我的人。

我就想望和你在一起跳舞，五十年代我还去中南海跳，以后就不跳了，但我想四步我还是可以应付的，何况我还能抱你，亲你，我的亲人呀！

你的二哥

1993 年 5 月 21 日 10:00a.m.

黄宗英 ▶ 冯亦代（1993 年 5 月 21 日）

好哥哥，今天我 4:30a.m. 就醒了，美滋滋地享受着 4:30a.m. 的奇迹，懒懒地赖了会儿床，又迷瞪到巫山云雨中去，再醒觉时已过了 6 点，我觉得自己好幸福好幸福。吃过早饭我收心伏案写作。"栗子"还是难以和陈剑平糅合到一起，"栗子"部分已写成。我想我还是先抄给你吧，当然中间那段本是你的。

10a.m.，誊改好"栗子"的诗章。我挺高兴，在你的帮助下，我没有变为老年痴呆，文章涉猎的年代和区域相当广，引用资料忠实而不留痕。我们的娃儿生得挺壮实，你说是吗？

下边一篇，我仿佛又得吸口大气了。第三篇，想写《大雁情》的续篇（不叫这个题目），你说是先把这篇发表呢，还是凑齐了三篇一起发？有时自己要逼一逼自己的，我喜欢写新事物，并不喜欢回忆过去，只是我有感情上的责任。

也许我把《栗子的诗章》给《文汇报》？两人联名，仿佛要我穿了游泳衣走在大马路上。《绿叶》更像个游泳池，而且档次也颇高，是应该支持的刊物。我拿不定主意，我心虚，更倾向投《绿叶》，他们的主编明天要来我家吃粽子。为了遵医嘱，不给自己太大的创作压力，还是作为单篇先发表。应是在《原本是可以笑的》之后。

深深地吻你。

爱你的小妹

1993 年 5 月 21 日

冯亦代 ▶ 黄宗英（1993 年 5 月 23 日）

甜甜的心上人儿：

今晨我在四点钟就醒了，轻轻地喊着你的名字，看看时间还早，便抱着你又睡去了。再次醒来已是五点半。便起了床，做我的运动。但怀抱里还是你的温馨。我已经想好了，将来无论是一张床还是两张，晚间我决不来和你温存，以免打搅你的睡眠，可是早上，应该是我们缠绵的时候。我要一口水吞下你，我要游遍你的山山水水。

我昨夜睡得真沉，因为医生给我换了一种对脑有好处的药，昨晚是第一次，须加倍服（一天应为两粒）。今天完全是种新的舒适的感觉。我已找到了一种治我病的药，我以前服了有效果。但我没有注意继续服下去。昨天偶然想到，便打电话给孙女婿（心科的小大夫），让他给我买。如果上天保佑我的话，也许我不会再嘀咕了。你可以不考虑，但为了我自己，我必须要想到，当然我们得一起生活，并不是仅仅为了这个。

前天去陶然亭时，遇到一对老夫妻，是新婚的。男的容光焕发，女的一头华发，恩恩爱爱，令人羡慕。我总是拿你我和他们比，因为那天到的有三对。冬天这样的聚会，将不会太多，这将使我失却一个炫耀的机会。对了，昨天政协给我送来了委员活动日的证件，我做了十年政协委员，从来没有参加过这每个月举行一次的活动，但这次要破例了，我不是要去玩或是吃东西，我要的是向社会公开我们的生活，很自然的，你同意吗？

我现在经常想到的，是你我在一起的生活，譬如说你不要在工作时我看着你，这完全可以做到，因为我的书桌是面壁的，坐在那儿工作你可以看见我，我可不能见到你，这不是很理想吗？这两天我在想我怎样利用那封谈读英语的信写成文章。我的那篇《鲜花与仿生植物》的文章，有什么批评？请告诉我。这是另一种公开身份的办法，看的人一定想到要追究这个小妹是谁？也许我这种办法是笨拙的，你把两个人的名字联在一起，就简单明了得多。

我还没有把我们的关系公之于家，因为女婿出差去了，要过几天才回来，儿子又为了他们研究所承包而不能来我处，看来我只能分开告诉他们了，这样也许更自然，不必要儿子从五棵松特别到城里来一次。我就是正式告诉他们一下，并不要征求他们的同意。我没有积蓄，所以也不会为几个钱打官司的，而且我早已告诉他们我要找个老伴了。女儿也许猜到一些，因为在我的书橱里突然发现了几张你的照片。

我自己也奇怪这一次怎么会发出如此强大的爱的力量。自从和安娜一起生活以来，我没有遇到你这样的，我一切以冷处理了之，但这并没有说我没绮行。但这一次对你我发出了如此的爆炸，我自己也奇怪，我以缘分来解释，因为我似乎一直在希冀这一天。亲爱的好人，我们将在一幅新的宣纸上绘下我们的生活。我似乎已经等了一个世纪了。我对宗江说，你祝福你的小妹和二哥。

我刚吃完早饭，早饭我吃得很多，半碗芝麻糊，一碗燕麦粥，三块牛肉，一个水果。至于午饭和晚饭，我吃得并不多。你要吃几顿，踏出房门，拐个弯便是厨房，有管道煤气，方便得很。你来，没有要你出房钱的必要，给阿姨的见面钱倒是好意见，因为她们辛辛苦苦，还不是为了积蓄一笔钱，回家去做间新屋。

我猜想你今天一定会有信来，我不坚持冷处理，如果这不是你的想法，我会克制自己的爆炸的。

抱抱你的二哥哥

1993 年 5 月 23 日 7:25a.m.

黄宗英 ▶ 冯亦代（1993 年 5 月 23 日）

亲爱的：

我信里曾说"找不到你写文章的笔调"吗？我为什么要找你的笔调呢？我想不起来，你也别找我的笔调，风格就是人，你是大男人，我依然是小女子，你的苍劲得来不易也是文学艺术之上品。以前常常在我为阿丹代笔时，进入他的角色，倒也能雄浑洗练。我进入自我时，又像个玩笑蛋似的耍小聪明了。但你看，在"栗"篇中我们不是配合得很好吗？你还是坚持从你的自我出发吧。你前信说要写《序》啦，写这写那，写你的吧，别为拈花惹草伤脑筋，看小妹把你搞得团团转了。配合配合，就是相辅相成嘛，文风上完全不必向我靠拢。你寄的"栗"文找到了，用进去了，不过你下次再译资料寄来时，换一种稿纸最好。不然我要查遍所有的信，当然这也是享受。二哥，谁教你学会写这么深情热烈的 love letters？你又向什么人的笔触、文风靠拢？哈哈哈哈……

今日星期日，和阿姨翻了一回箱子，找找压箱底的衣料，下午去裁缝家，也不过做两件夏日可穿的，做一件冬天室内穿的腈纶棉棉袄，把穿脱麻烦的睡衣改成敞口的……

将睡在你臂弯里的小妹

1993 年 5 月 23 日

这封抢发的信，忘了贴邮票被邮局退回来，只好今天——24 日再寄。

粗心的小妹

23rd. May. 1993.

亲爱的,

我信里曾说我不知你字的笔调吗?我为什么要找你的笔调呢,我又不起来,你也别找我的笔调,风格就是人,你是大男人,我便是个小女子。你的意动浮来不易也是文学艺术之上品。以曾菁上线那阿用代笔吧,进入他的角色,倒也很雄浑简练,进入你自然吧,又你个眼笔且你地写十照明了。罢罢罢,去写,信中伐仍不是配合得很好吗,你还是坚持以你自线出首吧。你的诗说要家序的样至这字郁,等你们吧,别松花慈革传脂筋,看小妹把你搞得围围转,配合配合,我也拥挤拥成堆,又同上竟念不必向我报批。(你的罢文找到了,用进去了,不过你下次再译这料要出时,换一种搞纸最好,不是锋笔重逢了方的话,去些这也是章变。二号,谁教你学会写这么深信型立的 love letters?你又向什么人的笔偷,上同意批,哈哈哈哈—

苏州虎丘

今日星期四,和好映脑了一回箱子,我找压箱底的东西。下午去藏绿家,也不过做两件里的事儿,做一件去关内亲的晴哈棉棉袜,把穿脱牵经的照在玫戍故口的——

再批一画,不许去找周向又不许乱吃药,你有血压高的毛病,这不行的!!!咳,让人心痒麻心二号,你家修行般法好了高血压,小味好悉思心痒你心功夫,你自己先难息下去——你你也全车话儿

相明代的你好

冯亦代 ▶ 黄宗英（1993 年 5 月 24 日）

亲亲我的小妹：

我已经在梦想 8 月间我们怎样见面以及见面时的情况了。我可以做得正正经经、规规矩矩，但是你不能不给我一个亲你吻你抱你的时间，否则我要哭了。我真的会哭，我不怕人们说我老神经。幸而我的信到了你的手里，否则我怕我要受罪了。

其实我给你的信，除了那一天要冷处理，没有及时写，其他我都是按时写的。一般我都是一清早就给你写，而且 9:00a.m. 以前一定发出，但是信何时到，我就不知道了，一般大概是三天。你计算一下，看我信里的日子与邮戳上的日子和时间和你收到的时间对比一下，就可以测算出来。我们这里邮递员送信上午在 10a.m. 下午在 4:45p.m. 各一次，都是和报纸一块送来的，但我很少在下午收到你的信，这样你可以安住心了。我除非万不得已，我总希望每天有信给你。那天之要冷处理，因为我觉得自己快爆炸了。我真奇怪王洛宾怎么会大好时光去拍什么电视的，这个傻瓜。虽然我骂他，但我自己也会犯傻的，你得看住我。我自己想想，在拿你在人前炫耀，我可能犯傻的。但是我请你要包涵的，这完全是为了我们的爱情。

我已经习惯于等你的信了，因为一到快 11 时我便可收到，你从来也没有叫我失望过，可是我却叫你在等候，真不好意思，请你原谅，老生这厢有礼了，你不要我唱《跪池》吧！

我有两口衣橱，但放在外孙及阿姨睡的屋子里，一准有地方给你，就是挤一些，因为原来的设计，都是按老光棍的排场做的。真的，那时我的确此心已同泥絮，却不料为你情而爆发起来了。想想有些话自己在打嘴，也发笑，但如果你不指引迷津，我这辈子大概就偃旗息鼓了，我不敢。我现在才体会出歌德晚年爱迷娘的心情，这是我生命中的又一奇迹。

你说《植物的诗篇》是指"栗子"那篇吧！我有个想法，把你写陈剑平的文章，写在我那篇最后倒数第二段"美国的农业专家发明了……现已初见成效"后面，你觉得能拼成一篇文章吗？这只是个想法，不必一定做，一切由你决定好了。

我已收到两包剪报了，大致看了一下，有许多是可以写短文章的。我以前独门头心思，只想到作家和文学，你的材料和写文章的方法，大开我的眼界，我已经在梦想出版一本我们合写的书了。至于我们的通讯，那是编了我们自己看的，可以成倍增加我们的爱情，老年的旖旎生活。如果出版，那也是身后之事，不过可能成为教唆犯了，一笑！你不要紧张，我在没有你的同意时，我决不会干你不愿意的事。特别这将成为我们的共笔。

把你的玉照藏在抽屉里，我不免有落寞之感，好在我玻璃板下还有你那张护照用的照片，那漂亮的白发，那对深情的眼睛，不是"花得来"，而是"深得来"，已经使我坐不安席了。我做事时就在上面放一本书，然后不时偷偷瞄你一眼，亲爱的人哪。

剧本快看完了，有点黄，这是美国文学少不了的，但是我们可以给它文雅一番。这将是我们住在一起时的第一件工作。为了这，我就得多抱你一会儿。

诉诉我对你的相思吧！你寄来的那篇文章（谈感应的），我一直就相信这个，而且感到了这个。我现在一觉醒来，总觉得你是在我的怀抱之中，而且余香犹存，你说不是怪事吗？你的文章就是一个科学的解释。你清晨试试寻找这种感觉，也许只是我的痴，但是我想想你也是痴，不然你怎么爱上了你的二哥呢？我一向一醒就要起身，但现在不了，我要在幻景里和你温存一番……很高兴你可以安然入睡了，我保证晚上不来吵你的睡眠。我会小小心心温温存存的。你8月来，我就盼望这个多出来的快活，我怎能吓坏了呢？我就是要抱抱你亲亲你吻吻你。

爱你的傻二哥

1993 年 5 月 24 日 8:00a.m.

黄宗英 ▶ 冯亦代（1993 年 5 月 24 日）

亲爱的二哥：

我总是担心你等我的信，我心疼你。

久历艰危多刚介

熟谙世事倍温柔

邓拓这两句诗我很喜欢。身处滚滚浊世，当然要有刚介的一面，有所为有所不为。与之同时，心存万般温柔。二哥，你的福气在这里，而不在什么胴体。我之所以选择依在你胸前，是因为你能让我歇息。你的出乎我意外地燃烧，使我惊喜，也隐隐地使我有点儿不安。哥，我只担心由此引起你心理上的不平衡，我真的don't care，你一定要take easy，我求求你……

《绿叶》向我要"栗"，我可以给文汇，他们频频向我索稿，你看呢？我听你的，我不忙着发。

昨晚跟裁缝打交道，他现在不肯做棉夹克，无所谓，尺寸量走了。我做了两件夏衣，改了两件敞口睡衣，为了方便。明天我要去医院开药，便于积累贮存到北京时用。多希望有一天可以断掉一切的药！

给你寄篇剪报《适命的美丽》，人不是这方面有残缺，就可能那方面有残缺，八十岁的老哥哥呀，咱们认命好不好？我们安详自在地节节俭俭地过咱们的小日子好不好？

明天，我可能要开始进军那搞不清的病毒了，我把原来要写什么都忘了。

我还得给戈扬、阮若瑛写信，她们寄信来，会盼信的。戈扬说沙漠 9 月返国。

　　抚吻你！

你温柔的小妹
1993 年 5 月 24 日

冯亦代 ▶ 黄宗英（1993 年 5 月 25 日）

甜甜的小妹妹：

　　我一直相信李商隐的"心有灵犀一点通"，怎不，我刚在清晨写信告诉你，我抱着你入睡，那透透的一觉，比真见面时也不会差多少，而到 11 时你的信就来了，你告诉我在巫山的梦魂，这不是证明吗？以前我怀疑人们说的幻听，但我还是感到你叫我的声音，有时为你叫醒了，又幸福又惆怅，幸福的是有此感觉，惆怅的却是只有这一些心里的感觉。

　　读了又读《栗子的诗章》，觉得你改得很好，那样地融合，就是一个人写的。如果你写《大雁情》，我能贡献你什么呢？我已记不清我有否看过你的《大雁情》，你投稿的面比我广多了，我们该怎样融合呢？

　　赞成你三篇一起发，分成三次发，有点儿太刺激。一次发，明眼人自知端的，会传开去，至少引起别人的疑问、遐想。你想身处两地的人，怎么会在一起写文章？我不想像除夕夜那样大钟一响，宣告元旦的来临，只想和你躲在"七重天"里做我们的美梦。有人会羡慕，有人会妒忌，有人会骂我们矫情。我们不管他们。说到头，生活是我们自己的，谁也改变不了。几十年要改变知识分子的生活，而结果要改变别人的人一去不复返，而知识分子还是知识分子。我话扯远了，但是我们要有个挨骂的准备，遇到了，可以等闲之，不必动气。对吗？亲爱的小妹妹。一个人能不顾他人的眼色，也是一种超脱，非在太上老君炉火锻炼，不能必得，我就喜欢这种超脱，你已修成正果，我却还差一些火候。

我现在还不能做到心如止水，有时会在想别样事时，会突然想到你，这大概要你来了，才会改变。我祷告日子过得快些。宝贝儿，亲亲，抱抱，吻吻你。

阿姨有事要早出去，今天就写到这里。

日夜梦想着你的二哥在啁啾的鸟声中

1993 年 5 月 25 日 7:25a.m.

黄宗英 ▶ 冯亦代（1993 年 5 月 25 日）

我的好好人：

我今天早上洗完头洗完澡才看的报，看到了你的文章《真诚的朋友》。我赶忙叫张阿姨再去买两份剪给你。因为我不知道复印的地方离咱们的"七重天"有多远，你自己是否能走过去，我希望能先寄两份给你。我家里订的只有文汇和新民，其余都是赠的。我此刻也不想再多订了，有时出门就在路边买几份文摘什么的。

此刻，阿姨买回来报，也带上来你的两封信。嘴里叨唠着："格老头子痴它哉。"……下午我要去华东医院取药并拿转诊单。中午，阿姨说我炒的肉末好吃，我就去炒了。

仅先给你寄三份剪报吧。深情地吻。

小乖乖小妹

1993 年 5 月 25 日 11a.m.

黄宗英 ▶ 冯亦代（1993 年 5 月 26 日）

亲亲爱爱的宝贝：

你可真是个活宝，怎么可以如此这般迷一个女人呢？你以前曾这样爱过吗？我的宝贝？告诉我，这是你有生以来第一次这般成熟而年轻的爱，不是吗？但我害怕你爱的是幻想中的我，梦中的我，而实际中，我又极一般，和所有曾经美过的女人一样，就特显得老，但也幸亏老了，不是吗？只有到了这般年纪，年龄的差距才不成为天然的障碍。

我昨天去医院，不过是去取一些备储存携京的镇静药（每次只给两周的分量），我希望我到了你的怀抱里就渐渐断了药，镇静药对脑子没什么好处，是我害怕发精神病，才服维持量的。二哥，你没有嘀咕过，万一我发了病怎么办啊？！你也是够勇敢、够冒险的，但愿此病只因感情上不平衡所致。有你，就平衡了。Oh，让我歇歇，在人生的旅途上我太累太累了，我要在疼我怜我的可靠的胸膛上歇息。

回家的路上，看到有白布，我买了一对枕套布，如果你买大床，我刚刚新买的床罩也可以带去（家里不少，甚至还保存着我大姐送我和阿丹结婚而定做的补花床单）。我想床上用品由我来办，你们男人闹不清，就说买大床吧，要看看床底下有没有搁东西的地方，不然两个人换季脱下来的往哪儿搁？我考虑得太早了吗？女人置嫁妆是相思的甜蜜啊，我已经做好几只口袋，陆陆续续往里边装准备带京的东西，居然扔进去二十几双袜子，太多了。

我今天会收到你的信吗？

英文资料是无所谓的事，我在蚂蚁搬家似的慢慢朝你那儿运呢！

今天又有书法课，不好起笔写文章。先试试替你找两份旧作。

又听见我在呼唤你吗？我的爱。

你的小妹

1993 年 5 月 26 日

6.30Am. 26th, May, 93

亲爱的宝贝：

你可真是个活宝，可以如此这般逗一个女人玩，你以前曾这样爱过吗？我的宝贝，告诉你，这是你有生以来第一次有这般炽热而年轻的爱，不是吗？但我竟怕你爱的是幻想中的我，梦中的我，而实际中的我又极一般，和所有曾恋爱过的女人一样就特别浮泛，但也幸亏如此，不是吗，只有到了这般年纪，年令的差距才不成为天地的障碍。

我昨天去医院，不过是去取一些药给你好好镇静一下。（每次马给两周的经量）我希望你到了你那环境里就渐渐就好了，镇静药吃脑子没什么好处，是我害怕我那疼痛才服维持量的。二呢，你没有肠咕边，万一犯炎了病菌怎么办呢，你也是个易敏的胃肠炎。但愿此病与回家碰上不平衡所致。有吗，我手头没了，Oh，让我歇歇，走人生的旅途上就太累太累了。我要去医我将被砍过了几刀的胸腔上影象。

回家的路上，看到有卖布，我买了一些枕套布，如果你买大床，
第 1 页

我们新买的床单也可以带去（家里不少），裳云还保存着我大姐送我和你母亲结婚的定做的补花床单。我本不想由你寄回，你的男人同卫说就说买大床吧要紧。床底下方还有搁东西的地方，不必两个人接手脱下来往哪儿搁？我就这样想太早了吗？女人最嫁妆是相思的枕席吗。你已经做好几只口袋，陆续陆续往里也装好多要带的东西，居然弄出去20几双袜子，太多了。

你今天会收到你的信吗？

勤香料是无所谓的事，你之妈妈搬家的些钱就靠你那里走吧。

今天又有书法课，不如起笔写文章，关说试着给我两个旧作。

又听见你在唱歌的吗？别心急。

yours 小冯

20×15＝300

我找不到什么旧作，已整代地绣过去基金成（老的出版过了出），你们随便敲，要哪篇给你。（看你的新作吧。）你可以寄出来。近年我一直在撤退，垂下进功退，如果写成功了哥，请先给我送下来，告给学你。

黄宗英 ▶ 冯亦代（1993 年 5 月 26 日）

亲亲爱爱的二哥：

二哥，是你的灼热把我熔化了。我本来以为我的人生已走到尽头，我到美国去的心情，也是为了掉看看儿女的一件大事，再办好阿丹的大事，我的人生义务已尽。我从那不平凡的事件后，就懒得写东西，正好借精神病医生的禁令也就走下文坛，我准备过极寂寞的晚年。我微笑着，心里滴着血。你来了，你把我从冰冷中救了起来，虽然我还得悠着劲活着，但发生了质的变化。二哥，如果连续爆炸不会影响你的身体，我当然是极愿意承受的。要不，什么叫我这样的呢？我的好二哥。

还是分别告诉孩子好。不由他们批准也还是要征得他们同意才好，将来的许多节假日我们还都要一起过，是不是？我会和他们处得好的，你放心。我的女儿也已经知道了，是阿姨告诉她的。她连说好，好！她还是很孝顺的。而我也还要自己承担生活费用的，什么方式，以后再商量。否则仿佛被你养起来，我会不舒服，家里什么事也就不敢拿半点儿主意了，我不习惯。

《鲜花……》我已经寄还给你，你没有觉得我"冷酷"吧。你在别的地方发，先别在上海发。你问我有什么批评。我不懂道理，还是上次的意见，不够舒展。我想，我来了，你心神安逸之后，文笔也就舒展了。不知我说得对不对？明天，我将把两人署名的"栗子"交文汇肖关鸿，报社说他明天从外地回来。那么，也许再过两天……明天他书桌上一定稿子堆成山。

我也给你寄一份《萧乾在"反右"中》吧。

二哥，记得吧？唐纳逝世时，我应和了你的祭文。三哥若是知道我和二哥将在一起，也会高兴的。

3.10 pm. 28th. May 1993.

亲爱的二哥:

此时此刻我是多么多么需要你,需要你。天又下雨,又下雨,好冷。看中央台电视天气予报上海比北京低10°。阴得很厉害了,我害怕一个人在阴霾的天气里。

你真么沈我们在一起会有人写给小屁,我们都是往给突站走的人了。两颗寂寞的心暖在一席,又碰得着谁呢,你害怕吗?你不能逛胭吗?那么么你要想我呢,你有时也想退却吗?什么叫"还差一点火候",你是什么意思,好吧,不问你了,不着急了。决定了的事就是决定了,二哥,我怕什么,我又怕什么,跟你在一起,咱们什么都不怕,好不好,万事只要咱们彼此理解我行呀。

今天中午和你们在一起喜来和有几士生和意论教授和信谈到 M. Butterfly 一事。我看,咱们就不译这平吧。咱们也有许多别的事要做。你也不能把自己和工作安排得太紧。你每天早晚都要下楼到小花园里走一下才好。中国人讲究接地气,也是有道理的。听我的话,好吗。深深深深地亲你。

附好信,我上次忘记你给 Dr. William Sun 一封西去抬误不少。

你的 小妹

一点儿一点儿地吻你。

你的小妹

1993 年 5 月 26 日

冯亦代 ▶ 黄宗英（1993 年 5 月 27 日）

好人儿：

你问我写信是学谁的笔调，我是无师自通，也许骗人骗出本领来了，你这位仙姑也上了我的当。我写信，拿起笔来就写，于是无尽的相思就在笔下流出来了。我只说我心里要说的话，问题不是我写的缠绵，问题是你给我的心琴，弹得太入情了。我天生是个善感的人，感情可以细致入微，也可以木无反应。这两年我曾经撕过一个人的来信，因为她不是我心目中的人，她引不起我的反应。我现在一条道理，没有三生石上注定的缘，是不能强求的。我和你是有缘的人，大概西湖的月下老人祠，早给我们备了案了。你想一壶凉水，要用多少煤火才能烧沸，你的力量真大。谢谢你这个小妹妹，亲爱的人。

如今我真爱清晨醒来，在床上赖一会儿，那时就躺在你的臂弯里，想着你，这已成了我的常课了。即使在午睡亦如此，我总要抱着你入睡，否则我就睡不着，一闭眼就醒来了。

我忽然想到你是天然对我有吸引力的，你想你在美国，而我就一步步走向你了。那时我还认为我不应来连累你，但是我还是勾引了你，这是我平生快事之一，我觉得为我自己的生命骄傲。你的那封你记不得内容的信，真使我吓了一跳，我总觉得我配不上你，不想使你受罪。但是爱情是不能以道德衡量的呀！这几天我完全为楼下邻居家的鸟鸣迷住了，我想写篇文章，我收罗了许多形容鸟鸣的字眼，但是放在一起便显得贫乏了。古人的诗词也没有用。如果你在我旁边，我们就可以一起讨论推敲。鸟鸣有一种生命的憧憬，听了听了，人就不知不觉被鼓舞起来了。听着鸟叫，人似乎生活在仙境。在这样的环境里读老子，真是太合适了。

我住的大楼，旁边就是电影界的宿舍，你有认识的人在这儿吗？如果有，我们就不怕我们的消息不胫而走了。哈哈，他们一旦发觉，"七重天"将成为他们攀登的高峰了。你要做好心理准备。你说他们会打乱我们宁静的生活吗？但这是幸福的。

一边写着，一边却感到你在看着我，还说傻二哥，你在写什么呀！但这就是我要说给你的噜苏话。抱抱你，吻吻你，我的好人儿。

永远是你的二哥

1993 年 5 月 27 日

你无时间写信，就不要跟着我，无信来，我知道你在做事，我会耐得住的。

黄宗英 ▶ 冯亦代（1993 年 5 月 28 日）

亲爱的二哥：

此时此刻我是多么多么需要你，需要你。天又下雨，又下雨，好冷，看中央电视台天气预报，上海比北京低 10℃，阴得很长久了，我害怕一个人在阴霾的天气里。

你怎么说我们在一起会有人骂我们呢？我们都是往终点站走的人了，两颗寂寞的心暖在一处，又碍得着谁呢？你害怕吗？你不能超脱吗？那为什么要惹我呢？你有时也想退却吗？什么叫"还差一点火候"？你是什么意思呢？好吧，不问你了，不审你了，决定了的事就是决定了。二哥哟，我图什么？我又怕什么？跟你在一起，咱们什么都不怕，好不好？万事只要我们彼此理解就行啦。

今天中午和你的信一起寄来的有波士顿孙惠柱教授的信，说到 M. Butterfly 一事。我看，咱们就不译这本吧，咱们也有许多别的事要做，你也不能把自己的工作安排得太紧，你每天早晚都要下楼到小花园里去一下才好。中国人讲究接地气，也是有道理的。听我的话，好吗？深深深深地吻你。

你的小妹

1993 年 5 月 28 日 3:10p.m.

冯亦代 ▶ 黄宗英（1993 年 5 月 29 日）

我挚爱的小妹妹：

昨天是多少日子以来我最忙的一天，也是我最重要的一天。忙因为一天做了四件事，重要是我向女儿女婿宣布我们消息的一天。忙的已经在昨天的信上大致勾勒了，重要的则是在晚上《唐明皇》之后，和女儿女婿谈我们的消息和决定。他俩根本没有意见，女儿则说如果施展不开，住在我隔壁的儿子可以搬回他们那儿去住，她说不能使你感到任何的不便，她考虑得很周到，连两个人如何写文章都想到了。我则说一切不变，否则你会感到不安的。他们问我有否和儿子冯浩谈过，我说我首先和他们谈，他们说估计儿子也不会有什么意见的。

我下午去看夏公，他虽然瘦，但精神很好，我本来要告诉他你我的好事，但因为同去的还有凤子和张颖（以前是总理的小秘书，因为她最年轻）也在座，所以我没有开口。夏公问我生活如何，我说一切尽如理想。他对我笑着，没有再问下去，他是我亲戚中最大的一位了。

我不想在现在就向外界泄露我们的春光，因为过早了，闲言碎语一大堆，何必听！等到你来了，我们出出进进，由他们自己去体会，但是必要通知还是要通知的。今年真不是普通的一年，年初传言我的魂归道山，而年底则传遍我们的喜讯，人生风光也都被我占尽了。大事定局，我就安安静静坐下来写我的回忆录了。

昨天是 33 度，可临时汽车里的冷气出了毛病，上午出去来回，如坐蒸笼，幸而下午修好了，车上三个人，凤、张、我。我坐在前座，正对空调，把我吹得左腿都关节痛了。天，真的老了。幸而我还有一点未泯的童心，这是幸事，但这是你给我的，因为你的爱燃烧了我的生命。

要是政协邀我去北戴河，那是在七月，我争取第一批去。这样八月里你来，我可以亲迎娘娘驾到了。我盼望这一天而且有些等不及。

昨天天津的《散文·海外版》第三期来了，首先看到的便是我写的《一封无处投递的信》，是我搬家怀念安娜的，可是再翻下去则是编辑部的座谈，编者称颂了我的这篇，还有则在"文坛传真"里重印了我在《新民晚报》上的《"复活"记趣》，好了，老生连你的第二家乡也接上了缘了。我还不知这里附近有否复印的地方，我一直是由冯陶拿去在她们研究所印的。原先则由我孙女小英拿去她办公室印，我则拿到民盟去印。我想把那篇《鲜花……》拿到《今晚报》去，照你的意见办。

我心里唱着歌，祝贺我自己的幸福，也祈祷你的幸福，我将是个别人艳羡和妒忌的人，我已经是了，但是他们还没有知晓，知晓了也许会成为一颗炸弹了。

说再多动听的话，也抵不了我对你的思念。亲亲我。

你的二哥
1993 年 5 月 29 日 6:30a.m.

黄宗英 ▶ 冯亦代（1993 年 5 月 29 日）

最最亲爱的二哥：

今天（29 日）5p.m. 之前收到你 5 月 26 日 8:10a.m. 的信，封面北京发信戳为 26 日 22 时，背面上海戳为 5.29.16。我一天都是穿着小棉袄依在床上，是昨天、前天生生地冻着了，我本来已穿着初夏的一件长袖衬衫，寒流来了，也没加衣服。

生病的日子，不免有些黯淡。你来了信，我也就感觉好了些，躺在床上看完了 *The Fall of The House of Usher*，没怎么查字典，而 Usher 是查了的，看完了也不知 Usher 是干什么的，后来我就看长春办的《作家》杂志，办得还不错，不知为什么给我寄？……

棕绷……我家睡的都是老棕绷，十几年前让阿姨在诸暨农村打了棕绷，卡车运来。冬天上边架席梦思，夏天把席梦思塞床底下。我此刻睡的床，没席梦思，因"文革"中拆了席梦思掏出棉花供弦子上山下乡了，眼下市面上有代替棕绷的尼龙丝绷，我也是前几年看到有供应的。想来现在也不至于所有人都睡席梦思，如果空调不普遍，夏天睡席梦思还得了！所以我认为这个尼龙绷是可以在北京解决的。就睡尼龙绷吧，只要不太淘气，不会睡个大窝窝。你先不操这个心吧，我来了，先睡地铺也不会觉得委屈的。如果八月《绿叶》果真要我去北京领奖，我会去转转市场的，你不要为咱们立家的事过于操心了，我舍不得。

我想剪汪曾祺的回忆录音给你，因为你在写回忆录。我挺喜欢汪曾祺的散文，当然，我也喜欢你的散文。只是以前不知道你更擅长写情书，这是真的。而唐瑜写潘汉年竟然写得那么好，万事只要动了真的，就好得没办法说。

吃过晚饭，看过会儿电视，已经 9:15p.m.，回到床上来，抱抱我，二哥，只是抱抱我，我累了。

你的小妹

1993 年 5 月 29 日

给你寄了几份《作家》杂志的剪报去，本来想整本寄你，还是心疼你，替你筛去一些。

冯亦代 ▶ 黄宗英（1993 年 5 月 30 日）

亲爱的宝贝儿：

昨天写了一天稿子，人累了，今晨四时半醒了一次，迷迷糊糊抱着你又睡着了。再一醒，已是五点三刻了，连忙起来做操，想着给你写信。

你说我胆子大，爱上了你，其实我想这是很自然的事。我已经孤独了这些日子，而我是个感情充沛的人，一旦抓住你，怎么会不爆发呢？我也奇怪，我似乎早已想过你了，也的确想过你，我的感情是诚挚的。人生得一知己难，安娜先我而去了，她是我的知己，而到了晚年，你就是我的知己。我能坐令知己走过我的身边而不一顾吗？总之，这是缘分，我认识的女朋友不少，甚至有到老来也在心里留下一块方寸地给我的，但我都等闲视之。不是我薄情，我以为是两地使然，其实对你就不一样了，我甚至想都没有想，便完全接受了。这不是缘分，又是什么呢？我爱你，爱你是没有商量的……

昨天我收到赵家璧的信，他把邮政编码写错了，信便在北京逛了几天。但我很高兴，因为他谬赞我写的西书书话，说这样的文章，还没有第二个人写过，要我继续写下去，这是多高的赞赏呀！其实我搞美国文学，当年也是受到他的影响。我写了回信，又变成稿子。今天寄给《新民晚报》的"读书乐"去。6:30a.m.

你问我吃牛肉的事情。我从大学起，一直迷信吃牛肉，因为这比吃猪肉好。那时只要觉得体力不好，便上沙利文去吃澳洲大排，要带血的。一份我吃不完，但那时可以吃半份。吃后就精神气爽了，你不妨试试。中国人有句老话说药补不如食补，说出了真情。我也吃大量的蔬菜水果，避免便秘，尽量不吃药。好小妹，你放心，我会注意的，为了你，为了我们共同的晚年生活，我也要保重自己。

　　《栗》稿寄出了罢，这可能会"一石激起千层浪"，也许只是奇怪而不疑有他。你没有向《文汇报》的关透露实情吧！我把你寄来的旧稿都看了，那篇写大雁情的过去我还没有看过。你说是我的文章不够舒展，大概写千字文写惯了，总想节省字数所致。

　　关于我们二人的用物，你要我做我也做不了。一切都由你决定。我上次提到床的问题，有可能吗？如可能，我当给你寄来尺寸。我已经20多年没有睡双人床了。我真怕我的睡相（还好不大翻身）、打呼会搅扰你的睡眠。恐怕这些琐事，我们还得相互适应一番。

　　我是个好遐想的人，所以你一定要看住我，随时不要让我想入非非，我当然会自我注意的。可是我几十年来都爱做白日梦，当然，我想这是个写文章人的通病，我必得落下心来，否则一个人怎能总过天马行空的生活呢！

　　这些都是琐事，但我还是絮絮道来，我要尽量使你知道我的生活习惯，因为我们必须使你我的生活融合在一起。

　　这样早就有人要来了，不得不停笔，以后再写吧。亲亲我，抱抱我。我在想望我躺在你怀里的日子，还有一个月……五个月。

永远永远是你的二哥

1993 年 5 月 30 日 7:45a.m.

黄宗英 ▶ 冯亦代（1993 年 5 月 30 日）

亲爱的二哥：

　　难道我不心疼你每天要花费好多时间一大清早赶着给我写信吗？一日之晨，当是人们精神最好的时候，你原本今年需出三本书（管它出不出得来，已经辑集了），别因为小妹影响了你再出书的进度。

　　我则无大志，一两句话说不明白我为什么无大志了。我本来的创作激情在写人物的，随时代的报告文学，时代使我迷惑，我也就不随了。除非是做学问，而我又没什么学问可做，我会有一搭没一搭地写写。二哥有学问，二哥得写，否则是小妹的罪孽。

那天，以为写病毒学家陈剑平的文章一定很难，向你发了安民告示，没想到三下五除二，一早上让我以 1250 字拿了下来，交给《新民晚报》"夜光杯"贺小钢了，题《朝霞中有一青年》，我想在 6 月 6 日芒种前会刊出吧，因我从春收起笔。

除了夏天，我没有穿睡衣的习惯。我 1959 年转业写作以来，基本上不上班，为使自己进入上班境界，我总是把衣服穿好，连拖鞋也不穿，只有在夏季，我穿无袖睡裙——是可以穿着去弄堂或游泳池的。有时穿睡衣、睡裙是在随摄制组出外景或外出开会时，但睡进被窝我就嫌睡裤裹腿还是脱了。前几天让裁缝改了两件绒睡裙，我有毛巾浴衣，没长的、棉的 morning gown，再说吧。夏季到了，也不是置这种装的时候。我不知我箱子里有一块花呢，如做 morning gown 会不会像大花猫。有个斗篷是卷毛面，夹的，是出客用的。也许我应该蜷在斗篷里，可到浴室时，被你孙子看到，岂不要笑我神经不正常！再说吧。我还有件牛仔式长大衣，一回没穿，如果以之代棉晨衣，岂不像要双枪跟你干架！再说吧。

我最近习惯了每天午后给你写信，以便对中午看收到的你的信有所呼应。恩恩爱爱说不完也说不出口。

爱你的小妹
1993 年 5 月 30 日

我的感冒已基本好啦，勿念。今天看了好几本《作家》，你来信好像不大提到我寄给你的剪报。

冯亦代 ▶ 黄宗英（1993 年 5 月 31 日）

亲亲我的宝贝儿：

　　昨天真是天从人愿，儿子在上午就打电话来说要来看我，我当然高兴，10 点多钟他来了，我便叫他坐下，说我要结婚了，他说那太好了，我们就没法常常来看你，怕你一个人寂寞。他又问是何人，我告诉他是你，他说你们都搞文学，那倒很配对的。听了他的话，我很高兴。我的儿女还是很孝顺的，他们都顺从我的意见。可惜那时给你的信已经发出，不能及早地通知你。后来接到来信，我早点告诉他们，而我在三天之内，便把事情办好了。至于亲友方面，等我俩在一起，再通知他们。

　　…………

　　这两天，似乎我的创作欲又高了。我一直在琢磨写篇鸟鸣的文章，中国人对鸟叫太不研究，除了婉转、呖呖、啁啾、清脆、鸣啭等，呢喃是专门用于燕子的，就找不到更多的，可一篇文章也不能只用啁啾几个词，所以正在翻些老诗词。中国人养鸟似乎专门看它们相斗的。你能找到一些形容鸟声的词条吗？这方面，我的知识太贫乏了。

　　为了写《西书拾锦》，我正在啃一篇深奥的文章，是专谈犹太人问题的，虽然啃得很苦，却也长了不少知识。

　　你这两天过得如何？不要整天想我，我们现在应当从云端里落下来过平凡的日子。但我虽然对你这样说，自己却不这样做。因为我还是在想你，无休止的想你，想我们八月里的见面，想十一月里的日子。也许你把我想得太好，会失望，可是这种失望也是甜蜜的，因为两股水终于汇合在一起了。这几天，我要设法告诉一些朋友，他们虽然会感到奇怪，因为我们居然在分居两地的情况下谈恋爱，但他们一定赞成，因为我们是珠联璧合的。他们听到，一定欣然而不是哗然。

我不知这十几年你的生活怎样过来的，幸而你是个豁达的人。我现在知道一个人心的寂寞生涯是难过的，你真是个坚强而又柔和的人。

　　每天早晨就是我对你倾吐胸臆的时候，我们见了面将有多少的话要说。八月里也许给我的时间不多。但十一月以后，就完全是我们的时光了。我盼望这个日子早些降临。上帝我求求你。

亲着你的二哥

1993 年 5 月 31 日 6:30a.m.

冯亦代 ▶ 黄宗英（1993 年 5 月 31 日—6 月 1 日）

亲爱的可怜人儿：

　　上午报来了，但是没有你的信，我原是有思想准备的，以为你不会那么快复原，因为上海还是阴雨天气，但今天北京太阳当头照，温度也回升了，我想上海也会好起来的。你这几天就是休息，休息，第三个还是休息。我当然有点急，不是急你的信，而是急你的身体能够早日恢复。我真个心疼，你疼我，我也一样疼你，宝贝。

　　昨天把《拾锦》的文章写完了。今天便强压制下来誊抄稿子。一边还在修改。但愿此信到达你时，你已霍然而愈了。这里太阳大，风也大，"七重天"也好，"听风楼"也好，可以听到呼号的风声，夹杂着鸟鸣啁啾，别有一番风韵，确是好听。

　　今天饭后人很累，居然一点钟就睡着了，一直到不久前醒来，先给你写几句，我的小妹，然后抄稿。2:30p.m.

　　晚报来了，没有你的信，我惦着你感冒好了没有好，《文汇报》说上海还是阴天，那么你心里又要感到落寞了，有时相思也不能给人慰安的，反而增加了孤独感。小妹，我那可怜的人，我给你祷告上苍，给你快快好起来，我伴着你，永远在你身边。5:20p.m.

　　早晨一觉醒来，是个明净的天，阳光已经照着对面屋子的东墙上的窗户，玻璃发出闪烁的光芒，已经听到麻雀的声音了。我心里一阵喜悦，因为昨天的天气预报说上海也是晴天，兴许你的感冒已经好了，至少不会有那种落寞的心情。宝贝，答应我，以后一定不要受寒感冒，因为我不在你身边，谁来抚爱你呢，即使不是为了你自己，为了我，你也不要生病，我多么心疼呀！又不能马上看到你。6:10a.m.

　　每天早晨给你写几段，已经成了我的日课。这时我的头脑比较清楚，可以专注给你。再过一点钟一上班，就可能有电话来了，甚至有人来，脑子便乱了。现在我的朋友被我训练得美国腔了，要来看我，一定事先打电话来，大概他们被我的不情愿的面容吓着了。我现在一天的时间是这样安排的：清晨是属于你的，上午是写作的时间，下午是运动和阅读，有时文章未写完，时间就说不定了，晚间就是看电视。我规定自己一定在十时半到四十分上床，听一会儿音乐，便想着你睡，我盼望有一天我能睡在你的臂弯，那样甜甜入梦。我原来就是梦多，似乎一切白天没有宣泄的感情都在梦里宣泄了，但是自从有了你的爱，我的心情在蜜汁里，就很少做梦，而且睡得比较好，第二天早上也就精神气爽，医生除了讲药补，食补，现在也讲精神补，我现在似乎换了一个人，每天兴致高高的，那都是你给我的。如果我晚年还能有所作为，那是由于你给我的爱。想想就在今年一二月里，我还是生活在一切无所谓之中，而现在我是鲜龙活跳了，我突然想到歌德和他的迷娘。美国文学史的开山祖师，爱默生、梭罗、惠特曼，他们似乎将一生献给了自然——上帝。而我的晚年生活将是用爱写成的，这才是真正的上帝。我感谢你，因为你给了我幸福。小妹，好小妹，我感谢。

　　今天把《拾锦》的稿子抄完寄出，我要重新读你的信件，我总觉得你要我做的事，没有给你干好，所以一定得查清。大概在上个月里，我沉浸在爱河里，现在头脑才恢复清楚。上个月我说要处理，就是为此。请你原谅我，剧本不译了，也好，因为他们会不敢的。

我能找到世上最美丽的字眼来诉说我的爱吗？言语是多余的，只有我们抚爱的感觉才是永生的。好小妹，抱抱我。

在心里亲着你的二哥

1993 年 6 月 1 日 8:00a.m.

黄宗英 ▶ 冯亦代（1993 年 6 月 1 日）

最亲爱的二哥：

我着迷地看你的《西书拾锦》，已看了五分之四，上次是跳着看的，不知被什么打断了，这次是顺序看下来。二哥，我不知道中国还有什么人能像你那样把英美文学连续着、明白易懂地介绍下来。二哥，这是你专有的事业，你应该继续下去，这是有益于青年和我这样的浅学而爱好者的。只是感觉到你读英美新作的来源并不十分流畅，谁供给你这些书籍呢？像北京图书馆这样的单位是否有规律地进书？董乐山那里新书源又如何？你的事业就是我的事业，我真不知道我能帮你什么忙。至于你写其他散文是写主旋律之和声，作为一种享受，一种倾泻去写，不要写得太苦，好二哥。

我早早地买好了六月份游泳的月票，今日六一，依然是凄风苦雨，我不会去的，我将继续把《西》的五分之一读完。昨天没收到你的信，想你，今天该收到了。

我坐在你身边读书。

爱你的小妹

1993 年 6 月 1 日 9:50a.m.

冯亦代 ▶ 黄宗英（1993 年 6 月 2 日）

我爱的小妹宝贝儿：

昨天我忙了一天，也真是无事忙，因为上下午都有人来，说话费劲而且我正在动手写那篇《西书拾锦》，不但文思打断，而且人搞得很累。今晨四时不到我醒来了，似乎你刚刚离开我的臂弯。忽又想到你来了，要空出一口衣橱给你，如此又迷糊睡去，到再醒时已是六点了。你今天早上是什么时候醒来的，想我吗？……这是个愚蠢的发问。

我把要结婚的事告诉了鼎山，但没有告诉他是谁，他写信给董乐山来打听，昨天乐山来电话。问一句成语的出处，接着便祝贺我，问我是谁，我说是你。他大为高兴，说是熟人，好极了。他说如果是不认识的，就会别扭，是熟人他放心了。连他妻子在电话旁边也笑了。我告诉他我们的计划，他说这样很好。一切归其自然，否则就太俗气了，何必大宴宾客，大事声张，应该是绚烂归于平淡而不是平淡追求绚烂。昨天李君维来了，但我话到嘴边又停住了。因为他的夫人有个同事原来住"三不老"一个院子，传到他那里就有许多不必要的人都知道了。等过些日子再说吧。

忽然想到你有没有收到《英语世界》，看了有没有兴趣。这种有释义的内容，可以省我许多查字典的辰光，须知不断查字典也会使我们减少阅读兴趣的。

昨晚 7:03，雨，今天空气潮湿，温度适宜，人也精神一爽。一只出胎不久的小麻雀，居然飞到我的阳台上了，它一叫便引起邻居那群鸟的竞鸣，真是好听。我不知鸟在冬季是否叫得这么欢，至少窗关上了总得减色吧，但愿你来了也能欣赏。

你可以不必考虑饭费，你能吃多少这一点不会成为我的负担，但如果你说安心，则当别说了。你说我们俩间不嫌生分吗？总之这一些我们八月里见了面再谈好了，其他你要给阿姨的都照你的意思办好了。有些事你得抱难得糊涂的心情，要不然你就不能好好休息。小妹呀，你受的苦太深了，我要舐好你的伤痕，所以不要为这些琐事去烦心，我心疼。最近我写了篇《票根……》的文章，已经寄到广州《随笔》去了。我所以突然想到，因为这文章牵涉到安娜，当然我不讳言有时我会想到她，因为我对她负疚于心，我和她从"反胡风"起一直到"文革"完毕，没有过好日子，整天像小媳妇似的。你也是受苦的人，我将加倍地使你早日恢复宁静，我决不愿意再揪心过日子。因为你给我想不到的晚年生活，我怎样谢你呢？小妹呀，我的心情是无法用笔写出来的。我想我会拙于言辞表达，因为我爱你。

快8时了，阿姨要把信寄出去，以免使得你焦心。我就暂时搁笔，不过你知道我们的话是说不完的，等我们一起的时候，你就听我的絮叨吧！哪天再给你写。不受时间限制，我会永远这样下去的。抱抱我。儿童节给你个吻表示祝贺你。

当你在我臂弯时，你的失眠也就好了。

永远永远是你的二哥
1993 年 6 月 2 日 8:00a.m.

黄宗英 ▶ 冯亦代（1993 年 6 月 2 日）

亲爱的：

想到你二十八日和女儿女婿谈我们的事的紧张心情，我好疼。80岁的人了，向小辈谈是不大好启齿哩！幸亏他们同意了（也许是照片先给了他们一些预告吧）。我想关键是女儿女婿，如果他们不同意，门对门住着，我就感到有些为难。咱们不需要多一间屋了，咱们日夜挤在一间 cosy 的小屋里多温暖，而夏天，小妹的皮肤是冰凉的，孩子们小时候都抢着往上躺。但你女儿的心意我领了。

我认得的北影的人，像谢添已 80 岁了，有的人已作古了。这个宿舍可能是近年盖的，可能有我认识的或想认识我的人住在那边。我和阿丹是 1978 年底、1979 年初离开北影的，就是在我伴他去演周恩来，他被撤，离去，我留下来料理善后。以后，只一同去看过《猜一猜谁来吃晚餐》的电影，反正他再也不愿走这个伤心地了。于是我去云南采访，为他写闻一多的电影剧本。我未必是个好妻子，但我确实是个好伴侣，尤其在对方身处逆境的时候，但如今想起来，我本也还可以为他多做一些事情的，我哪里料到他会走呢。

你不管什么时候，尽管去北戴河好啦。我这是被人邀请的事，不是我自己订计划，我去了北京是可以住在兄弟家里等你的。如果八月去，我不在你家过夜，这，你能谅解。我十一月（或十月中旬）去就是你的新娘了，你说好吗？如果《绿叶》不颁奖，我又分身不开，八月我当然就不去了。我现在来来往往暂时都要带着张阿姨，这是医生关照的。何况阿姨又从来没去过北京，我已经让她准备带北京去的干粽叶，我想北京是买得到糯米的。

《一篇无处投递的信》现在发出了，很好。《"复活"记趣》我也没看到过，在方便的时候复印吧，我又不急。

好啦，我回到《西书拾锦》中去了。坐在你这心里唱着歌的怀抱里。

雨下得越发大了。

你的小妹娘娘

1993 年 6 月 2 日 2:00p.m.

冯亦代 ▶ 黄宗英（1993 年 6 月 3 日）

亲亲我的好人心：

我现在越来越相信感应了，从二十九到昨天，我都心头烦躁得不能午睡，好容易眯上眼睛却又突然醒来，就此不能再睡了。我总记挂着你，昨天上下午都收到你的信，虽然在下午的信里你告诉我你病了已经四天了，你该已痊愈，我盼望着。

天气也真奇怪，这两天这里突然变凉了下来，特别是昨天，因为前晚下了雨，天气阴沉沉，而且刮来的风也挺尖锐了。你怕这样的阴沉沉，我也一样。过去我不免要伤时感怀了，现在是对你的思念占据我整个身心。昨晚看天气预报，上海比这儿还凉，你一定要保重，如果觉得寒冷，那就冲个热水袋放在心头，躺着休息。白天不要老睡，这样夜间就睡不着了。护生液可以暂时不喝，还是喝你的珍珠液。

我想当我们住在一起的时候，你的病一定会好起来的，你的心上有人，你的身上有抚爱，我这样想也这样相信。我的小妹啊，你真过得太苦太苦了，那些心上的创伤化为肉体的病痛，在你更年期时，必然会影响你的精神和健康。心的空虚除了爱是无法治疗的。我会给你爱的，除了缘分，心有灵犀一点通。我还能说什么呢，如果我们不铲掉罩在心头的障碍又会怎样呢？而我们这根红丝，确是在远隔重洋时连起来的。我会感谢你一辈子的。

我做什么事都不后退和懊悔的，我会一直走下去。我说的话，就是我们还不在一起，何论怎样的情书圣手也不及一个真正的吻、真正的爱抚来得有效，你说呢？你以为没有人会骂我们，你不要忘掉你是甜姐儿，你在舞台上和银幕上甚至在文字上，你曾经唤起多少人的幻想。如今这个美人居然属于沙咤利，怎不令人羡煞？吃不到葡萄便说是酸的，又有多少人会妒忌我们呀！我自己就承认？我这个人是值得炉忌的。

我除了外出，我没有到楼下去沾地气，我知道这对健康有益，但是我不愿在小花园里，踽踽独行。我要等你来一块信步，那该多愉快。

昨天我写了一天《西书拾锦》的稿子（下午来了客人），今天还要写，大概可以写完了，因为要取舍要翻译，要使文章有趣能吸引读者。往往我找到一份材料，看一次不知所云，所以再看一遍两遍，看的过程中我加深了解，一篇文章的结构也出来了。你问的那个字usher在美语里指戏院里领座位的人，在英语里特指皇宫迎宾官，后者是专门用的。

这几天我除了大部分时间写《拾锦》文章外，就在想回忆录的文章写法。如何写法？特别是儿童少年时的问题，如何将它们联成一气？我已经写过在重庆的生活（《收获》刊过），香港的也写过，刊在香港《大公报》，但那时夏衍还没有结论，所以我无法写，而他老人家对于我进入文坛是大有接引的，不能少。所以我必须重写这篇文章。然后写搞学生运动，搞报纸刊物（在重庆和上海）和解放后的生活。我还要重读爱伦堡的回忆录。

好好保重自己，不要使我担心。宝贝你的二哥。亲亲我。

1993 年 6 月 3 日 7:20

黄宗英 ▶ 冯亦代（1993 年 6 月 4 日）

最最亲爱的：

昨晚上床时，搬了几本厚书，为你查鸟鸣，查了一本比砖头还厚的《中国成语大辞典》（因为我知道你肯定没这种新出版的大辞典，是一位咳着血的，喜欢印美术信封之类玩意儿的乡镇老人送的），毛两千页一目 20 行看过去，只夹了三张小纸条。

燕侣莺俦：形容男女欢爱如燕莺般相偕做伴。

《西厢记》三本二折："只为这燕侣莺俦，锁不住心猿意马。"

燕婉之欢：比喻夫妻和谐欢乐。

燕语莺声：比喻女子美妙的声音。

元·关汉卿《金线池》楔子："语着流莺声似燕，丹青，燕语莺声怎画成，难道不关情。"

鸦雀无声：形容寂寞无声。

《红楼梦》三十回："各处主仆人等多半都因日长神倦，宝玉背着手，到一处，一处鸦雀无声。"

鸾凤和鸣：（鸾，古鸟名，凤凰的一种）古以鸾凤比喻夫妇，谓夫妇和谐。

宋无名氏："似鸾凤和鸣，相应青云际。效鹡鸰比翼，鸳鸯双双戏。"

还翻了翻宋词，懒得摘抄了，遣怨的多，什么怕听莺啼，你现在不怕。

二哥，今天一早上我就裁纸，折纸，研墨，临帖，忙活着悬肘写了几十个大字，要交 1 尺 ×3 尺的，我几乎排不下 28 个大字。我临米芾的，自从老师说阿丹未题画上不一定我来题，我就没兴趣学书法了。而且我断定我是学不出来的，没那么多工夫天天临帖，以前我想的都是孤寂的而不让人瞧着可怜的（度）过老（年生活），委实没想到会突然地有了那么大的变化，是相当地突然。二哥，不是吗？我在医院时，还什么事也没发生，不是吗？你是 4 月 20 日提出："你能亲一亲我吗？"这之后，无边的甜蜜。

好二哥，我得干点什么了。这封信是准备明天 6a.m. 阿姨买菜带出去的，快 11 时了，你的信该来了。

1:15p.m.，今天你的信是 12 点多到的，我已经吃过午饭来了，谢谢你赠我儿童节的吻。人不可能重新活过，但我们毕竟又获得了新的爱情。我怎么会怪你想安娜呢？我还想把写阿丹的文章带到"七重天"来写哩！那样，我就不至于又写到精神病院里去了。如果我在 11

月以前又进了精神病院，那可算怎回事呢？躺在你的臂弯里有信心不得精神病，只要你不老说我是美人儿，我担心自己不美会使你失望，怪紧张的。我应该有信心自己是二哥的可人儿，并也不是那么容易就骗得去了的。

我挺喜欢鼎山、乐山兄弟的，真的。朋友娶了或嫁了不熟的人，就仿佛被霸占了一个。熟的嘛，仿佛白赚了一个。我的娘家也会仅仅因为你是宗江、阿丹的好友而放下心了，不然小妹——小妹姐到哪儿去了呢？

衣橱啦，饭费啦，你不要操心。我不过因为自己挑家一个甲子了，深知挑份家的艰辛，你的固定收入（工资）维持一个大家是不容易的，总不能让你写稿来养小妹。写稿是你的事业，你的兴趣，你的责任，如此而已。我交饭费是图省事，不然我老得琢磨给咱家买点儿什么，虽然有钱买东西对妇女也是个享受。你一说"七重天"旁边是北影宿舍，我就想，买日常用品不发愁了。俗事是要安排的，但我们不为俗事所累，我同意你说抱难得糊涂的态度，可我们是聪明人啊。在只我一人挑家时（他妈妈给钱不定时），小外孙女吃水果我不吃，吃冷饮我不吃，吃虾我不吃……去年儿儿女女凑钱送我出国，我因之也积蓄了些钱。今年，女儿在家住，每月都贴钱。我生病，给伙食费等都是女儿花的钱。10月我离家，家里的房租、保姆费等，我总得留下来，这房子是阿丹的故居，如今儿女们东来西往也要住在这儿，基本费用我得维持住，是吧？我也不会为挣饭费而卖文的。我也没什么可卖的，我只想心里舒坦一点儿。

小妹
1993 年 6 月 4 日 10:05a.m.

黄宗英 ▶ 冯亦代（1993 年 6 月 4 日）

最最亲爱的：

今天中午没收到你的信，怅怅然，想着也许傍晚能收到，却又忍不住给你写起信来（3:30p.m.）。张阿姨刚从作协把我的工资领回来了，我就把工资单给你过目：扣去房租实发 512.80 元。我家固定开销的大数是两个半保姆，我家只有雇保姆，而不回保姆，除非她自己要走。等我走了，我想让能做的，上下午轮换着去做个半工。这些具体的，等以后让我女儿做主了，我可以负责连房租、一个保姆在内的共 300 元，自己留 300 元在北京用。其实，最使我紧张的是生了病怎么办。等我快走了的时候，要和作协组织说一下转诊的问题，我就放心了。你以后，若再去北大附属医院，你和医生说一声你自己睡不好要舒乐安定 2 片/晚，若给了你药，你存玻璃瓶内给我留着，珍珠液只在最初几天显效。这几天我又服安眠药了，药剂不重，只这种药店里是买不到的，必须去医院由医生处开。（好啦，你甭管了，我总有办法的。）至于带些储蓄去，是备随心所欲地用，不在 300 元过日子之内。

轻轻地抚摸你，重重地拥抱你。

你的小妹

1993 年 6 月 4 日 4:08p.m.

冯亦代 ▶ 黄宗英（1993 年 6 月 5 日）

亲亲宝贝儿：

我刚在八时发了给你的信，而到了十一时，就又收到了你的信。真好福气，是两封。你知道你写给我多少信了，到现在为止已经 56

封了。亲爱的，你想到有这么多吗？你简直无时无刻不在想念着我。一个人得了这么好的知己，还会对人生有什么怨尤呢？谢谢你，我的好小妹。

我写《西书拾锦》是受了茅盾的鼓励，你知道我搞文学完全是凭兴趣。我在大学里原来是读工商管理的，为了大学毕业后找到银行的金饭碗。我搞文艺，原来写影评，在香港出了点小名气，以后我就搞翻译，写散文，写书评，以后就找到了介绍西书的路子。赵家璧最近还来信说起像我这样的散文，国内还没有人写过，我复了他一封信。往来的信，都已寄《新民晚报》"读书乐"曹正文，请他刊出。你也许以后可以看到的。我总觉得一个人总要有些与众不同的东西，否则庸庸碌碌，枉在人世走一遭。

我觉得你在白天（下午）给我写信很好，不然像我这样早上写，便不能回答你的问题。所以今天午睡一醒来，我就给你写信。到了明天再加上清晨和晚间的一切，你便知我一天的生活了。我也是个纵情的人，天造地设是可以和你攀亲的。3:45p.m.

早晨醒来，已是 5 点 25 分了，但还是在床上赖了几分钟，因为我想看你。现在起来做了操，便给你写信，把昨天的话接下去。写一篇《拾锦》，首先是找材料，我靠朋友偶然给我寄本书，哪里够用，董鼎山每年订了《纽约时报读书评论周刊》给我，从美国到我手里，要在出版后的第三个月。其次是利用我在香港小姨寄给（我）的《新闻周刊》，但是这里只有消息和评论，至于作家本人，则全靠一些参考书和平时阅读的积累以及国内对于这些美国作家的评论和介绍。我说我不是做学问的科班出身，我不会做卡片，有的知识便都存在脑子里，和知道到什么地方去查，如此而已，这就是我的秘密。我总觉得钻研一个，锲而不舍，总有所得。我就是下的这样笨功夫。可是我浪费了多少时光，做跑龙套，做官，十年一觉扬州梦，等到梦醒已经晚了。幸而我彻底觉悟，否则答应了胡乔木再去做官，我这一生就完了。不要说著作等身了，恐怕连一本也没有。1978 年冬，答应陈翰伯发起《读书》，这才走上了正路，所以我现在就是要抓时间。

谢谢你的照片，其实至今我还没有抱过你，但似乎我对你全身和你的风韵都已了然于心。现在我只想躺在你胸怀里，倾诉我对你的爱情。小妹呀，我真爱得你快要发疯了。你知道吗？你感到了吗？我要吻遍你的全身，每一分寸地方。你不会打扰我，你只能给我力量，爱对于人是力量。有人建议我再写两本书，一本是我的回忆，一本是我认识的人的侧影。我觉得这个意见很好，这两种工作够我做的了。我从来没有想到要封笔，你也不该封笔，如果不小看我们自己，我们还可以有作为的，你我倦了，就躺在对方的怀抱里，用吻来休息。

最近我读了本大书，《剑桥中华人民共和国史》，使我知道中国知识分子为什么过得这么苦，因为我们都是不愿为人捏塑的泥块。我真钦佩阿丹对于生命的忠诚，他说出了中国知识分子要说的话，而这话确是与塑造我们的技师完全相悖的。我们太天真了。阿丹啊，你真是个了不起的人。

《鲜花》一稿，天津《今晚报》已经收到，大概不久可以出来，我同意你的意见，把最末一句删掉了，这样余意未尽，让人去猜好了。

小妹呀，我想得你快发疯了，但我一定克制自己不让你为我烧烊。如果我们互相把对方烧化了，然后再塑成两个人，我有了你，你有了我，该多好。抱抱我，吻吻我。过去我觉得累了，但我们的心连着一起之后，我感到有用不完的力量。

永远是你的二哥

1993 年 6 月 5 日 6:35

黄宗英 ▶ 冯亦代（1993年6月6日）

最最亲爱的二哥：

　　仿佛我每天的正事就是等你的信和给你写信。今天星期日，我一口气收到你两封信，我好高兴。我睡了一个沉沉的午觉，仿佛那《西书拾锦》是我写的。歇了一口大气，许久许久以来，我不会睡午觉了，我只是躺着眯。以后你必须养成个习惯，不怕我在你身边又睡不着，又起来，或到小厅里去看书，反正你睡你的，你甭管我，我反而放松了，可有时候也像懒婆娘似的。那珍珠液我已经抗药了，失效了，反正还在服用，没关系的。我失眠了大半辈子了，只要不持续整日整夜不眠就不碍事。我相信你会治好我的。小船儿泊岸了。

　　关于回忆录，你最好不要想以前你怎么怎么写过，我以后写时，也不能想我以前怎么怎么写过，因为此番起笔，将是系统工程吧，以前写的，也只是资料罢了。不然我们就没办法起笔了。例如，你完全可以以写给我看的形式起笔，这可以使你既沉浸在过去的回忆里，又沉浸在未来的幸福里。不搭什么架子，不把它当成什么大不了的事的对亲人的絮语，她是个既可以与之述闺房春暖，又可以与之论铁马铿锵的人儿不是吗？我不过是随意建议。反正，什么事，一开头，就容易了。再说，谁还管你《收获》刊过、香港《大公报》登过，如今写成回忆录总不能把这些部分砍去吧？而且完全可以把当时无法写夏衍的情况写进去。二哥，如今回顾往事，心情不同了，幽默些也就是超脱些，你受了偌多偌多的苦，只为了上苍要给你一个吃过偌多偌多的苦的可人儿不是吗？（别听我的，我出的是小儿女的主意，你可能想出男子汉的手笔。）

　　我体会得到你写《西》不可能像文章完成时似的显得一切都是顺手拈来，这不可能。二哥，辛苦了，吻吻小淘气儿。我相信，你确实换了一个人，你年轻了，以前鸟儿叫，云儿飞，风儿吼，你可能都嫌烦哩！如今当秋风怒吼时，我已经在你怀里了，如果你连楼也不下，那你写完一个重点篇章以后，一定要想办法松弛一下，在小楼里做做操，听听音乐，给朋友打打电话……总之要打个岔，别一直写，一直琢磨写，听见哦？

二哥，除了我让你给 Dr.William Sun 寄本《西书拾锦》外，没什么非让你办的事。寄书如太麻烦，也不着急，我所有的"圣旨"都是心血来潮的，可以不从命，或我自己说过就忘了的，我怎舍得差遣你这位大门不出二门不迈的宝贝儿。你出门认得回家吧？小淘气又不乖了吧。

日夜思念！

你的好小妹
1993 年 6 月 6 日

我不跟你玩邮贴游戏，回头邮局觉得奇怪要邮检的，以为我们打什么暗号呢。

冯亦代 ▶ 黄宗英（1993 年 6 月 7—8 日）

宝贝的好人：

收到你 4 号发的信，好人，你以后千万不要带书上床，你应当极力使自己入睡，而不要翻《成语大辞典》，这对你健康不好，有个差错，我的罪就大了。我疼爱你，即此一端你也不要做可以使你难以入睡的事情，宝贝儿，你一定要答应我。

上午又将你在我"发烧"时写给我的信读了几封，我那时只是吞噬你对于我的爱，而对你要我做的事情全然置之度外，包括你要我给 Pam 等写的信，现在看见了，就马上译出，预备明天叫我的学生来看一遍发出，奇怪你收到我的信是中午，而我收到你的信是在上午十时半到十一时，看看门人分发报纸的快慢而定，下午则在 4:30 到 5:00，也看他是否分得快点。

我赞成你把写阿丹的文章到北京以后再写，那么你心里有什么郁积，我可以用爱来将之熔化。你上次来信问我难道不怕你发病，但我有充分的信心，可以治疗你的病，可怜的人，你那时是在更年期，而不顺心的事接二连三向你袭击，你又没有个人可以谈谈，得到缓解，病就变为必然了。现在情况变了，当然不一样；至于觉得我叫你美人儿，你觉得紧张，须知我从来没有看见过你穿泳衣的照片，而你有足够使我动心的地方，你应该高兴而不是紧张。我相信在二世做人，否则又怎么能唤起我的恋情呢？真好，没有这些你给我的蜜语甜言，我的心里已如止水了。郁风问我安娜去后，我有没有进医院，我回答说我挺住了。她去世后我简直无法安静下来，但后来《上海滩》要我写她，我写了约有三万字，心中的郁积抒发了，我才安静下来。我想那时如果有人遣散你的郁积，你不会来个大爆发的，可怜的宝贝儿，你现在有我的胸怀可以蜷缩了，你应该高兴，我不会使你受苦受煎熬的。

1993 年 6 月 7 日 4:00p.m.

真的，我哪里知道我还有几十岁后的恋爱呢，你总是问我为什么怕这怕那，其实我怕的就是这件我自己不能控制的事情。我不要因为我而使你痛苦，可我又舍不得你，你说你已是老了，但我难道年轻吗？上帝的意志要我重新年轻一次，我不能违背他。何况你长得又这样的 perfect！给你写信时，起初也是一种矛盾心理，但是你的纯情征服了我，因此我向你讨个吻，而你宽宏大量地给了我，我能再克制再退缩吗？有人说爱情是自私的，但关于你我，我的的确确前后想过的。这是三生石上的姻缘，我能逃避吗？二十年来，使我动情的只有你，我已经老了，但我不能放过这个时机，这个缘分。你不嫌我的絮叨吧？

在前一段我"发烧"的日子，我自己也奇怪怎么会如此疯狂的，须知我一向还以为自己是个没有感情的人呢。我感谢你，我珍惜你给我的一切。如果那时我在你旁边，我一定会使你"害怕"，但你还是承受了，我感谢你对我的真情。小妹，让我吻吻你，我盼望这个日子早些来临。（这是我的希冀，但你还是了掉你该做的事情。）尘事一了，你我就安居在"七重天"的仙境了，我爱你，我爱你，我爱你，永远爱你的二哥。6:00a.m.，6月8日

Dr.孙那儿，我已于星期日把我那本弃之可惜谈之生气的书寄出去了。是航空的，你和他写信时一定要代我向他道歉，因为这本书的校对太差劲了，我以前迟迟（未）寄出，就是怕为我们出丑。如果先出版的那本散文集子是《湾流集》，我心里就可以好得多，肯定不会有那样的装帧，但终比这本"金玉其外，败絮其中"使我更安心一些。

昨天上海又是多云天气，阴沉沉了吧，但我要你振作起来，不要心里也蒙上阴影，因为我永远在你身边。真的，我和你的结合，可以使你的家人放心，也使我的朋友们高兴，孩子们高兴，这就是好事，而最重要的则是我们自己的舒心如意。北京今天也是有云，太阳似乎羞答答地不肯露面，如果过去遇到这样的天气，我的心头会堵上一块铅块，但现在我不会了，因为我有了你，你知道你对于我是多么宝贝呀！是稀世之宝！

我到你来时，将到上海来接你，这是老规矩的迎亲呀！但我也对于传媒有顾虑。我不是怕大家知道，我是怕大家知道后的一番社交，如公宴等等，这就与我们原意相反了，我们是要求安安静静的生活。至于在北京，这样的事也会有。但可以辞谢，最多是在家里请他们喝杯咖啡，不必铺张，总之你无事时也谋划谋划。

刚才天气预报，上午是多云，下午转晴。气温低下了两度。事实上，上海温度比北京低，真是南北颠倒了，北京这几天在闹水荒，上海大概比较可以好一些。

今天计划写一部文学精选的序言，容我好好想想，因为我是和

李文俊共同主编的。趁此机会，可以带起一批年纪比较轻的人。下次谈，抱抱你的二哥。

1993 年 6 月 8 日 7:30a.m.

冯亦代 ▶ 黄宗英（1993 年 6 月 9 日）

好宝贝：

昨天（8 日）上下午都收到你的信，尤其下午的信，出乎我的意料，更高兴得不得了。但看到你没有收到我的信的急切心情，又引发了我的内疚，我舍不得你为我的信而焦急。算日期 4 号到的信，应该是 1 日发的，查查我的登记本，1 号是发了信的，是 8:00a.m. 发的，怎么你没有收到呢？要得到这个答案，只有等你今天信来了，看你是怎么说的。但如果再不到，我真该挨打了。

看了你给沙漠的信，我也替她难受，怎么得了！年华老去，这漂洋似的生活，又怎么度过去。她的确是个沙龙的女主人。但是谁又是她的亲人呢？你和我都是幸运儿，到老又结鸳俦，我们相处的日子，就是相互慰藉的日子，昨天我写信给她，但写不好，撕了几张纸，不知从何说起。助人也是难事。

昨天快 10 时，凤姐电话告诉我阳翰老去世了。他已经神志昏迷快一个月了，我心里也有准备，但突然听到他的噩音，心里还是不好受，我是 1938 年秋天认识他的，那时他和程步高一同从汉口来香港（采）购物资，我在中央信托局工作，是我接待他的，如今也有半个多世纪了。以后在重庆，他亦多方照拂我，唉，天下无不散的筵席，总是要到这一天的，但想不到还是这样有突然之感，他一直是我的上级，领导着文化部门的工作，1950 年我还跟着他去土改，他是团长，我则是副秘书长，和他工作是极为愉快的，他的细致和对于别人的关怀是我学习的榜样。

　　我就是喜欢你写的文章，总有一种向上的蓬勃之气，令人看了年轻，不像我有时会显出一些衰颓来。有时的光明尾巴是加出来的，心里有一种说不出的苦楚。以后我想会好的，因为生活不同了，我又是一个新生儿，有你这个小妈妈的疼爱，我的思母情结一定会治愈的，我总觉得女性的爱情是无所不包的男女之爱，姐弟之爱，朋友之爱，还有是母爱，女性唯一的伟大之处就是她对于人世的母爱，这是扎马尾发的小姑娘不具有的，但是过来人都可以感觉到。也许我从小没有母亲，对这方面的感受特深。那天你在信里说你要当我小母亲，好高兴我们又想到一块去了。

　　上面是 6:30 写的，接着我去盥洗吃早饭，再次写信时楼下的鸟儿叫得真欢，好听极了，但是我还不知道如何写好这篇文章，我对这方面的知识太薄弱了，我相信你一定知道得比我多，因为你听得多。大概除了东北，你已走遍了全国，我真羡慕你。那次看长城的电视，你居然走进了罗布泊，中国有几个作家走过这些地方，我为你骄傲。

　　今晨我是 4:10 起身的，我是 4:00 醒来的，在床上赖了 10 分钟，想着你，想着你，这无尽的相思呀，亲亲你，吻吻你的日子也不远了，但相思则更浓。大楼正在征求装有线电视的户头，装置费是 40元，以后每月费用 8 元，我已签了名，以后我们就不必出去看电影了，有线电视经常有国内外的好片子。但不知会不会妨碍你睡觉，我大概这星期去医院拿药，我会给你拿的，但不知他们有没有。

　　翰老是很喜欢阿丹和你的，前几年他未病时我去看他，他常问起你，我那时就奇怪小妹的事情怎么问她的二哥，老年人的想法，有时是别人想不到的，是不是他们有种天设一双地成一对的感觉呢？这也许又是我的牵强附会，但我现在越想越感到我们是应当走在一块的。

　　你给我看你的工资单，我的是银行管的，每月有工资单，可是我很少看到，提了几次意见也没用。如果到银行去取钱，他们就把我的收入记入（计算机控制的）存积内，但是我很少去银行取钱，每月的稿费收入似乎就够开支了。我一向对于钱是糊里糊涂的，以前每月 4 号取到工资就交给安娜，稿费是我的零用。现在不抽烟，很少买书，零用钱便成为开支之用了。我这里每月的房租水电，大概不到 60 元，似乎比你的开支小，因为你的房租就要 60 多块。

我今天要修改以前写的《咖啡馆的思念》，有杂志要我在 15 日前给他们写一篇散文。我写的是迈尔西爱路（陕西南路）塞维娜咖啡店，那时重庆来的及上海的剧人都在这里饮咖啡，我记得而已，阿丹还有你都去过，我们的中心是陈鲤庭。我写的电影剧本《金砖记》就是在那里写成的，可惜开拍后又停止，因为 1948 年冬天已是淮海战役，吴性裁老板不肯出钱了。解放后，袁牧之要我去电影局，不过我到国际新闻局去了，但还聘我为外国影片审查委员会委员，和江青同事，但我是一直避开她的，不然"文革"中我也会进"秦城"的。

现在是 7:30，我要开始工作了，今天有人要来看我，是谈他的小说稿，我就明晨再写了。亲爱的人，抱抱我，亲亲我，吻吻我，我祷告你今天一定会收到我的信，否则真该挨打了，但每天我都写信的。

二哥
1993 年 6 月 9 日晨

黄宗英 ▶ 冯亦代（1993 年 6 月 9 日）

最最亲爱的哥：

此刻（9 日 7:15a.m.）我刚从游泳池回来，吹完头发又淡妆一番，就是我一个人在家也没人来，我也要淡扫蛾眉的，我不愿意看见自己憔悴苍老，哪怕是住医院，只要我生活能自理，我就要求自己利利落落的，也许这是当演员留下的痕迹吧。

我是吃了一小碗泡粥，佐以黑芝麻末加盐，吃了去泳池，回来又饿得要命。又吃了一两半炝饼，一根油条，一碗豆浆。泡饭算白烧了。我今天只游了半小时，邻居小蒋让我上去，我也就上去了。光是入池、出池两次冷水淋浴也算一项运动哩！家旁边的游泳池，我从1977（1978？）年搬来后，就没去过，直到在北京被"押"进精神病院后，重新痛心地要求自我保健，去年第一次去了泳池，到七月份我就买单日、双日两张月票，天天游泳了。我不怎么会游，但也还敢去深水。总之，一去泳池我什么烦恼也没有了。你放心，到了北京，我会找到另外的自我保健办法，我陪你下楼，跟你散步一阵，然后我跑步，扑向你……

昨天我二嫂（黄宗淮夫人）给我打来长途（从北京），我问她："你听说了吗？"她答："听说一点儿，所以来问问你，听说是个很有学问的人。"我问："你赞成吗？"她答："赞成赞成。"如此，我想我整个家族都知道了，可我还没给好哥哥宗甄写信。

你找到爱伦坡的回忆录了吗？你更为他的夫妻爱恋所触动吧？怀念你的安娜，多情的人儿，这很好。爱伦坡回忆录中不知是否包括书信集，他是"在我爱之如命的妻子死后，我倒获得了新生"。我去找张横格纸，把英文信抄给你，作为我今晨的英语练习，更作为我对你写回忆录的支持，对你恋着安娜的理解。

5p.m.，我从书法班回来，看到客厅里堆着儿子阿佐的行李，阿姨说他没进家门就去买飞机票了。我很心疼孩子们奔波忙碌，看到他们已有几丝白发，唉，什么长处不遗传怎么传我的早生华发呢。

早上姜金城来了，在家吃的午饭，那时你信刚到，我看过就给他看了，他很赞赏，说你很会写信。我说这怎么是会不会的事呢，下文我就没好意思说。二哥自己也不知道自己有写情书的才能哩！看给谁写吧，美好的词句是炽热的心声。

下午去上书法课，今天老师给每位同学写一扇面，我点了他为我写民谚"插柳不叫春知道"——这是我一篇千字文的题目，邻居说他喜欢这篇散文，全文抄在小本上，改天，我复印老雷小本上的给你，省得我瞎找我的文集（大概收在《星》集）。知识出版社要出我的散文随笔文集（女作家随笔集），要 20 万字，不要报告文学，所以我的作品复印件之类都交给小姜了。

5:20 p.m.，儿子回家，后天飞美（国），娘俩坐了会儿，当然也谈到你。晚饭后他在客厅竹长椅上就睡着了。他回来探亲并把我外孙女儿带回上海，待不了几天，我怎能托他买书呢？不是进书店买了就行的事，反正我心目中就是 Dr.Sun 办这件事最好，慢慢来吧，反正你没我操心也写了那么许多了。二哥，难道是我瞎操心吗？我是该操这份心的，你的事业就是我的事业。以前年轻，没全心为阿丹想，他求我写《齐白石》《李白》……我说我怎懂得书诗画呢？我现在就不对你说："我怎懂得英文书呢？"是忏悔之悟。

今天《英语世界》又寄出来了，我把它介绍给楼下邻居，他们也去订阅了。我以前多次买过课本，可我不习惯没人管自做习题，基本扔着不看。这本，我晚间躺在床上看了不忍释手，谢谢老师。

很晚了，今天不抄 Allan Poe 的信了，把誊写好的一篇小文章复印了寄你。姜金城说他拿去发，若发《家庭》，一时你还看不着。小姜说写得蛮好，你知道我只是正在做这事随手就写了而已，这就是随笔吧。今天小姜为我开了保险箱，我想捡拾阿丹的东西，但我觉得我……我会生病的，也许……也许……等我再想想。

你可怜的小妹

1993 年 6 月 9 日

冯亦代 ▶ 黄宗英（1993 年 6 月 11 日）

亲爱的小淘气：

你不要以不能午睡为念。夏伯曾教我一个法子，午饭后就坐在沙发里把眼睛眯上五或十分钟，全身放松就可以了。我有时睡不着就用他的方法，五或十分钟后，人就又精神气爽了，但全身一定要放松，这是个诀窍。宝贝你试试做。

今天北京下雨了，不知会不会继续落下去。昨天傍晚也下了雨，只下湿了地皮。我但愿还落下去，只对麦收可能不利，但没有刮风，大概问题不大，对人可大大有利。长期不下雨，人快成干了，我一天至少要喝五磅水，还是干得难受。

你说的写回忆录之法很好，过去写的可作参考，但不必拘泥，我原来觉得已写过的可以修修补补，但现在想想，也是得到爱伦堡《人·岁月·生活》的启发，还是重新写好，我原先写了篇《咖啡馆的余音》，写得很拘束，广州《散文与人》的编辑林贤治研究了几遍，觉得前面写得太没有味道了，便退了回来，老实说这还是第一次退稿，他是要我改写的。昨天我开始放开写，便不相同了，我很感谢他。《随笔》黄伟经从今年起已经退休，新任叫杜渐坤，以后稿可寄给他，上次寄的那一稿，如有复印，可再寄给他，因恐怕老黄看不到，他已不去办公了，但在另处上班，怕不到《随笔》去。3:15p.m，6.10

昨天花了一天把《咖啡馆》稿从1200字加到约3000字，就觉得有些意思，今天改过誊清就给《光明日报》韩小蕙，《鸭绿江》请她编一期散文专辑，她要我15日以前一定要寄给她，今天都到11号了。还要给《追求》写一篇1500字的，也是月半前要。幸而这几天我不是发烧二哥，否则这些债都还不清。欠文债也有好处，一逼就逼出文章来了。

昨天舒湮来电话，是告诉我翰老去世消息的，他一面称赞翰老是忠厚老人，一面又批评有些老人门户之见太深，狭仄宗派，我也猜不透他什么意思。

我想不到在《读书》做文抄公居然有在美作家的欣赏。李黎来信说她读得津津有味，还问我要什么书可以告诉她，她会寄paperbook

给我，又告诉我第一代华裔作家的中国姓名，对我是个帮助，可以写文章把原来的译名正名，我交了不少朋友，总能得到帮助的，我想这大概由于我待人以诚吧！

我还是想着你，北京阴天，温度下降，凉飕飕的，格外地想你，幸而我这两天要写文章，不然我又会因阴而影响情绪的，有时我也讨厌自己的多愁善感，可现在好多了，因为有你好想，而且有你可亲。我现在学全运会的样，暂时把你来的日子定为还要 150 天，倒算还有几天，大概我又发痴了，但这是为了告诉你我急切的心情。

我们不要玩贴邮票的游戏了，斜贴表示吻你，但你说得对，会招人怀疑的，我太天真了，以后不干了，就让我写爱你，吻你，亲你，抱你好了。这样凉爽的天气我们睡在一块多好，我切盼这一天。

你的二哥

1993 年 6 月 11 日 6:20a.m.

黄宗英 ▶ 冯亦代（1993 年 6 月 11 日）

最亲爱的哥：

你不要再为床发愁好吗？我不信偌大个北京，我们买不到一张合意的床。万一买不到，我让我侄儿找木工定做一张就是了（不在家做），侄子、侄媳妇睡的特大床就是定做的。咱们可以定做一张统一号码的，因店里卖的床上用品都是按统一规格做的，咱们的屋子又不大，我现在自己睡的床很好，两侧各有两个抽屉，放内衣裤袜，不占地方，很便当。能买到就买，不能买到就订制，你甭管了。你怎么可以让龚之方弄床绷呢？他快走不动了啊（听孟浪说）。二哥，置家的事你别上心，你管你的健康和学问就行了，好吗？求求你，我又不是嫁给你的床！

10:55a.m.，收到你两封信，正在看。

1:10p.m.，看完你两封信，身心沉浸在温馨中去吃炸酱面（今天饭早，因为儿子去机场），饭后，午休，又看了一遍你的信，我真幸福。不过我不是女才子，仅仅是好学而已。说到农业，我五八年就主动下乡了，写了一些农村的作品。我的小儿子阿劲有一次跟我说："妈妈你别放弃写农村题材，你写农村和土生土长农村的作家不一样。"儿女是我最严格的批评家，他们支持我写作大约只在"让阿拉娘有点事体做做蛮好"而已。（所以，以后你得允许我请假两三天去京郊农村。）

2:25p.m.，今天我封笔了（不再给你写信），明天再写。

Yours 小妹 1993 年 6 月 11 日

爱伦堡是苏联作家，爱伦坡是美国作家，大翻译家你别把小妹搞糊涂了。

不要你来上海迎亲，你到北京的机场或火车站（东西太多，就坐火车）来接我好啦，我是自己上门的新嫁娘。我的好人。

5:30，我的爱。我刚才说"封笔"是笔误，应说"住笔"，在午休的时候，我蒙蒙眬眬觉得文思涌动，一口气写了四个小时（包括中间休息、喝水，从冻结箱中取紫雪糕吃）写成一篇约 2500 字的散文，写不相识者对我的关怀，在我几乎常常想跳楼的年月里。等我誊好了寄你一份。

哥，是你使我不再多想跳楼啦，痴呆啦，瘫痪啦，进精神病院啦，才有文思如潮的。但我一定要使自己停下来，有几段休止符。

我答应了国家环保局局长曲格平（来沪参加国际会议）明天接见几位文艺界人士。3:30p.m. 来车接我，上海环保局要我主持什么上海环境保护文化委员会，我推说医生不允准，当然我不能满大街嚷嚷我要嫁到北京去喽！

我记不得多少诗，年轻时候我记忆力是超常的，现在是忘记力超常了，有些诗句是我翻查的吧。

我每晚睡前都看书报的，看到有点儿迷糊了，才服一片速眠安关灯。看来为你难道要改这习惯吗？难改得很吧。我有"落枕醒"的毛病，明明快睡着了，关灯睡下，又醒觉起来。年轻时，我就觉得睡前看书，然后把书压枕头底下，梦里就吃进脑子里去了。

好啦，吃晚饭前我要舒散舒散了，真的不再动笔了。

为了我今天的写作成绩好好地抱我一整夜。

小妹

冯亦代 ▶ 黄宗英（1993 年 6 月 11 日）

亲爱的宝贝儿：

以前的不说，从这个月开始，我是每天给你写信的，而且在8:00a.m.，一定掷在邮筒里，我研究不出为什么你会一天收不到信，而次日又会收到两封，总之你能收到，我也放心了，不过你却要等急了。我除了一天没有收到你的信而于次日收到，其他时间我有时可以收到上下午两封，我真太幸福了，但知道你为等我信而焦急，免不了心疼。我就盼望有一天你来了，我可以说之不休，就用不着你望穿秋水了。

宗江早已为你在送翰老的花圈写上名字了。我没有去阳家设的灵堂吊唁，只打了电话给永华，但我眼下写篇文章，他们大概要开一个追思的座谈会，但我怕去，我对于这种场合总是受不了的。

宗江写了一个电视剧本，是讲述洛宾与三毛的故事，送给二哥与小妹，现在还没有收到，收到后读了我马上寄给你，可惜你和我没有花前月下而只有青鸟传书，但经过也够神的了。将来我和你的一生可以写成剧本，如两条长河汇成一支大流向人世奔腾而去。你同意吗？我连我的未来也设计好了，这不是虚构而是事实，在英文中虚构与小说是同一个 fiction 字，人生本来是虚构与现实不分的。

　　我已经几年不到北京图书馆了，本来我是每周去两次，"四人帮"倒台后，我为美国当代文学补课，便是靠的北图，那时都是熟人，最近有好几年不去了，他们的问题在于新书上架要在一年之后，而我找旧书也是等上一两个钟点。那时梅绍武在主持交换图书，书一到他就打电话叫我去选借。现在他去美国研究所，而认识的人大都已退休，便没有这样的方便了。我由董鼎山为我订《纽约时报书评周刊》，隔时收到一批，因为是普通邮寄的。刊物上有每周的畅销书和paperbook的新书目录，所以有写《西书拾锦》的材料，前天的《新民晚报》"读书乐"专稿中有我和赵家璧的通信，他认为国内写《西书拾锦》这样书话的只有我一个人，希望我继续写下去，我想你资助我的购书费，还是寄董鼎山的好，因为他知道我的需要。80年代回国时也将购书款交给他，后来用完了，订《纽约时报书评周刊》就由他订送给我了。

　　宗江说我们的喜讯逐渐在扩散，要我们听其自然，并说将来请你的娘家人可以在文学基金会的文采阁，那里我去过，菜很好，作协会员还可打九折，我很感动，他连这些事都想到了，也显出你们的手足情深。还有他和我的友情。

　　有人要来，明晨再写，抱抱我，亲亲我。

你的二哥

4:10p.m.，6.11

　　昨天上午抄《咖啡馆》稿，这篇经过改写，似乎充实了许多，过去我写好稿子，总由安娜把关，所以万无一失，她去了，没有一个人可指望了，有时稿寄出了，心里还忐忑不安，今后你来了就可以由你做第一次编审了。

　　下午郁风的四妹和她的博士后女儿来看我，郁风的四妹朋友们都叫她Fafa，她的丈夫突然小中风了，左手不便，除点滴外，也无其他好办法，我为她介绍西城区中医院的张勤大夫，这是位针灸专家，我是她诊好的，她给老熊依次扎了30针，左手立刻抬起到肩平，左腿走路也找到了方向了，一号脉医生立刻说患者心里有郁结的事，果然老熊到今天还想不通，他是航空的起义人员，但"文革"时作为叛国罪挨了几年整。想不通的事给大夫一说就中了。我想你来了，我们也去找她治治你的失眠症。可怜的人。

黄宗英 ▶ 冯亦代（1993 年 6 月 14 日）

亲爱的二哥：

拟《文汇报·笔会》"拾而得之"专栏前言：本专栏两位作家——我们两人的岁数相加起来整 150 岁了。我们喜欢读书。以前喜欢读，现在更喜欢读。读中文古今诗书，读使用英语国家的书，读社会的书、人生的书、历史的书、未来的书和大自然的书。我们恰像两个在高山上、丛林里、草原上的孩子，一人挎一个篮子摘拾野果子，奔来跑去拾呀拾呀，然后在明媚的阳光下，在细雨敲打着树叶的绿丛中，把野果拼在一起津津有味儿地一起快快活活地吃。如今，我们愿意和大家分享。

二哥，我拟的俳语你同意吗？把范围拉得广些，你可怜小妹迂回的空间可以大些，都等我看那几十万字的原著，那我在专栏中起不了大作用，岂不累坏了哥哥。

不留底稿，请妥存。

1993 年 6 月 14 上午

那皮兰德娄我留给专栏吧，我会注意什么剧本啦之类。我是想到上图去查查究竟都译过来什么，还想去看看黄佐临。

冯亦代 ▶ 黄宗英（1993 年 6 月 15 日）

恩恩爱爱的甜姐儿：

昨天花了一个上午，把《鸟鸣》写成了，而且用了大部分你给我的材料，天衣无缝，自我感觉良好，而且高兴之极，因为这是我俩合作而成的。

你那篇《我当上了》也不错，看来我们的文思，不是为写情书而欠缺了，相反却多了，这是件值得庆祝的事，尤其是自感似乎放松了许多，笔虽然没有恣肆汪洋，似乎也不见得拘谨。不过文章是自己的好，早为前人所鄙薄，等我改好誊好，复印了给你寄来。

昨天上午收到你的信，怎么 10 号一天都没有收到我的信？我是这个月开始，是每天一封，而且是安排好，你每天必能收到我的信，是否把邮票歪贴了，自己找了麻烦，真是自作聪明之误，还是你想得周到。

你写一篇文章后，一定要有一半天的休息，我们都不是青年人，所以要自我调节。何况写的是这种悼念文章，是很累的。你写了文章给文汇，我想写的人会很多，那我就不在上海轧闹猛，我就给《今晚报》，应该写他的文章最好发在《人民》，但我又不愿。刚才想到发《瞭望》也可以，翰老是我第一个指引人。

黄昏，坐在窗前，想着你，想着你，深深地，深深地，这无可奈何的相思呀！前天晚上，半夜里我突然醒来，就坐了起来。我依稀听到你的呼唤，我害怕你会有什么事情，但后来倒下又睡了而且睡得很沉。宝贝儿，你没有什么吗？我想你。

你说要为安娜烧香，你不用带香，我这里有龙冬带来的藏香，还有女婿给我带来的德国香。等你拿来阿丹的照片，我也要上香的，我们不能忘掉这两个爱我们的人。我昨天走了 1500 步，多走的 500

步，是补前天的欠账，我现在还不想下楼。我等你来，我不想阿姨在旁边站着好像放羊。等你来了，我们还可到大街上去走走。我是一向喜欢在路上溜达的，自从脑血栓后，便不上街，进出总有车，安娜故世后，我连楼也不下了。

一方是过去总是两个人下楼，一方是楼下小孩增多，我怕他们撞我。"三不老"三号就有一位老人，被孩子们用自行车碰倒在地造成骨折，躺在床上无法动弹。我如果如此是宁愿去见马克思的。你来了，我们还可去紫竹院，我喜欢那个公园，比北海 cozy。

《文汇读书周报》的小陆灏写信要我《读译散记》的文章，说是不是生气了。其实我过去两个月看了三本大书，便延迟了下来。写《读译散记》是很花时间的。因为我必须先看书。有时有材料，有事未写，过后又忘了。

希望邮局不给我们捣乱，每天你我都收到信。抱抱你，抱抱我。

二哥

1993 年 6 月 15 日 6:00a.m.

黄宗英 ▶ 冯亦代（1993 年 6 月 16 日）

亲亲爱爱的二哥：

昨天给你打长途时，手真的直发抖，听到你的声音耳朵直发颤，闹不清是熟稔还是陌生，闹不清将要和我同床共枕的究竟是个什么人，简直像旧式婚姻里的新娘子，不知新郎是什么模样，只凭书简定了终身，差不多是这样。二哥，你说呢？至少我俩在书来信往之前，我除了跟在阿丹和大哥的后边见见你，确实没有什么个别交往，没有脸对脸地说过话，没有肩并肩地去过什么地方……怎么写着写着就写到一张将由赵青的儿子我的外孙抢着置办的大床上去了呢？人生许多事真是意料不到！！

赵青——我们都叫她阿囡,说:为什么不请冯伯伯现在就来家呢?我说我要先把你爸爸的事办了。阿囡说,等那干什么,还不知哪天办得成哩?(她此番南行日程之一是去南通谈纪念她爸爸的事。今天她去南京,对儿子刘彤的录像带后期合成拿主意。彤是小儿子,摇滚乐队歌手,刘立是大儿子,都是二十多岁,像双胞胎。小立将去你那里办大床和其他力气活的事)总之,娘仨像欢呼似的想把喜事早促成,我还是想10月10日以后去,赵青说南通办她爸爸的事时,一定要请你去。我说你爸爸可是个吃醋大王,别。阿囡和外孙子主要为妈妈、外婆有人心疼就放心了。时间没有大变化,我就还按原定计划来。Jenny快回来了,9月1日前返美。

7a.m.

8:50a.m.,我在查字典时,想到:英文不说鸟叫而说鸟唱,你记得"黄莺的故事"的童话吗?我忘了,也许是"夜莺的故事",仿佛有个皇帝……还有 Blue Bird,还有飞向诺亚方舟的一只鸽子衔着一枝橄榄枝,还有 Swallow, swallow, my little swallow——happy prince……

二哥,既然大家都那么赞成,你想不想立刻飞到我这儿来呢?既然你那么想我……既然……既然你有许多老朋友在上海,我这儿什么也不要准备,只是夏天这房子奇热,冬天奇冷,又没有你要的英文小说,英文字典工具书只有 *Longman English-Chinese Dictionary*,上(海)译(文)的新英汉词典增补本,*The Oxford Pocket Dictionary*,还有北京外语学院编商务出版的汉英词典及只见英文字的 *New Edition-The Concise Oxford Dictionary*,我自己只用 *Longman*……你最好把《读书》的《西书拾锦》写好两篇再来,那家伙是要翻查许多资料的。至于写散文是心里的、记忆里的东西居多,不写也没有真的逼债。我的卧室里有空调(外边客厅里,儿女要装还没装,电视在客厅,也已有 Cable 电视,只是电视机太老,还坏了一个频道钮,可以修吧),有一张大书桌,一张小方几,你如来,我可以推个缝纫机过来，因阳台的小书桌，晨起可以随便写写。以前我夜里写都在阳台上，我并不习惯空调，夜凉将眠时，我总是关了空调，开开窗。

昨天我看家里事情还是多，又找回来一个在我家里做过的钟点工，每天 1—3p.m. 来干些活。她住我家，晚饭吃在我家，等于自己家里人上班去回来干活，多做多给些就是。因为我家张阿姨毕竟 72 岁了。夏天，我们不动还出汗，何况她要烧要洗的，但我什么都靠她，我只有一把家门钥匙。

二哥，你来不来我这儿，你不要着急回答。好好儿跟陶陶商量商量，医院里的药要带足，有没有什么特殊的药——用惯了的。如没有，北大医院肯不肯开个转诊单给华东医院或徐汇区中心医院。不肯开也没什么，问问你们单位能不能报销？不能也算了，我的弄堂里保健室除星期日外天天可以量血压打针，量一次 4 角钱，你可以放心。如果你来，就得打算 11 月 15 号回北京，你说是不是？我不知道你胖成什么德行了，身长多少？腰围多少？臂长多少？今天裁缝徐师傅开始住在我家里干活（也许干个十天吧），是乡下裁缝，每天工钱只 10 元，供三顿饭一顿点心，手工不错，连我女儿的连身裙都交他赶起来。我想，至少让你不要带晨衣 morning gown。我已找出一件儿子送我的黑呢暗红格的单晨衣，腰围 4 尺 5 寸半（一根皮尺那么长），老天爷，够你穿的吧？里面衬上活脱棉里围得过来吧？否则就做衬绒的吧，你说，薄棉还是衬绒？长度我穿合适你穿一定也合适，答我！

9:27（1993.6.16）

夏天我实在已经不知道男人穿什么睡衣了，丧失了这方面的知识，我的儿子都是赤膊，西式短裤。

二哥，我又不想你先来上海了，不想！我说不清，但我不像以前那样把写好给你的信藏好，我还是寄给你，说明我想你，但你别来，暂时别来！明年春暖再来，好吗？反正你得听我的。

二哥，好二哥，今天 10a.m. 不到就收到带你三张照片的来信！

二哥，你的头发除了前头鬓边略有几丝白发怎么都是黑的呢？而且脑后也没有掉头发，这可是八十岁少见的。啊，我就是要跟这个人厮守一辈子了，我亲了亲他的手，他的唇，他的……

刚才南通打电话来，市委已同意我的纪念赵丹的方案，我此刻要打电报给北影朱今明夫人赵媛……

好啦，为了去取电报纸，阿姨将去邮局，现在11a.m.，看吧，总之可以赶上2:30p.m.邮班。

吻你的头发、额头、眉毛、眼睛、鼻头、嘴……

你的安琪儿

小妹 9:27（1993.6.16）

我们张阿姨说照片上的你："蛮年轻！搭侬蛮般配！"

如果你想来能来，吃饭时你不必紧张，我现在也是一个人吃开的。家里已经习惯我一人吃开了。除了散步，看电视，你都可以在卧室里，卫生设备也在卧室（另外还有一个卫生间，在楼梯口）。天啊，你如果想下泳池而不跌跤，下了栏杆还能爬上来，你就6a.m.陪我游泳吧。天啊，我可不敢让你游，你在家等着湿淋淋的我回来吧。

如果你来，你很方便在晚上打电话给你女儿，问问有什么要紧信、电话什么的，星期日打是半价。

咱们在上海既不宴请，更不张扬，但你的老朋友们来坐坐总是可以的，小宴。

黄宗英 ▶ 冯亦代（1993 年 6 月 16 日）

二哥，亲亲爱爱的二哥，陌生的二哥，梦中的二哥，我的好二哥：

三张照片都在我的玻璃板下，书桌写字那张，就在我书写时左手触摸的地方。二哥，你怎么像我的爸爸呢？虽然我9岁就没了父亲，当时他才 48 岁，又像我家薛表伯……二哥，想想有点儿害羞，我怎么跟你亲热撒娇发嗲呢？亲人哪！太亲的亲人啊！

我想起翻着看过的一本英文厚书《雨果传》，其中有个细节，是当雨果写作时，他的夫人因为太爱他又不能跟他说话，就坐在他旁边给他写情书。我会可能跟这个傻女人一样吗？你会把这个傻办法学去吗？你看过这本传记吗？我当然可以从朋友处借，只太重了，我先问问作者是谁，朋友的电话是传呼的，过些天才能知道。一打电话去，她就会来我家一整天。以后，以后再说吧，再说吧。

都是因为你，我差点（已经）忘了去开书法班的结业茶话会，直等到楼下邻居喊我，我还没明白是什么事。在会上，发给我一张毕业班的荣誉证书，骗不了人家，也骗不了你，你别练书法，我到你家也不练，那玩意太占地方太费时间。我们都已经不是寂寞的人了，但我们可以看看帖，那本我在上海没买到的沈尹默书法《澹静庐诗抄（剩）》，我在《读书》4 期你的文章后边的邮购栏里看到了，只一元（连邮资），我会邮购一本，只一时又找不到《读书》第四期了。

吃晚饭了。

你的马大妹

1993 年 6 月 16 日 6:00p.m.

冯亦代 ▶ 黄宗英（1993 年 6 月 17 日）

心爱的人儿：

今天北京有雨与前昨的酷热天气迥异，凉风习习，似有不胜寒之意，上海的气温仍高，不知你是否仍有游泳，还是在给我写信？谈谈你出席酒会的情况。

报来时，收到你两篇文章的原稿。纪念翰老的那篇文章别致，画出了翰老的神态，至于写那篇义士的，看了使我心疼，那时宗江和我都以你的情况为忧，但也无能为力，如今回头一看，大概你是留下来等我的。否则又何能有现在的一页呢？我真的有些后怕。后来消息传来说你病了，不知怎的，我总认为你能克服这一关，我当时是以女强人看你的，如今留下一片锦绣，当是我们的共同的日子了。

我没有因为收不到你的信而泄气，我们昨天的对话，听见你好听的声音，不知要比纸上文字高出、多出多少倍。我整个上午虽未在看书，但脑子里却充满你的声音，夹着在画眉的婉转清脆的啼鸣之中，我是有意今天上午不写东西的（但也写了一个短稿《李黎冯亦代书简》给新民报"读书乐"，只是继续昨日未竟的事），因为我不写则已，一写就是七封。（不算给你的两封——昨今二）写得坐骨神经都痛了。但鼎山的那一封回信，还没有写，午后一觉醒来已是 3:30p.m.，好睡也二哥，畅快畅快。大概是补昨前两天的。现在精神气爽，首先想到的是给你写几个字，可能晚报来时会带来你的玉音。

你收到我寄照片的信了吗？是不是傻不几几，那天我午睡未睡，他就来拍照了，我还没有进入角色呢。从此也体会到做影视演员的难处，昨晚看到电视上《皎皎白玉兰》，看到他救一个自杀的病人，自己也跌到楼下去了。今天读到你的稿子，心头为你疼得厉害，可怜的小妹，我的好人，今后你可以放心了，我会分担你的苦恼的。我不知道你这篇稿子给谁。我想《随笔》是一定要的，而且李士非我认识，想来在广东发更能打动人。4:45p.m.

早上醒来已是 5:15，做完体操已是 5:30。就坐下来给你写信。我昨天下午又收到你的信，你那个酒会一定很热闹。你那篇《绿的絮语》，写得真俏皮，我是写不出来的，我眼前仿佛出现了你在朗诵的情景，老太太却还有一颗年轻的心，会震住四座的，你不觉得人生似梦吗？做完了噩梦，就要做好梦了，一直到有一天梦残，但我们也老了，该回去了。

翰老 21 日告别，在八宝山，我已和小华讲过不去了，我受不了，23日座谈追思我一定去，因为他们要我发言。你们上海也会举行这样的会吗？我是1938年认识他的，今天我要写一篇文章来悼念他。我想夏老一定很难受的，左联的书记只剩他一人了。目前，我不敢到他家去。今天如果文章写不好，那就抄《鸟鸣》那篇稿，龙东这星期要来拿的。《随笔》第二期昨天来了，编辑方针没有大动，写稿的也还是原来的老人。

上海似乎在闷热，你去游泳了吗？即使你得到倒数第一，也是个胜利。我感到自己在变得年轻，你呢？ 6:00a.m.

关于我们在"笔会"上开专栏，我想不能限于西书介绍范围，要扩大些，读书、文坛掌故、花絮，这些都可以包括在内，这样可以有得写，而且不会发生材料问题。我以前给《光明日报》及《今晚报》写专栏，已辑入《听风楼读书记》（三联读书文丛），已付排，大概今年也可以出版了，是有读者的。而且每篇字数也不能像《读书》那样多，每篇最多1500字，长了难写，而且读者也不一定欢迎。你说好吗？附《海明威的手提箱》，好像也是在"笔会"刊发的，请你参考，你看如何？

你参加游泳比赛很好，剪报里第一条就说游泳可以抵制不良心情。小妹，你过去吃的苦太多了，使我心疼，我一定要使你从过去的阴影里走出来。你在游泳池里来个芙蓉出水，就此心情平静下来。躺在我的怀里，治好你的心情吧，照你现在创作欲的恢复，你已基本上走出了噩梦，和你在年初的心情比，你一定会感到区别的。

昨晚睡得真好，因为你躺在我的臂弯里，我几乎听到你轻微的呼吸，这种幻觉，就有一天要成为现实了。我们在一起读书，写文章，讲悄悄话……我想望这美妙的一天。

说多少话也说不尽我对你的思念。我希望你在泳赛里得奖，因为这些都是奇迹。我抱抱你，你亲亲我。

二哥

1993年6月17日 7a.m.

黄宗英 ▶ 冯亦代（1993 年 6 月 17 日）

爱爱爱爱爱：

今天我的老老保姆（76 岁）来我家（给了赡养费"退休"在儿子家，每周到我这儿来消磨一天），我给她看你的半身正面照片，问她："格人是好人坏人？"她说是好人。又问她格人几何年纪，她说：五十多岁。让她往上猜，伊讲："顶多 60 岁，是演坏人格。"我说，你刚讲是好人怎么说像坏人了呢？她说："我讲是演坏人格。"张阿姨插讲："是赵先生活了。"老老保姆已耳背眼花，我也不跟她大声嚷你是谁了，以后两个保姆在摘小菜时会喊清楚的。

我今天在床上腻了一天，此番感冒比上次重，反正说明我抵抗力真是不如人家。今天天很热，我没有汗，但皮肤依然是凉的。服了药，大喝水，喝绿豆汤。在床上我翻看邻居老雷 1977 年 4 月至 1981 年 3 月的阅读笔记，才知道这世上真不仅我们在读书，老雷不过是热水瓶厂的书记（已退休），业务上很忙，涉猎很广，从《回忆阿登纳》到《希特勒》到《伊加利亚旅行记》《第三帝国的兴亡》《莫扎特》《美国史》《象棋的故事》……艾青……总之，别人活得充实，对我也是一种净化。我喜欢在晚饭后，拖着拖鞋，到弄堂里一排汽车间的门口，和我的作为普通人的邻居话家常，他们老少两代乃至三代住在原属于我们住的这幢小二层各自独立的花园别墅的各自有的汽车间里，经他们改装后，现在居室面积 15.8 平方米，灶间、厕所、浴间三合一占 6 平方米。他们很知足，认为自己依然比上不足比下有余。他们的知足使我对未来的生活更知足。我本来是普普通通一姑娘。然后他们就议论某些副市长搬进我们这弄堂，花了廿多万搞装修，钞票没地方用了！钞票哪里来的？伊会得端只小矮凳到我伊当中来？做梦，配着"敦敦"的打网球的声音，这大都市的一角意味深长。

二哥，你放心，我给小姜看的信，当然是能给他看的啊！讲学问的，也透露着情义和思念，温文尔雅的。我当然不会给他看赤身裸体要扑上来的，那是我的专利。于今，只是我一个人的专利。没有1/100的人能分享，你放心好啦。放心，以后不给人家看了。小姜将要送给我们的喜礼是一篇他写我俩的文章。他是上海文艺出版社有任务来写《黄宗英传》的，所以让他多了解真实的我、我们，免得像某些作家由于不了解描写对象而胡加工，加工得亲朋好友都不认识书中的人了。

《名人传》里可能没我，若有也是从别的词条上抄的，我从来不填这种表，回答有关成绩的提问，连 Who's，Who 什么的，我都没给回音，记得不记得，纪念不纪念，不是活人考虑的事。以后我让小姜整理我一个"词条"，对付索者吧，也别让人家为难。

你写给安娜的情书，理当由我整理发表，这是我的责任。我脑子挺封建，我不会交你整理阿丹资料的事情，那还是我自己的事情。

二哥，你如此高效率地写写写。我一是为你有了小妹而文思勃发的高兴，同时也怀疑你是否为了迎新娘去储蓄稿费，那可别，会伤身体的，你得停停。而我们的日子是有多多花，没多少花的。多花也仅在文化生活上吧，至于喜期家宴，这种钱虽然是整笔头的，但计划在内，过了就算了。天长日久我们习惯于简朴的生活方式，我们不会缺钱过小日子的。

你让我理书架，好阿哥，侬阿是看错人啦，后悔还来得及。你让我百般柔情我做得出，你让我有条有理下辈子。不过，我们可以在某几个下午，作为做游戏，两人一道玩。其实我很喜欢理书架，从小不限时间边理书架，边看书，是我极大的享受。看上瘾了，明天再理，让书摊了一屋，你允许吗？脚尖踮着走分堆的书的空间，蛮有趣。童年时，有个客人来了怎么办？父亲母亲又爱看我们滚在书堆里……二哥，我是去服侍你的，我尽可挖掘自己可能不存在的潜在美德把你服侍好。我真希望你此刻能看到我为你才做好的粉红色一开到底的睡衣。抱着我，贴着我，亲着我……

小妹

1993 年 6 月 17 日 5:20p.m.

冯亦代 ▶ 黄宗英（1993 年 6 月 18 日）

亲亲爱爱的宝贝：

昨天下午收到你两封信，其中一封字迹模糊为水所化。吓了我一跳，以为是你的泪水。以后看第二封信，才知你寄信时是在下雨，碰上了雨水，这才使我悬着的心放下来。现在对于你的一切，我都十分敏感极了，为了我们的爱，请你原谅。

用两张床我也想过，量了尺寸，发现太宽，放不下，我这里可以增加人却不能增加家具。以后我们也只能买小号的双人床，一切为一个老人打算，我怎能料到会增加一个人呢？真对不起，我想你会原谅我的。

你说秦怡穿红大衣漂亮，其实你穿起来会更好看，银发配红衣，有这样好看的吗？而且你又长得年轻，我去年开会看见她时，我发觉她干枯了，也许现在好一点。我并不想你打扮得艳丽，我见你的几次你都穿得很朴素。这就合我的意，女人穿得太花，许多人看，我会嫉妒的。

序言写得很好，我再琢磨琢磨，能否更增加一些潇洒，其实也够潇洒的了。这样好，可以把中国书也包括进去，当然主要是外国的。你告我的两本书，我都只看过介绍，我以为家丑写得太多，只是为了畅销，便没有意思了。还有那种老祖母讲古是猎奇性的我也不欢喜，我所以介绍美国的几本，因为是华裔作品的苗头，值得介绍，华裔的作品也可以在美国出头的。你有郑的书寄给我好极了。

6:00a.m. 6.18

昨天我写完悼翰老的文章，比你差远了，但无法不这样写，你是从演员的观点出发，我则必须从他领导干部（的身份）出发，写了1300字，今天誊了寄《今晚报》。

昨天还有件使我高兴的，我收到百花责编董延梅的信，为了《湾流集》出版，总编辑郑法清已经同意不计预订数即开印，用好纸好封面，清样改正即批付印，这消息太好了，因为最近散文的销路又为财经小说覆盖过了。我已经去函表示感谢了。将来印成了，一定会极为羡慕的。我一直担心印数少不能开印，现在总编批准，那就全部开绿灯了。你说我们的老运多好。这都是你给带来的，感谢你。

今天除了誊《鸟鸣》稿外，还要最后改好悼翰老文，抄寄。天气预报是34℃，希望有风，否则真够消受的了。我有个怪习惯，天气越热或越冷，都是我生产的高潮，我的几本外国戏剧都是在这些情况下写成的。以后你来有了伴儿，我的效率会更高的。

究竟是年纪不饶人，觉得这几天有些累，两篇文章发出，我一定玩两天作休息，其实所谓休息也还是离不开书，我那个《书人书事》名字取坏了，这样便陷在书里了。但是一大乐事，我想写一篇文章给江苏人民出版社《书与人》创刊号用。

刚才天气预报34℃—35℃，只有微风，乖乖，我有些谈天色变了，不过真的是35℃我也不怕，喝几杯冰水也就可以了。上海天气是不是入梅了？你自己当心不要感冒，年纪老了，最怕感冒，千万要注意。至要，至要。

在嘹亮的鸟鸣中，抱着你做白日梦。

二哥

1993 年 6 月 18 日 7:20a.m.

黄宗英 ▶ 冯亦代（1993 年 6 月 19—20 日）

宝贝儿：

我是不是把家里的英文书都给你带去呢？让阿囡。万一你有呢，看来都是些畅销书。让她带这些破磁带也没什么，多半是英文情歌。不知你平常听的收音机可以放磁带不？要不要把我的小破录放机带给你？我家里也还有其他的录放机，看来我得给你打个电话，届时。

泳池里有好几个老头，一个姓王的，81 岁了，早先是燕大的，认识宗江。他天天游，在深水游完 300 米后，就在浅水杵着。今天他又在学动作性很大的蝶泳，我说："你当自己是个小儿童哩！"他答："是小儿童。"一个姓徐的，他说要我每天伸直手臂顺时针方向转 100 下，下午再转 100 下，我问这是什么操。他说："你肚子太大了。"回家，我对着镜子做做这个操，觉得蛮好。二哥，你不妨试试，收腹也有助于治你的病。我试了试，你只能动 30—40 圈，够了。二哥，你今夏去北戴河试着在旁边有人看护下游泳吧。你自脑血栓和失去安娜后，一直过着蜗居生活，现在血压正常了，你试着动一动，你可会游泳吗？年轻时游过吗？我只是为了你的健康，你也不要勉强，带个救生圈扑腾两下也好，别怕难为情。

我一看"阿姨放羊"就笑了。我不放羊，我伴着你，不是人来人往的地方，我也要放手让你自己走，或让你搭着我试走快步，锻炼总是要使自己感到稍微有些累，各方面功能都稍微有些恢复才好。年龄并不是生理状况的标准。我看到泳池里 81 岁的老王，就没半点儿替他担心的感觉，是脑血栓后遗症和你的发胖、你的蜗居使你腿脚不利落了，不是年纪。二哥，我要极其稳妥地使你年轻起来。今天下达 200 次／天转手臂的收腹运动吧，不然你会把我压得透不过气来。

我要干事了，好好儿亲亲我。8:30a.m.

4p.m.，照例在午饭前收到你的信，好开心，更高兴你接到我的电话那么高兴，星期日电话是半价，下个星期日 7a.m. 以前打电话给你，不会吵醒你的孙子们吗？而当你在儿孙们中间，我打电话去你不尴尬吗？只要你喜欢我就打去，不必管什么价不价。

我是吃过中饭小休片刻就为小儿阿劲到公证处办证明去了，也是阿姨陪着我，也是只"羊"（两只羊将变成两头牛），偏偏星期六公证处不办公，就散步往 Picardie 那头的百货大楼。乘自动电梯逛了四层大楼，不过买些夏令家用常备品，痱子粉、花露水、洗发二合一、液体电蚊香之类，看到那 32 元一块的小 ice cream，我给咱们的小家买了些小茶垫，我看小厅的桌面挺新的，可能怕烫。

我非常感激并看重鼎山大哥和蓓琪嫂的支持，并请你让他们放心，任何时候我都会好好照顾你的。以前，我事业心过强，总是往外跑，进行各种远征，阿丹老说要罢我妻职撤我的妈权，之后我好后悔。当然如今我也不可能突变为贤妻良母。我既不想系着围裙去炒那它不认识我的菜，你也别问我白书绿书在哪儿，我只要在心里调整到你比我重得多得多就行了，多做一些像"鸟鸣"那样配合你去做我也爱做的事就行啦，你说是吗？用我的方式去爱你，深深地爱你，浓浓地爱你，永远永远。

5:25p.m.，又收到你一封信，待我看来。

好哥哥，我好开心。我一天收你两封心——信（笔误，心声也），你那么心疼我，我好欣慰。此刻我书桌上都是冯的信，冯的文，给冯的心（信），替冯摘的书，你就坐在我的书桌对面。我几乎不知先回答你哪个问题接你哪个茬儿才好，还顺 16 日来信写。

PS：我喜欢叶稚珊的文笔，上次那《生病》我笑了好一阵，写你的也很深情。自己没学问是写不出有学问的人的，你得承认写你不容易。啊，凤眼，是的。我老觉得你有点儿像姜妙香、俞振飞在舞台上的神情，不傻，太威严了点儿，我老拿手指头弄你笑，想看你笑。你的眉心好宽好宽，不像愁苦的人，应了福相。

难道电话里我的声音要比纸上文字更对你有吸引力吗？那我就多打几回，我说什么呢？悄悄话不能说，事务话没什么紧急要办的。只想关照千万别写得坐骨神经痛，千万别一写就是七封，我不许。

6:45a.m.，Sunday，20th，June，挂了电话，人还软软的（上边一段是昨天晚饭前写的）。二哥，我爱你，我爱听你笑，你知道了我的"秘密武器"，我爱看你向我讨饶的样子。

今天早上我的房间里 25 度，到了大热天，外边和屋里差不多。我的屋里是不通风的，三间北屋都不通风，构造如此。你不要顾虑你的屋子小，难道我没住过小屋子吗？我想先上你那儿去，还因为两个七十、八十的人以前没表兄妹般经常在一起，经常这家住到那家去，是难以知道彼此的生活习惯细枝末节，而女人容易适应，男人适应起来就感到别扭。当我跟你生活半年以后，我再在家里服侍你，或发号施令买菜什么的，我就明白你的好恶，你说是吗？

写陈永锵文，也已给文汇，想到该报读者 100 多万，而陈在广东很红，在外地知名度不大。肖关鸿来我家，看中此稿，我说前边铺垫太长，因为一想到自己的那档子就劈头盖脸砸了上来，要删 2/3。他说他替我删。你如果没事儿抽我信看时，看到《断章残句》取出来，既然美国《探索》不发表，《文汇电影时报》想发表，我的原稿仿佛聚不拢来了，你甭当回事。70 封信里找"残"也挺费劲。也许我来了再说。对，算我没说！我来了再找！！而且我本人也将陷入翻找的高潮，阿丹的东西我总要翻的，我的东西也要理的，什么衣服不全还可以买，资料不全我就没法做事了，一点儿事不做，24 小时跟你淘气吗？吻你，你的小动动。

1993 年 6 月 19—20 日

黄宗英 ▶ 冯亦代（1993 年 6 月 20 日）

哥：

想你哩！9:15a.m.，挂上电话发出信后，趁早晨凉快翻箱倒柜找自己的第一批嫁妆——先把床上用品找齐，省得买了大床，届时你又不会张罗买铺的盖的。一张补花大床单是我大姐送我和阿丹新婚的，今后我和床单都伴着你了。这种老式床单不用可着床的尺寸（不像床罩），拖下来就让它拖下来好了，以后再容我为我想像不出的新床配床罩。补花床单雅而美，但铺和洗都费事，你我燕尔之期不免有人来新房，这床单很配我们读书家的身份，一床大的淡蓝色被套，很可能大过你的棉胎。不要紧的，两边用针线绗一绗就可以了。家里有，就不必事事买新的（可我又被张阿姨叫出去买丝绸）。两床大红喜被面只为应承佳期，一床我们自己用，套上淡蓝大被套，影影的，就不俗了。另一床被面送给你家阿姨，大老远的我不便给红包，缝被铺被还要靠她。一对枕套白色的，小女孩子在采野花拾野果，那就是我把你打扮成小姑娘了。另一对是我自己缝的。那花边花样是另一床被里被面（你得买一床被里，尺寸你家阿姨会知道的），一个手工艺品信插，不麻烦的话，你喜欢的话，现在就可以挂起来，活泼而庄重，归你了。天蓝色的床单多好看，我们就像蓝天白云下的两个小孩子，不是吗？你的窗纱挺好，我的窗纱也是白的，带去比较一下，备用。真要挂的话，得熨。家里想来有熨斗，你衬衫、领带是要熨的吧？十五岁时我会熨，现在不会熨了。补花床单的上方有段距离之后，又有三朵花，是准备塞在枕头下（空白处）而后显并头枕形，再有三朵花，不要被长度吓着，咱们之间没有朱建华。若干磁带我散放在包里，便于塞缝。小瓷壶碗只为好玩，孩子们星期六来玩，想用就用吧。那壶中有个塑料杯，扁的一头有空洞，是为摺茶叶等有渣物的，沏好后应是满的一边冲壶嘴，渣渣就不会从壶嘴溢出了。东西有了就是为用的，别怕孩子弄坏了。那玻璃钢的小碗可以进微波炉的，想来是挺结实的。照片里你有磁化杯，用不着小碗，小碗好玩，也可放吃早饭的酱菜、腐乳之类，小小巧巧的。又刚新买了一个白底子花被面，白象征我们爱情的纯洁，小花是我们的心花，果儿是我们爱情的结晶，这被面要配漂白被里。还有早买的龙头细布被里和小女孩被面，因包包放不下了，我自己带去。我们床上有两床被够了，另一个（我带去的）做夹被好了。到明年夏天天热时，不适合盖大红面的被子。磁带仅仅胡挑了些，喜欢听就听听，不喜欢放一边。今天中午没你的信，傍晚一定会来，我要午休一会儿了。亲我在里边。

你的小爱妹

1993 年 6 月 20 日

冯亦代 ▶ 黄宗英（1993 年 6 月 21 日）

躺在我臂弯里的好人：

4:45 就醒了，抱着你不肯起来，我真的可以感觉到你是在我身边。这样又躺了些时候，经历了些奇迹。

果然你的信来了，明知我们谈过悄悄话，但我还是在等你的信，不过没有平时那样急切。我完全有信心可以收到你的信，当然上午还是没有收到，但总比以前没有等我的可爱人儿的心思好多了。我可以收到信，可以听到你的声音，贝尔先生真要比上帝还使我感激。你不这么想吗？未来派把一切归于机器，不是没有道理的。

昨天，我听你的话，除了清晨给你写信，接着誊清了《鸟鸣》，就在小厅里看爱伦堡的《人·岁月·生活》，我以前买了没有看完，现在接着看，作参考，但我不同意他的写法，一个章里写上二十多节，成为眉目不清，要查也困难，但他那种不按年序，想到就写，以一人一事为经的办法，当是可以效法的。

以后来了两个客。第一位是《人民日报》的李辉，他是《萧乾传》的作者，我的忘年交。他看见我书柜里放着你照片，便问你的近况，我骄傲地告诉他关于你我的姻缘，他大表赞同。这样在北京就有宗江夫妇和李辉夫妇及凤姐夫妇知道了。当然以后会有更多的人。奇怪，赞同，祝福。当然还有你二嫂和赵青一家，以及董乐山。

我当然希望你早来，但我坚决支持你过了阿丹的事情来，你应当告诉他，正如我将消息在清明后告诉安娜一样，让他们也为我们高兴才好。你叫我陌生的二哥，小傻瓜，怎么会陌生呢？我们不是希望这一天？我赞旧式结婚的情调，但那是可怕的。因为把自己投身于一个不相识的人的怀抱里，有希冀，也有恐惧。但我们是早已相熟了，这些书信就是我们的证据。梁实秋和韩菁清的情书公开了，但他们绝不会写像我们这样的信。我不知哪来的自信，我觉得从来就是认识你的，也许是由于我对阿丹和宗江的爱。奇怪，我即使在过去，也似乎早已熟悉了你的身心。宽衣解带正是我们的涅槃，有什么怕羞的！但是我喜欢你的羞答答。

后来江苏人民出版社的人又来了，他是来感谢我的，因为他拿了我的牌子去约了几个人写稿，这些人都被认为难答应的，这些也说是我结的善缘吧！

昨天不像前天那样热，我坐在小厅里看书，一方面也想想 23 日上午翰老座谈会上的发言，这是欧阳小华约我的。致沙漠的信，我没有发，因为要找一个董鼎山家里的电话号码，现在我写在小纸上，你可以告诉阿劲。这样他可以先打电话告诉他，就说是你托鼎山买书的。我看过一本《雨果传》，是译本，也不厚，作者忘记了，可能不是同一人。有这样的故事，我希望能读一读，只是要你麻烦，天热，我舍不得，我的三仙女妹妹，好妹妹。

今天据说有雨，天气预报是 28℃，但愿成为事实。你吻我吗？我是要吻你，吻你一切。

二哥

1993 年 6 月 21 日 7:00a.m.

黄宗英 ▶ 冯亦代（1993 年 6 月 21 日）

哥：

11:15a.m.，我在阳台上看书，时不时地为你站起来，往大红包里塞个固体胶水，备你从北戴河给我写信、发信，写得短短的也可以，先把信封和邮票都贴好。又为你听了一遍 Romance 的磁带，那 melody 我们有些熟悉，是乐曲不是歌曲。又想起来，把不带耳机的小放录机给你带去（我还有个带耳机的，拔去耳机什么声也没有）……写到此，女友来访。

女友问我在干吗？我说写情书，她说我料你有喜事，终于想通了。你看人家秦怡多大胆，组织不批准，照样同居："日子是我在过。"她又问我是谁，我答是你，"你去我书桌玻璃板下去看，八十岁了"。她说："不像八十岁。"然后她说夏征农的新夫人如何如何会做人，孩子们有一任夫人的，二任夫人的，她一个一个都送了首饰，把所有孩子、孙子的生日都记下来，一一给孩子过生日。我说我没首饰，有也不知真假，但我一定真诚相待，注意家和，并和大孩子打招呼，如果黄阿姨直着眼不笑时，只是因为写作断不了线了……她检查了我的嫁妆 NO.1，把绣有小女孩的白枕头拣了出来说："这种的确良的还往北京带，不时兴了。无花的床单太素……"所以如果你发现比我上封信少了什么，那是"女方亲友"没通过，还有两个多月时间，我再补齐。称心的东西不是那么好买，沪上的床上用品为结婚用的几乎都是缎子的，我不要，容我再看看。这，我不嫌烦，这，充满着甜蜜。当然比我打算睡地板要麻烦。

　　我买回一本笔记本，橘黄的，和练习簿那么大，自从与你书雁往来之后，我就不记笔记了。而小笔记本也老找不着，其实大的空白的也有，也找不着，买本色彩艳些的，一是我的心情，二是容易发现它躲哪儿了。

　　我记什么呢？我也不知记什么，至少促使人生活有点儿规律，别早上没睁眼就想你，晚上入睡前困梦里还是想你。哥，如果我什么也不做，失去了事业心，我就一无所长，早晚你也会厌倦我的。至少你会觉得没多少话跟我说了。而灵性、慧根还在于耳濡目染日进斗文，我说不清为什么这个星期荒疏了学之业，为之心里有些惶恐。（吃晚饭了，5:55p.m.）

　　7:55p.m.，我已经洗好澡，不去看那《情归何处》，伏案（本应伏身）和你亲热一会儿，带着小儿痱子粉的清香。

　　我把那本 *The General in His Labyrinth* 也搁在那大红包里了，大红包有个附属的小红包，就是我用来装你的情书的，眼看要装不下了。哥，我一生里从未有机会这样持续地写情书，也从来没每天这样持续地写这么多字。我要说什么来着，Oh，我说我看上边那本书还不错，而那本 *Wild Swan*，我一看写"文革"的，我就怕看，于是我想到我怎么写"文革"呢？问题是很多人像我这样，一看写"文革"，就不看了，我是要考虑别人看不看呢？还是不用考虑呢？我非写某一段不可的激情又聚在哪一点？只是因为我的丈夫受了苦吗？也许这个局限很好，因为我是不会"大"处着眼来写，谁闹得清那个"大"呢？你不用回答我，我在思索，你也想想。

　　我现在想上床写日记，这在床上看书和写几笔的习惯遭到你的劝阻，以后再努力求同存异吧。今天走了好多好多路，何况你又不能遥控管制我。唉，我认为这习惯老好老好的，很放松，很宁静，很出神，很……不然我那经常会发肿的两条腿放哪儿呢？腿肿不知何故，很多很多年了，肾功能正常，没事儿。我一说，别又为我的腿操心，和你在一起，我当然知道把腿搁哪儿。好二哥，此刻，抚摸抚摸我为儿子走肿了的腿，亲亲亲亲……

我住笔封信上床了，这样，可以在阿姨 6a.m. 出去买菜时就发出了。

好想好想你。北京比上海热，太热时千万别趴在桌上一个劲儿写，经常用冷毛巾擦擦脸，额头、脖子，你是我的，听见哦？好乖乖。

你的主宰小妹

1993 年 6 月 21 日

附照片，这张别摆了，都说我胖了，脸圆了，是你给我以养分。

冯亦代 ▶ 黄宗英（1993 年 6 月 22 日）

挚爱的人儿：

昨天看了你信里所附的文章，我痛苦得流下泪来，我也住过牛棚，但是我只是精神上的虐待，丧失了人的尊严，我没有肉体的苦刑，但我可以理解他和你所受的创伤。爱伦堡说"人对人是狼"，真是太深刻了。但这批非人的人比狼还狼，因为狼你不去惹它，它不会理你，可是这批狼，却是青面獠牙的。说什么也不能形容他们。

可怜的人，现在我才清楚知道你所受的痛苦，好了，现在他们奈何不了我们了。我要安慰你的创伤。我的臂弯是安全的避风港，你完全有权利要求这样的地方。我要舔干你的痛苦和创痕，小妹，你的二哥，将要为你舍弃一切。只要我们的爱。

温度没有前天高，空气显得湿润，早上为远处隐约的雷声所惊醒，我预备过舒服的一天，但是这篇文章使我不安，有人说过去的事情不要再谈了。我们可以不计较，但必须谈，这是我们写文章的主调，我们的子孙，应当有权知道他的父祖经历过的日子，当然我们不能为这些事实所打倒。我们要对这些狼报仇，我们舒适而又自由地活着，就是对于他们的复仇。

你一定考虑再三才寄出这篇文章，这也的确使我痛苦和流泪。虽知道你所受的伤痛，但却不知道你所受伤痛之烈之深。我要分担你的苦痛，因为比起来我所受的实在太少太少了。我现在可以当笑话讲，然而你不能理解也不能忘记，我将永远同你分担。我的可怜的宝贝儿，因为我爱你，两个人分担，总比一个人好。

昨天下午我坐在阳台上，吹着凉风，我想着你，思念着你，我的心经过早晨的风暴，已经平静了，我希望你也在平静中度过这一天。今后将永远是平平静静的我们的共同生活。事实上眼前虽未住在一起，但我们的经受是共同的，你可以依靠我的慰藉，我可以依靠你的安抚。我就可以过愉快的日子，你也可以过愉快的日子。我要说的话太多了，但事实上也只有一句话，这就是尽在不言中，我们相互理解与信任。

我预备再休息一天，就开始写《读书》九月号上的《西书拾锦》，对于这个工作的兴趣，我是逐渐培养的，也是越来越加以重视的，我有个毛病，就是自信力总不强，以为自己只是在做填补空的工作。我真珍视你对我的期望，我不会给你失望的。我也在找你我共同写的一些材料，我想你的原意储备五篇文章是对的，三篇似乎少些，但我不知老肖预备几天发一次，如果三天一次，那就太紧张了。我上封信写了个样张来，你看了有什么意见，请告诉我，以便改进。我想你未来时，发稿就由你在上海掌握，这样你可以计算时日。我在看爱伦堡的回忆录中，也可以找些材料。

阿姨要上街了，就到这里。未尽欲言，明天再写，因为昨夜蚊子咬，半夜里起来喷药水，今晨睡到六时才起来，又赖着和你温存一会儿，便晚了。爱你爱不够，因为你还没有来，纸上谈兵是谈不完我们的爱的。抱你，吻你。

不是陌生的二哥

1993 年 6 月 22 日 8:10a.m.

黄宗英 ▶ 冯亦代（1993 年 6 月 22 日）

二哥：

6:15a.m.，我开始坐在阳台小书桌后边，我不敢告诉你两天没收到你的信，当然也不敢打电话告诉你，你会比我还急的。想来今天中午会收到你 3 天的信，我将又快活得不知回你什么好。一夜风雨，放眼一片青翠。我开始为你摘录 *The Unwanted by John Saul*……

10:15a.m.，阿弥陀佛！收到你 18、19 日两封信，信封也是湿漉漉的，一口气看了，现在再分别看，以便在回信里言及你问我，或要我做的内容。

我们就买小号双人床，刘立（大家叫他小立）会来看你的，你把要求说了，等他看中了，会拿车（租车）接你去做最后决定的。我的意思是买个普通的，哪怕是个铁架子床，床底下好放我的箱子，你我的皮鞋、拖鞋。我很在乎床底下这点儿面积。听说目前有一种硬席梦思，如果没有棕绷也没有尼龙绷，只有不结实的木条，那还是得有个硬席梦思，不致天长日久把木板压折了。我才不坚持要席梦思，我床上只有棕绷，根据气候的冷暖加减垫被（冬日三床棉被絮，夏日什么也不垫）。

我的文风有和你相似的地方，也有和你不同的地方，不要去比，我也学不来你。而我是演员出身，文中有形象（视觉、听觉），这别人写散文可以没有。而我觉得我们两人或你写我接、或我写你接是可以接上榫头的，你说是吧？文汇专栏你先别放在心上，那是咱们愿意什么时候开始就什么时候开始的事，有特好的，不为时间所限的文章，可以考虑留一留。总之，这个专栏不管涉猎多广，要求有学问，因为你挂头牌哩。

肖关鸿没见过你，是你的读者，那天我也没说什么，他也没奇怪为什么咱俩开专栏，仿佛觉得是顺理应当的事。

恭喜《湾流集》开印，太好啦！真是太好太好了！同喜！！同喜！

二哥，你既然有大热天写稿的习惯，我就不特别地为你担心了，不过还是要写写站起来走走，拿冷手巾擦擦脸和头，使头脑部降温片刻。电扇是通风的，可以不要它对着你吹。（实际上应买鸿运扇，风是螺旋式四散开来——就是像方盒子式的那种，应该不贵，但要看家里现有电扇总量了。我随便说说）

暂时不来上海也好，上海冬也阴冷夏也潮湿，你是不会习惯的，就踏踏实实在北京等我吧。为什么我的女友对我的嫁妆 NO.1 不屑一顾呢？是我脑子有毛病，还是她脑子有毛病？一张床（阿囡要买，我想我还是给她一千元）、一套床上用品我还是买得起的，但我想要的，却未必买得着。再说，除了床的尺寸，床绷、棉絮、被里你都别操心了。连棉絮被里也可以交小立或你女儿办，是吗？小立是男孩子，可能能买床，不能买布，反正我倾向朴实，身外之物和我们关系不大，需用的有得用就行了，棉胎用旧的也行，只要不"冷似铁"。

昨天你又写一篇，服了。

去北戴河日子定了没有？一定要带个草帽去，年纪大了，不可曝晒，不说高血压，太阳强光还可加速老人斑的蔓延（黑色素增加），对皮肤健康不利，我是从来不戴草帽，不打阳伞，我只有在手臂上有两个小小的淡淡的黑点儿外，全身不见老人斑，也许女人生得晚，闹不清。

8:00p.m.，我今早给你摘的三本书的那张长纸，找不着，阳台已经黑了，灯我还没拉开，是因为 4:15p.m.，另一位女友闯入打乱了我将要收工和准备开工的一切，她是个好姐妹，可我心思在我自己的未完成和将开工的工作，她说的什么我也听不见，时间就这样很让我疲倦地过去了，又对她抱歉，又惹自己烦恼。还好，终于找到。

亲亲我吧，亲亲我吧，明早还要去公证处……权作散步运动吧。

你的小妹

1993 年 6 月 22 日

冯亦代 ▶ 黄宗英（1993 年 6 月 24 日）

我的小淘气我的宝贝我的亲亲爱爱：

翰老那个会开得非常成功，当然有个别的人，不知他们在谈些什么，只听到是"翰老做了许许多多工作"。凤姐和我都轮不上，要发言的人太多了。而时间只有一个半小时，我都坐得厌烦了。新凤霞的发言是针对不让他们开展览会的，非常精彩。我总以为只有她几十年的不懈努力才会有今天。舒湮也发了言，还不错，但有些倚老卖老的味道。新华社《瞭望》的记者给我拍了好几张照片，其中有一张是我献给你的，做微笑状，我不敢太笑，场合不适宜。我已请他洗了寄给我。

我的感觉上，昨天的会我们是一块去的，你就坐在我的旁边，我们的心思谁也不在会上，阿弥陀佛，罪过罪过，但翰老看见我们会高兴的，因为他是个不忘旧的人，他一向喜欢我。可惜宗江没有去，原想下午打电话，但总是忙音，明天早上再打。昨天蒋丽萍这位专业作家也给我拍了照，你认识她吗？如果认识就好了，你可以就近向她要。

6 月 24 日 5:45a.m.

会上碰到王莹的丈夫谢和赓，我已经几年不见他了。他很高兴自己目前的健康，他说凭着锻炼，他已克服了失眠和精神分裂症。我想你和我一块生活，你的病也会好起来，几年的孤独生活，处境又不顺利，能不影响一个人的健康吗？我真佩服你的坚强。换了我，就受不了。小妹，我将以爱来医你，使你恢复健康。游泳是个很好的锻炼，水是柔和的，无处不可，一是可以填补心的空缺，何况还有爱！我有信心医好你的，至少你现在的心是不孤独的了。好小妹，相信我的话，绝不是梦呓。我以后要去找谢和赓，我要问得更详细，然后告诉你，他现在人都变年轻了。

院子里有个很好的角落，以后我们可以在那里锻炼身体。你来时，气候要逐渐凉起来，是锻炼身体的好时间，因为不怕出汗，锻炼而不出汗，功效不大，你的话是对的，健康是肉体上和心理上的，我们有了这二者，还怕什么？

你大概已收到宗江的王洛宾三毛的稿子了，看了觉得如何？我觉得有诗意，笔端有 Moody，感动人。我真自幸没有做傻瓜，否则，单讲些学习的事务，所谓何来。机遇是要抓住的，否则王洛宾要懊悔一辈子。我好幸福呀，亲爱的小妹。

昨天遇到了许多几年不见的老友，我心里思忖，如果我们一起出席，那又多好，但和当时的空气不协调，我们的阳大哥会原谅我们，因为他会高兴的。你也许会奇怪我现在什么时间都想到你。刻骨相思。非到你来，我能亲爱地恩爱地抱着你，是不会消失的。

你除了手头要用的书带来，什么也不用带。因为这里有的是书，够你看的，说不定我们的书会重复的。在你看书找书时，就不知不觉把书整理好了。字典也不用带，我这里全有，像北京城砖那样的也有，够你查的了。

你说那个绸料子，你去买好了，作为我对你的赠礼，也是个纪念，好吗？你不要多带厚的衣服，事实上北京的冬天室内温度一般都在 20℃ 左右，虽然暖气未来时是难受的，但也不过几天，规定是十一月半，事实上进了十一月不久就开始了，春天是三月半停火，但也总要延到快月底，至于出去，则有汽车，里面也是热的，我们总是里面穿得少，外面就是一件羽绒衣。

昨天除了清早给你写信外，没有什么事，今天气温不高，而且有风，所以可以做选材料的工作，我还须写一篇三千字（的文章）给《读书》。大概债务还有一篇谈读书的，给南京的《书与人》，我从来也没有创作高峰，和你的生活爱情上是高潮，创作上也是高潮，等会儿要打电话给宗江，谈谈昨天的事。

以往我信越写越长，贴了邮资，又担心邮票不够而退回来，现在我学了你的样。把字写小，就可以弥补这个缺点，这样我就可以放胆写了。我看到你在笑，收到你的信，正如你收到我的信一样高兴，但昨天没有收到，今天一定有两封了。现在看你的信如与你谈话，加上你星期日的电话，我日子过得太丰富了，谢谢你，谢谢你，我的宝贝儿。亲亲我，吻吻我。

你清晨觉得我在吻你吗？

永远不使你生气的你的好二哥

1993 年 6 月 24 日 7:15a.m.

黄宗英 ▶ 冯亦代（1993 年 6 月 24 日）

亲爱的二哥：

谢谢你每日凌晨对我的体贴，我感应得到，我喜欢就这样顺其自然地康复，不要心急，听见吗？

昨（23 日）晚 9 时以后，我儿阿佐携 Jenny 回来了，我这里突然地热闹了起来，Jenny 是去年 March 去的美国，August 我去美国时，她在老师、同学前还不大肯张嘴，她作文说，她的 Voice 被太平洋的女妖夺走了，而此番回来，她的美语已说得的溜的溜的了。

上午去公证处办事，还算顺。我不知要花多少钱，带了 500 元去，只花去 160 余元，下星期二可去取。今天在美国的儿媳打电话来，已告诉了，总算把这件事基本办成了。然后，带 Jenny 去静安寺的书店，由她选书。此刻她正在看漫画《孔子说》，她说："孔子老怪的。"下午去买一堆各式 ice cream 回来。明天 8:30a.m.，有女友接我们去浦东，希望别下雨。今天天蛮凉，我们都多披了一件衣服坐在阳台上。宗江的剧本也已收到，我现在（3p.m.）就拿来看，二哥，Jenny9 月 9 日返美，我的行动将以她为中心，我的心会时刻惦念你。

4:50p.m.，Jenny 看了三本书，现在正和楼下邻居的小乖乖在玩扮家家，她刚才伏在我身上紧紧地抱着我，说："我就是想跟你撒娇。"她在美国没什么人可以撒娇，所以我特别疼这孩子。

我看完了大哥的剧本，沉吟良久。他升华得很好，如诗如梦，他把我们也写进去了。但我可不像三毛那么疯，你更不似王洛宾那么憨。我认识王洛宾，去过他的小屋采访，一起去过南山，听他唱，给他录音，都是和军区的同志及小姜一起，我和小姜说："我们此行的一大收获是结识王洛宾。"我很同情他，此外没有一点点别的想法，我深信万事都有个缘分的。你的笔把我拐走了，好二哥。

今天就写到这里吧。儿子看着我，外孙女大声读我的信，纸短情长，请莫怪我，请给宗江打个电话，我不知怎么给他写信了。紧紧地抱着我。

你的小妹

1993 年 6 月 24 日

今天是端午，满楼粽子香，艾叶竖在门口。

冯亦代 ▶ 黄宗英（1993 年 6 月 25 日）

亲亲爱爱的娘子：

喜讯已经传到美国，而且的确是老"步瀛斋"，一丝也没有走样，昨天郁风的二妹 Rere 在电话中向我道喜，我就奇怪，因为她刚回来，她说是在美国听说的，这耳报神，就厉害了。总之这是喜讯，谁听了都为我们高兴，而且认为是天造地设，早该如此。我们的群众基础可说又深又厚了。因此我整天都在思念你当中，这难熬的日子哟！

昨天气候真舒适，整天凉风习习，除了午后一小段时间，我找了一天的材料，就觉得以前还是虚度了不少时光，因为材料比较多，今天我要写《读书》的稿子了，预计两天写完。昨天外文所有人打电话给我，说敦煌出版社要出一套丛书，希望我将《西书拾锦》给他们，我告诉他们已经出书，新用的原稿已到 1991 年年底。他们要每本 10 万字，我大概到今年年底也只有七万，加上《文汇读书周报》及零碎发表的也不过八万多一些。这样我还要加写一些，已托吴彬（祖光的外甥女）编，她一直是编我的书的，是《读书》编辑部的女将之一，这件稿齐大概要年底，看谈下来如何。

我已开始在运动中加上踢腿和划圈了。踢腿只能到 30 下，划圈今晨又进步到左右各划 40 圈，但离你的 200 下还差许多，容我一天天增加，这两个动作都是很累的。

昨天和宗江通了话，这个电话我打了两天才打通。不知你已否收到我寄的电视剧副本，请不要忘了提出你的意见。今天温度要到 34℃，可能要热，我每天下午已移至小厅里工作，电话就在旁边，这里曾经传来娘子玉音，我也在等星期天早晨的玉音，还有两天，等不及了，但你在我身旁，我又满足，又大为不满足，我不要这梦里相思，我要碰着你的玉体，是事实而不是虚构。

《鸟鸣》原稿寄上，外孙搞错了，只给我复印了一份。你看了原稿仍还我。又是充耳的鸟声，这中间似夹杂着你的美妙的声音。我的好宝贝儿，我真的想死你了。要寄稿子，另外再给你信，否则会太重。

永远爱你的二哥

1993 年 6 月 25 上午

冯亦代 ▶ 黄宗英（1993 年 6 月 26 日）

宝贝小妹：

　　收到你的信，是我向往已久的，因为 24 日没有收到你的信，你看我们的互信，又是多坚强，我现在不急了，甚至可以想到某一个时间你在做什么，小娘子，你简直成了新娘自己操劳办嫁妆了，我实在是个鲁男子，至今竟不知如何布置我们的家，你千万别太累了，的确良就是的确良，尤其你说的那个小孩图案，我喜欢，我当然喜欢喜气洋洋，花团锦簇，但事实上我真没有这方面的经验。我和安娜是在香港结婚的，除了一个床垫是席梦思的，其他都是家具店租来的，至于床上则是一床被，一条毯子，一条毛巾被。所以你的设计，当然对我是个崭新的感觉，好人，你二哥老来有多幸福！

　　无线电电器这里大概是全了，我有一座台上用的夏普收录两用机，有左右两个喇叭，可以分开来放，一个中型的录音机，一个九波段的 SONY 小收音机，可以听长短波和 FM，还有一个极小的用耳机的 SONY，只有一百五十页书那样厚，但也可以用耳机听。另外还有个国产的袖珍收音机，可以听长短波，现在放在抽屉里，没有用它。你来了就缺一面大镜子，有一间精致的盥洗间和一面镜子时，能看见你眉开眼笑，你那胖胖的样子，我想到……我多有艳福。

　　谢谢你，是你给我这一切。缺一个小书桌，你把你喜欢的录音带带来，我这里古典的通俗的乐曲与歌唱，读英文书的也有，你说你的发音不准，我也如此，但我从电话里听还是比我说得好听，但我们可以听到真正的美国音，不过你来了，我们悄悄话的时间都不够，哪有时间听这些？

　　从你的健康情况看，你的根底很好，比我的强，但我想你是肾亏，这是中医对于一切的根源，你来了，我们可以去找张勤大夫，由中医来给你检查，可以与西医说的互做参考，照中医说，一切病来自心情不舒畅，我们在一起之后，这一点完全可以免除，你心情舒畅了，失眠症可以好起来，而我是你医治心的创伤唯一的灵丹妙药，我想眼前你的病至少已去了一半。你相信吗？我的小宝贝，十三年没有一个男人体贴你，抚爱你，你岂能不病呢？可怜的娘子，我不知哪里来的自信，当我知道你有病进医院，我对自己说我一定要帮助你治病，而且要治好你，因为你的病都是心理上的。美国不是有心理病大夫吗？中国也应该有。其实向神父悔罪，也等于向心理大夫叙述自己，向佛祖祈祷，也是一种治病。我是相信弗洛伊德的，你信吗？总之我要治好你的病，这是上天给我的使命。

我已经在等候明天，明天早上是你医治我空虚症的日子，我就望着听你美妙的声音，这是永远听不厌的。昨晚孙女来吃饭，看见玻璃板下全是你的照片，她觉得奇怪，我便告诉她我要和你结婚了，她拍手赞成。昨天我收到於梨华的信，抄一段给你看看："最先要祝福你找到了伴侣，这在人生旅途的晚期里是多么重要，如果也是文学界的，那更好了，实实在在为你高兴，祝福你，更希望下次访华时能见到她。"她也是叫我二哥的，她和纽约（州立）大学阿尔巴尼（奥尔巴巴）分校校长结婚还是先来和我商量的，我这个人真是百有份。

《红楼梦》里宝二哥对林妹妹说，我为你也一身是病。但是亲爱的二哥要对亲爱的小妹说，为了你，我的身体越来越好，还要使你的心病永远成为历史。现在谈谈我的锻炼，我昨天上午走了一千步，下午走了两千步，我的体操增加甩臂和踢腿，前者我已左右各做五十，后者左右各做四十，目标是左右各做一百，合于你的玉旨。

这次为《读书》写的文章，是介绍两个爱尔兰作家，昨天写了一个，温度逐渐升高，我便走了一千步，其余的时间都是念书找材料，写那第二个作家，预备今天完成，明天再加一个附产品，对于这位作家的小文章（千字），我决定把运动时间分为上下午各一次，以增加运动量，你来了，将不再是个跛子来陪你走路。

短短的一封信是写不完我的工作的，更不用说我对你的爱了，我看了秦怡那个片子（介绍）的尾巴，原片未见，过去秦怡是十分软弱的，现在却这样勇敢，爱的力量是不可限量的，奇迹也会出现。爱你没商量的二哥，后人会写文章谈我们的爱情的。亲亲你，吻吻你，抚爱你。

宝贝你的二哥
1993 年 6 月 26 日 7:22a.m.

黄宗英 ▶ 冯亦代（1993 年 6 月 25—26 日）

亲爱的二哥：

一早去游泳，8:30a.m. 乘小车去浦东，然后就是和女友及 Jenny 瞎逛商店，我给咱们买了很雅致好看的补花绗针中空棉薄被，可代床罩和毛毯，还碰巧买着一幅草莓图案的被单。想看看床的行情，只看到单人床要 700 多元一张，就是咱那包了缎子的床架的，我不会从上海买床去北京，我只看看价钱。在浦东排队吃了"鲜得来"分号的排骨年糕，后来又在云南路吃了碗馄饨，就叫了部奥迪小车回家了（起价 10.40 元，是最便宜的，到家 12 元，6 公里吧），抵家已 4p.m.，见你信。

二哥，你不可以看文章掉泪，不可以，咱们都活得洒脱些好不好？今早阿佐看了我的《心香一炷》，我问他意见，他要我衰年变法，要我超脱，别写得那么浓，那么多，他说其实冰心也变法了，平白如话。我觉得他说得有道理，回首往事，我们能像神仙般地、山人般地飘逸就好了。我想当我跟你在一起，心情从往事的残酷悲痛中升华，寥寥几笔白描般绘出曾经有那么些荒唐的人（包括自己）"演"过那么些荒唐事……

写到此，赵青从南通打电话来，跟我商量届时邀往南通的名单，食宿市委已全包，路费还未落实，日子定在 9 月 10 日教师节，因阿丹的碑和亭都建在他当年上学的小学校里。赵青说，日子早些也好……二哥，我想，我还是过了 10 月 10 日之后，再到你那里为好，你说呢？你能体谅我的，是不？

七楼也有蚊子？飞那么高。我今年试用液体蚊香，无烟，无味，挺管事。我家门前有大树，楼下是花园，蚊子是奇多的，虽然有纱窗，一忘关门还是会飞进来。

6.26th，6:15a.m.，昨天累了，晚间和 Jenny 挤躺在一张长沙发上，看那并不想看的美国警察的电视，而后就去睡了。今晨，为 Jenny 陆陆续续剥了三只肉粽，告诉她姥姥在阳台上，就出来伏案看昨天有什么没回答你信的地方。

二哥，我没有复仇的意念，我对任何人任何事都不想复仇。常常觉得欺侮我们的人比我们要可怜可悲。

你说哪一篇文章我考虑再四才寄出？是姜金城文吗？二哥，我没那么多考虑，我不知道它会使你流泪和痛苦，我也不愿你分担属于我的痛苦，那样我会非常抱歉。惟有有灵性的稿纸让它来承担我的痛苦。而且我一直说了好几年，我要笑着写，我还没修行到能笑着写，但我决不哭着写。

你已经在写《读书》九月号的文章了吗？多写两篇《西》吧。我来了，一定会跟你捣两个月的乱，才能渐渐进入两学人的恬静吧。你看我眼前净惦着家庭世俗之事，几乎忘了世界上还有哲学文学的事。醒来一眼看到我昨天买的补花薄棉被，不胜温馨……我在你的臂弯里……手搁在你的大肚肚上……

文汇的《拾而得之》专栏，我和肖关鸿说。

Hope you all very healthy, have a good summer。Cathy

（英文是 Jenny 写给冯公公的）

《拾》每月一篇，我从来没想三天、五天非写一篇不可，那不要了老头老太太的命，除非我们可以出去旅游。其实龚之方、车辐、孟浪他们是到处跑的，若不是你有高血压的病根，我也敢带你跑的。我没有看见你写的样本，让我查你的信……怎么由我在上海掌握呢？我说的是和你在一起后发专栏，我们要探讨两人合写不可分离的样式风格，要悄然打响，若无散文之魅力，咱们情愿不开这专栏，这都是由着咱们的。等咱们攒了五六篇题材迥异的文章后再开始。……我上溯查找了你从 6.10th 以来的信，没看到什么样本，你也不要着急，以后，你写的这类有关文章的底稿能不能用一种和你的信不一样的纸，免得我搞不清，因你的信亦如优美的散文。

如果阿囡拿得动，我可能把大红包更易成一只旧的小紫红箱，不然，东西放不下。我起码想让你不太为床和床上用品操心。

我得去寄信了，不然你收不到我按时的信，你要挂心着急。不过我这信是在为 Jenny 一会儿准备她要写毛笔字，一会儿她要听磁带，一会儿为她找 flute 老师的打岔下写成的，如果万一有一天没收到我的信，只是为这孩子忙乎而已。

抱抱我，好好儿地亲亲我。

你的小妹
1993 年 6 月 26 日 8a.m.

冯亦代 ▶ 黄宗英（1993 年 6 月 27—28 日）

宝贝儿亲亲热热的：

今天早上我经历从希望到失望，又从失望到希望，最后则是如此，真是五味俱全。早晨的情况，已如早晨 6 时信中所述，阿姨出去之前，我已吃完早饭，屋子里风太大，便坐在小厅饭桌上工作，抄我为《读书》写的稿子，一面守着电话机。好容易等到 7 点，我就抄得错误连篇了，我想张生等莺莺也没有这样苦。我想你不会忘记呦，那么是感冒了，也不可能，是早上你去游泳了，是临时来了不速之客，还是你的电话一定会来的，果然电话叫了，一定是你，我亲爱的人，我的好人，我的宝贝儿，于是我听到你的声音，动人的，迷人的口音，sexy的语调，我的心也快停止跳动了。这样愉悦人的音调，我将听尽我的余年，我是个世上最幸福的人，宝贝，这是上帝赐予我的，好人，谢谢你，谢谢你。

放上了耳机，我多么不情愿呀，接着儿媳来了电话，她刚从医院动手术住了一个月回来，这还是第一次来电话，她祝贺我找到了老伴，老年人完全需要一个可以相爱的人。所以我的下一代都是欢迎的！

今晨北京下雨了，对面屋顶一片水渍，湿淋淋的，我不知上海今天如何？因为昨晚电视播出时我去听一个打错的电话，等到回屋已经变为广告了。我想如果水不太深不太凉，《新民晚报》的预测，温度并不低，已经比这里高了，那你还是去泡在水里。这样可以使你心里身上都好过，我想这是种移情作用，你能够移开你的执著，注意力，对你健康一定也会出奇迹的。我已经加了运动量，操后出汗，腿臂发黑，但是有一种新的向上的感觉，而不是要休息，这都是根据你的指导，你给我医疗，我也给你医疗，我们的合作开出了花朵，我真想抱着你，爱抚你，用吻吻你的每一个角落，这无底的相思……我要说是折磨人，但这是甜蜜的折磨！除了我俩，又有谁会这样刻骨镂心呢？

《心香一炷》，我读了三遍，写得好，真比我写得好，文章是自己的好，但我对你却服了，你画的不是文人画，而是舞台上的动作。

早晨写的信谈到你的照片，你说你胖了，我也看到了这点，我记得上次我见到你，你的面孔是枯槁的，而现在则是圆润了。说明你的心情是好的，我看了高兴，就亲亲她，可惜无法抱，只能吻吻你的嘴巴，而且还是隔着玻璃。可怜饥饿的小猫咪，我想这时如果你站在我的面前（突然地），我一定会流下泪来，是欣喜与感激的眼泪。

暂时写到这里，今天风凉，我想把稿子誊完，以免明天挥汗工作。忘记告诉你，我收到《今晚报》副刊编辑张金丰来信，他们一次发一周稿，挖版又来不及。决定 25 日见报，我当复印寄你。啊哟！我这个人真应挨打，我完全陶醉在你的声音里，竟忘了你要寄一篇什么文章，要寄给哪个刊物的哪个人，他的姓名是什么，请你告诉我，我即时寄去，你说我不是老糊涂吧，但也可说是小糊涂，应该予以原谅，是吗？小妹你说二哥是老糊涂还是小糊涂呢？ 3:12p.m.，6 月 27 日

看了几篇悼翰老的文章，就数你这篇好。给你一片温存，是奖励。我们在一起写有时合有时分，一定是文坛上的一则佳话。我想《文汇报》的老肖不会不 sence 到什么，而是有礼貌，不问，因为将来的事实总会告诉他的，这个聪明人。

想起了，你谈到我的头发，我每天清晨，就用手指梳百下，以后再用梳子梳，不要太多用洗发液，洗时也作梳头状，我有件幸事，我掉的大都是白头发。我就喜欢你的头发，显出你的风度，如果染了，就没意思了。其实我头上白发也多了起来，不过半年来白的少了，掉的也少了，医生说与心境有关。

宝贝，我又不知想到哪里去了，但总是离不开你！这也是一种幸福的病态，它的酸酸的味道，是二人在一块享受不到的。我在数着日子，全运会还有 72 天，我们永远的鹊桥会，却还需至少一百天，但这些日子难挨呀！ 6:23a.m.

你的卡片真好，设计很漂亮，以后我想还是用"卖艺人家"的红印，上面写你的名字，旁边就用"作家"两个字，这就可以说明你的身份，你说好吗？在上海印好了来，因为我觉得这种印件上海要比北京的好。如果我印，即加上"文学翻译家"和"作家"两个头衔，即此足矣。我如果要表示另外的身份，我就请他们印"中国国际文化出版公司副董事长"，我不出钱。

刚吃完早饭，我是一碗麦片，三小片炖牛肉，一只西红柿，另

外是一点鲜蜂皇浆。你吃泡饭也可以做到，不知你吃不吃牛奶，我是不喝的，怕发胖。一喝就胖，灵得很，我把自己的体重控制在 130 到 140 斤之间，这样正符合我的身高，估计也许你比我重，所以不要怕我把你压坏。宝贝，你喜欢吃蔬菜，我也如此，此外就是鱼虾，北京有饲养的龙虾买，吃起来像吃太湖蟹，上海有吗？这里是最便宜的，一元买三斤。要是你喜欢吃，也可以聊以解馋。

阿姨要出门了，另外再写，不是想到，因为我是无时不在想你，这已是我休息脑子的最好办法，因为想你是使人欢欣的，一个老人就是要永远保持青春的活力，欢乐的心情是最好的。

"你可以吻吻我吗？"我们应当感谢这句名言。

永远爱你的二哥
1993 年 6 月 28 日 7:45a.m.

黄宗英 ▶ 冯亦代（1993 年 6 月 28 日）

恩恩爱爱的哥：

北京最高温度 23℃，我的胖胖哥一定很舒服地在读书，在写作，在想我，只注意了气象预报中你那里的温度，却忘了听我这里的温度，你呀你，让我如此牵肠挂肚。

我昨天给 Ge Yang 写了封长信，她孤身一人身在异域需要温暖，我又让阿姨去药房买了瓶护宝液，把价单给她寄去，打算过些天老阿姨身体好些（她在乍热时容易发痧），我给 Ge 寄总装量（包括木匣）2 公斤的护宝液，以使她的眼睛有所恢复，她大概是 74 岁了吧。

8:50a.m.

10:05a.m.，我看了十来封阿丹写给儿女的信，感到很难整理，这批是粉碎"四人帮"以后写的，以前的，我们一个字也不剩了。就这些信，有的没信封，有的信封上邮戳不明，信里也没写年代。我得理

· 161 ·

出那对我是十分难的阿丹的年（月）表来。我极不擅长做这样的事，我先躺床上歇会儿，我累了，一般我不无缘无故躺在床上。头疼，服了一片去痛片。

5p.m.，我是在 4:30p.m. 收到你的信，届时正好退休的（70 岁）理发师傅为楼下邻居理发，也就请了上来修修鬓角发根。我不能当着人家开你的 love letter，谁知道你又称呼我什么，说什么呢，我的爱。天太热的时候少写些，也不能真的像京戏里的憨小生似的，我叫你做什么，你就不敢不做什么。既然累，谁叫你踢那么多下腿，划那么多圈圈呢？稍微动动就是了，出了汗，谁来帮你洗，帮你擦呢？憨头！

我很感激郁风他们一家都赞成，我很看重他们的反应，他们和咱们的过去、现在和未来，也都是情同手足的。他们对亦代娘子的鉴定是对我极高的赏识，我一定不辜负他们的，你的期望。

今天一直头疼（老毛病），天很热，很"乌苏"，我想大热天我不能整理阿丹的东西，明天起小家伙们要求天天游泳，我就陪着吧。以后学打网球，学 flute，我都得陪着。下午她妈妈带她去补牙，我就阅读 *The World of English* 里的文章，使自己慢慢静下心来，并吃了三个小珍珠米，我真怕到"七重天"你会饿着我，说笑话，这点儿自主权还有的。

《鸟鸣》写得很好，如果在"有一天……使我满心喜悦"之后加两句，例如：怎么会有鸟叫？如梦如幻似真非真。总之，心情好，鸟也叫了；心情不好，听而不闻。几句带过，小妹瞎说一气。此时，已吃罢晚饭，在阳台上，我刚刚在屋里喷了驱蚊药……我堂妹夫（四十出头）今晚要来，我有数不清的同一个祖父、曾祖父的熟稔的、不认识的黄门兄弟姐妹，我从二郎山下来时，去邮局打平安电报，邮局告诉我，你妹妹住对面，见着妹妹，她说下一站，再下一站，再下一站都有我的兄弟姐妹。

我赶快把《鸟鸣》封好，给你及早寄回，免你牵挂，等会儿家里来了人，一忙乎忘了。好二哥，我想你哩，我今天冲了三回浴，没人亲亲我抱抱我……想你哩。

你的娘子小妹

1993 年 6 月 28 日 6:30p.m.

冯亦代 ▶ 黄宗英（1993 年 6 月 28—29 日）

亲人：

报纸来了，竟收到你两封信，真好福气，Jenny 来了，你该忙了。这样的中西教育，对她一定有很大帮助，将来成为一个双文化的人，了不起。可惜我见不到她，替我吻吻她，我看见她一定会欢喜的。因为她是你爱的，而且暑假里可以代我和你做伴。你有老小的爱，你的健康一定会好起来的。

邮递员也带了徐迟给我的信，我是分两次告诉他的，第一次没有告诉他是谁，第二次才告诉他。并请他暂为保密，他回信说："哑谜揭开了，举起双手赞成。沉默一下可以，以后大声喝彩，可也。"他后来又用上海话写道："好像记得伊来嘞 1975 年春天，夜快边，着一件蓝布旗袍跑到羊市大街来看过侬。"宝贝，你记得有这件事吗？我记不得了，如果有，真是姻缘早定，月下老人早已给我们牵上了红线。

25 日《今晚报》有篇《韦唯的情感世界》中，其中引用了她说的话："一个人付出了爱，不必非得要求报偿。只要让别人因为你的爱感到幸福就够了。"这句话说出了我的思想，你如此，我亦如此。

2:46p.m.，6 月 28 日

报纸一到，有你的信，拆开看了，却又发现另外一封信，都是 6 月 25 日发的，我多高兴，因为原来以为只有一封，所以整天都兴高采烈，好像在过新年，工作的效率也大，一口气文章誊好了，而且边誊边修改。

小傻瓜，我怎么会不爱你呢？我没有爱你爱够，而且永远爱不够，饮水不忘掘井人，我这少年心情是你煽起来的。我会永远对你温存，只要你快活，离开那一段凄凉的心情，我把写韦唯的文章剪给你，我很欣赏她这种心情，我永远爱你，只要你不厌烦我。你看，我也说傻话了，你怎么会厌烦我呢？

我不怕朋友多，过去我家里是宾客盈门的，现在搬了房子，人少来了，但还是打电话，我是个要安静的人，但不耐寂寞。再说我不能连你的事业也占有了。你出去开会，写文章，我就在家里等你回来，积蓄我的温存，也期待你给我的温存。我们的日子将十分美妙。因为我们永远在恩恩爱爱的。

你的朋友来了，我还关在屋里写文章，人家会怎么说呢？说你我待他们生分，我决不干这样的事，我知道你的朋友比我多，因为这几年我有意无意在收小朋友的圈子，只是那时我的心情使然。我们共同的生活，我们也一定要搞得热热闹闹的。我们会客，我们读书，我们写文章，我们温存，我们相爱，希望有一天我们能做爱，以写我们的晚年，这样又多美妙！

那天在电视里看到那件红衣服，大胆的人有福了，她苦了一辈子，应该让她享受几年的，不然一个人活在世上又所为何事？如果连爱人也不敢，那就太可怜了。她当年逃出陈天国的魔手，就是在重庆我的家里决定的。有唐瑜，有王新衡（我们怕陈天国下毒手），还有可能是黄苗子，记不清了。我们对她说要她坚强起来，要不然她会自杀的。她不幸了一生，晚年应当使她过几年舒心的日子。悼翰老的文章发表，今天去复印再寄给你，那篇没有文采，因为我谈的都是事实。过去我得到他许多的帮助，他是我的老大哥，他去了，我当然心伤，但人总有那么一天。我一有空，就想你，而且夜夜抱着你，但是也只是想想而已，我要事实地抱在一块，而不是写在纸上的，好人，好人，好人。6:20a.m.，二哥，6月29日昨天上下午都打电话给宗江，但始终没有得到通话，他们的电话太忙了，今天继续打，你来了，我将宴请你的一家，表示抱了他们妹妹的歉意，太好了，我拾到一个可以托付晚年的人，关于买床的钱，还是我来付吧，不然，太不像话了，没有陪嫁床的。我不能来接你，已经非常非常不安了，倒不是客气，而是太郑重了。

你电话里讲的寄稿给何人，还希早告，我开心得太糊涂了，因为打电话时，我在说两套话，一套是心里要说的，另一套是预备别人听的。如果我有处更大一点的地方，不但谈话不怕人听，而且 Jenny 也可以到北京来玩，至于我，我现在想我要明年春夏之时送你回上海唱一出冯郎万里送三娘，你说好吗？但是我不敢在上海露面，因为认识的人太多了。

徐迟姐姐昨天叫人把徐迟的自传《江南小镇》送来了，他要我写篇文章介绍，在香港（1938）以后的生活，我和他是叠印的，你来了可以翻翻，以见你的二哥是怎样打天下的，他比我风流，大胆地横冲直撞，我则一切克制，他是诗人凭激情，我是写散文的，只有绵绵之意。抱抱我，我也抱抱我的小妹。

你的二哥

1993 年 6 月 29 日 7:19a.m.

黄宗英 ⊙ 冯亦代（1993 年 6 月 29 日）

宝贝胖二哥：

昨天天气预报今天 36℃，可一早下了雨，去游泳时，雨停了（我只是看孩子，自己并不敢游开去）。8:25a.m.，依然像要下雨的样子，昨天我想记的单词一个也没记住。

二哥，以前连手也没碰过（见熟人我是不握手的），怎么如今在纸上就亲亲密密呢呢喃喃倾心谈着床第之间的事呢？好不可思议，像倒叙的影片，二哥，以后你要陪我从头来过……

倏忽 2:45p.m.，中饭后我睡着了，梦见你……累了，昨天高温36.7℃，今天本说还要热，但下了雨，此刻室内温度 28℃。我并不在意冬天冷，夏天热，这也是人生。想一想"人在屋里热得跳，稻在田里哈哈笑"，或以李笠翁行乐法设想自己是在炭火旁之类也就泰然了。只要身边有个疼我的人，不管我现在变得多低能，一个生字读十遍也记不住……

我一年也不准听回音响，除非是在鬼哭狼嚎的医院里。我家并没有什么正规的音响，孩子们都是匆匆而来，匆匆而去的。只因为你要我听音乐，只因为咱们说要跳慢四步，只因为届时我要喊要叫……哥，你就是我的大镜子，如果屋中四壁有安镜子的地方，可以叫我外孙子小立在买床时，买一面镜子，用螺丝钉钻在墙上，或钉在家里的大门背后，因屋门背后咱们要挂晨衣之类。我想像单元屋的盥洗室，就是很简单的，谁又在那里边过日子呢？你又不是唐明皇，我又不是天生丽质初长成的杨家女。哥呀，我要为你洗澡擦身并不因了情欲，只因你已到了需要有人服侍的年龄，我的肥肥，你怎么爬起来呢……

北京环保——国家环保局、中国妇联给我寄表来让我填中国妇女环保百佳推荐表，附《绿叶》高桦的信，一共上海才两个名额让我自荐，我受不了。八月中旬开会，在京，我今晚给她打个电话往她家，我起先只以为是作品评奖，那么，穿越无生物的罗布泊荒漠之类的还说得过去。当时是做了人身意外保险的，是有不再生还的可能的……如今，全面评奖，我们所做的只是软件，难以与搞硬件的艰辛比量。由于我"拼命三姐"的性格，以前常被评为先进，评上了就又被架起来，仿佛不先进不行了。可我现在寸步离不开你，仿佛我在泳池里，目光不敢离开 Jenny。哥，我不敢拥有先进了。

我接待过於梨华，她给我留下很好的印象。她一天要录八盒、十盒磁带。她和巴金谈得很透，我喜欢她。回信时替我问候她。不过我忘了她那次来华时我是不是 Widow？很早的。

替我谢谢你的孙女，也是我的孙女，我有儿孙命哩！

你说后人会谈我们的爱情。我想，也许后人会研究相加 150 岁的老人的情欲。我真的没有这等的奢望，你年轻得令我惊讶。

拥有我的一切吧，我的好二哥。

你的小妹

1993 年 6 月 29 日

冯亦代 ▶ 黄宗英（1993 年 6 月 30 日）

好人儿，宝贝儿：

昨夜搂着你睡去，今晨还是这个姿势醒来……

读报知道上海酷热，不知你和 Jenny 怎么过的，我想上上策是泡在水里，仰泳浮在水面上，像两朵白洁的莲花。我会妒忌那些欣赏你的眼光的。我这儿因为寒流南下，有雨，空气湿润，所以舒服多了。虽然昨天风不大，但温度降了，30℃ 以内，但今天温度回升，也许会热一些。小时老辈说一句老话"心静自然凉"，我热天可以做工作就是做到了这一点，有时我是在发烧，逐渐我"降温"，使自己平静下来，对你的思念成为我生活的一部分，我就自得其乐了。我这里有两把电扇，一把是落地的，放在小厅里，一把就是你说的 Box Fan，放在房里，有客及空气太闷时，我就打开一会儿。其实这几年北京的气温，有时要比上海高，地下水入夏以来已低了一米，终有一天会变成沙漠的，但我们不会看到。现在唯一的办法，就是种树，用植被的方法来补救。你为环保写文章，我双手赞成，真的，除了我们住在一起，你一点也不要改变你的行动，你要到农村，你要旅行写文章，一切照旧，不要因为我而改变，相反，我是喜欢游历生活的，这个波希米亚的生活，我自小期望，所以你去的地方，我也会跟去，我只有脑血栓之后才静下来的，七十年代后我应陈登科之约到黄山开笔会，五个六十岁以上的人，相约上天都峰，结果上去了三个，我是其中之一，且年岁最大，舒湮只能留在山脚下等我们。我是直着身体过鲫鱼背的，人家赞我为老少年。我记住这些自由自在的日子，我现在最怕人家当我八十老翁看，我的身体是老了，但精神永不老，我一切向年轻的学习，包括向你。而你的确给了我青春，我感谢你。我要和你过两小无猜的生活。

昨天我除了写了一封信给徐迟，便是读他的《江南小镇》，他在书里洋溢着对我的热情，使我感动。他是使我重新拿起笔来的人。我回忆到在香港、重庆的生活，将来重写时，我要用年轻的笔调写，因为我们真的还年轻，过去写的有些像周信芳的衰派老生，因为那时心情是老的。

6:25a.m.

刚才去洗脸吃早饭，还吃了西瓜，今年北京西瓜甜，也不太贵，除了前天吃冰激凌，都是吃的西瓜，我喜欢吃冰激凌，但自己约束自己少吃怕胖。在美国的一位老太太知道我喜吃，竟一次给我吃了十二种，於梨华也请我吃了十四种，过瘾了，现在少吃了。过去北京的偏甜，现在有与美国的合资甜分便少了。我记得"文革"后阿丹来京，我们在南河沿遇到了，一起去吃了饭，也吃了冰激凌，那是最后一次我和他单独吃饭。我记得他那天讲了一句：今天不许你请客，由我请你，我有钱了。

你来之后，等我们疯够了，就坐下来读书，我介绍你读《江南小镇》，可以从1938年读起，我和徐迟从香港开始基本上是在一起的，他是个大孩子。我现在想那时候我太一本正经了。我上次寄给你的文章（剪报）是读海明威遗失的手提箱的，找不到我另外寄你，那些文章一部分即在由三联出版的《听风楼读书记》里，不日出版可以看到，我发觉题目太京派了。

1993年6月30日7:15a.m.

抱你吻你的二哥

冯亦代 ▶ 黄宗英（1993年6月30日—7月1日）

日日夜夜在我想望中的小妹：

　　我发明了一个安慰，正如我搂着你睡一样，我侧身睡着，一手抱你，一手贴着你的面颊，你也是这样睡相吗？感觉一如真的，太理想了。不妨试试，你问我白天睡多了，晚上能否入睡，完全可以，我是头一着枕，听一会儿电影歌曲就入睡的。希望你也能如此，这完全是个习惯。以后晚上除了吻你晚安外，我决不来打扰你，清晨才是我们恩爱的时间，你说好吗？一切以你的入睡而定。

　　早上发了给你的信后，即读《江南小镇》，已经读到战时和战后回上海了，真是往事如梦呀，我那时是国民党的经济官，有些党的活动，我参加，有些我不参加，如公开签名等，那时对于这些活动是多少羡慕，真是崇拜狂，现在想想好笑。我希望你来时至少我已写好童（年）少年的一章。

　　看报知道昨天上海酷热，我不知你是怎样过来的，不胜思念，我只怕你不舒服，不要理东西了，过了三伏天再说，如果十月里你还没有准备好，我会耐心等待的，晚几天不碍事，我们要过晚年，决不计较几天，对吗？所以一切按照你的安排，我不会不高兴，一切只要你欢喜，我也欢喜。

3:55a.m., 6月30日

　　阿姨有事要一早出门，趁她未走再写几个字给你。昨夜一宵好睡，搂着你，抱着你，我的小娇娇。上海还是风凉一些，昨宵睡得好吗？念念念念。5:29a.m., 7月1日

　　亲亲你，抱抱你，吻吻你。好人儿。

你的二哥
1993年7月1日 5:45a.m.

　　宗江说他要演王洛宾。

169

冯亦代 ▶ 黄宗英（1993 年 7 月 1—2 日）

宝贝的乖小妹：

我心猿意马，我想望你。这是刻骨的相思呀！除非你立地在我身旁，我是不会平安的。不过我写上这些，决不是要催促你早日来，我认为你需要一个心理调整期，把你要为阿丹做的事情都做好，然后你没有心理负担，我们就开始我们的生活。我做梦也不敢想我会很自然地进入你的生活，你也一样。我们这是天造地设的一对。

我们还有许多事情要做，首先是我们的相爱，真正面对面的相爱，而不是纸上谈兵的相爱，当然这也重要，这是基础，但这是精神的一面，另一面必须与实际结合起来。其次我们有许多文章要写，每个人的和共同的。再次我们还有许多好书要读。最后则是我们的岁月要生活。但我们不会孤单的了，我们要共同缔造一个为后世人称道的世界。你已经写了可以传世的文章，演了你可以传世的影视，我将是你的陪衬，不可少的陪衬。

以上是昨天下午写的，后来听了一个电话便搁下了。我多好福气，今天竟收到你 26、27 日发的两封信。除了你的信之外，另外收到一沓信，其中有一封是上海老朋友张继风的，其中写道："来信告诉我的那桩喜事，非常高兴。你孤寂了两年，最近要有改变，我说'正好，正好'，希望早日定局，听候佳音。"张继风是徐迟中学时同学，我们在重庆时，是经常在一起的，因为住得很近。

你转来杨妹的信，使我高兴，原来我们二人早已前生注定，我想你那时的关注我，是从同情出发的，而我对于你那几年的风风雨雨，也是从同情出发的，但这个同情在我们不自觉中，已经越过了界限，只是我们后来的发展，已成为天从人愿了。大概我们当年在仙宫里，已是扫花的仙女和侍者了。

昨天我收到了几封信，其中一封信是个不认识的人寄来的，转来一篇文稿，则是我在法国寄女所写的诗以及寄信人的评论稿。这个寄女以前是青年出版社的编辑，爱上了一个法国人，我认识她时，已经要结婚了。但是她有个大缺点，便是不懂法文，幸而法国人说着流利的中文。以后她和他回法国去了，朋友辈都说是美满婚姻，但是她却写了五首《异乡人之歌》，显然两种文化的不同，她在法国很不愉快，我之啰啰嗦嗦讲这件事，便是要证明文化背景是十分重要的。如果我们不是在一个文化层次上，我们也就"缘"不起来。我一直在暗自诧异为什么我认识沙漠比认识你早，可我从来没有对她有什么牵肠挂肚的感情，而我对你却不然，我即使和你初见时却有了老相识的感觉，想来缘也要物质基础的。

看报知道这两天上海的温度已经下来了，心里安了一些，前几天听说上海大热，心里不安，就是不敢在信里对你说什么，因为我这里比你热，我如果叫热，你更要牵肠挂肚了，我觉得中国语中形象化的形容词是很多的，牵肠挂肚只有四个字，但说明多少问题。

昨天打了个贺电给施蛰存，祝贺他得奖，望他健康长寿。老朋友是越来越少了，他今年大概九十岁了，徐迟是想不到这些的，我是1939年在香港认识他的，但我早已钦佩他的小说和文章了，那时鲁迅批评他，现在看来也是宗派和教条所致。鲁迅是可以钦佩，但不必捧为周圣人。

你要我寄的稿子，今天找到就发出，须知你已给我87封信了，我必须一封一封看，找到为止，但你可以放心，我连你的纸片都舍不得扔掉，更何况你的文章，你比我好说话，我是决不为约稿人现写文章的，人家来约，我便和他约定几时来取，即使手头有，发表前我还得看几遍，你对《鸟鸣》加的几个字，加得很好，我今天写信通知他（小熊），要他发表时加上。这个编辑是个很可爱的纯朴的年轻人，到西藏去了一年，居然讨了个老婆回来，他和妻子这次来看我，至今他们还是银河边上的两颗星，一个在西藏工作，一个在北京工作，女的在西藏，大概也是入藏干部的子女。这也是个"缘"的结合，你看月下老人的红线拉得多长。

6:30a.m.，7月2日

我以为我俩都是为他人着想的人，所以年轻人会拥着你也拥着我，我即使做"官"的时候也没有对人摆架子。重庆市总工会谈解放前重庆的工人运动，居然（有）许多重庆印刷厂的老工人给我讲了许多好话，这倒是我万万没有想到的，因为"文革"时，还整我压迫工人呢！不晓得我已经做到差不多自己要被捕了。

昨天和今天，还是搂着你睡去的，睡得真沉。吻着你，抱着你，抚着你，要实实在在的。

永远爱你的二哥
7:35a.m.，7月2日

想你，想你，想你……

黄宗英 ▶ 冯亦代（1993年7月2日）

哥，亲亲爱爱的：

………

我要你寄文章事，写在小黄条上，便于你将黄条贴于桌面，麻烦你翻我文章，是两篇一块寄的厚信封，我没想到要多复印一份，《女子文学》八月份发。不对！是很早就发给你的，你大概摸摸厚薄，找不着就算了。

我昨天病了，是背痛的老毛病发了。大概是因为我在泳池里不游泳，只泡在冷水里看孩子，因为阳台上风大我看书……背痛痛到前心，用解疼镇痛水擦了，冲了半满的热水袋，带着护腰背的长七寸的护腰，辗转床榻一整日。此病一般在长阴天和阴冷的冬天发，往往几夜几夜睡在热水袋上（把热水袋放在背的部位）并为之买了"磁场效应治疗仪"电疗，也无效。早先一发此病，我心里也是阴冷作痛，想到晚来身体会越来越多病……现在我想这背痛的病到了北京，到了你身边会好的。北方气候干燥，你会为我暖身暖背暖心的。

星期日我一定早点儿打电话给你，至少在头半个月（7月）我们要 9:30a.m. 才游泳，但 4 号还是 6—7a.m.，5 号是训练班开课，20 日结业。而 6a.m. 以前打电话，阿姨会觉得太……

谢谢你的儿媳妇的祝福。

我不吃牛奶，只因它容易引起腹泻，但可以吃酸奶、豆浆，只为补充营养。北京的零食点心我爱吃芝麻酱烧饼、焦圈（不大买得到）、栗子面窝窝头、豌豆黄、山楂糕、绿豆糕、柿子、柿饼。而龙虾毕竟是很贵很贵的，可以陪你解馋。我本来家里买了虾，我都省给孩子吃。到了美国虾多，但我一吃竟然过敏。以前没有吃虾过敏史的。我还是不吃吧。Oh，我还喜欢小米粥、玉米糙粥。二哥，我是北京生人哪，你不要为我能否适应北京生活而操心。什么都操心，把个心操得像转万花筒。

你的候驾承恩的爱妃

1993 年 7 月 2 日

冯亦代 ▶ 黄宗英（1993 年 7 月 3 日）

宝贝的小妹：

昨天没有收到你的信，我猜想你一定为了儿辈的事在奔忙，可怜天下父母心，我却缺乏母心也可怜，没有收到你的信也不急。因为收到了美国李黎来信，她为我们"高兴得跳起来"，还赞了我一句："这么出色的人物被你追上，令我不得不钦佩万分。"这句话是赞你的也是赞了我。"看来'洋场良少'还是非常有魅力的人物呢。"这是赞我的，然而也赞你。我把这信看了好几遍，高兴得心上开了花，就在那句赞你的话语"出色的"使我飘飘欲仙，自忖我这个憨大，哪儿来这样艳福，真是憨大有憨福。

上海前昨两天都有雨，你去游水了吗？今夏我不能下水，还得听医生的，他们就是怕我一时头晕在水里站不住，而我自己也怕，其实我是最喜欢水的，连续快十年我都到烟台和北戴河，就是因为我爱海，那样大的胸怀，一个人的胸怀，就得像大海，可是要做好很难。

昨天为了找《断章残句》，我又看了你的来信，使我沉浸在甜蜜的回忆之中，我已看到#20，现在已是#87，我似乎在梦魂里又生活了一次幸福的回忆，我是怎么追上你的呢？我也不知道，写着写着就写到一块儿了。你来了，你一定要花整时间看《江南小镇》，因为这里面有我，看看朋友是怎样写我的。徐迟这本书是会传下去的，我也因他会传下去，但是和你在一起，我更会传下去的，因为我们的爱情，而你是一个勇敢的人！世人认为找老伴就是找个人伴老，而我们比他们多，那就是我们有爱情。

我把《断章残句》寄回给你，以后你在我耳边说了还我。昨天写了半篇读书的文章，不满意，因为太尖锐了，何必呢？原是写给南京《书与人》创刊号，今天另写，就写评价徐迟的新著，我要在书评上创一个新的文体。

李黎的信，看过还我，我怕以后找不着，聂绀弩在我50岁时写了一首诗给我，但未收入他的集子，昨天有个老朋友打电话来赞这首诗写得好，要我写一篇文章介绍这首诗，看来我又得翻箱倒柜了。

亲亲我的小宝贝，吻你亲你抱你抚爱你……今天还要继续重读你的来信，因为那里洋溢着你对我的爱。

爱你的二哥

1993 年 7 月 3 日 6:08a.m.

李黎寄了本 *CHINA BOY*（中国小子）来，看完了寄给你。

黄宗英 ▶ 冯亦代（1993 年 7 月 2—3 日）

亲亲亲亲亲：

4p.m.，我躺在床上焐着热水袋看完了《名人书信一百封》，英汉对照，但我大多看的中文，为的想把它快点儿看完。对我，这本书还是挺有意思，长了一些知识，知道帝王之间怎么写信。耶稣门徒、美国总统、法国革命领袖，临刑前、死牢中、热恋中、学术探讨中……是这样这样写信的。我还看了 Edgar Allan Poe to George Eveleth 的信，述爱妻逝世之痛。但你没有回答我你究竟是写的爱伦坡，还是爱伦堡？如果你研究过 Poe，你会知道他这封可能是最后的致友人信，以后当你告诉我你在读谁写谁时，请出原文，使不致让我猜错（或注以原文），反正我现在看的都是通俗本，就不向你嚼舌头了，不，磨笔头了。

以上，是昨天 4p.m. 写的，今天已是 Sat，3rd，只因女友薛素珍闯入，这位薛大姐、薛阿姨、薛婆婆始终是 single，是黄家家庭密友，她来了，你的信也来了（29th），我当她面看完你的信（没给她看），但我不得不中断给你写信。

我到羊市大街那可能是六十年代的某个春天，蓝布旗袍是我年轻时的基本装束，以区别台上台下、银幕上下，但彼时除了彼此有好感的兄妹之谊还会有什么呢？老头儿们总爱胡回忆的，徐迟热情天真疯癫得可爱，我们是一个小组里的（报告文学小组——在全国科学大会上），我把他钢笔敛走了两个礼拜还不知道是谁的，他如果在北京是会来闹房的。二哥，说到兄妹感情，是的，我至今觉得简直是"乱伦"了，我起先只想到陪陪你，服侍服侍你，想到我们过的将是柏拉图式的，《怎么办》式的同居生活，没想到你一封紧一封跟我开荤。二哥，我喜欢韦唯，我不是韦唯。别人我不知道，从你那里我非得要求报偿，双倍，十倍，百倍，千倍，万倍，亿万倍的报偿。

薛素珍问我生日怎么办，我说，不过，你别又捣乱。她说，今年怎么能不过呢？我生于1925年7月13日，按阴历，今年该是过九不过十的七十大寿。如果我被迫不能不过，你算着日子在那一天送我两封信，两封温温存存的信。我不愿意再过热闹中的寂寞的日子。哥，我们尽量少招朋友吧。我们需要"七重天"的蜜月蜜年。

乖，你不要把自己的文章和我比较，你的文章多大度多洋洋洒洒，而我的文章不管写什么内容，总带着我的"嗲"，外在的东西多了，说明内在不实在。这我知道，也难改。让我也不气馁于我自己的文章，你更没有理由气馁于你的文章。如果文章不是自己的好，就难以下笔哩！不管怎么说，已自成一格的作家，都是无可替代的，让我们辛勤地写吧，像母鸡不能不下蛋那样，像鸟儿不能不吱喳那样，像闪电不能不雷鸣那样。

哥，我们还是要保持早上不接待客人，甚至不接电话，使我们在早上我们精力最旺盛的时间能投入写作。应该的、愿意接待的亲友来了，我的，你见见，就退出。你的，若不是徐迟、小丁似的朋友，我也端好茶后，就告退，反正别把两个人，天天都抛进友情的海洋里。至于我在上海的家，你爱什么时候来，什么时候来，但怎么能不见你的朋友呢？那朋友不要见怪吗？从季节上说，4月至6月底，9月中至11月底最好，过一阵子吧，不然你会有入赘之感。至于大床，你跟我算什么账呢？阿囡（青）要买哩，而且如果他们从我这儿回京，如肯拿钱，当然从我这儿拿。你把钱存好，有了夫人之后，开销会大增哩！已经8:30a.m.，我去发信，热吻你。

你的佳人

1993年7月3日

黄宗英 ▶ 冯亦代（1993 年 7 月 3 日）

吻吻吻吻吻，长长的吻：

送完早信（一日三班，9:05a.m.，13:35p.m.，17:05p.m.）回家，在胡同里碰到一位很熟悉的人艺中年导演老周（玉和，夫人王颊），我告诉他找了老伴儿（因为他很关心我的身体，担心我心情忧郁），他很赞同，问：什么时候过去？

今天最高温度 25℃，我腰背痛刚好些就又坐在阳台上了，不过穿了长袖衬衫，长裤，还把一件外衣挂在椅背上。我喜欢坐在阳台上，望满眼青郁（只是一角），听打网球声噼、啪。旁边音乐学院宿舍的几种乐器在校音，练习，东风从背后吹过来……啊，就是这风吹伤了我，我披上衣服，放下竹帘……雨下起来了……我仿佛跟你换了位置，你坐在书桌后边，我坐在书桌前的竹椅上……

那 100 封信的前言里，引了法国 12 世纪时的绝代情种哀绿洛思（Heloise，爱洛依丝）在给她的爱人阿伯拉（Peter Abelard）的信："有什么感情是书信所不能激发的呢？书信有灵魂；书信能说话；书信具有表达喜怒哀乐的一切本事；书信具有各种激情的全部烈焰；它们能使激情上升，就跟当事人本身在场似的；书信具有语言的全部温柔与细腻，有时甚至具有语言所望尘莫及的大胆的表达能力。书信最初发明时，就是为安慰像我这样的寂寞的人的！……"二哥，我非常同意，又很不同意，我想抚摸到实实在在的你，胖胖乎乎的你，十分淘气的你……

二哥，我的体重也可能已经达到 130 斤哩！前两个月在医院称过是 63 公斤，如今衣衫、裙裤都显瘦了，岂不起码要加两公斤？除了肚子，我是希望自己胖些的，富富态态的好，但人只要一胖就胖在肚子上。

我正在看艾温·威·蒂尔的美国山川风物四记之一，这套书（四本）会不会是范用送我的？是三联出的，我回国后，它们就在了。

昨天《绿叶》高桦自北京来电话，问我《栗子的诗章》是否参赛，那是咱俩署名的，不能参加"女子竞赛"。5号就要刊出了，我愿意咱们俩的名字早些并肩在一起与大家见面。我把这矛盾推给高桦。我想我这般年纪就不要参赛了吧。二哥，如果万一没有了你的名字，你也不要奇怪、生气，因为这两篇散文的我都太突出了些。以后用我们，你和我都要有个适应的过程，艾温就用的"我们"……"近十年来，妻和我就曾在做着这样的梦，也在计划着这样做。"他的妻子名乃丽，不执笔，却一直伴随他。译者南木，起笔还不错："一年中最短也最长的二月留得太久了。冬天好像就赖在那里不走"，"妻和我却梦想着要亲自窥探一下春天向北奔驰的全程"。

你答应我的"创作假"，我极感动，但又噘起嘴，"你怎么舍得我离开你，哪怕一分钟呢？"又想，把我足迹所到之处写给你，你点评后，成为我们专栏的类别之一。

10:45a.m.，去后屋包了一阵馄饨回到书桌边，雨淅淅沥沥下起来了。

11:15a.m.，雨停了，黄梅时节雨，有点凉，我进屋了。

只有3:30p.m.，天已经黑下来了，1p.m.时，阿姨和Jenny妈妈给她点瞳孔放大的眼药水（以测近视程度）把她弄哭了，大哭，我哄了很久，又给她读Spring，她还喜欢听。此刻她跟妈妈走了。噢，还读了The parts of your love letter和悼翰老的剪报，她说："他写得还挺不错。"

那篇《海明威遗失的手提箱》，你寄过给我了，挺有意思，真的挺好！

你还有疯够了的时候吗？

陈登科约去黄山，也同时约了我，我没去。你以后会跟我出门吗？那我除了你，什么也看不见了，仿佛陪Jenny下泳池一般，我会目不转睛地看着你，你的分量在我是予以3乘3，你孩子们会批准我带你走吗？医生会批准吗？咱们先从近些的地方试试，先下"浅水"，咱们试试。孟浪、龚之方、车辐都比你大，还到处跑哩！京沪来往孟浪只买坐票，所以，我说他为我送亲，我为他买机票。

我也不怕热，我一般从不拿扇子，也从不用遮阳伞。以前，我也挥汗写作，连电风扇也不用，近年来娇懒，觉得热起来烦躁得慌。我以为我要改脾气了。有人说，一个人年轻时脾气太好，老来会变得倔了。幸亏我们的 Romance 发生在我尚未蜕变之前。

我喜欢吃西瓜，有条件（不太贵时，不跟孩子抢时）我可以吃半斤，用勺挖来吃；也喜欢吃冰淇淋，吃眼下一元一只的蛋筒冰淇淋。但不能拿这个给我替代下什么来，这些都是额外加的，但我最多吃两个冰淇淋，从没吃过 12—14 个，香港的、美国的冰淇淋都特别好吃。猕猴桃的、薄荷的都是淡绿色，一买一大盒两大盒，那只有自己家驱车去才能买。

我继续看 Spring 了，有人说我也是旅游作家，走的地方多，但我绝大多数是写人的。我并没有有关大自然的知识，也老闹不清东经北纬，东南西北，东周西汉……更认不得日月星辰。我已经让高桦把这期的《绿叶》给你寄去，你也许可以考虑写一篇北戴河。这里的海，那里的海……

我把写给你的信封了吧？我征求在窗下伏案写作的你的同意，我按着你的脑袋，你同意了。吻你的鬓角，你的大肚肚……

听话而又不太听话的小妹
1993 年 7 月 3 日

冯亦代 ▶ 黄宗英（1993 年 7 月 3—4 日）

宝贝的娘子：

等着你的信，上午没有，那一定在下午，而下午果然收到，多灵，多快活。可是在等的时光的确是心痒难熬。明知信在路上，就是放心不下。上午写了一篇文章，是评价徐迟的《江南小镇》，是给南京即将创刊的《书与人》的。你陪着我一口气写成，你张着一双大眼睛，抿着嘴，看着我写的。于是从书桌上起身，在屋子里踏了一回步，我现在从 3 日起是早上操身，散步，下午 4 时以后散步、踏步、甩臂，晚上再（做）操一次，以下午 4 时后的运动量最大。

你怎么没有碰过我呢？那次你和沙漠上听风楼，我不是揽着你出门的吗？不过那一次我是无心的，因为听风楼太小了，一转身便碰了你一下，真是鬼使神差。娘子别害羞，我们一切会自自然然的，我一定小心，不会一下子抱你的，让你吓一跳，但也说不定，我一下子就抱住，我想你也会抱我的。5:15p.m.，7 月 3 日

昨晚洗了澡，洗了头，扑过粉，香喷喷地上了床。北京台的整日音乐节目在播孔祥东的金唱盘，钢琴弹得真棒，以后就是对于人生成功问题的讨论，一位女听众在电话里说人生只有事业上的成功，但孔回答的好极了，他说除了事业的成功，还有爱的生活成功，二者相加才是整个成功。这句话好极了，我以为事业上的成功，只要有熟练的技巧和不断的奋斗及机遇，就可以成功，但爱的成功，却要难得多，因为要有缘，有缘千里牵红线，无缘就失之交臂。你我现在都是成功者，因为我们有相互的爱！昨晚我听他们的对话，简直忘了睡觉，这位钢琴圣手，的确有他的一套，他说他现在只有成功的一半，因为还没有找到爱，说得多好，他只有 24 岁。昨天下午电话铃响了，一定是你，听了你的声音，真想抱抱你，亲亲你，吻吻你，你别怕，我是很懂礼貌的，但是也会有不礼貌的时候，有直捣黄龙的气概，但要看你我的命了。我希望我们的生活永远是圆圆满满的，听到你的声音真高兴，我昨天早晨就在想这一时刻了，我要说的话很多很多，但又不知从哪句说起，你听出我的忐忑吗？听了你的声音，我似乎又长了力气，我要抱得你透不过气来，但是我又舍不得。好小妹。7:28a.m.

你到北京来的时候，如果是八月下旬就好了，我去北戴河之后

（可以提早回来），如果你中旬来，我就提早回来，否则我就听你的话，这次不见到你，但我会自怨自艾的，我已整整地想了半个年头了，你忍心吗？但反过来一想，我回来只会牵制你的行动，我又不能陪你出场，我不会来打搅你的，但那样会更难受，我的心又忐忑不安了，听其自然吧！

昨天下午，（我把话接下去）我又重读了你的信都到30号了。可是还没有找到那篇《笑》的文章，不会丢掉了，不过给我一个重看你信的机会，谢谢你。你看过李黎给我的信吗？她说断了弦的人爱起来更深，我记不住原话了，但我相信这句话，因为她有了经验，她知道怎么去爱，反过来，你也如此。相互的爱将使我们变得年轻，不但是精神上的，而且是行动上的，我以后要争取"眷属"的身份，跟你到处跑，如果你到西藏，我只要健康允许，我也会跟你去的。妇唱夫随嘛！我当然不是说些豪言壮语，我真是这样想，这样准备的。

一早天气就热，看今天下午有没有阵雨，否则我要奋斗防热了。冬天来我们可以抱着睡。但我宁愿敞开睡，因为我可以早抱你。亲你，亲你，二哥。

1993 年 7 月 4 日 7:53a.m.

小 Jenny 好吗？她一定是个乖孩子。

黄宗英 ▶ 冯亦代（1993 年 7 月 5 日）

亲爱的：

今天早上 1993.7.5，7a.m.，《文汇报》已在等我了。我忙翻看咱们的《栗子的诗章》，发现没你的名字，我心沉了一沉，想到一定是《绿叶》高与文汇商量了，看到后来，还好，终于有了（文中引用的英文资料，系冯亦代翻译），我觉得这样渐显渐显也好，你说呢？他们这样改没跟我商量，也许来不及跟我商量。这样也好。没有引起

"莫名其妙"，而是自然而然。

昨天（Sunday）我陪 Jenny 去北京西路林教授家学 flute，下大雨，回来时已近正午。下午，Jenny 点了扩大瞳孔的眼药水，以准备做真、假性近视的检查。瞳孔扩大后，不能看书等等。我就给她读《春》的美国山川风物的书（上函提过），她居然听得很有兴趣，使我更觉得此书是写得不错，等我看完春夏秋冬四本……不，等我以后选几章读给你听。

好啦，今天 Jenny 和我报名的游泳训练班开学，我得准备换衣服了。

Jenny 要我将 Love letter 读给她听，她什么都懂。

小妹

1993 年 7 月 5 日 8:50a.m.

黄宗英 ▶ 冯亦代（1993 年 7 月 5 日）

亲亲爱爱的大淘气：

趁 Jenny 妈妈带她出去的片刻，给你划拉一封信。

没有可能把为阿丹做的事都做好，因为一做就病。今天姜金城来，我请他把阿丹在《地狱之门》中写的"小时候"的篇章共 10 页，设法印出 200 份，为"庆祝会"分发用。还请他给你寄一本《地狱之门》，一本我的《星》，一本《橘》，都是小册子，我却一本也没有了。我有些想得到非留不可的东西是留在小姜处的。

我们俩酝酿搞个十年创作规划吧。我写《我的启蒙老师黄佐临》时，有两个细节挺感动我：一是他在六十岁时搞了个卅年创作规划（而我只不过搞五年规划），一是他八十六岁时，有人说："您高寿，您一定能活到九十岁。"他说："那你说我还只有四年好活吗？"此举此言，都说明他对生命的态度。你说要跟我去旅行写作我很高兴，说明个精气神。当然我们要科学对待、规划、向往，帮助我们校出生命的焦点。没对准 fox（teot），一切都朦朦胧胧的，这不妨碍我们把 fast fox 改变成 slow fox（teot），依然优美加倍甜蜜。

你别偷懒耍赖，我更愿意做你的陪衬。我们拥有相同的知音层次，也有迥然不同的知音层次，别让我把你拽下来。

哥，别为气温牵肠挂肚，该热时总归要热的，今年立秋很早，不会大热到哪儿去，但今年是个荒年。

早上的游泳训练班，除了娃娃们，泳池里只有教练，也只有我一个老太太（别的家长在池边），诸健康教练对孩子严格而不严厉，挺好玩的。我也跟着打头学，我本不知游泳有什么要领，这 15 天只教蛙泳。下了几天雨，水温使 Jenny 嘴唇都紫了（我自己看不见自己），而我动活活倒觉得腰好了些。我现在试着做晚上不吃安眠药的准备，但你不许我晚上在床上看书，我怕是非抗命不可的了。陛下。

好啦，我给孙、费剪报了。他们已收到你的《西书拾锦》，因忙搬家还没看。放放寄了几份资料，先寄两份给你，还有一份我先看看。一张他们的新地址，备用吧，我有。你甭费心了，让我的胖胖抱着我。

你的小妹
1993 年 7 月 5 日 4p.m.

冯亦代 ▶ 黄宗英（1993 年 7 月 6 日）

时刻想念着的小妹：

昨天没有收到你的信，报来时一看上海的天气预报，原来是个晴天，温度也不低，心里一喜，因为这样的天气对于你背痛的恢复，可以有所缓解，祷告上帝不要再使小妹受罪了，一天心心念念的，就在你身上，晚上看电视，今天又是晴天（上海），连续两天，大概可以使你背痛痊愈了，我不安，我心疼，再不要使你受苦了。

两天来我没有誊稿子，而是读你的来信，已经整整 90 封了，到

100封时，我们应当有个庆祝。怎样庆祝，你说呢？这些信里萦绕着万千柔情，我好幸福呀！但是我找不到你那篇《笑》文，我看过这篇文章，也许还了你，但我一点也记不起了。昨天晚上打电话到高桦家里，几次都说没有这个电话，也许我记在本子上的电话记错了，决定今天打电话到她办公室去，你说那本《绿叶》已出版，那么我就请她父亲给我一本，我去复印了，给小王寄去，我究竟已是老了，什么也不中用了。

你昨天有没有起床呢？我恨不得马上到你身边，用我的心窝烫热你的背部，我能有这样的神力吗？但至少可以使你心里好过一些，因为你有一个赛似亲哥哥的二哥疼着你。我一边看你的心（信），一边心里躁动，我想你哩！这两地相思呀！

昨天下午收到两本书，是友谊出版公司刚出版的《一滴水文集》，都是当代作家写的精致短文，我希望集里也有你，可是自己却忘掉自己是什么时候给他们的文章，我想准是你在美国的时候，因为这里面也有宗江的，我们写的都是千字文，这是这两本书的特色。

我原想把这个月的工资单给你寄来，使你也知道我的情况，但是寄来的信，附了另外的信，我这个马大哈，看过信，没有仔细看信封，把信和信封都撕掉了。我们的工资都是直接记在银行存单上的，什么时候去银行，计算机就自动补上你的收入，好是再不用去拿，坏是在每月都糊里糊涂，离休的人要求每月另寄工资来，想不到第一个月便遇上了我这个马大哈。

你的背是不是要我按摩呢？这样可以好得快点，我怕你一个人躺在床上只能哼哼唧唧，可怜的小妹，也许让小Jenny代我敲敲你的背，这样至少你心里可以好过一些。今天北京还有阵雨，温度虽不高，但有些闷热，这样的天气，对于你倒很不好，幸而你那里今天天晴，你去游泳时下一次水，然后上岸晒一晒，也许会好过一些。我到北戴河一定争取去泡水，可现在游泳裤也找不到了。我行前一定去买一条，政协的海滩是非常舒适的，在更衣室前有个大蘑菇，下面是个平台，你用不着晒着太阳，便可躺在平台的躺椅上吹海风，不过往年我总留在屋子里看书写字，这次要改时间表了。那里的饭菜很好，是食堂制，五天结算一次，政协还有补助，这是中国大吃里的小吃。我希望我们能去住几天，还可带 Jenny。

今天我真要誊清稿子了，舒舒泰泰地做，四千多字，大概需要一天半。我明天就挂号寄出，一般我不用挂号寄稿件，这次因为他们初刊，怕丢失，然后看两天书，看美国格雷利的《七重罪》（两个神父的故事），这是本通俗文学，但写得不下于严肃文学，故事曲折，文笔也不错，要写一篇"读译散记"给《文汇读书周报》，另过后再写一篇《西书拾锦》，预备 8 月发稿的。

你来，我又不在，你会高兴吗？但读完了这 90 封信，我知道你的心意，一切要过了阿丹的忌日，我支持你这个主意，因为这样我们心里都可以好过一些，以后，我们便成了你是我的，我是你的人了（早已是了）。我充分欣赏你这番情意，这是常人所理解不了的。6:32a.m.，7 月 6 日

我去北戴河，我把屋子原封不动，除了把你的来信锁进柜子里，这样你可以定下你归置的意图，我回来一切照你的办，好吗，我今年的生活设计师？昨天下午（已是黄昏）我在阳台上吹风，我看见一位穿红雨衣的女郎，潇洒地走来，我真以为是你来了，你来了我有多好，我不用过凄清的生活，当然这些日子我早已没有这种凄清的情绪，但究竟我们没有在一起，想你得慌。

我去洗刷吃早饭了，然后再坐下来写。我是想到写到的，是意识流，这样你可以知道我是怎样在思想的。6:40a.m.

现在是 7:25a.m.，写完了这封信，马上开始工作，早晨还有点闷热，我怕这种不透气的气候，但北京是很少这样的，现在到了黄昏，我总去站在阳台上，看看天地，你总是站在我的旁边，有时我搂着你，吻着你，旁若无人，我要叫喊透出我的心声，我不再是孤独的

了，我有了个老伴儿，什么时候，你可以实实在在躺在我的臂弯里，我们不说话，因为这些话是无法说出或写出来的。我们眼睛对眼睛，这就是我们说的话，一切尽在不言中，我的宝贝儿，我就盼望这一天，这一夜。亲你，吻你，爱抚你，我记得我的那句话，"你可以吻吻我吗？"这是我们打破樊篱的话，乌拉，乌拉。

爱你爱不够的二哥

1993 年 7 月 6 日 7:36a.m.

黄宗英 ▶ 冯亦代（1993 年 7 月 6 日）

乖：

我喜欢读书，不为什么目的地喜欢读书，是少年失学以来的恋学情结吧，你别担心我查字典累得烦，查字典使我进入好学少女的宁静专心的情怀。

我昨天说，我来不及写不完阿丹，你可能闹不清楚了。我会带些必要的资料到"七重天"来，而且我不会细笔去叙述我不知道的事情，如童年等等。（我得收拾游泳用具了）

5p.m.，没收到你的信。今天，在楼梯口张（望）了有二十回了，不知是胃疼引得我心烦意躁，还是等信等得我胃疼等得我心烦意躁，我明明知道我明天可能收到两封。

几张照片都是近日拍的，看一下我家（咱们家）的楼梯客厅和阳台，家已经破落而陈旧了，今年秋天我去北京后，也许可能粉刷一下。阳台景深没照片里那么深，对面旁边都有房子，红间绿的连衫裙是为你置的。morning gown 则穿了好几年了，并也无拍照准备，基本是抢拍的，你别在家开图片展览会，选一选吧。吻你

你的小乖乖小妹

1993 年 7 月 6 日

冯亦代 ▶ 黄宗英（1993 年 7 月 7 日）

盼穿秋水的小宝贝儿：

祷告上苍，今天一定可以收到你的信了。上海的天气我翻了报纸，这几天都是雨，大小而已，我就放不下我的心，可怜的小妹妹背疼得怎样了。我这些天来都在牵挂你，一定背疼厉害了，要不为什么两天都没有收到你的信呢？一定已在路上了，一定我可以在今天收到了。

我又翻遍了你的 90 封信，但是找不到《笑》文，我白天打电话给高桦，她们去十渡了，好容易挨到晚上，她的电话号码又换了，幸而住在这家的人也是作协的，她告诉我新的号码 423，7473（你写在你的通讯本上）一打就通，《绿叶》已付印，用你的名字，因为如果用你我的名字，就要影响你的得奖。这些我都无话可说，似乎你们都商定了。然后由高桦寄一份清样给复旦的王先生，但须加上一句"转载绿叶第 × 期"，我谢了她，她告诉我她的老伴是章仲锷，要来看我，她说认识我很高兴。寄稿事只等刊出了，否则原稿找不到，真急死人也么哥！

昨天工作没有完成，上午来了个老朋友，磨了一个钟点，只有抄了毛两千字，下午郁风的二、四妹来了（隽民、晓民），我代你谢了她们，她们就逼我要听恋爱故事，我说是缘，冥冥之中，早已前定，Rere 是来征求我的意见，有些像琼瑶的小说，抗战时她在桂林读书，湘桂大撤退时，是由她们班里的同学何康（农业部前部长）组织的，Rere 送到重庆交给黄苗子，那时郁风住在我家里，隽民最后送到我家里。讲起这个故事真神了，何康有意于隽民，隽民莫名其妙，另一个女生追何康，最后他们结了婚，前两年这位夫人因病弃世，对她儿子遗言说当年抢了何康结婚，现在一定要使何康和郁隽民结婚，以表歉意，那时隽民已去美国讲学，何康儿子好容易找到隽民，已在上个月隽民回国时了，何康儿子来看她，开门见山就给父亲做媒。隽民问我的意见，我要她学我的样，大胆一些，不要失过机会，我说一切是缘，我和宗英是缘，她和何康也是缘，Fafa也劝她，看样子这件事能成功了，你和我做了榜样，真是善行，胜于造了七级浮屠。

她们读了《栗》文，说两人的文章，怎么像是一个人写的，我笑着说这就是像。我当然不会告诉她们五年前，你就留意关心我了，我记得那天与沙漠来是你提了健力宝，我说我在吃蜂皇浆，你就不得不拿下去了，我也没有注意，一直到看戈姊的信才知道，真是你有意我有情呀！！哈哈哈哈，太快活了。6:35a.m.，7月7日

今天清晨大风雨，我因为开着房门睡，被冻醒了，便起身关了门，又睡了，抱着你，上海雨下得怎样了？似乎小一点了，可是北京今天下午还要大风雨，我下午要出去开《群言》的编委会，会对于我已无所谓了，只是去看一下老朋友，评几本新出版的书，我不抄稿时已在看《七重罪》，预备给《文汇读书周报》写文章了。

早晨又读了你的，我们的《栗》文，真像是一口气写成的，我真高兴。昨天郁家姐妹读了也看不出是两人写的，我告诉她们原来要两人署名的，她们大赞小姜的处理方法，她们说既透出消息又不见痕迹，是编辑高手，给我谢谢小姜。开了专栏，而且我们在一起，文章就可不分译撰了，所以你说等你来了，再开始专栏，是明智的意见。以后你也可以译，几次下来你就可以掌握这门手艺了，同时英文也会有进步。原来为你的信（没）来的着急，也为昨天下午的快乐心情所冲淡了。

刚才听天气预报，今天黄昏有大、中雨，好在我出有车，也给我一个早退的理由，但是电视预报今天上海还有雨，我真担心你的背疼，阴雨天气对你是不利的。我今天上午还是誊稿子，明天无论如何要完工，否则拖下去要推迟我下面的计划，小妹呀！我真想留在北京等你来，但是我知道，这将会妨碍你的会，我告诉自己，还是再耐心一下，我不愿打乱你的心愿。我们都应当对过去写一个句号。

阿姨要出去买菜了，今天小外孙考大学，我要在饭桌上添一碗活鸡做的鸡汤，使他可以开胃口。明天写，抱抱你，吻吻你，亲亲你，爱抚你，你不以为6号是我们结婚的日子吗？因为这是第一次我们合起来写文章的日子，小妹啊，二哥这厢有礼了，因为以后的日子都是你的赐予，宝贝，谢谢你。

永远永远永远是你的二哥

1993 年 7 月 7 日 8:05a.m.

冯亦代 ▶ 黄宗英（1993 年 7 月 7 日）

为我梦魂颠倒的小妹：

我前一封信上是上午 8 时发的，是不是在 10 日如期到了你手里呢？但愿如此。这样才显小生对娘子的诚心，如果没有收到，那到了华诞那一天，我会打电报来祝寿的，一定要使你高高兴兴。

报来了，你的信也来了，还有四帧重礼，我真高兴极了，那四张中显示你生活和房屋的部分给我。我真高兴你有这样宽敞的阳台，以后你在桌上写文章，我就坐在藤椅上望着你，当然那只是偶然的一眼，否则你会写都写不好了。我拿一本书在念，也许心猿意马，你就发着娇嗔，我只能像孩子犯了过错似的对你傻笑，这是多美的生活，多美的晚年艳福！你高兴吗？

那四帧照片，我张张爱。有一张穿蓝衣的简直使我遐想联翩，还有你和 Jenny 坐在楼梯头的一张，她露出一张带笑的小脸，多聪明美丽活泼的一个孩子，这是她的灵性，而根子在你，太像你这个姥姥了。我把这几张照片放在我胖胖的肚子上，抱着你午睡，就此睡着了一个多钟，从一点到两点半，好睡呀！说明我心里的痛快，用不了多少时候，我可以真的抱着你睡了，我多有福气呀！是戆大有戆福，几生修来的，有多少人要羡杀，妒杀！

如果我的计划成功，你生日那天会吓一跳的，我现在不说，等你想出了，我的计划也完成了，你不以为我是个阴谋家吧！这是爱的驱使。我太高兴了，HAPPY！

文章写完，我在休息，我不能接着写，需要换换脑筋，我写了复信给鼎山（可怜，这个性急朋友，一定等急了！）、梨华、李黎、郁风及苗子，信是多了，有三封，但是我写时心里很愉快，我是告诉他们你我的安排的。现我给你写信，四时半寄出，你在10号下午可以收到，可惜新华社王辉给我拍的照片还没有来，也许信迟到，而那天正是13号，你便可看到我亲自来给你拜寿了。

我喜欢你的居处，Cozy是它的好处，是适宜文雅的女主人住的。你的张阿姨看来气质也不平常，你哪里找到的，我家里的一个也一脸文气，你会欢喜得雷响了，今天有阵雨，报上说上海已出雨圈，你可以高高兴兴地游泳呢。到晚报来时你还会有信吗？宝贝我想你想得心疼。我永远永远是你的。我要赔偿你一切失掉的东西，而且特意想不到的东西。

爱你永远爱不够的二哥

1993年7月7日4:10p.m.

我每天早上寄的信，你怎么会没有收到呢？两天收到两封，不如一天一封。

冯亦代 ▶ 黄宗英（1993年7月7—8日）

亲亲爱爱的好小妹：

果然，不出我之所料，我今天收到你两封信，而且你把生日告诉我了，你的生日是7月13日（是阴历还是阳历？）你没有说清楚，但我当你就在眼前的7月13日。你要当天收到温柔甜蜜的两封信，可难住我了，因为你来的信，往往是前后一天的信，同时到达，像今天我收到的一样。但我一定根据你信的行程，早上一封，黄昏一封，夸下海口，我自己也吓了一跳，我可以做到，邮局能帮这个忙吗？做不到，不要失望。

我的生日是 11 月 13 日（阳历），那时你已经来了，我们悄悄地到哪里去温存一天。过去我总是过两个生日，另一个是阴历（10 月 16 日），那只是为了多骗一顿好吃的。快两点了，我要 Dress up 去开会。1:50p.m.，7 月 7 日

昨天我去开《群言》100 期的编委会，收到三本散文选，大致翻了一下，觉得有该选的没选，不该选的却选了，鲁迅先生的只有少数几篇，而一个乱写文章的人，却一连选了四五篇，哪儿有这样选书的？

我和小丁一同开会，我好久只有和他通电话，而未见面，我拉他到另外一间屋子，告诉他你我的好事。他说好极了，好极了，他就曾经想过，你我配对很好，就是不敢提，我要他告诉浅予和沈峻（小丁夫人）。他还问我我们的打算，我都告诉，他真是由衷地为我们高兴。

会开完时，天上乌云四合，大雷雨要来了，我许了个愿，动身时大雨，到家时雨停，我们的心愿必成。果然车一出胡同大雨如注，我已经好久没有看到这样的雨了，但是到了德胜门雨便小了，到了家门口，雨停，我和小丁都皆大欢喜，否则变落汤鸡，如今好运来临，他家那一方的天上，已是雨过天晴的样子。你知道我有多欢喜，我心里叫着你的名字，好人，好人哪！恩恩爱爱的好人，吻你，亲你……

小丁问我何时结婚，我说 7 月 6 日，因为那天是我们的名字首先出现在同一篇文章里，可纪念的《栗子的诗章》，我觉得小姜处理得很好，文章登出来了，我们的春光也泄露了，但还要让人好好地推敲一番。6:10a.m.，7 月 8 日

回到家，已是 5:40，一位北大的硕士生等着我，他是为了写论文，来找我问关于美籍华裔作家的情况，及来借美海赛的《召唤》一书的。他在我这找到了他找不到的材料，高高兴兴地走了。我和他大

概谈了半小时，我喜欢这些搞学问的年轻人，愿意和他们做朋友，我希望有人能写我《西书拾锦》这样的文章。现在只有培养了美国研究所朱世达一个人，我希望能多几个，但是可遇不可求。特别现在的年轻人不愿意做这种基本工作，因为他们认为这是吃力不讨好的事情。

嗨，我完全搞蒙了，你是问我写的是谁，真对不起，我写的那篇文章是美国的爱伦坡，但我读的那本《人·岁月·生活》是苏联的爱伦堡，这个人为了他什么事都要搞得清清楚楚，使他不受苏共的喜欢，吃了苦头，但他是个爱国的人，因为他在二次世界大战中，所写的政论文章，大大地引起了我的兴趣，那些文章鲁迅也想不到，爱伦堡是反法西斯的斗士。他在苏联始终以自由主义挨批，而被戴上了资产阶级代言人的桂冠。我把我写的爱伦坡的全集的序言附在信里，看完了希望寄回。我希望明年我能和你到上海去做上门女婿，住到六月回来，然后如果明年政协还是舍得我消夏，我们就一块去北戴河，带了 Jenny 一同去，那里有住处，不过另收费，我带一个眷属，是完全由政协支付的。那天稿子誊清还没有完成，今天一定要完成，因为南京一定要在 15 日前收到，想你，想你，这无尽的相思。

二哥
1993 年 7 月 8 日 7:35a.m.

冯亦代 ▶ 黄宗英（1993 年 7 月 8—9 日）

娘子在上，小生这厢有礼了，我们就这样建筑我们永世的生活，爱你没商量。

早晨小丁在电话里说，他告诉沈峻和浅予我们二人的消息，听得二人都张圆了眼睛，就猜不出是你我，等到他说是你我，二人又大为高兴，说二人再适合不过了，说，好，好，好极了。我心里在想浅予还有一句话没有说出来，那句话一定是亦代好大的胆子。到快近午时，范用的电话来了，他说他刚从小丁那儿听到好消息，将来道喜，二哥和小妹在一块了，大喜事。于是我也大为高兴，你听了也大为高兴。

你信中说要我陪你，我当然会以我的爱，我的温存，我的吻，我的抚爱来陪你一辈子。你喜欢你的胖胖的我，我也喜欢我的胖胖的你，我们在这世上不再孤独，我们是爱哥哥和笑妹妹。刚才范用在电话里说二哥小妹，小妹二哥，好极了，好极了。朋友们都为我们高兴，我们当然更高兴，我做事没有心思，幸而我为《书与人》只有最后两段未誊，一誊清，我就用挂号寄出了。

我们的《栗子》是五号发表的，早上的信里写了六号，写错了。我提议用这一天为我们的结婚日，这也是常人所想不到的，娘子你的意见如何？还是等到你十月来我们洞房的日子？我们做的事，都是对世俗的一个反叛，不讨世俗之好！

我又要自行放假一天，使我好好地想念你。今天上午你的信来了，还有《栗》的剪报，信来是个喜悦，看了信又是个喜悦，是心疼的喜悦，你居然冒着大雨带 Jenny 去学 flute，说明你背疼好了，又说你要去游泳学习班，则背疼一定是好了。今天这里是阴，已见太阳，但傍晚有雷阵雨。昨天因为下了雨，半夜我冻醒来盖被，娘子，我想你，你给我一点点的吻，我回报无休无止的吻，想得你，我心里躁动了。娘子呀娘子，你吓醒了吗？今天还有雷阵雨，我要抱着你睡，这样有多好？ 2:40p.m.，7月8日

现在不过 3:05p.m.，天色暗下来像黄昏，大概今天已有大雷雨了，我在看《七重罪》，但心里想着我的娘子，你和小 Jenny 在做什么，给她念《春》吗？我也有这四本书，我可以在三联拿书而不用花钱的，当然限于三联的本版书。我念过半本《春》，但那时我心情不好，念不出好处来，等在《文汇读书周报》写了《七重罪》的文章，我要再读那本书，我会念下去的，因为我早已同那时的心情相隔

十万八千里了，你能把《春》读下去，说明你的心情正常了。须知接到你在医院回家时写的信，我没有祷告，不过我发誓要你摆脱这样的情况，似乎冥冥之中有人对我说我可以使你脱离这种心情，我大胆地响应了这个号召，是你还是神，我想是一样的。我希望今天下大雨，天变得阴凉，有时我看完电视，一个人蜷缩在你的怀里，天真地睡去，你会让我向你撒娇吗？我们要恩恩爱爱过日子，摆脱过去的一切噩梦！

小 Jenny 真了不起，她居然评我的文章"挺不错"，真变了小人精了，大概她有文艺的细胞，我忽发奇想，你和阿丹养的孩子都有文艺的细胞，好样的。要是我和你养了个孩子，他或她会怎样？我希望是个她，像你。现在是 9 号的 4:50a.m.，我听小妈妈的话，张眼就起身，没有操体操就给你写信，心里就有上面这个怪想头，看来，我们爱的结晶，只能是我们的文章了。我刚才看了一遍《栗子树》，真是天衣无缝，你糅合得太妙了，如果小姜（肖？）不下个注，读者是看不出这文章是两个人写的。乌拉，我们的第一个结晶，第一个小宝宝。

你说你愿意过一个安静的生活，这也是我的愿望，我如果到上海，我一定少见人，使他们只知我在上海，或者是不知我在上海，这样我便可躲过一些朋友了，我决不会出去走动看朋友，而是在 1273 室里隐姓埋名。在北京，也是知道的人越少越好，否则我们的嘴巴要罢工了，说得太累吃得太累，人又何必招摇呢？

我计算为了要给你两封温温馨馨的信，我必得 10 号早晨就发出贺你生日的信，上下午各一封，希望天从人愿，你上午下午都收到一封，让你高高兴兴地过一天。其实这封信如果到晚了，也会碰上 13 日的，吻吻我的宝贝儿，我写这几个字时，我的心里充满着爱，愿你拥抱着永远永远拥抱着我对你的爱。

你现在起身了吗？昨天北京虽然有雷雨，但雷响雨不大，《中国日报》说上海有阵雨，验了吗？今天上海和北京都有阵雨，我希望雷电能带着我的爱，到你那儿。我要实实在在吻你上上下下一个遍。还有两个月了。

二哥

1993 年 7 月 9 日 5:20a.m.

黄宗英 ▶ 冯亦代（1993 年 7 月 8—9 日）

我的好哥哥：

2p.m., 8th, July, 早上从泳池回来时，看到阿姨站门口正拿着你两封信，好开心。下午，Jenny 妈妈把 Jenny 带走了，我则仿佛放假一般，歇了一会儿又看了两遍你的来信，我真幸福，真的，我没想到……

在我正惦着赵青时，她从北京打来电话，说到南通的事一时办不了，市委并没有钱。说到底，要我们自己拿出钱，或弄到钱来，他们出面办事，所以一时也难了。如今车旅路膳……样样要钱，样样都贵，不是两三万可能办得了的。赵青说以后再说，彤彤（小）立立（大）等我去北京陪我买大床。（哥，照你说的南北方向，我上海卧室里根本不能摆床了，不信，你来了，你指挥我们搬动方向，这是后话）你一定照样去你的北戴河！！！一定！一定！！全中国不是许许多多人都有福气在海边过夏的，你不可放弃这个机会，明年，我就随你一起去了。

我想通了，阿丹的事今年办不成，我就可能提早去"七重天"了，心里过意不去的，只是纪念会上我的身份而已，而我又不会让你一年，两年，三年，五年的等下去。我来，你别的帮不上我的忙（指在这件事上），而帮我在一两年内出一本纪念阿丹的书总还帮得上手的。如此，你我也都为此心安了。你说是不是？

Jenny 不会跟我在 8 月去京，她从小跟着我，跟着她妈妈周游各地，北京已去过多次。

5:50p.m.，原以为赚了一天，又来客人，走后，此时天已黑，滚滚雷声，淅淅沥沥雨声，却已忘了本要和你说什么（客人朋友说，办阿丹的事十万紧绷绷，二十万也不过如此）。

《笑》文不必特意去找了，不找了。《绿叶》已发表，复印件发表也行，我根本就不该叫你找。

5:30a.m.，9th，July，哥，你做的运动仿佛太多了些，天太热了，你减少些，或运动幅度小一些。傻瓜，哪有这么听媳妇话的。不过我相信你经过这一时期的运动，会感到活泛多了。

我本来以为要嫁个老老头，没想到等着我的是个多情少年郎。我很高兴你想跟我跑，也许你一直是可以跑的，只不过这几年没人陪你跑而已。但我们最主要的是维护咱们的小窝，不要由于我的到来，咱俩在窝里都待不住，客人如过江之鲫。再好客，这样的日子是过不下去的。咱们从头起就注意一些。从我人生的旅途上，我渴望在咱家里歇个够，睡睡伸腿的觉，吃吃三餐舒心的饭，两小无猜玩个够。不怕电话响，不怕门铃闹，渴望烦闹的尘世一时别干扰我们。二哥，如今上哪儿去都很难摆脱应酬，摆脱自己被人家闹不清地利用，仿佛没人认为你真的要做点事似的。这涵盖九州的应酬网疏而不漏，使我举步踟躇。过两天环保报的上海记者站采访我，我就要提这个问题。

哥，不勾引的勾引，不勾引还勾引。

你的创作高潮真的到来了，很使我高兴，羡慕，甚至有些嫉妒。不，不嫉妒，只是高兴，是有点为自己着急。不，不着急，原先想好了就是暑假陪 Jenny 的。

6:25a.m.，怎么我写了一个钟头了，只因又看了两遍你的信，不漏掉你的问话，不漏掉你的温存，哪怕一微米。

你的小妹

1993 年 7 月 9 日

冯亦代 ▶ 黄宗英（1993 年 7 月 9—10 日）

爱得永远不够的娘子：

今天真热闹，我有事打电话到《读书》编辑部找吴彬，她说我们要恭喜你，等一会儿老马送杂志来时，你就知道了。于是一会儿老马来了，给我一个大信封，郑重其事地说："这是编辑部同志们要我带来的。"我正在吃午饭，把封袋打开，原来是本德国格林写的《黄昏之恋》，还附着编辑部及三联人的签名，那张卡纸是印好的"致意"，是三联书店的。我立时打电话给吴彬问她是谁告诉的，她说是泛舟于蠡湖上的人，原来是范用，我要她们寄一本书给你，也要她们的签字，给你做生日礼物（我没有讲你的生日），我说是祝贺我们，你收到时不要奇怪，她问我何时是吉期，我说等你十月里来。

我收到你的信，抱着她睡午觉，我甜甜蜜蜜地睡去，如果你不午睡，听着我睡着了你看书，我舍不得离开你，我午前打电话给新华社王辉，也许在生日前我可以送一张照片，代我向你祝寿。今天午饭时，餐桌上喜气洋洋，我当然不必说了，我的小外孙，今天大学考试完了，这是他最后的考试，我祝贺他，也祝贺我们自己。3p.m.，7 月 9 日

永远有漂亮的一头白发的小淘气，我的好妹子。

也许这信到时，正是 7/13，那我真的准，给我亲亲爱爱的娘子拜寿。如果早一日到你手里，那就给你暖寿，祝你生日快乐，祝你永葆青春。我亦同你一样快乐，因为你让我恢复了青春，真的，《黄昏之恋》那一对我和你是从墓地开始他们的爱的，而我们则是从医院里开始我们的爱的。我不管你那时为何写了那封信，但我扭扭捏捏的言辞都掩不住我对你的爱情。你说是我的信挑动了你，我说是你的信启发了我。我生来胆小，什么事都后退一步，谈情说爱更不敢了，但如果我爱上了一个人，我就不顾一切要把自己的感情说出来。小妹呀，

我那时真不敢，你是我喜欢的小妹妹，我只怕爱哥哥的话会伤害你，我意志中建立了一座堤坝，但强大的我对你的爱意冲决了这座堤坝。我怕你不高兴，于是我在信里透示了，我有意地挑逗你，把你抱到我怀里来，而你真的来了，我真的高兴，我觉得自己的灰色天地突然亮起来，我的前面现出一条永恒的爱的道路，你正在等着我，于是我就跑过来了。我们不是年轻的小儿女，我们可以自由做主。我多亏你显示了，我多亏你的爱，你真诚地接受了，这就给了我重生，我有了你的爱情，如虎添翼，我什么也不怕了，就告别了笼罩在我心里多年的灰暗。我要和你缔造我们的未来生活，你的心是凄苦的，而我近二十年来的心也是凄苦，到后来我对她只是老伴了，我们昔日的炽热的情感，似乎一天天地远离了。于是你走进了我的生活，我要重新生活。

你说我们要订一个十年计划，我完全同意，我原来是决心读到老写到老的，我决不放下笔来，除非真正走到写不动的日子，但我和你还可以在爱的生活里游泳。十年我们要写一部共同的书，我连名字都拟定了，即《在黄昏的日子里》，你看怎样？我计划在你那里也置办一套工具书，我们可以大致半年住在北京，半年住在上海，我们安安静静地住在大城市里，我们有自己的生活，我们写我们要写的东西，这不是留名竹帛，而是我们共同生活的记录。到我们写不动的日子，我们坐在冬日的太阳下，互忆我们平凡而又不平凡的生活，我常常想那时我们的笑是怎样的，Jenny 也成人了，她会学着她姥姥铺砌自己的生活，而我们则笑对她们。

亲亲爱爱的小妹呀！我从来没有这样有活力过，我现在觉得我有使不完的力气，我要把我们的生活画成一幅灿烂的画图，这里面有你也有我。长长地吻你，爱抚你，亲你……

永远爱你爱不够的二哥

1993 年 7 月 10 日 6:00a.m.

黄宗英 ▶ 冯亦代（1993 年 7 月 10 日）

恩恩爱爱的二哥哥：

　　你别那么关心上海的天气了，你管不了这片爿，而且我自小读了宗江那本《李笠翁行乐秘术》，阿 Q 得很，天极热时，我会想总比天极冷好，天冷得我如抱冰于心，我又觉得总比热得昏头涨脑好。所以你别为我发愁，何况，我现在有了你这"恒温分体式双向调节箱"！哥，我的背熬了几天痛已可以算痊愈了，我服了一阵子胃药，背后放热水袋，因闹不清楚痛在前还是在后。我一直（5 日起）坚持陪 Jenny 游泳，在泳池倒也不疼，Jenny 已从不会换气到昨天可以横渡 25 米泳池不费力了。我的"成绩"依旧，未知何时能小有飞跃。不过在训练班，比我们平常自己游要游得多，池子里人也不算多，要还有训练班，20 日期满后，我们还想参加。在训练的泳池范围内，对 Jenny 我可以放心。谢谢你用心窝烫着我，好二哥。

　　二哥，你别忙着寄你的工资单来。看来你这家还是你在管的。你不嫌烦，你就依旧管下去。我不会理财，不会。以前我母亲住我家时，母亲管家里事（她也不会管）。母亲走了，老保姆就当了家，只在钱快花光时跟我说一声，我在某些情况下才控制一下开销，只本着"无欲则刚""不求人则刚"的原则，在儿女的支持下，日子就凑合着过去了。昨天小 Jenny 喊热，我开了"火车头"空调（噪音如火车头），把温度降到 28 ℃，我卧室的电风扇也是不会摇头的……我是说，咱们在一起是过日子，一般中国人过日子就包含能将就、能凑合、不求人。这将就和凑合也就包含每天 24 小时里与现代设备比的一切，生活的享受（我没说享乐）是无底的。例如住宅的中央空调在 LA 是家常事，是房东出租房子的必需条件。在我们，就根本不要去想它，不就省事了吗？我们顶多想想，明年夏天来临前，要不要为你装个小的单制（只制冷）的小空调，把室温降到30℃以下，以便于工作。再说吧，还牵涉换电表的安培……我来，你不在北京，也挺好玩。我在你屋里的任务只是搬张新床来，我不住你家，大会会安排我住，大会没地方，我会住在史家胡同20号北京人艺宿舍，黄宗洛家。

那燕窝心领了。你带到北戴河去，在有集体活动的时候喝，那玩意儿是温补，还有点儿提神，我这儿也还有几瓶，我怕提我的神，我留给你吃吧。西洋参不上火，我也有。你既然留给我，加上我的，我坚持服一个冬天（喝参则不能喝茶，所以我老坚持不下来，你督促我）。我昨天买了一匣"好睡饮"，每次1—2包，试试看。我还是担心到了北京，安眠药断档，我得找一些市面上可以买到的替代品，虽然我知道我的失眠是神经性的，但我不能肯定双宿双飞使我睡得着呢，还是更睡不着。亲我的小宝宝。

小妹

1993 年 7 月 10 7:40a.m.

冯亦代 ▶ 黄宗英（1993 年 7 月 11 日）

魂牵梦萦的好娘子：

昨天一天上下午各发一信给你，是要用我的温馨来为你祝寿，我日子算准了吗？你以为我写的温馨吗？没有指定温馨我信笔写来，也许真会温馨，指定了，我写时不免时时顾到温馨，反而就不自然了。一直到晚上，脑子里还装着你的生日，却突然想到今天是星期日。你要打电话来，心情又复昂了，我不是还可以在电话里给你祝贺生日吗？真太好了，我亲口讲，你亲耳听，不是写在纸上，又多好，太好了，太妙了。

报上说昨天你那儿不太热。想到你可以释然了，这儿有一点儿热，而且闷，是在晚间雨前的一会儿工夫，好在我和你在看电视，就心宽体凉了，你无时不在我身边，似乎我一叫，你便会出来，但是我不敢叫，因为一叫，你反而回去了，我还是等你的电话吧，你千万不要忘记，否则我要失望的。

昨天午前写了信给鼎山、梨华、郁风，等于写了篇大文章，但是心情愉快，我做梦也想不到小妹会成为我的娘子，我敢开口吗？但是你给我机会，我抓住了便不放手，这是韵事，可惜我不会写诗，写文章就太平淡了。我真不枉在人间走一遭，遇上了三仙女，我们的爱是最旖旎的。

我现在反而不知如何说爱你了，写上千万个爱字也不能写尽我的爱，对小妹的爱，对娘子的爱，对宝贝的爱，但是你一定会感到的，像光亮一样何所不在，包围着你。我喜欢那件湖绿色的夜服，我曾经看过一篇小说，里面写"湖绿色是女人的陷阱，没有极高雅的仪容，驾驭不了这种危险的色泽"。你穿着湖绿色的衣服，发出道道青春的光辉，我简直看呆了，"女为悦己者容"，也许你随便坐在阳台里，但既然拍了照，给了我，那就整个归我所有了，那张照拍得好，在于你穿着湖绿色，这是青春的颜色，闪闪发亮，熠熠生辉，"极高雅的仪容"，这是无法用笔写出来的，只能看了感觉出来，这种色泽穿在你身上，就值得新感觉派的小说家写上一篇，我的笔太笨拙了。

我好像掉在云端里神之糊之，该怎么赞我的娘子，我这个憨大有福了，我把一颗爱你的心，随着这封信寄给你。请娘子收下。

今天是星期日，阿姨休息，她要早出去，信便写到这里，可永不能写尽我对你的相思，紧紧地抱着你，吻着你，亲着你，爱抚你，说了多少话其实也只有一句话，我要实实在在的，我喜欢你，也喜欢我们的阳台。

二哥

1993 年 7 月 11 日 6:15a.m.

黄宗英 ▶ 冯亦代（1993 年 7 月 11 日）

最最亲爱的：

5:30a.m. 醒来就想给你打电话，见一家子人都把房门开着横躺竖卧的，我就挨了一会儿。想你，为什么要那么想你？简直不可思议。

昨天家里装了两个微型风扇，33 元一个，挂在床头适中的地方，倒也解决 Jenny 怕热的问题，另一只给张阿姨挂着，我不怕热，汗从脸上滴下来，我也不闹热，我只怕人心的炎凉。如果二哥日后有半丝厌烦我，我会万分敏感而寒透心。二哥，你说我老这么嘀咕是否精神不正常？唉，以前没有，也就没有罢了，而今有了，就要全个的，整个的。1000/100 的……

我要不要去买个箱子呢？箱子没怎么涨价，买了怎么往回拉？不买能不能凑合呢？我已经把想让阿囡（赵青）带的东西又归置起来了，让屋里不那么乱。我需要一个空箱，把随时想到要带的东西往里边扔。八月里要带往你家的可能是严冬衣服和床上用品。

我现在因日间日程被 Jenny 占去，而游完泳回来我也较累（比平时游得多，时间也占得多，还有泳前操），一天顺延下来改在凌晨写信给你。我有时真想早些结束这相思，飞来依在你身旁，我又担心我在你身旁，你的情爱会渐渐降温，我则情愿现在这么吊着，日夜拥享着你字里行间的柔情蜜意。你是擅写情书的胡里奥吗？我昨天下午在东方电视台的直播节目里看到魏华主持的胡里奥的情歌独唱会，多么希望是和你一起去听，或一起听。只要招手叫出租车还方便，一年能听两次音乐会还是可以的，用咱们写出来的钱。除了我杨姐请我听过希思指挥的音乐会后，我就没再听过音乐会。

昨天在家门口附近的街上转了转（买除蚊喷剂什么的），就手买了几个小红包，想，以后总会用得着，先寄给你一个，可以衬在我的照片群里，就不说自明了，色彩也很鲜亮。

二哥，什么断弦？把我搞糊涂了，是初恋，明明是地地道道的初恋，first love，不是吗？你说，难道所有的感觉不都属于 first love 吗？牵过我的手，先轻轻地吻我。以后……以后随你。

Ever thine

Ever mine

Ever for each other

背疼已痊愈勿念，晒好的，我已被晒成"黑不溜秋"。你的一句："我希望我们能去 20 天，还带着 Jenny。"多么诱惑我，明年吧，祝祷以后的一切将是美好无伦。

1993 年 7 月 11 日 6:30a.m.

黄宗英 ▶ 冯亦代（1993 年 7 月 11 日）

Kiss you, Kiss you, hug you tightly & kiss you:

It's sunday afternoon, Jenny 被她妈妈带走了，我得能在客厅里给你写信，以便和阿姨们共一个电扇。

我不能想像没你的日子会是多么凄怆繁重，伴我大半生的阿姨都老了，几个白头发凑在一起，是我的责任，更是我的负担。辛劳一生，还要挑下去。哥，再好的心眼儿、心界，也会觉得沉重的。如今我也不真的压心了，因为你使我的心情涨满快乐。

小丁我一猜就会说"太好了"。他曾想说和吗？幸亏我们自己跑到前边去了，否则这辈子就享不到悄悄话，一点儿一点儿地说到一块儿去了，说到牢不可分了。结婚纪念日是 7 月 5 日不是 6 日。星期一发的文，你可真会选良辰吉日，我可没听有任何反应。管它呢，这是咱们自己的事。二哥，我怎么猜你生日是五一呢？因为你五二或五三来信，说家里给你过生日……我现在只要记你比我晚十个月生就行了。很久很久，我不知道我家有个什么倒霉人在 7 月 13 日生日。忽一日翻到发还的抄家笔记，才发现那个倒霉的人是我自己。我的阴历生日是 5 月 23 日，是割麦插秧抢收抢种时节最辛苦的牛。二哥也是 13，日本人以单数为吉。怎么看待辛苦呢？看手相说我的事业线比生命线长。咱俩就驾一架犁耕到永久吧。

我很高兴你在带年轻人，我也一定要做个好师母。你看，我这儿也有爱伦坡的一则资料，说明他博学的一个侧面：*North with the Spring*，by Edwin Way Teale.

"自从命运多舛的爱伦坡（Edgar Allan Poe）于 1839 年署名在美国出版的一本早期的贝壳学的书之上以后，科学界对于软体动物的知识便迅速增加了起来。"

二哥，你不觉得这点儿资料可作为"人物"的一笔带过以"异彩"以衬托全文吗？兴趣广泛，知识渊博，是古今中外大家相通，可以加在第二段中，收入集子时又不论长短。

送你一点儿供修改的白纸，黏性极强，只适合修改几个字时用，较多的增加用小条粘在边上。

我在《音乐爱好者》杂志上选出一篇《中国 20 世纪上半叶音乐社团编年纪实》1946—1947 年的给你，也许你会找到熟悉的旋律（是连载，之前、之后的看到了再寄），以后，凡我寄出的东西，我再也不往回要了，免你好找。是我不够心疼二哥，反正你以后别理我这茬儿，反正 90 天之后就用不着写信了，除非我害了雨果的小夫人的当面写情书的毛病。

二哥，手臂上汗水湿信笺，就结束在这里，明天 Monday，要忙一天（Jenny 上课），趁此时阿姨们都午睡，我且用功看点儿书。

吻我冰凉的肌肤，给你一个冰凉的秋枕头。

你的小妹

1993 年 7 月 11 日

冯亦代 ▶ 黄宗英（1993 年 7 月 11—12 日）

吻不够、亲不够、抚爱不够的人儿：

吃完早饭，坐在小厅里，旁边放着电话，就等它的声音一响，那就是你，于是听着好听声音，把早来想讲的话都忘得一干二净，陶醉在这如音乐的口音中。我现在不知要说什么话才好，我不能说太露骨的话，因为阿姨就在小间里，于是便变得语言不清了，但无论如何，我们提高着各人的声音，总是件愉快的事情。我舍不得你挂电话，我要多听一会儿。于是极不情愿地把耳机放上。可怜的人儿啊！

我今天要到经贸大学的宿舍去看我的一位小妹夫和小妹妹，他们刚从英国回来，外甥女让他们带药（大蒜精）给我，我去拿，同时告诉他们我要和你结婚的消息，他们夫妻大为赞成，尤其提起你，他们高兴得跳起来，他们二人是你和阿丹的忠实观众。他们在重庆我家里结婚，有三个女儿，除了大的在美国未结婚，二三都在英国，老三也演过两个电影，但都不太成功，她们长得漂亮，但是没有灵性，都是"文革"时成长的，老太太（祖母）已经 95 岁，半个世纪，多年不见，居然还认识我这个冯先生。前年她还自己烧菜，去年在老人院里住了一年，什么都不动，反而不灵活了。

我希望今天还收到你的信，人是贪婪的，应该说是我，通了电话还不够，还想读你的字，但我想昨天已经够丰富的了，信，照片，电话，但是我还是不满足，除非我们眼睛对眼睛，手对手……否则总是嫌不够的，这封信到时，你的生日已过，或是正是这天，我说的 Unexpected thing 就是我请何为买一个花篮送你，不知他有否及时收到我的信，及时送出代表我的花，但愿没有差误。8:35a.m.，7 月 11 日

想不到我听到你的声音之后，到了黄昏又收到你的信，和晚报一块来的，真使我高兴，就只有你一个人惦记着我，关心着我，女儿在

写论文，女婿在写报告，两个玩吉他，就没人同老头谈上几句，但是你的信来了，我多高兴，多快活，谢谢你，我的好人儿。

昨晚闷热得厉害，有34℃，这是北京最热的一晚，没有风，什么都纹丝不动，我洗了澡吃了冰淇淋，也吃了西瓜，但还是热，看电视，北京正在选北京小姐，今天是决赛的一天，当场赋诗一首，居然做得像模像样，北京小姐也漂亮，几时选北京老太太，你一定可以当选，因为快七十岁的人，还有美丽的胴体，不发褶的面容，挺立的身躯，这是多么不易，宝贝我投你一票。

下午午睡醒来，写了一篇《聂绀弩的一首佚诗》，是未收入《全编》的，一个朋友老想打电话来问这首诗，便找出来写了一篇小文，千字文，诗是这样写的："凛坎无时冯敬通，伊哦有旬聂夷中，君逢大衍我花甲，人到年衰心日红。一笑强邻惊核热，何殊落叶舞西风，晋祠山水名天下，曾约相携一览共。"下面是："亦代尊兄五十篙降，绀弩。"当年他写完稿子就扔在痰盂之中，并说"给你送晦气"，因为1963年我们都在倒霉之中，念及前情，嗟叹久之，范用介绍杭州《钱江晚报》的编辑来要稿子，关系桑梓，敢不从命，就给他们吧！

天气预报是今天还有阵雨，现在可连风也没有，闷热得很，今天下午大概又要在小厅里看书了，《七重罪》还未看完，其实我早已看了一遍，就想把文章写得好些，给"文汇读书"不能不小心从事。

你不去南通也好，其实你何必担心呢？到时候就用黄宗英的名字和子女的名字，这是有例的，徐悲鸿未亡人出嫁了，还以廖从前的名义料理徐的事情，知情的人很多，也不以为奇。你用什么名义为阿丹办事，我决不介意，何况我和阿丹是好友！所以你不必顾忌，你愿意用什么名义就用什么名义，你不必考虑我，只是目前我们不要渲染我们的事情好了，因为你是个新闻敏感人物，你能够早来，我当然高兴，但过了阿丹的忌辰也好，这样你心里好过一些。

我听你的话，你说什么我都听，谁叫你是我的媳妇儿，我是蛮乖的，我能为你多做一些事情，我的心里高兴。所以我一定到北戴河去，我已经和民盟去的人谈妥了。明年可以去的话，我便和你及 Jenny 一块去，屋子里加几个铺也可以，如果你不放心，就是另一屋住。

今天的天气预报是 23℃—29℃，但一点风也没有，上海好像有阵雨，你去游泳，上来后，一定要把全身擦干，特别是背部，可以叫 Jenny 帮你，不要着凉，千万千万。你的毛病，还是在肾弱，所以要注意背上千万不能着凉。

小狗要长尾巴了，祝贺你。所以在这里写，因如果以前的信早到，则这封给你添寿。想不到三个月就可同床共枕，我太高兴了。爱你，永远永远永远。我们少请人在家里（只喝茶，咖啡），因为地处老城外，客人便可少了，让我们愉愉快快地过我们宝贵的时光吧！吻你，一千个，一万个，永远永远。

你的心头不平静的爱哥哥
1993 年 7 月 12 日 7:40a.m.

冯亦代 ▶ 黄宗英（1993 年 7 月 13 日）

小妹、宗英、娘子三位一体的我的命运之神：

前天和你通了话，但是温馨还留在我的身边，你的声音还时时在我的耳边回响，有个体己的人儿，又是多幸福！昨天上午以为没有你的信，但午饭后忽然总服务台来了电话，小强去了带回两封信来，原来是你 9 日寄的两封，一封有你的文章。

一封是急切的等待，一封是如愿的欢欣，却夹着一篇血泪的文章，可怜的小妹，命运对待你也太不公道了。为什么总是大起大落，使你受尽煎熬。使人看了心疼的人儿，我要用我的爱来弥补你的苦难。我不知为什么你那里的邮局，和我们开了这样的玩笑，虽然不是致命的，至少也是残酷的，我还怨天尤人，毛病却出在他们手上，也许他们也妒忌我们的恩爱了。

昨天校对完了俞亢咏的毛姆的《七十述怀》《八十述怀》，好像是我写的一样。当然他带着洋味，如果我写的就要带点老道和禅的味道了。他译得很好，我只提出他有一个关键性的误译，大概字典看差了，他要求我为他写作家介绍，我预备回去再写，因为手头没有参考书。

昨晚因为疲倦早睡了，整天是热，没有一丝风，今天为晨风所催醒，眼前是一片辉煌，海上没有雾，但近水处是一抹乌云，乌云上面是青天，这时太阳的光芒显得光辉一片，金黄耀眼，那种色彩简直无字可以形容，而影响到我，却是勃勃生机和少年情怀。海上远处有大轮船，近处则是小渔舟，天上无鸟，远处是片片白云、彩云，像云南的大理石面，也像是赵无极的意象画，漂亮透了，可惜你不在，要不我们可以合写一篇抒情散文。现在已是满室太阳了，我须坐在窗前，给你倾吐我的恋情。多诗意的境界，难得的一个好天，秋天真个来了。我回去一定要找来春夏秋冬翻一遍，你说得太引诱我了，我看看他们夫妻是怎样写的，可惜我们已无力写这样的文章了，那是恋爱与青春的结合。

想想我不久就有个温馨的家，我高兴了，以后一定设法脱离这些尘事，因为我已无求于它了。我只要有个小妹，我就知足了。其他都是多余的。想想有一天我们在北戴河看日出，那又是多幸福呀！一年前我敢这样想吗？人生的机遇，真是令人奇怪的事，想着想着就出现了，好像冥冥之中有人在给你规划。

爱你的二哥

1993 年 7 月 13 日 6:30a.m.

冯亦代 ▶ 黄宗英（1993 年 7 月 13 日）

今日娘子千秋，小生祝青春永葆，青春永葆，青春永葆：

"恨无彩凤双飞翼"前来祝寿；"心有灵犀一点通"娘子笑纳。今天你怎样过你的生日呢？我的信如期到了吗？你看了心头觉得有温馨吗？花篮有没有如期送到？等一下，你还会收到一个电报，博你欢喜。这两件就是 Unexpected 的行动，你是抿嘴微笑，莞尔一笑还是露出皓齿而笑？如果你拍了电视才好，我可以看得一清二楚，似乎我就在你身边一样。不过你如果用笔评说你的心曲，我也是高兴的，日子过了七十年，难道七十天还不容易吗？终身厮守，吾复何求？我想七月七日的长生殿也不过只是我们忘情的万一，三郎是比不上二哥的。

昨天这里闷热，我坐在小厅里，手握一册，但心却回绕着你，想着你，吻着你，亲着你，抚着你。黄昏后小雨，天才凉了下来，今天据预报还是同样的天气，不过心想着你，天气也就忘记了。今天李君维来拿《读书》，他是我四十年代的好友，是乐山、鼎山的同学，是写小说的。我告诉他你的消息，他说好极，志同道合，都是写文章的，那天看见《文汇报》掠了一眼，没有注意个中机关，只看了题目，因为手头正有事，过后再找报，便找不到了，想不到其中大有文章。另外一个好友傅惟慈送苏州豆腐干来，他也是我学问上的朋友，他是语言学院的教授，懂英、法文的，是德国作家托马斯·曼作品的翻译者，我告诉他关于我们的消息，他以为你已到北京，便说他正要拉我们去叙叙，这就为我们做喜筵，得知你在上海，一再叮嘱一定要给他机会，现在好友中只有梅绍武屠珍夫妇尚未得知，还有《世界文学》的李文俊张佩芬，今天还要来一对郑海天程殉欣夫妇，来替我打电报的，他们都会为我们祝福的，其他的友人除了通电话，平时很少来往，这几年我已经把我社交的圈子缩小了，这些都算剩下来的。

喔，还有个《人民日报》的李辉夫妇，他是《萧乾传》的作者。里里外外说了一大片，就是要你知道我的朋友，他们对于你都是心仪其人的，虽是面生，也可说是熟人。我所以告诉你，就是这些人，你以后都会见到的，而且都是可交的朋友，你说你友人多，我的也不少吧！

太阳已经照上了几座大楼，一派雨后清新，清晨的天空，是很美丽的，我好像现在正和你倚着栏杆，看初升朝日，一团红火浸在蓝天里，给我们带来高兴。今天这是大热天气，现在还凉快，过一会就不行了，等一会儿，我便坐在小厅里和你一起看书。现在是夏天，不得不利用小厅，秋冬天我们就躲在卧室里，春天我们就去游春，然后游到上海，做小妹的金屋藏郎。5:56a.m.，7月13日

昨天晚上我看着你的照片，于是就放在胖胖的肚子上睡着了，是和你一块入睡的。半夜醒来，照片还在肚上，幸而没有压坏，便放在枕边，想着你，又睡着了，一觉到天亮，窗外的雀噪给我闹醒了，便起来给你写信，现在这成为常课了，将来你来了，我就无信可写，要失业了。我便赖在你身旁，亲你，吻你，抚爱你。如果我的命运好，我们便做爱，我就是想着这一天，于是我们做完了体操，洗刷吃早饭，开始我们一天的工作，休息时我们下楼散步，回来再工作，然后吃午饭，午睡，然后再散步，再做操。有时我们在小园里散步，有时则到街上去，街头也是我们文章的来源。规定半天是会客的，我们边和他们交换知识，平时则只接待临时的来人，一般这时间还是我们自己的。上午不打电话，通知友人都下午来，临时的就不在此限，好吗？

我有许多话要对你说，可是太多了，又不知先说哪项，其实也简单，许多话归为一句，就是我爱你，爱个不够，如果人有灵魂而不泯灭，则下一生我们还在一起，还相爱，还睡在一块，生活在一块。小妹呀，我用什么字来写我们的无止的话呢？因为爱太多了，吻你……

永远永远爱你的爱哥哥

1993年7月13日6:32a.m.

黄宗英 ▶ 冯亦代（1993 年 7 月 12—13 日）

亲亲爱爱的官人啊：

　　7a.m.，July，12th，93，室温已达 32℃，骄阳肆虐，我此刻在阳台上，虽然东边晒过来，但放下竹帘，也还有些天然风。我喜欢天然风。

　　哥，我的胃还在疼，大热天，我绑了两根带子在腰上，昨天是提早出泳池，在池边晒后背的。我明白了，只要我一想到要写阿丹，我的肝肠肚肺全部移位，里边像有刨床、铣床、车床、冲床一起开动，五脏六腑像在搅拌机里翻滚。春天进医院，是痴睡了几昼夜，并忘了几乎所有的事，方随带着好了。二哥，我不写了，在我迈入人生第 68 个年头时（1925 年生）我先重新活吧。我先忘掉这事，等我 70 岁时再考虑这事，我想今天晚些吃饭，把阿丹那坠我心的材料——《我的全面交代》等归置归置。

　　胃疼，暂时停笔写信，只倚在竹椅上先看看书。今天想为你抄爱伦坡给朋友的一封信。这不是苦役，顺便学英文，要伴你译写，我的英文没长进你也会觉得累的。英文水平是一微米、一微米积累的，不是吗？我不着急，我喜欢。

　　此刻，5:40a.m.，你在想我，在喃喃地跟我说 Happy Birthday。我也跟你道喜，因为我是你的。因为昨天决定暂时不想不做一接触就地暗天昏的事，而全心去迎接新的生活。这么想，胃疼背疼仿佛大好了些，这是需要一阶段的调理，少吃多餐，不吃不消化的，不吃油腻的，不烦心，不暗暗生什么气……

　　今天女儿阿橘要给费过生日，正巧阿固的小立小彤也在今天 10p.m. 从北京来沪。还请了小姜、薛素珍，带上张阿姨……一桌吧，天热不在家忙，出去吃。往年我从来不做生日，如做，也就在家吃个面，分个蛋糕。今年儿女们都遵循民俗过九不过十，给妈妈做七十大寿，眨眼间我就成了古来稀了。

我极高兴小丁、浅予、沈峻、范用都由衷叫好，更因为他们也是阿丹的好朋友，他们叫好，我更觉得我没做错什么，替我谢谢他们。

二哥，随便你说 7 月 5 日算结婚也好，算订婚也好，随便你说，你怎么说得顺，怎么说得开心就怎么说。今天傍晚，我想办法找一找那两人底稿订在一起的"栗"文——就在我书桌夹子里。

"春夏秋冬"四本书，你翻翻就得了，用不着一本一本看。他是博物学家，花、鸟、树、木、鱼、石、地形、地貌都说得太详尽了，你会不耐烦了，你只要在天太热，又没急文要赶时，跟他们夫妇到大森林里去玩一玩就行了。可跳着看，当然，文笔是不错的，旁征博引的知识也是文学的一种独特的魅力。

傻夫子，真想要个小孩儿吗？不可能创造这样的奇迹了。我们早些起步，明年生出一本书来吧。那么，文汇专栏里的 12 篇是不够的，起码要 24 篇吧？

二哥，如果（不是如果）我们一起出去，没结婚证行吗？在宾馆饭店注册登记时，怎么写呢？我们日夜拥抱，我们彼此倾心，我们互相疼爱，我们谁也不能没有谁。

啊，我是多么幸福，多么甜蜜，又有多少向上的幻想，永生永世做不完的美梦，吻你，我的心的主宰。

你的小妹
1993 年 7 月 13 日 6:20a.m.

我犁田去了。

黄宗英 ▶ 冯亦代（1993 年 7 月 13 日）

我托付终身的情郎：

我真的从未设想过、美梦过、妄想过自己会有这般的幸福，一生都在奔波劳碌、动荡、忧烦中过去了，却迎来了如炽如蜜的黄昏之恋。

我仿佛也从来没正儿八经地过过生日，此刻记得的仿佛只有两次：一次随中国作家代表团团长王蒙一行从西德（法兰克福）返回，我们被从经济舱邀往头等舱，看到供应的奶油蛋糕，我脱口说出"正好今天我生日"，于是又祝了酒——在欧亚天空做寿；再一次是《望长城》要我 7 月 12 日报到，我商量说（晚两天），14 号飞抵到京后，我笑说："请了客人在家吃面，过小生日。"于是摄制组当晚又设宴，摄像机一直跟着我拍摄……哥，我从来不重视自己的生日，从主妇的角度，我也不会去安排给自己做寿……但今天天上掉下来二哥的紫红玫瑰花篮，一大早就送来了，数了几遍是七十朵。中午阿橘在银河宾馆包房设宴，两个外孙刘立、刘彤也从外地赶到，第三代包括小 Jenny 三人，也请了姜金城、薛素珍还有阿姨，我们把你的花篮也带到宴会上，等于你也来了，和我们一起拍的照片。当我们宴罢回家里，收到你粉红色的电报，也是有生以来第一次知道有这一品类的电报，也惊异地醒悟到我的爱哥哥原来是个先锋派，委实是"洋场良少"也，虚度七十春秋修来个如意郎君，我好开心，老开心，穷开心，开心得来不晓得那能好啦。

可是我总觉得这一天，大家为我花太多的钱了。二哥，近来我特小气，我总想省下些钱来，咱们以后写作旅行时用。今天跟小姜商量把咱们俩"卖"给哪家好。（放心，没卖呢，不忙卖）以前，我常常自费或半自费旅行，如今这般的差旅食宿费用就不是咱两名高知顶得下来的。按规章制度上海作协也可以常常为我承担往返路费，但我又为一篇几千字的散文花公家那么多钱而不安。我又不接受有目的的邀请，此身已经不是太自由，此心此笔但盼能自主——争取有意识的自主，摆脱无意识的不自主——极可怕的不自主。自愿束缚于如此这般的绳索、镣铐、绞架……我的笔……我常常觉得我的笔在呼唤着它的真正的主人。

二哥，你我交好以前，我想的都是生命的收尾，而今想的都是生命的再起步。二哥，我真的不记得自己在精神病院里给你写了什么，但以现在的信与彼时的信做个对比，色差、基调可能相距甚远了。

小立小彤中午到沪，傍晚一个飞海南，一个飞北京。我们下午看了小彤的 MTV 新片，三代人审片、欣赏。看小彤那么忙，我就没托他给你带我的东西，我反正快去了，快去了。二哥，我忽然觉得自己想的主意真好，把佳期订在金秋，于是骗来了早春的、盛夏的、初秋的日日夜夜的情书情愫，是此生从未有过的，再重活一遍也未必有的迷人的境界。

二哥，滑稽吧，我至今闹不清你是哪个单位的，想想也好笑，是从你信中说三联书店送书来，我才想到这问题（无所谓的问题，你是我的），我很喜欢三联，不仅因为它出好书，我觉得它有人情味，很久以来是这么想的，并不因为给我们送来了《黄昏之恋》。

傍晚 5p.m. 之前，收到你 7 月 10 日的信，此刻（没戴手表，弄堂里在摇"守更"铃铛了），我点着落地灯在阳台上写信给你。我想如果你明年四月份来，就是在我家过夏了，不知你能不能适应，我指的不是气候和外在的条件。家庭是社会的细胞，但它绝不是单细胞，任何一方的活体移植都可能产生排异现象。在这方面女性的接受能力比男性强得多。我不是世俗地说会不会做人，而是生性擅于自我开脱。二哥，你说我说的对吧？

你去北戴河买游泳裤要买平脚裤，别买三角裤。

我托付给身心特郎。

　我真的从未设想过、梦想过、妄想过自己会有这般的幸福一生都在奔波劳碌、动荡、受欺中过去了。却迎来了如妈如窖的黄昏之恋

　我仿佛也从来没正儿八经地过过生日。此刻记得的仿佛只有两次，一次随十四纸厂代表团往莫斯科一行从西伯(比莱克湖)返回，我们坐火车在轮船往头等舱，都为住立和妈妈的事程，我脱口说出：正好今天我生日？挂星又说了两通。一生既要去空做事回一次是过长城，要我7月12日报到。我高兴说，纽十九号飞抵。到事时，我笑大：诸了客人去准噶两过十生日。挂星报到但去见又设宴。故乱抓一直保着我指底......亏我从来不重视自己的生日。更从主观的角度，纽也不会去安排好给自己作寿......但今天天上掉下来二号的致堆花笔，一大半就运来了散了几通是七十岁。中午23枝在银河美馆包信设宴两

夕升她到彬到三也从外地赶到，第三代已招加Jenny三人，也连上姜金城，薛春珍还加了呋。我们把给的花笠也带到宴会上菜桔的也来了。我把我们一起抬他之后，已缝的穿写回家呢。收到给彬红色的电报也是有生以来第一次之吃有这一品贵的电报，也惊喜地醒悟到给的爱多。原来是个足谛派。贵之是详填良步也。虚度70岁欲修采个如意郎君。我的开心去开心，实开心，开心得采不晓得耶海好哒。

可是我总觉得这一天，大家为我花太多的钱了。三毛近来我特小气，我总恣有下坐钱采。咱们以后要作谧行吭闹。今天姐小姜高笔把咱们俩"卖给哪在好。（放心，还是呔，不忙卖）以后，我事去自费或半自费谧行，如今这股的差派伕话费用就不是咱两名高知可得下来的。按规章制度上海沈协可以也帮帮我来理往返路费。但我又为一篇几千字的散文化去永利方文城为不安。

你又不接受有日的小通信。此身已死不是太脱，此心比笔但眈恒自立。A 静脉有恙的小脸，捂胧无意说的不自主——拄了拐的不自在。自愿来缚於如此这般的绝望、绪珍、纹柴……纸的笔……纸事∅这浮我的笔〈呼，哀若定的真正的主人。

二号，你纸交好心弓，我志心都是生命的收尾，而今恋心都是生命的再起步。二号，纸喜的不泥滓的电耨种病彼足给你等了什么。但似现主人行身被呛的行做与对拉，色差、替翔了纸相迤甚远了。

小三小彤中午到的，给吃一个飞寄面、一个飞如喜，纸伙下午看了小彤的 MTV 新屋。三代人赛居、敢荚。看的那郎双轮纸英设把他给你带纸的呆至，纸更正快看了，快看了，二号，纸急丝兄译自己想的言意真好，把佳期订在金秋，拾是骗来了早看似望灵的，初秋小日日座纸情丝情情，是此丝似亲看过的，再重临一遍也未完有的遥入的境界。

二号，盲猪哦，纸至今商不清你是那个单位的。

3

想想也好笑，是从你信中沈三腿出店这些事，我才想到这问题。(无所谓的问题。你是我的。)我很喜欢三腿。不仅因为他出好主意，我觉得他有人情味。给人以我是这么想的，并不同意给你们造成了"看客之意"。

借它5Pm之事，似乎给7.10几行。些时，似单手捷异盲生在推"教复"给钱了）我笑嘻嘻地叮玉阳看二笑行给你。我怕如果给明单的日信事，它是在你演过定了不知你能不能适应。我想人不是气候和外的事件。家庭是社会的细胞，但它绝不是单细胞，从任一方的伴侣移植都不会产生排异现象。在这方面女性的接受能力比男性强得多。我不是世俗地说会你不会做人。而是生怕要搞糟自然的变化，二是你说我说的对吧。

你去北戴口里湖水沙要买平腿部。别买三角那天热，你减少做操。一定要减少。你去北戴的才一定

4.

带着你的血液，集体活动的日子呢，你就服一管。我这星期，只今天就眼了一支。血液有一定的提神作用，用平常就不敢服。（吃罢蜜蜂的，一支九十元呵）你得把神，多谢二哥心疼小妹子。

二哥，如果你的编组织上"都安定了，你是不是也给"你的组织上"说一说了呢？明天请饮事馆吃鸡尾酒会。我闹不清会碰到谁。一般是老太太居多，我到十二点。今天对看《王朝》红玫瑰为你（大家为你）干了"王朝"，明天晚上举起法国葡萄酒……二哥，亲亲你脸上的红晕，亲亲你碎了的眼睫毛……（放心，我最多只吃一抿，我不会喝醉）

你的妻妹
小妹
93.1.13.夜

你寄此藏信的号码是注线"计委宿舍"大楼的门牌号码，和地型特征。最近那段日子，变空挺多吧。

我把你的打歌一电报，送来花宝X的十红卡，和加上送线的生吽号码用平保民行对号给你，凡是需要往存的信，给一线彩店寄还给你。我对你的信誉是百毫无疑心。

天热，你减少做操，一定要减少。你去北戴河时一定带着你的燕窝，集体活动的日子里，你就服一管。我这里有，我今天就服了一支，燕窝有一定的提神作用，平常我不敢服（晚辈孝敬的，一支几十元哩），我怕提神，多谢二哥心疼小娘子。

二哥，如果"你组织上"都知道了，我是不是也该向"我的组织上"说一说了呢？明天法领事馆（开）国庆鸡尾酒会，我闹不清会碰到谁。一般是艺术家、作家居多，我别"十三点"。今天对着红玫瑰为你（大家为你）干了"王朝"，明天晚上举起法国葡萄酒……二哥，亲亲我的脸上的红晕，亲亲我醉了的眼睫毛……（放心，我最多只喝一杯，我不会喝酒）

你的寿婆小妹

1993 年 7 月 13 日夜

你去北戴河之前要告诉我计委宿舍大楼的门牌号码和地形特征，靠近哪个路口，参照物为何。我把你打来的电报，送来花篮上的小红卡，和 Jenny 送我的生日卡另外用牛皮纸信封寄给你，凡是需要保存的信、稿……我都尽量寄还你，我对自己保管东西毫无信心。

冯亦代 ▶ 黄宗英（1993 年 7 月 13—14 日）

高高兴兴的小妹：

今天我想不到你会打电话来，所以铃一响说是上海长途，我心便急剧地跳起来，而听到你的声音，我简直无法形容我的心情，最使我高兴的是你收到了我的花篮，而且是玫瑰花，那朵朵的花儿上的花瓣，每一瓣都凝着我的爱，她们代表我向你献上我的心意，听你的声音，你也是想不到的高兴，我简直心花怒放了。我的宝贝，我的好小妹。亲亲你……10a.m.，7 月 13 日昨天天真热，只有到了晚间，有一点点风，但是我心里唱着歌，我可以看到你的笑容！你收到了我的贺电了吗？这是我让程硒欣郑海天夫妇代我发的，他们早上来看我，我告诉她一对说我要结婚了，硒欣听了跳起来，那太好了，举手赞成。她问是谁？我说你看了屋子再说，她说猜不着，一定要马上告诉她，我告诉了她，她说太般配了，她是妇女月刊的编辑，对你的作品很熟，便说你已见过小山小水，也见过大海，现在你就是大洋了，正好，你们两个洋汇在一起了。我给她看了你寄来的照片，她说真年轻，真迷人，这些话使我心花怒放。他们要回三不老，我便让她把电报发了，你收到了高兴吗？我盼的就是你的高兴，使你这个生日过得与十三年来不同，你想到了吗？昨天中午吃面，那是你的长寿面，整天，我的心唱着歌，为你，为我们。昨天小姜也来凑热闹，阿丹和你的书都收到了，可是一时我舍不得看，当然有些文章，我以前看过，但我还要重看，因为眼前的心情和过去的是不同的。天气闷热，我坐在小厅里，安安静静，心静自然凉。女儿给你祝寿，你一定很高兴，明年就是我请你了。阿姨每天收信发信，也猜到一二，她每天也在念叨今天有信今天没信了。过几天我再对她宣布喜讯。小姜附了一封信，他说我们能成为好朋友，当然当然，你的好朋友，就是我的好朋友，可惜一时还见不到。或今天会写信谢他的。

今天天气预报说是最热的一天，我上午要出去，参加《世界文学》百期纪念，可能还要发言，午前回来，车内有冷气不会热，国际饭店也很舒适，但是今天清晨还是风凉的。

我也沾到了你的喜气，我的心从昨天唱歌，现在还在唱，你听见吗？ 5:40a.m.

现在是 6:06a.m.，我刚做了 25 分钟的早操，出了一些汗，阿姨还没有起来，再继续给你写信，今年暑假我很开心，主要是有了你的爱，其次则是和女儿住在一起，西瓜、绿豆汤，天天不缺，过去我从来没有过得这么阔气过。当然我们的生活应当舒适，但不应当奢侈，我和你想到一块去了，我是宁可自己平常一些，但待朋友必须尽倾我心，大概我们是一样的，否则我们不会有朋友的口碑了。回头看看，我一生是包围在友情的海洋里，从他们那儿得到友情和学问，我善于听人家的话，而且从善如流。

我已经读完了《七重罪》，但还有作者的一本《诺拉》。这两本是姐妹作，我预备看完了，两本一起写《读译散记》，但现在还没有定夺。我去北戴河前，还须给《读书》写一篇九月份发稿的《西书拾锦》，今年关于西书及西方文坛的文章，已经为敦煌出版社约去，补足 10 万字，便成一书，以后写的就是回忆录了。这是我的眼前计划，长期的等你来再定。

阿姨起来了，我要去洗刷吃早饭了，便暂时写到这里，明天见。给你爱，给你吻，给你亲，给你抱。昨晚热得难以入睡，我读着你下午的来信，贴着你的冰凉的身体睡着了，多幸福，我的挚爱的小妹。

你的爱哥哥

1993 年 7 月 14 日 6:25a.m.

冯亦代 ▶ 黄宗英（1993 年 7 月 14 日）

恩恩爱爱的小妹：

我真是万分不安，由于邮局的玩笑，竟使你若有所失地过了三天，"文革"过后我也是经常有这种感觉，好像有什么祸事就要来临，于是我精神陷于低落，要隔几天才好转过来，我把这种病称为精神恐惧症。事实上心理学上也确有这种症疾，你吃的苦比我多而且深，有这样的反应完全是必然的，安娜死后，我居然有一两个月这种症疾，但随着时间的前进与心情的转换，症疾也就淡化了，一直到无。唯一的治疗，是听天由命，譬如过去什么也没有发生，心情可好一点，必须利用心理学上的转移作用，希望信到时，你早已脱离这种心情。

我们都是心急的人，一件事急切不能办到，也会大大影响我们的情绪低落，那么就将这一引起情绪低落的事暂时放一放，等候水到渠成的机会到来。总之解铃还须系铃人，一切要做情绪的主人，而不是跟着情绪跑，这些情况当我们生活在一起的时候都是可以治好的，就等着这些日子的来临。还有一个原因，是我的猜测，不知对不对？你心里是要主持阿丹的纪念的，现在突然反主为客，你觉得为阿丹少做了一件事，因此你的情绪低落。我可以理解你的心情，但如果你想想这件事要是在以前根本不可能，则现在的结果不是比原先的情况更好吗？这样想，也许你的心境可以宽慰一些，想想现在有人疼你了，你还不快活吗？古人说忧能伤人，我期求你不要总是留在过去的阴影里，想想你快活的今天，我是一定要保证你的今天和明天的，我将以我的爱来熨平你的心情。你相信我，在纸上我只能用这些话劝你，在生活里我将运用一切的可能。

昨天也许是这里最干热的一天，因为有骄阳而没有一丝风，晚上洗了澡才凉快一些。今晨又是大晴天，吹来的风凉意很重，究竟是秋天了。晚上看电视时突然电话铃响了，我以为是你的长途，跑过去听了却是打给312的，原来打错了，使我空欢喜一场。以后电视就引不起我的兴趣了，因为我沉入对你的相思之中，而且睡了又做了许多梦，总感到你就在我身边而又看不到人，于是在茫然中醒来了。天际是一片红云，太阳正从地平线下喷薄上升，金黄的一个大球，它带来了希望与欢愉。这就是你给我的。

昨晚上海边的碧螺塔的绿色灯光全开了，我在楼头拍了两张照，回去洗印了寄给你，一张照片却是一捧思念，献给娘子。

这里有个会议在开，要三日工夫，食堂里的静穆打破了，看了使人不快。上一次的会议就文雅多了，显然商品经济带来的是新的文化，而那些封建的遗风终有一天会退化的。这是旧的支柱，令人不耐，而且不舒服。

　　不管这些，还是想想我们自己，两地相思苦涩，但也巩固了我们的爱，要不是这些时光，我们哪里得知相爱的深沉呢？愿我们永远相爱，今生明世！

你爱的爱你的二哥
1993 年 7 月 14 日

黄宗英 ▶ 冯亦代（1993 年 7 月 14 日）

想想想想想二哥：

　　我仿佛觉得你已经坐在咱们的阳台上了，我在想 4 月里我该再补充一些什么花、什么草、什么叶、什么枝，小麻雀在叫着，远远有蝉鸣，街头又有了挑着叫蝈蝈笼的小贩，而 4 月里杨梅还没上市，正是天天吃青蚕豆的时候……如果只要有几大本工具书就能使你安适地工作，而你在这里又不感觉自己像个陌生鸡（你实地看见过陌生鸡吗？它总是等在一边，等鸡群啄食之后再去啄），你就愿意住多久住多久，冬天阴冷些，但卧室有空调，客厅有壁炉（烧柴，很有情调）也有电暖气。只是北京来人还是说冷得受不了，因为哪儿都冷，室内比室外冷，人又不可以 24 小时不透气地在空调里，此是后话。我只是很想很想你，无论在七重天，还是在阳台上。

　　我开心，逼你以情书为礼，让你进考场了。二哥，你实在是个谈情说爱的圣手，这可真是我没想到的。若是想到了，我可更不敢惹你了，我会想多情郎二哥必定已有心上人了，我不会想到心上人会是我自己，真的不会想到。

　　这一期的游泳班（蛙式）已结束，我今天下午要去泳池买下期自由式的（10 天 45 元）。其实我只是跟着瞎泡，最近游室内。水特冷，我也很少下池。

我想，你的信我是都收到了，如当天收不到则第二天会收到两封，13 日收到一封，14 日收到两封，放心。

咱们的阳台上放得下两张书桌，把小圆桌推出来或把缝纫机推出来都行。后屋还有一张空着的大书桌，这些我都会安排，在和你一起回家后的三天里，由你自己决定搬什么，如果待得长，也可以把后屋收拾出来，做个藏我新郎的暗室，我装个小型冷空调则是（电暖气是可以移动的）。只是朝北，方向不好，可以静心睡个午觉，外边的事一概不管。你到上海来不必自己去接电话，等张阿姨接了再叫你我。啊，我不多想了，害得我大热天要去看那坐着双门保险箱的小北屋。不去，不去，等你来了再说，你不需要那么藏着，在上海，有时候我可真想藏着，在上海。

好啦，我出去买完游泳票，等师傅来给我做做头发，难得抛头露面在外国人面前。把你抱个囫囵囵。

你的小妹
1993 年 7 月 14 日 4p.m.

冯亦代 ▶ 黄宗英（1993 年 7 月 14—15 日）

日思夜想的好人：

今天在《世界文学》的 40 周年纪念会上，遇到了梅绍武屠珍夫妇，梅绍武是个聋子，要大声说话，无法对他讲，所以只能给屠珍讲。冯牧后来来了，她就给冯牧讲，所以我亦不知她告诉了多少人，我想她做义务宣传员也好，省得我一个个去说，我今天坐在主席台上，不知晚上会不会见电视，我发了言。他们有冷餐，我急于回来看你是否有信来，但他们把我的名字也摆上了桌子，只能吃了走，可是心里着急，回家已是一时，果然有你的信。今天他们送了一本《世界文学精粹》及《世界文学》今年第三期的道林纸纪念本，都有我旧译和新译的文章。

小乖乖，你在嘀咕什么哟，在我的心底我已完完全全从 body 到 spirit 到 soul 都已是你的人了，你只要 1000％，但是我要给你的是 whole，你怕什么呢？别折腾自己了，你这样我心疼，如果依我的想法，就是你就来，但是我知道你的心思，所以等你一切归置好，就来。我现在朋友们问我什么时候，我肯定说十月里，这是我给自己的日子，总之我不要你因我而感到不安，我认为眼前的我是为你而生存的，我怎么会引起你的恐惧呢？但是我对你却十分高兴，你这样正是因为你爱我之深爱我之挚，小妹，我感谢你。3:00p.m.，7 月 14 日

我不知你是否在电视的新闻广播里看到我？北京台你当然看不到，那是我正在发言的画面，后来中央台的全国广播，则是我坐在主席台上。这对于我这个侥幸进入文坛的人，是极大的荣誉，我以前在电视上出现都是一扫而过，而这次则是几秒钟，特别是在一次文学的集会上。我倒不是为了上镜头出风头，我是为了这是一次文坛的会，你不为我高兴？你当然为我高兴，我可以感觉得到，你不要笑我特大得意，我是极少以我的成就而上镜头的。

一晚闷热，到清晨风吹得冷飕飕，就关了门，结果热得满身大汗，往年北京也热，但晚上总是风凉的，已连续两天闷热，我希望上海没有那么热，我的宝贝儿可以好过一点。我坐在书桌旁，心里就是想着你，如果这时你在我身旁有多好，我的心便不会寂寞了。你怕我有一日降温，你想到哪儿去了？我燃烧还不够呢！什么续弦那是糊涂人的糊涂想法，我是认认真真以黄昏恋来对待的。我心早同泥絮，是你把我燃烧起来的，一年不见的人，都说我显得年轻，问我有什么好事，我当然笑而不答，但我听了心里喜欢。这份年轻，是你给我的，否则我就无法年轻起来。我的好宝贝儿，不要自己折磨自己，你应当高兴，因为你有了我这个小宝贝，是立意要和你过后半生的人，你折

磨自己，我心疼，你应该像我一样快乐。你不是什么心理不正常，这是很自然的，你为你过去受的苦，压得低了头，你自己在怀疑，因为我们的幸福来得太突然了，唯其如此。这一分快活更可宝贵，好人儿，爱你的老淘气吧！不要想得太多，琼浆就放在我们手里，我们就喝下去，这是天赐，我们无法拒绝的。我这些年对我也是个考验，我终于获得了我晚年的幸福，你等了我十三年，我要还你这十三年，加千万倍地还你，那就是我对你的爱。你心里为什么有这样的想法，因为这已到了一个我们必须在一块生活的时光了。我们不能满足于纸上谈兵，我们要实实在在的，对吗？宝贝儿，亲亲热热的小妹呀！不要折磨自己了，我心疼。答应我，驱散这些想法，你等我等了十三年，而现在两股水都在大洋里汇合了。

说些现实的，八月里你来，我把屋子里的东西，除了你的信锁起来之外（顺便告诉你，到昨天为止你已给我一百封了），一切都不动，使你可以看到我是怎么生活的，你去看床，我希望床头只在一边另一头没有床头，这样我们可以在床上撒欢，也可坐在床头撒欢，好吗？你把你带来的东西都堆在家里，等我回来我会归置的，好吗？

今天有雷阵雨，天气会凉下来，现在（6:03）开始有凉风了，希望今天比昨天凉快，据说昨天是最高温，上海也一样，你可以泡在水里，你不要怕黑，黑里俏，更动人。宝贝，我想死你了，我现在是用意志控制自己的，如果依了感情，我会抱着你把你举起来，我要在你身上每一处印上我的吻，小妹呀！你感觉到我对你的苦苦思念吗？

永远的情郎
1993 年 7 月 15 日 6:09a.m.

冯亦代 ▶ 黄宗英（1993 年 7 月 15 日）

永远在心里想着的娘子：

报到了，但是没有你的信，看来你换了写信的时间以后，我大概要每天晚报来时（5:00—5:15p.m.）才能看到你写的字了，我必须调整我的时间。念着《诺拉》，这是《七重罪》的姐妹篇，到 12 点吃午饭了，今天我的表妹给我拿包荷叶皮蒸的八宝饭来给我，正吃了美味的第一口，电话铃响了，原来是美国的长途。

刘年铃打来了长途，她刚收到我托人带给她的《西书拾锦》，还有我写她的文章的复印件《缘分》。她来谢谢我，我告诉她我要结婚了，她问是谁，我说是黄宗英，她大叫 Wonderful 两声，她说她在德国遇到过你，是她最最佩服的中国作家。她说她认为中国有了两个人，都是不得了的，一个是你，一个是我，现在两个人要配在一起，真是太美妙不过的事了。她祝福我们，她说可惜她不能来吃喜酒，我说明年她来了，我们请她，于是说了 Good luck，各自放下电话，但是我还听得她说太好了，太好了。

我总想我们是天造地设的一对，你有情我有意，一根红线将你从美国穿到在北京的我，我们决不辜负月下老人的一番心意，我们也是三生石上的缘分呀！

我刚睡了一觉醒来，今天上海是多云，我们这里则是阴有阵雨，现在我便被包围在中雨和四合的阴霾里，天气凉爽万分，我想你。便给你写信，告诉你我的心曲，自从 10 号到现在，我天天如在过节，我的心绪高昂，我掩盖不住自己的心花怒放，我从来没有觉得自己为众人的目标所集，现在世人的目光要集中在我们二人身上了，真是夫以妻荣呀！我们二人在一起，将在天地间唱出有声有色的戏！

敦煌出版社约稿的信来了，我将编一本包括近两年的《西书拾锦》、我为文汇读书周报写的《读译散记》、为译文集写的序言、我悼念外国作家的文章等，这样大概可以凑足 15 万字，明年六月底前交稿。这次最后的校对要自己看了，以免再遇覆辙，前后由你签印。你给我取个书名。

今天《新民晚报》"读书乐"刊了我和李黎的通信，你见到了吗？李黎要写一篇文章谈华裔作家与我们"隔"的问题，写老祖宗有五个女人，写孝女割肉疗亲，外国人看了满足了他的猎奇感，中国人看了，根本不是他（她）想的，所以我赞成第二代的华裔作家而不赞成汤婷婷、包柏漪、谭恩美写的东西。

早上寄了一张照片给你，是新华社的摄影记者给我拍的，你看这副尊容，还上得台盘吗？我送给你，作为我向你"祝娘娘千秋"。再说你生日那天下午，急促的邮递员打门声没有惊了你吧？你是不是当天收到我的两封信及电报，我将我的温存寄在花里信里电报里，请你笑纳。如果我们已在一块则这些喜悦便享受不到，但另外的温馨也是另外的一种忘不了的享受。我要吻你亲你吮你舔你，我的宝贝我的爱，想着这些我简直神魂颠倒了。

看今天会不会收到你的信，看信是爱是温馨，写信也是爱，而且不只是温馨，是销魂的烈火，但我要的是实实在在的你，如果你不说这"实实在在"四个字，我都不敢说，因为怕你不安。写到这里，字多了，信会太重，加上我对你的心意，邮递员负担不了。我一面写信，一面开着莫扎特的音乐，好安逸的生活。你亲亲爱爱的爱哥哥。

雨下了一个多小时，现在停了。上海呢？你游了水吧？

1993 年 7 月 15 日 3:26p.m.

黄宗英 ▶ 冯亦代（1993 年 7 月 15 日）

我的好丈夫：

昨晚 7:30p.m.，我去法领馆参加冷餐会，我头一个跟秦怡说了我们的事，并说二哥问你好，夸赞你。她由衷地祝贺我们。（白杨在旁边，我没跟她说，跟她除了握手微笑，没说话）后来我见到上海作协秘书长赵长天和作家宗福先，也跟他们说了，他们很高兴。当我谈到三联书店送书事，他们笑说，是不是我们也得送礼了。我也开玩笑：我是不是得打报告。长天说，那我们闭着眼盖章。长天喜欢你的《西书拾锦》，说仿佛替我们看了许许多多的书。然后浅谈我们的专栏、旅行书写计划等等。当我和孙道临谈时，他说歌德 80 岁结婚，你们应该结婚，一结婚，想说什么的就没得什么可说了。我这人耳朵软，回到家里，沐浴后，在婚礼进行曲中渐渐入眠……但结婚太麻烦了，想到两人去民政局领结婚登记证，憨吧？……

8:30p.m.，暂时回到小书桌，我想咱两人的工资，加上我们两人的稿费，无论在北在南过小日子总够了。稿费、出书费中要存些钱为过老（我和沙漠也这么说，人是要想穿，知道自己有一天会老得走不动，不能自理）。我想我们是可以既不奢侈（谈不上）又不太紧巴巴地生活，我想只是旅行缺些差旅费，因这是不小的数目，再说吧。

昨天寄了两封信，但其中一封只是贺卡、照片，补上这封今天该寄的吧，舍不得二哥等我信。吻你，深情地望着你。

小妹

1993 年 7 月 15 日

黄宗英 ▶ 冯亦代（1993 年 7 月 15 日）

二哥老师：

我像小孩子给大人讲一个自己觉得挺有意思的事儿似的把 Allan Poe 的资料抄给你。我觉得增加我提供的两个小资料，这位作家就立体化了，不仅在他写了什么，而在他怎么会写出这些来，他对大自然的爱、妻子的奇怪的一再死而复活，打算让朋友预订 500 本书，以完成去西部南部的计划，酗酒，悲痛，发精神病、忽又痊愈……简笔勾勒，人物就活了。反正我只想对你有一点点儿切实的帮助，在你的外国文学介绍的我搬长梯也爬不上去的领域里，但有小妹在梯脚胡嚷嚷，你这门学问也做得热闹些——站脚助威。

今天滚了一天的闷雷，除了在泳池里和开了冷空调午睡外，一天没干过汗，到傍晚才下了场雨。此刻 8p.m.，还是没风，坐阳台上给你写信，不是怕空调费电，实在是在封闭的房间里待上三小时以上是很不舒服的。我想如果你夏天在我这儿，我怕你热着，冬天更怕你冻着。你也一样，仿佛老要代表老天爷道歉似的。二哥，在双方物质生活条件上，我很满足，也很欣慰如此这般正是我们的愿望。而有一点我们要适应的客观环境是：这以前，我们都各自在家庭生活领域的这一方面、那一方面退居到二线、三线。举个例来说，多少年了，我从来是跟着儿女孙儿女看电视——他们看什么我看什么，或根本不看，依此类推，除了一个书桌一张床以外，几乎没有了我自己。我惯了，儿孙们也都惯了。不管咱们的儿女多么孝顺，那是对老人的，而我们还要起步！孩子们不可能理解，他们也不会想到给爸爸爷爷找 Fox dance tape。

Jenny 母女学芭蕾舞回家了，我也该歇工了。

啊，我是说，咱们将在有限的客观的家庭意识空间中，营造我们的新生活，让儿女逐渐接受我们的非 widows 的我们自己也还没设计出来的生活方式！我想你懂了，我是想把我们彼此很细致地感觉到生活将有变化的喜悦和些许为难之处处理好，我们永远快快乐乐。拥抱你，我的先生。吻

你的妻子小妹

1993 年 7 月 15 日

冯亦代 ▶ 黄宗英（1993 年 7 月 16 日）

亲不够吻不够的娘子：

昨天没有收到你的信，心头空洞洞的，似乎失落了什么，但是想到今天会收到至少两封，我的心也就释然了。我们的心真是有灵犀一点通的，你不是说到听音乐吗？前几天小朋友常罡（是音乐家也是写小说的，我和他的关系是从家里的一只破条桌开始的，原来那是只明代的木器，我不识货，他要便送了他，我将条桌放在走廊里堆蔬菜，他却供在大厅里）来我新居，邀我去音乐院听一会儿音乐会，是美国音乐家的。我谦辞了，因为我爱上了你之后，我就为自己立下一个规矩，以后看什么听什么要和你一块去，你不来时，我便什么地方也不去。那天他说这次不去，将来有了音乐会一定来邀我去，他知道我喜欢音乐，所以你不用不高兴，你来了，我会陪你去的。我早已谢绝去参加各种演出和展览会了，我一个人不去，我一定要和你一块去。雨没有下透，雨后又闷热，一直到九时以后，才慢慢凉起来，我又吃绿豆汤（刚刚听预报，今天下午还有阵雨）吃西瓜，所以汗出得不多，我时时试我的皮肤的温度，我怕将来热坏了你。我不怕出大汗，但我怕身上汗津津、黏糊糊，坐在那儿，肚子与胸贴着，真难受，至于脸上臂上则可以用冷水冲，我时时用冷水擦胸前然后晚上洗澡，这是我最喜欢的。我要在浴室壁上装一个扶手，便于我们洗澡，我这里是莲

蓬头，烧水用不到一分钟，快极了；有浴缸，你要用脸盆也完全可以，但用莲蓬头舒服多了，将来我伺候你，我给你上肥皂，冲水，擦干身子，然后抱你上床，我怕抱不动你，你高兴吗？

我已经恢复在床上看一会儿书了，我是从看你的信开始的，你的信来，我一定要抱着睡去，像抱你一样。我每晚总要抱你的信或照片入睡，未熄灯前，总要看上几分钟，所以你放心，我不会改你的习惯，一切你惯用的，当成为我的习惯，这样我们便一切同步了。但你不愿我打扰时，你告诉我，我一定遵从你的"独立性"。

原来我约好一个司机，在昨天下午同他一块到东四去买浴室扶手及小厅里大镜玻璃的，后来大雨如沱，便不去了。今天还得去，因为这星期六修理室内装饰的师傅要来，浴室里的贴面瓷砖掉了，正在修理，你来墙上就一新和整齐了。

我想你一定会将你生日那天的风光讲给我听的，我要详细知道，这是我们定情后的第一次生日，可惜我不能在你身边；然而我生日时你却已经在我身边了，想到此，是由衷的高兴。我要使你永远有温柔之感觉，不但在心里，而且在生活里。我的毛病就是脾气急，我希望你能改我的毛病，但是我不会发脾气，使你吓一跳，不高兴。我们要永远安安静静、平平和和的过日子。我的女儿就是我的影子，她也是个急性子，但我的女婿和两个外孙却是温顺的。

我昨天找到了写《西书拾锦》的材料，我要在去北戴河以前把九月要发的稿子交出去。对了，昨天陕西出版社托柳萌来向我约稿要我写"反右"和"文革"的文章，成为一书出版，这是请多位作家写的（受过不公平待遇的），我答应考虑一下，他们答应可以先在刊物上发表，以后出了书也可以另行归在回忆录里。小妹，你给我考虑一下，写还是不写，如果写他们至少要10万字，今年十月底交稿，这交稿日子当然还可以商量。他说稿费好商量，但我是耻于谈钱的，这大概是文人本色。参加这部丛书的有牛汉（他要写30万字）和邵燕祥等。

要去洗脸吃早饭了，今天写到这里，等看了来信再写，给你爱！

二哥

1993 年 7 月 16 日 6:27a.m.

吻你，吻你，吻你……

黄宗英 ▶ 冯亦代（1993 年 7 月 16 日）

亲爱的夫君：

小小的红枫绽出了新叶新芽准备迎接她的男主人，这盆红枫是我在医院的花圃里买来的，以前没养过，不知道她娇不娇，直到最近几天她连续地伸新枝、冒新芽，她的身姿恰像迎客松般的迎亲枫。

二哥，我喜欢你的玫瑰花篮，我知道是我们的爱情。只因你生活的情趣，被我早已忘却的生活情趣，感谢你给我意外的痴情，我重新回到了年轻的时候——那未容得多享受年轻的爱情的时候。Oh！让我们一辈子都沉浸在玫瑰的梦里，这不是梦的梦。

所有的爱情的小说、诗歌、电影、电视，都删去了生活一切琐细似的，而我一生中无论怎样的曲折、坎坷、辉煌、委婉，都伴着世俗的难以琢磨的一切，我们生活在生活的重水里，我们携手浮上来透气畅快地呼吸，如出水的水莲和绿萍，这不做文章的绝妙文章——我们的生活专栏一定要写好。

二哥，今天收到你寄来的《读书》（没收到信，此刻 8p.m.，下午也没收到。你别着急，明天会到的），我一口气看了 1/3 册，当然先看你的辛格，我读没读到 Singer 的作品？我仿佛看到某个书架某一格里有一本《忏悔者》，我明天找一找。明天是星期六，我想去华东医院去一下（下午），取些药，挂一个皮肤科，因手臂上长了些癣一样的东西，怪痒的。游泳池的体检很马虎，只听一下心脏，等于不检查。总之，我应该去医院拿些药了。睡眠的，肠胃的，伤湿痛的，精神方面的，拿一些，争取存一些药带去北京，还要补一下牙……

二哥，听电话，只不过彼此听听声音以报平安代抒衷曲而已。你别着急拿起话筒不知说什么，只叫我一声小妹，我也就满足了。我住在孙惠柱费春放家里，看他们恩恩爱爱，我后来向他们提出：可以给我看一封你们认为可以给我看的情书吗？后来给我看的情书是：今天我好几次走到电话机旁，想打长途给你，只为想跟你说一声："我爱你。"二哥，so do I。

二哥，如果周末我女儿住在家里，那么我一早给你打电话有八只耳朵在听哩，你也就只听听小妹的声音——即使不借助电话，你也听得到我的声音：我爱你。

我要再看第三遍你的文章。我喜欢最后三小段。

突下大雨。

爱你的小妹

1993 年 7 月 16 日

冯亦代 ▶ 黄宗英（1993 年 7 月 17 日）

恩恩爱爱的小妹：

幸而我没有世界情书那本书，否则你看了也许会发生一种感觉，是否你的二哥做了文抄公。真有意思，我悟出了一个道理，一个人情至极处，便笔下如神，要不然我的文气何以与贝公相似乃尔。他的情书可以垂至后世，我们的情书如何不能令天下挚情人一读呢？

也许今天收到你信时，可以知道你大寿一天的详情，我真希望你告诉我（两个星期我已写完了两支笔了，当然不只是给你写信），我要品味你的心情，你是否感到温存美好，是否和我所想到的一样。

昨天下午来了一对老年夫妇，他们和我已是世纪的友情了，他们听了我告诉他们的消息，都高兴得跳了起来，男的说黄宗英是个才

· 235 ·

女，女的说我做梦也不会想到罗布泊去，她是有才有胆，你好福气。他们看了你的照片，他们说你是少白头，但看来只有五十多岁，长的真年轻。他们俩，男的是研究美国经济的，是外交部的智囊人物，女的是营养专家，都是苏州人，谢辉与李瑞芬，都是我的好朋友。晚上孙女来吃饭。我给她看了你的照片，她说真漂亮，爷爷好福气，她高兴得不得了。

昨天傍晚下了雷雨，但时间没有前天长，雨后有很美丽的两条虹。报上说昨天上海也是阵雨，你已回家了吗？

你不能写阿丹的书我想也不要紧，你可以找小姜写，你供给他材料，你审第一稿，我想这个问题是可以解决的。你不必自疚，因为你创伤是太深太深了。我有个经验，我写《一个平凡而不平凡的女人》时，虽然没有一字一泪，但也湿了几块手帕。我们都是挚情的人，我们受不了，请小姜写，书也有了，你只需写一篇序，或其他形式的文章，这大工程便完了。

你收到了我的照片吗？他坐在那儿，若有所思，想的便是你，我喜欢这张照片，因此给你寄来了，你喜欢吗？我们两个作对儿出去，我会砍你的招牌吗？昨天北大的一位称我老师的教授也来了电话，她从屠珍处知道我的消息来电话祝贺的。她说听了和她的丈夫谈，都说十分般配，要找一个人给黄宗英做丈夫，不容易，因为必须是旗鼓相当，分量相同的人。听她的话我很高兴，原来不少人是这样看待我们两人的。有人问我你们二人怎么谈起婚嫁的，我说这是神的意志，是三生石上刻着的。

7 月 17 日 6:45a.m.

关于敦煌文艺出版社要的书，我大概还差两万字即可成为一本十五万字的书。我们共同写的书，今年下半年开始积累，想办法到明年底有十万字。请上海文艺出版社出一本用我们二人名字的书。交稿则在明年底或后年初，如何？关于我给敦煌的那本书，用个什么书名，请你给我想想好，告诉我，我脑子里都是那些什么"西书州偶读"呀等等旧一套，必须换个新鲜的了。我自己也觉得腻烦。

过去总有一种过一日是一日，做一日和尚撞一天钟，看的大都是"禅"书，但这次有人给我拿来一本《什么是佛法》，我就没有耐心看下去，心情的改变是你之赐。但我也要对小妹讲，把过去忘掉吧！不要让死者拖住生者，我们还有灿烂的共同生活呢，这是别人所想不到的，人之相知，贵在知心，要找一个知心人不容易，既然有了，我们就过知心的生活。吻你。

爱哥
1993 年 7 月 17 日 7:38a.m.

冯亦代 ▶ 黄宗英（1993 年 7 月 18 日）

亲亲热热恩恩爱爱的小妹：

倾盆大雨刚刚过去，天也变得清爽起来，我以为今天拿不到你的信了，阿姨却笑嘻嘻拿了你的信来了，还有一张湿透了半张的晚报，她说黄宗英的信两封。我的心为之一跳，拿过来开了封，一封是剪报，一封则是你谈生日的信，可怜的小妹，你一生只过了两个生日，而我要给你一个想不到的生日，则是我蓄意已久的事了，你说你在病中不知写了些什么，我们今日所做的，正是照你的想法，一步一步照做的。

我看了你的信，我害怕，我觉得我没有准备，我无法接受你的提议，因此我写了那封你不知我在讲什么的信，但是我立下一个心愿，我一定要使你健康好转。你已成了个冰冷的不波老井，我一定要用我的爱把你烧热来，我要用温柔烧软你的心，我要用爱恢复你炽热的心，因为这样我才可医治你的病——你对世界的冷漠，而我得到的是积极的反应，那时我自己也是不波的老井，但我用爱烧热你时，自己也为你的爱烧热了，这就只能说热是缘了。何为是可人，他设计的 70

· 237 ·

朵玫瑰，正是我想要送给你的，但我事前不敢说，因为怕他办不到，我在心里只想到有康乃馨便不错了，而现在是玫瑰，一个花篮里放70朵红花，像一捧火，这就是我对你的爱心。

你的剪报里谈到鸟声，那位音乐家是想用乐音来收集鸟鸣，我则想等你来了，我们要把这些鸟鸣用文字给记录下来，这便是一篇很好的抒情散文了。我们要做的事很多，我们要一个个给它们完成，这便是我们爱的结晶，这辈子要养孩子是不可能了，但我们的工作便是我们的孩子。趁我未忘我问你一件事，你说要寄给我一批《音乐爱好者》，你已寄了吗？我爱音乐，但是我不懂，也许这些杂志会帮助我的。如果没有寄，那等你看完了寄给我。

我把你的来信看了又看，从纸上我可以看到你的欣喜，那就是我所要做到的，我90，你80，我们就做170岁，那时如果我们两年一本合写的书，也足够我们庆祝的了。你说你过去只在打算如何了此余生，而现在则是又一种从此开始，也代表了我的心情，晚晴天气，必能看到。

昨天上午我去看了一位气功师，他给我看了，说我至少还有二十年可以生活，因为我的心肾都没有毛病；他对我发了功，做了按摩，我觉得全身通畅，走路行动都有劲得多。午睡很好，抱着你的信睡去，睡得好沉，最后则是为敲门声所惊醒，已经睡了快两个小时了。起来写了一千多字，是写九月时发的《西书拾锦》。天越来越暗，闷热但突然起了大风，雷雨全来了。我站在窗后想着你，想着今天早晨要接到你的电话，屋外风狂雨急，屋内我的心是少有的平静，因为她已找到了归宿，我突然想到我们第一本合写的散文应当叫《迟开的玫瑰》。这名字是纪念我们的爱情的。

我把你要来和我共同生活的事情告诉我大外孙朱晔，他今年二十岁了，明年大学毕业，他是从小在我家里养大的，那年地震，我天天在幼儿园里接送他，所以我们的感情特别好。他听见消息大为高兴，说我正想你一个人如何过晚年的事儿，这是件大好事情，他高兴。现在就差小外孙朱桦不知道了，他一考完大学就和同学们上泰山去了。他一定也会高兴的。

我已设计好你来后的第一件工作。我们读一本美国华裔作家的书，然后由你写一篇概要，然后我们讨论如何看待这本小说，然后我们将讨论结果写成一篇文章，你说这样的合作，行得通吗？写两千字以内的文章，当然比较难，但我们试着去做，好吗？至于我们的抒情散文，可合写也可以分写，但必须是你同意了的，那就是《迟开的玫瑰》。你给我那本给敦煌文艺出版社的书想到了名字吗？我突然想到用《金合欢花》（或不用"花"字），因为那是本讲中外文学交流的书，你说呢？我过去的书，书名都不老实，所以吸引不了读者，另外取名字配上我们的后记，便相称了。

过去我到外地去，不是开会就是休息，都没有身份的问题，今后我们要私人旅行，如何证明我们的夫妻关系，我真没有想过，容我向党内打听了再告诉你。以前我到各地去，都是由民盟招待的，我自己没有办过这件事。现在我告诉你我的工作，我是民盟中央参议委员会的常委兼文化委员会副主任，这是我的政治身份；我现在还是三联《读书》杂志的编委，所以我可以拿书；另外我是国际文化出版公司的副董事长，也是一个可以拿书的地方，同时是印在名片上的。此外我是作协理事，国际笔会中国中心理事，中国翻译工作者协会常务理事，北京翻译协会副会长，《译林》编委，还有其他的挂名职务，如国际文化协会理事等等。我自己也搞不清楚了。我以什么名义出现看当时的需要。我的工资则是在民盟中央拿离休的，基本工资是339.30，七月实发是544.30，实发数字因奖金多少而有高低。下次再写，给你一切的爱。

爱你的哥哥

1993 年 7 月 18 日 6:45a.m.

黄宗英 ▶ 冯亦代（1993 年 7 月 18 日）

我的爱，唯一懂得怎么疼爱我的人儿：

我沉浸在玫瑰的梦里、玫瑰的现实里，以前，仿佛只接受过礼节的花篮——在新戏首场演出时，到前台瞄一眼有没有我的花篮。哥，让我们演好我们的"黄昏之恋"吧。这是以前的节目单中没有的戏，是完完全全的一出新戏。

二哥，我喜欢你的朋友们，我喜欢有学问的人。我一定和你去访傅惟慈。绍武屠珍夫妇的家我去过，他们为我儿女出国事热心帮忙。〔你当时给我女儿写了封介绍信，让她去找旧金山陈（？）教授，女儿到达时，他因泥石流丧生了〕李文俊张佩芬这名字我都挺熟的……我很高兴，像发了财似的忽地得了那么多好朋友。

从 6:00a.m. 到 7:15a.m.，此时此刻，我只惦着给你打电话，可是我不能给你打电话，女儿睡在家里，她开着屋门，门正对着楼道的电话。天气热了几天，昨夜今晨下着雨，好容易凉快凉快，我不能吵醒她。二哥，累你等了。二哥，你以后星期日早上别坐电话旁边，让我着急。我女儿以前不在上海，很长时期她在北京、在天津，近来她常在上海，仿佛在上海浦东有什么业务（我不问孩子们的事，从来不问，我们家各不相问有关 business，已成规矩）。小儿阿劲也可能不久回来拍电影，如果阿劲今年不返美国，简妮也不返美。这一切都不妨碍我把你娶回来。只是家里挺热闹，我们有自己的小屋，你不当回事也就行啦。另外，我家简直是南北的交通站，常来投宿几日的亲友，人生在世 So So……

你以后不写《西书拾锦》吗？那多可惜。是我没看明白信还是果真如此？为什么不写了呢？太累了吗？还是为起笔回忆录？

原谅我没按时打电话给你，原谅我。你别为我的胃瞎操心，我应该不告诉你的，但我已养成什么都告诉你的习惯。

雨中的阳台很有情趣，包括晾着三竿子衣裳。

昨晚躺在床上，无论如何排不好怎样把大床南北放，这bed-room的构造就是准备你东西放床的，再说吧。

小妹

1993 年 7 月 18 日 7:45a.m.

冯亦代 ▶ 黄宗英（1993 年 7 月 19 日）

永远爱不够的娘子：

你收到我的玉照了吗？

昨天我快活了一天，因为整天都生活在高高兴兴之中，庆幸自己的幸福，这真是难得的一天，上午接到了你的电话，而下午又收到你15 日的两封信，16 日的一封信。你这四张照片拍得好极了，而且是那件我喜欢的湖绿色，这种颜色，长得太白，便配不上，你穿着正好。

看着你的照片，我喉头也发紧了，我修了几世的福，临老还得到你这个宝贝，别人都会艳羡的，何况迷你的人并不是我一个。影迷文迷不算。昨晚上我把照片在家里看电视时传观了，都为我高兴。

我这个人是很随和的，我不会在咱们上海的家里摆架子，至于看电视，我是没都看。有趣的看，无趣的便闭目养神，我知道看电视是很容易成为导火线的。至于其他，你指引我好了。至于写东西，我也是可以随便在什么地方写的，你更不要忙着去清小屋子。现在我担心的倒是在材料问题上。那本《纽约时报书评周刊》，我不知如何从北京转到上海去，其他我会带来的。我想在上海主要写我的回忆录，这样可以少牵涉到参考出处的问题。我们可以把我们开的专栏，在北京先多写几篇（大概也不过多两三篇），其余如《读译散记》，那就只要有译的小说散文就好了，抒情散文，则全靠自己的感觉了。

　　昨天天不太热，下午及晚间雷雨前，有一段闷热的时光，幸而时间不长，那篇谈彼得·泰勒新书的，又写了大概千字，我想明后天将它写完。昨天不知怎的突然好睡起来，午睡了一个半钟点；如果没有女儿家修水管的师傅来打门，我还不会醒过来。晚上看电视时也闭过眼睛，把《京都纪事》好大一段误过了，晚间在床上看你的信，看着看着便又闭上眼睛，信都没有回到信封里，都被放在我的胖肚上。

　　我总以为自己一生受了许多莫须有的苦，事实上你比我受的苦更多、更深，你来信说你睡不了觉而进了医院，我便想到这不是不可以治的病，我一定要治好你心理上的病。我有个恋母情结，你有个恋丹情结，我看了弗洛伊德的书，我治你病的方法，就是用我的爱来治你的病。现在看来这个处方还十分适当，而我的恋母情结也被你对我的爱治好了。一个恋人她不但是个挚情的友人，而且是个像母亲那样爱的人，你对我就兼有这二者，所以治好了我的心病。我对你的爱我自己也不知为什么这样强烈，我从来没有过的，过去总带一些理智的成分，也许说有些功利思想更恰当，而这次对你是销魂蚀骨，整个人为你所融化了。我不知黄昏恋是否都是如此的，也许只有我们两人才有，是独特的。因为我们之间没有一丝一毫的其他考虑。爱你就是爱一切，这是超乎时空的。小妹，我衷心感谢你，你使我重又得到了青春，不是年龄上的，而是心上的。

　　现在是 5:48，你一定起来了，我今晨就是你叫醒的，我已感受到了。吻你，我一定要吻，盖上你的全身。

你的爱哥哥

1993 年 7 月 19 日

黄宗英 ▶ 冯亦代（1993 年 7 月 19 日）

亲爱的二哥哥：

18 日 11:10a.m.，两位记者在我卧室里待了两个钟头，一位拍摄记者抢拍了一卷我的照片，后来我让他在我站在一大堆包箱的地方也拍了一张，包箱是我居处的主要道具，我总是飞来走去的，不久将与二哥为伴浪迹天涯——这是愿望。

我此刻是坐在泳池边的小棚下的白色长椅上，我今天不下水了，今天歇一天，看看 Jenny，免得在家也不放心，我带了书来看呀，书忘了，只带了一个小生字本，可又没带花镜。一定是心思只在带信纸和笔上了。你占据了我整个儿的心，我从一醒就想去，可一家人都睡得很好，我不应该挂长途电话，我的电话不是直拨的，叫号后要回铃的，要把人家都吵醒的。你下回别一清早等我电话了，我说不准什么时候能打过来。我以前特讨厌电话，它总是不断地打乱我的工作和思索。现在我喜欢这电话了，亏得它，我可以每周和我二哥说几分钟话儿。呀，才几分钟，而不是日日夜夜，快了，快了。

Where I am there you are also, I shall arrange affairs between us so that I shall live and live with you, what a life！！！ thus！！！

二哥，我本来有每晚看上海台、中央台新闻的习惯，Jenny 来了，要看卡通（再晚些她看港台故事片），我也就什么都不看了，我没觉得生活中漏掉什么，当然更没想到漏掉二哥。二哥，只要你高兴的事，我就高兴，你的成就今后也就是我的成就，包括成就的胚胎、雏形、腹稿，皆是皆是。

19 日，我又跟你嘀咕什么了，我已经忘了。你以后别真的在意，否则我就要对你说话写信选择文学语言了，我还是想到什么就说什么痛快，别让我的痛快烦扰了你。我有心病，有创伤，有担忧，才在心里折腾。我老担心平庸的现实生活会消融冷却炽热的爱情，而当敏感到已经冷却却还绑在一起是痛苦的。爱情，炽热的爱情，没有经过淬火的爱情往往是脆弱的。如果我们都理解其脆弱、娇嫩，我们才懂得好好呵护它。二哥，我不是杞人忧天哩！人是生活在社会（家庭）中。昨天下午我看了格林的《黄昏之恋》〔这是德国的格林，不是《读书》6期中你的文章之后恺蒂"话说"的英国格林，你们这些搞西书介绍的，以后千万记住：在写到一个作家时，必须写出他（她）的 first name，middle name，last name。否则岂不像中国人写老王、小刘、张教授、李先生，搞不清爽〕。《恋》写得挺好。也许主要是一边看着一边有许多联想，扉页说任何年龄的读者都能感到真实感，这我就不敢打包票了。如果我不是和二哥在热恋中，我也闹不清自己会不会喜欢这本书。如今我为两位老人以他们自己特定层面、特定方式在生活平庸的海洋里执着地划着他们的爱情之舟，使我得到激励。我们也有自己的"缝纫机""制鞋机"？——我们的"书桌"，我们得把"书桌"搬到或北或南的新家里去，才能借得驾驭幸福的爱情之舟的八面风。二哥，你可知道真的有八面风吗？你可知道有横断面的层次风吗？只有会借风我们才能不在平庸之海盘旋不前，颠簸沉沦。生命最可怕的腐蚀剂是平庸，而生活却植根于平庸……为什么我们情书来往如此甜蜜赏心舒畅，其中缘由之一，是它们跨越了具体的生活的平庸之海，只要贴几角邮票谁也管不着咱们，咱们也碍不着谁，碰不着任何实体的存在，连夏天必须开门睡觉这样的问题也不会碰上。

二哥，你15日来信四页纸劝了我两页，我真不知道我嘀咕了些什么，原谅我吧。其实我这两天嘀咕得很实在，床不可能南北放，（房间的设计图）画的不科学，空间没那么大，如果把床东西向放，就在两个门的中间了，一推门，就袒露了床。容我有"灵感"想想房管处那平面图在哪里，但你也别想了，有些想法，不动工可能办不到。我想打通一扇小门，可以使你我从卧室出来可以不经过你或我或孩子正在会客或待着的客厅直接走到厨房，走向小北屋（想把它收拾出来，作为我们的退身之地），并也可以走向大北屋，走向楼梯出门。我是一个孤寂的老人同时又是一个大家庭的主妇，我不知道我家里什么时候人多，什么时候孤零零，我想要为你做到咱们二人相对的独处的自在，这不是不可以办到的。我可能是过虑了些，若干年来，我独处居多，只是这一年多来，家里一直很热闹……

二哥，因为我万事总习惯地从不利方面想，所以我想的是或退到底，我们的自由天地有东南间 20.1 ㎡，东大卫生间，并开辟北小间 5.4 ㎡。当然即使儿女在家，咱们的客人有约，都可以用 23.7 ㎡ 的大客厅（我只担心彼此的客人有重叠而已）。中北间阿姨住的地方，现在的摆法不适合会客，可以摆得适合会客些。你自己有主人感一切也就都 easy 了。我家楼下，同样规格面积，住三家人家哩！人家还都比我阔，都各自成一体收拾得挺好，那就是说都还是隔得开的，你放心地来做上门女婿吧。

好啦，我有许许多多该发的信，该办的杂事，明天只发短信，切切。不能爱上二哥连朋友连读者观众连兄弟姐妹都不要了。虽说我的二哥是我的一切，我的生命。

你的小妹

1993 年 7 月 19 日

黄宗英 ▶ 冯亦代（1993 年 7 月 19 日）

二哥：

1993.7.19，星期一，11:30a.m.，我游泳（改了时间）回来，看到你两封信和一张大照片，我好高兴，我把照片放书桌玻璃板的右下首了，如此书桌玻璃板贴身处都是你的照片了（共四张），这可是此生前所未有的事。因为以前作为明星夫妇，家中不放自己的照片，只在

· 245 ·

逝去的不再回来之后，才放照片的。客厅里是阿丹的照片，卧室里有一张我骑马的照片，因为我再也不可能骑马了，而大大小小案头镜框中是孙儿孙女的照片。前后对比，我不为你配镜框，随随便便放在书桌玻璃板下挺好，我时时爱吻哪一张吻哪一张，当然，我最想吻的是实实在在的。

二哥，这"实实在在"是我先写出来的吗？我还以为是你发明的哩，爱情出智慧，多有分量！

…………

二哥，你别为了我不去听音乐会。别，你去做你喜欢做的事我只有高兴，无论我们在不在一起的时候，我们都不必像摽胶似的摽在一起，只有在我们应该摽在一起时再摽在一起。好二哥，痴二哥，你该去听音乐会的，以后刘年玲来，你也该先和年玲促膝谈心，然后我单独赶去建国一起吃晚饭。个人有个人的缘分所伸延的友谊，咱们文明些，现代化些。我第一次知道木令耆就是年玲，那年她自费由美赴柏林，借住在不认识的法籍德裔大老李家，没见主人一面，临离柏林时，她举着大老李家的钥匙说：我怎么也得请我从来、至今也不认识的房东吃顿饭……她就去伦敦看她女儿去了。她当时想搞个红卫兵的舞台剧，不知搞成了没有？她很爽利（我挺服这位华裔女作家），她给我闪电般的印象。二哥，你一月廿六日写起女作家来才子情深，你不要因为得了个老婆就失去冯宝玉的性情儿，变成个守河东狮的懦夫。我可说的是地地道道真心话，男女之间千丝万缕友情的吸引是清白的，要承认异性情结并不都是性的情结。

谢谢你恩准我上床看书，你不禁止，我倒也许不想看了，我还想玩哩！

为什么你要自己去买浴室扶手呢？你和司机又怎么搬得动大玻璃呢？好吧，你能做的事，尽量自己去做去跑吧。不然，人就渐渐退化到什么也不自己去做了。以后，咱们自己走着去菜场添些菜，拎些水果回来，也许坐几站路，去买点儿点心之类。总之要多跑跑，多做做，把这都看成锻炼，人是要动的。

我会永远记得 1993 年我的生日的，永远记得，但此刻不写了。

那"反右"的文章至少写十万字吗？怎么一篇文章要写那么多字？！而且十月底交稿，那就是一个月要拿出三万多字，而且你还要写别的文章。我觉得你如果觉得有十万字的内容可一气呵成，就写。否则要凑这一内容的十万字，就很被动了。而且这十万字很可能也必然与你的回忆录重复，而把自己洒洒脱脱的回忆录去浇铸在"受过不公待遇的""奴隶文学"中，是不值得的。我认为一切申冤的、控诉的、呼吁的文学，都未曾摆脱奴隶的锁链。但你不要和牛汉（他要写 30 万字）和燕祥说，各人有各人的性格形成的历程，社会接触的范围。二哥你不像深谙国家大事的，也就不大可能嬉笑怒骂当时的一切和自己。你可以和柳萌谈：自己打算写回忆录，不局限于"反右"，更不局限于受过不公正待遇……看他怎样。总之，二哥，你莫把三五十万字的回忆录匆匆忙忙倒进别人为你制好的铸模中。不管现在出书怎么难，我们的笔只受我们自己指挥（你的也不受老婆我指挥）。我说到这儿，你自己好好儿斟酌斟酌，有时约稿本身是动力，何况不限字数，交稿日期也可商量。我忘了你的回忆录是否有主儿，如没主儿，这倒是个好机会。你是大家，又不是青年作者，答应把书给人家，文字还是自己做主。如果你也说卅万字，明年六月交稿行不行呢？那就等于写回忆录了。而且你可以说稿费总归有规矩，就是家里人来人往太乱，需要一段时间集中写作，那么，我们的蜜月之旅就有后台大老板了。哈哈哈哈……（没看懂"以后出了书，也可以另行归在回忆录里"这重要的一句）

我得干别的了。

我要实实在在的你！实实在在的。

你的小妹

1993 年 7 月 19 日下午 4 时

冯亦代 ▶ 黄宗英（1993 年 7 月 20 日）

亲亲热热的娘子：

　　洗完澡，屋子里一点也没风，便站在阳台上望远处窗户里的灯光，想着你，我真幸福，两天里竟收到你五封信，你的影儿萦绕在我的心头，甜甜的，幽幽的日子，别是一番滋味在心头。这无底的相思，还需多少日子呢？我真想留在家里，等娘子送嫁妆来。我不知你环保的事有否决定？虽然有信有电话，总不比见面相谈更为迅速传递的音信了。我的好娘子哟，当然我不会不听你的话留在北京的，但我的心将会留在北京，但是我想你，无时无刻不想你。

　　我高兴你把我们的事告诉了赵长天他们，这是钦定的了，我也不想去登记什么的，这一来便俗了，但是我也不反对，如果你也认为要，等秋天你来了，我们办。但如何办，我要问一问办过这种手续的人，我知道几个结婚的老人，似乎都没有办。我要的只是坐对玉人，朝夕相守，我要用爱来填满我们的生活，其他非我所望。

　　我最近买了 2000 元三年期的国库券，加上我原有的积蓄，够我们的养老了。海天的稿费未来，加上另外两本的，大概是总有六七千元吧，也够我们过日子和旅行了，何况我们还有平日的稿费，娘子我们省省地过日子，完全可以应付的。至于你的美金，我们还是省省地用。除非必要的书和每年订《纽约时报书评周刊》，能节省就节省，因为现在美国的书太贵了，将来即使买，我们也只买 paperbook 的。

　　今秋你来了，我想我们应该请一次你家里的人，其他友人和我的亲戚就在家里分批茶会。具体的我们再商量，明年我们四月里回上海，到五六月再回北京，小 Jenny 可以直接留北京，于是我们一同去北戴河，如果政协还招待的话，我想是会招待的，除非政府的财政太坏。北戴河回来，便留在北京，到九月便应叶浅予之邀到桐庐他老家去玩一个月，还有富阳郁达夫家里。我们是不是北京多留些日子，上海少住。我就怕上海人的小家子气，在人背后指指戳戳，邻居相处得好是一件事，但如果太接近我们的生活，便不好了。我是赞成隐居于市的。

今天早上我四点不到就醒了，把昨夜伴我睡觉的信又读了一遍，又和你迷糊了一会，看看到五点了，便起了身，就给你写信。这已是我无可奈何的乐趣了，每天在晨光里和你谈悄悄话是个乐趣，但还需用纸笔，便无可奈何了。但那种企盼的心情，也会动人心魄的。我今天无论如何要把那篇彼得·泰勒的文章写好，昨天雨下不来，闷热，今天是阴天，可能风凉些，其实我只要拿上了笔，也无所谓热了，不过汗津津的手臂放在玻璃上，究竟不太舒服，我是手臂下还放一块手帕的。

我不要鱼雁传书了，我要个实实在在的你，还有两个多月的等待，娘子，我爱你，爱你，爱你……

永远贴着你的二哥
1993 年 7 月 20 日 6:07a.m.

黄宗英 ▶ 冯亦代（1993 年 7 月 20 日）

亲爱的二哥：

楼下邻居五岁的小乖乖来玩，冲着玻璃板下你的大照片问："他是谁？"我答："是新公公。"问："那谁是新阿婆？"我答："我。"又告："新公公来了请你吃糖。"我想当你来上海家的时候，街坊邻里我是要大大方方发点儿糖，单位里送两斤糖，反正不能像家里藏了个不见人的人似的。

你那绣花衬衫本色绣与深色绣相映，好嗲！我若在你卅岁时候做了你的妻子，一定不许你穿，太嗲了。如今这般年纪你穿上就太漂亮了，太利落了，太大胆得可爱了。你是为我穿的，我高兴。

陕西出版社邀写书事，只要交稿期延至1993年底，可以考虑答应。因为你需要倾诉。尽管打右派的网铺得很大，但事后能以文字、文采、文品记叙并留之永久的人还是微乎其微的。你有得写，会写得好，你和你的朋友们、师、生、上下级都值得写。有个稿约，本身是一种敦促，怎么写的自由在我们自己手里，等于出版社订了一桌席，菜单是我们拟，大厨是我们自己配料掌勺。但10月底是不可能的，十万字与卅万字虽有数的差别，量的衡量不能以数计，工作量还是巨大的。我昨天的信倾向于不接，是为"受不公平待遇"一词所刺激，我这人，与人接触很和气，碰到业务事特偏执。其实出版社拟邀稿名单和拟稿人的落眼点是两回事，如果执笔者从"受到不公平待遇"出发，那么"待遇公平"就"夫复何言"领旨谢恩了。所以我说不能写"奴隶文学"。我们都是"社会的栋梁"，有独立人格的人，岂能以己身之荣辱论天下之是非优劣。你的笔下当然将会刻画痛苦、侮辱、卑劣、残忍、滑稽、丑恶，但不能是祥林嫂总是说："阿毛（青春）让狼叼走了。"更不能是"恶之花"……巴金的《随想录》所以之为巴金，并非为了他的声名，而是因为作为被迫害者的他写了他的忏悔。我无意要你忏悔，我信中写不清的，你体会得到，你接这活吧。我十月里来帮你誊抄稿子，十万字我包了。我不会打断你的构思，如果我有意见，在提意见的同时，就拿出修改稿你来敲定。我长期在摄制组工作，还懂得什么叫配合，我不会去提那提了再好也白费的"高见"。咱们在"七重天"十一月底拉出完整的初稿，十二月底交定稿，这个时间的条件你要跟出版社说妥。因为如果十月底你会累倒的，不是由于我。为了你的事业，如果你马上可以写，并觉得我在身边你会写得更好，我在你做决定三天之内就可以飞北京（可以先睡地铺，这你甭管），但我觉得作者自己若没个想法，别人越掺和越乱。何况我只谙二哥之深情全不晓二哥之生平。在构思布局上我帮不上忙。你说呢？

二哥，总之，你自己的事还要你自己做主，我出的主意你可以听，可以不听，如果果真为了这本书你需要我早来北京，较恰当的时间是我去领奖后就不回来了，你从北戴河回来，新房已收拾好啦。为了你的事业，我以后也不会再嘀咕没等到十月……我说了不会一定不会。我找不到一句话说明我为什么不会再为之嘀咕，也许我们的一生毕竟从来都是以事业以彼此的事业为重的。

Jenny 从昨天起有小寒热：37.5℃，我们今天没去游泳，明天也不可能下水，我陪她躺在床上玩，她总是想看你的 love letter，给她看了《缘分》，看了贝多芬的 love letter。

我怎么没在《新民晚报》上看到你的文章呢？我觉得我看夜报之仔细已近乎"堕落"般地闲适了。你别给我寄，明天我大概可以给 Sun 剪报了，一张张剪过去会发现吧。

你的全能伴侣小妹

1993 年 7 月 20 日 4:40p.m.

冯亦代 ▶ 黄宗英（1993 年 7 月 21 日）

热热烈烈恩恩爱爱的娘子：

昨天把彼得·泰勒的文章写完改后，而且还誊了一千五百字，所以效率高，因为天气不热，虽然也没有下雨，今天可保不住，因为来势不善，一早就闷人，我没有收到你的信，但前两天的五封信，已经足够我咀嚼的了，还有你的过生日照片，我把信和照片都放在胖肚上过夜的，因为看着吻着便睡去，一直睡到早晨五点半，想来一定是搞累了。

我今天看了几篇《星》，我不想一下子就看完，我要慢慢咀嚼，但文中的勃勃生气却打动了我。你的文章的确是天马行空，跌宕潇洒，自有一功。这些文章，大都我已看过，但眼前再看，犹如没有看过，新鲜的味儿扑面而来，娘子你好笔风，我自愧不如，但我觉得也有相似之处。即我们都考究气韵，我却欠你的那一份潇洒、挥笔自如。今后我们要写好两篇大文章，一篇是我们的生活，一篇是我们的专栏，其实两者也是一致的。

我8/2号准时走，政协来了电话，已订了车票，是旅行专列，早上七点多开车，中午便到。我盼望明年和你及Jenny一块去，她长得很漂亮，一筒的鼻子，像她妈，也像你，一股灵秀气。她能爱听《春》，智商一定很高，我看看照片就喜欢上了，代我亲亲她，祝她愉快。6:45a.m.

我二十日从北戴河回来，我不知你的信到北戴河要几天，我想你7/28以后不要给我信，到8/15便不要寄信去北戴河了，我一到北戴河便将电话号码告诉你，但你不一定要打，等我回到北京再打。

今天我把泰勒的文章誊好，如果这两天无事，我就再写一篇《读译散记》给《文汇读书周报》，另聂绀弩选诗也抄了给他们，这篇原是要给杭州《钱江晚报》，可是约稿的人不来，我也懒得给他们了。

太阳未出，天昏沉沉地，看来今天一定是个闷热的天气，上海如何？你的背是否全好了？胃怎么样？念念。你的胃与你的情绪有关，能检查一次最好，到北京来找医生也好。想法子到301去检查。

爱你永不够的爱哥哥

1993年7月21日7:26a.m.

黄宗英 ▶ 冯亦代（1993 年 7 月 21 日）

最最亲爱的：

7.21，9:25a.m.，为 Sun 剪报时，在 7 月 14 日《新民晚报》上看到《李黎·冯亦代书简》，想起那晚因去法领馆没看晚报，这样潇潇洒洒写写蛮好。

10:45a.m.，我从泳池为 Jenny 和自己请假回家，见迎面年轻的中学生似的邮递员一手持信，一手挥报骑过来，我目不转睛地看他手中那一沓信，走过了自家门口也不知道。二哥你啊你，勾魂的你，偏偏没有接到你按时的信，邮递员没停，我超了，只好往回倒。

二哥，你的腰怎么了？以前没听你说腰疼，是不是近来伏案写作过多了？是不是锻炼超负荷了？是不是"七重天"夜里风凉，没人为你加被？

3:45p.m.，不大做得下什么，想为你撸撸腰，想飞来为你按摩按摩。我手劲可大哩！以前总给我母亲按摩，是孝女哩！又是字也写不好啦，不理你哩！也许你只是很一般的腰疼，因为肚子太大了，坠的。唉，好心疼你。

我在等信。

大约是 4:45p.m.，独身女友阿陶在我家阳台叙述她家厨房被占去打官司的伤脑筋的事。你的信来了。阿陶说："又是情书，可怎么不着急走平信呢？还舍不得多贴一张一毛钱邮票。"我说："是航空啊，我也贴两毛。"陶："怎么搞的？！国内航空要贴三毛钱都不晓得！！！？"我乃恍然大悟，你的信为什么来得那么慢，我去的信为什么时快时慢，因我有时贴两毛，有时三毛，有时四毛，是估分量，没想到我贴两毛人家就按平信了。我真是感谢阿陶，赶快寄你一些航空条，你好贴在三毛钱的邮票上方！！切记……阿陶也说不结婚会遭人议论，必须结婚，也必须亲友聚聚。我现在不多想了，我看孩子领结婚证很简单，双方单位出一同意证明，就一同去街道领，交几块钱，就取来两张大红证书。哈哈哈哈，以后旅行就记着带着这证书，否则谨防"捉奸"。哈哈。我想过，如我们决定领结婚证，给组织上打报告，要有热恋二字。与此同时，要咨询律师，做个公证证明：彼此双方放弃遗产继承权，并保持各自债权、债务、经济上的独立。二哥，这个手续只为防止我一生的某些啰嗦事不要搞在你的头上，并且我这里是三个母亲两个父亲的子女，阿丹留下的书画值多少钱，天晓得。等我百年之后孩子们办吧。赵青说要给爸爸建个纪念馆，那就没遗产问题了，全都放在纪念馆里。公证证明复印后给双方子女们各一份，我们就踏实了。若只同居（永生同居）就不存在经济关系（指我们目前的各自经济状况，恰恰不相上下，同居无法律关系，不存在继承权，虽说就你我二人来说，留下的只是书籍、手稿、情书……）。

二哥，我写只记得两个生日（也许不止），不是只过两个生日，一般只平平常常过，吃了面，买个奶油圆蛋糕，自己家里吃了，无可奈何地又蹭一年。哪里会像今年！！吻你——玫瑰色的吻70记，700记，7000记！！！

二哥，你想到什么说什么，tense又不变化，中文的看不分时态。我不明白为什么"我看了你的信我害怕，我觉得我没有准备。我无法接受你的提议……"天啊？我又写什么了？你又害怕什么？什么准备，怎么又无法接受了？这二哥是不是也该让精神科检查检查。一句句看下去才知道你说的是四五月间的事。你啊！！虽然我依旧闹不清我在病中写了什么、想些什么？天啊，生次精神病捞来个如意郎君，亏得进了精神病病房，亏得医生还许我胡写，亏得还允许我寄出（北京的精神病院病员一切要送医生检验，信件常做"症状"没收归档）。我写了，寄了，你收到了，太好了！太好了！！太好了！！！

你的腰经气功治病，有轻松感，很好。那就继续再治一阵。

音乐刊物，本放在大红嫁妆包里准备刘立刘彤外孙带京，看他们匆匆忙忙还要办这事那事，我就没让他们带，决定自己 8 月带那《音乐爱好者》8 本，明后天阿姨有工夫去邮局时以印刷品寄出。

二哥，朱屺瞻 104 岁了，贺绿汀 90 岁了，巴金最近还写前言小序，你好好儿活下去吧。二哥，你再略微平静些，多一些"我的心是少有的平静"，更符合你的年龄。当然，心态可以比小伙子还小伙子，但不要老是处于高昂亢奋状态。悠着点儿，《迟开的玫瑰》延伸到四季常开的玫瑰，好书名。

你已经设计好我来后的第一件事：写英文小说的概要吗？那你还是（若非孤本）给我寄来，让我背着你查字典吧。当然背你查，不要使你看着替我着急。好吧，好吧，急就急吧，总有这么个过程。你反正有许多别的事要干。

《金合欢》也挺好，有佛的境界，密宗一派。仿佛有"花"字柔一些，是名词，否则是动词，学问在你的序与文章诸内容的一缕情牵。

我搞不清你那些头衔是干什么的，哪个高哪个低，哪个重哪个轻。我反正已经和上海作协秘书长赵长天谈过咱们的事了，不打请求结婚的报告。我也不必多说你的身份了。想得起的话，给我寄两三张名片备用。譬如我给宝坻侯隽写信……说到旅行旅费，我是未离休的专业作家，我的路费按理可以报销。我临离沪前可以去作协问一问，解决或适应这方面的问题，还有医疗转诊单之类。（创作出差，医疗费不太多的话，允报，只是作协同志要拿到卫生局去报，当我倒霉时，不允报。我不倒霉时，何在乎在哪儿看病呢！再说再说）

可能咱们两人是同一级别的工资，有个地区差价。房租不一样，很世俗的事变得很好玩，两人一样哩！高兴的是你可以从两家出版社拿书。好吧，让他们知道知道经冯亦代新娘中西评审委员会审定的夫人的贪婪吧。太妙了，刻个"百万书卷"的印吧，亦堪称大款。紧紧搂住你。

小妹

1993 年 7 月 21 日

黄宗英 ▶ 冯亦代（1993 年 7 月 21 日）

哥：

你穿着潇洒的绸衫看着我，你的眉毛、眼睛、鼻子、嘴唇都在对我说话，我听到你的呼吸，我抿了一口你杯子里的茶，我……

上海的家，我一时什么也不动，因为天还要热，小北屋我早就想理出来，不然，像沙漠那样的朋友来，没个自己的住处她不适应，我也得 24 小时搭进去。而如此这般的友情是走到坟墓也没有终点的，虽然我们俩不是一样的性格脾气，有些甚至是截然相反的。她到北京，到上海……可以十天里走廿人家，照她那样活我不会，但在这个世界上，我们总算是她的亲人，她是个热情的人儿，刚强的人儿。

我相信你在上海家里会和在北京家里一样快活。我的儿孙也就是你的儿孙。我不过想预告你在 100 平方米的小二楼，我俩能充分利用的空间，往往也并不比北京的家里大。北京的家，分为南北两个单元，这里分不开。恰好你要回家里，恰恰儿儿女女孙孙陆续来来往往。但我想只要我们俩在一起，一切都是美好的。除了把大床南北向挪个地方，我不会在咱们的卧室里多费心思。真的，你今夜来都行，至于小北屋啦，打通一个门啦，都是要用强劳力以及专业劳力的，再说。以前，自己懒得活动也懒得收拾，现在不同了，花钱不多，为什么不收拾收拾呢？材料当然是重要的。本来我想你来上海让美国《纽约时报书评周刊》转寄上海并不困难，美国的邮政业务很负责，给他个 message 他就转了，但万一我们这里那里转一转呢？所以我倾向咱们写几个寄杂志的大空信封，我们把寄往地址写清楚，使北京阿姨明白什么样的外文杂志来了，要速寄上海（航空挂号，去邮局，着急的话，有航空专递，保证即付航，由摩托车送），有关业务方面，咱们不要省钱，像咱们150岁的年纪，和目前收入水平，不要计较花多少钱，只要想着还能出多少活。（有些信件也可由小晔小桦大致捡捡装已写就大信封，一周一寄，这样不会耽误事，或怠慢了朋友）

二哥，我爱看你写你那销魂蚀骨的恋情，但我不会写却也不会输给你的，也是一样的倾心之恋啊。人可能没照片美（我也不知是怎么回事，以前拍照好看的也实在不多）。但人是活灵灵的，是实实在在的。

Jenny 在叫 Granny 了，我得去陪她了。8p.m.

晚安，我的胖肚肚。

你的小美妹

1993 年 7 月 21 日

冯亦代 ▶ 黄宗英（1993 年 7 月 22 日）

时时刻刻在想念的娘子：

现在我是在下午收到你的信了，常常盼望着你的信，你的信就飞到我桌子上了，哪怕你写几个字，我也一样的珍贵。你的信已经是110封了，希望不到200封，你就已经在我的身边。你千万不要改你的房屋，即使你屋子里床只能东西放，也不要紧，这只是气功家的一个说法，谁也讲不出道理来。我床是南北放（过去），那纯属偶然，因为床只能南北放，在屋子里突出一块了，但如果能够挤下东西放下床头，当然东西放了可以使屋子宽敞些，可以抱着跳舞。你不要动你的屋子，我什么地方都可安然容身，决不挑挑拣拣，我要的是你，稻草堆里也搂着睡，何况有席梦思的床。宝贝儿。

昨天我把谈彼得·泰勒新书的稿子誊抄完了。徐城北（叶稚珊的老公）打电话给我代《杭州日报》约稿，千字百元，要我写第一篇，我已答应，预备写一篇西湖夏夜的稿，以后当陆续写。你对于杭州有印象吗？写个千字文，如何？《钱江晚报》是范用介绍来的，至今未来，也就算了。我以为小稿子投稿有两条件，报的格儿高，稿酬从丰，否则还是写我的书好。我喜欢有一天能够在上海文艺出一本散文（抒情的），是我们合写的。娘子你说好吗？《杭州日报》的稿子必须明天孙女吃晚饭时交她带给城北，因为他住在小英的楼下。

今天温度只有29度，清晨有些凉，也许好过日子，天气预报天天说有雨，但就是下不来。北京太大了，一边天晴，一边下雨，常常以故宫的中轴线为界。我倒只要凉就满意了，报上说上海在下雨，我想雨里游泳一定很好玩的。再，你的胃病千万不要受凉，否则就要疼痛了。

我还在念你的《橘》，产生极大的兴趣。你的文章真另有一绝，难怪大学生们要研究了。在中国，妇女在任何一行上都超过男人，这是别国没有的，也许因为我们的妇女得到彻底的解放的缘故。

今天就专心写文章了，你坐在我旁边，正用扇子轻轻地给我扇着。好人，娘子，我爱你，我们的黄昏恋将是一个佳话。永远永远爱你的二哥。6:35a.m.，7月22日

我不会不喜《西书拾锦》，一定是我信里有漏字的地方，我把这件事当成我的事业，希望它垂之后世。因为这样介绍西书的，正如赵家璧说的只有我一人，管他是否一家之言，这是我独创的，以前茅盾在世看了也鼓励我写下去，我不随便放弃的。我不但自己写，我也希望有一天你也喜欢写。这不是简单的一篇散文，而是有学术性的散文。我所悲哀的则是由于至今只有少数人注意它，我将来要将这些文章精选一本好好地出版一本。

总之，从我十二三岁时立志要成为一个作家，我从来没有放弃过这个志向，虽然我做过许多不是写文章的工作，但那都是一时的兴致。这

个志向是永远不变的，也许你会说我痴，竟然还想到身后之事，但我做什么事都是痴的，否则不会有我的爱情和事业。你说对吗？

你喜欢那个玫瑰花篮，我高兴，因为那瓣瓣玫瑰，都带着我对你的爱，对你的思念，我感谢你。给你一切的抚爱与亲热的吻。

二哥永远是你的

1993 年 7 月 22 日

黄宗英 ▶ 冯亦代（1993 年 7 月 22 日）

亲爱的大洋哥：

6:30a.m.，每天的时间总是不够分配，而且还什么也没干。

我很高兴我竟然读了几则外国文章是你没读过的。那么我依然作为时辍时续的英语课抄给你。

我以前跟你说过雨果的妻子在雨果书写时耐不住给他写信的轶事，可我见了薛素珍（集体照片中最瘦的），总忘问她那本厚书可还在。这里我另纸抄下雨果给阿黛尔的情书。咦。怎么又像你给我写的。我的情书圣手，我的痴公子，天生下你，地养育你，就是为了在八十岁时给我写情书的，昔天下的痴情都融汇于你了，你啊你。

11:30a.m.，在陪了会儿 Jenny 之后，誊完了你的情书的"法译本"。连前"德译本"及以后将要寄的"英译本"。二哥，你联手贝多芬、雨果、白朗宁……你们围着我，弄"抚"我，你调动笔吻我，抚摸我……二哥，你不是一个个人，你是天地间痴情的总和。二哥，你给我的好重，好多，好奇妙。

二哥，也许我誊抄的这些情书，会对你评述某个作家（不一定是情书写者本人）时有用。作家确实是多情的，当他写作品——写给人类的情书时，实也包含着他写给爱人的情书。他若不是个立体的人，就不会产生如此传世的音乐、诗歌、绘画、小说、散文……

我得去看有没有你的信？

没有。11:45a.m.

再等。

最近上海召开的文联理事会、文代会我都没参加（有我）。近年我从会议席上退了，这适当有利于我在上海"隐居"。

4:15p.m.，乌拉！你的信来了，也谈隐居于市。你写信写得我心疼了，回到每天一张纸吧。多少话，不说，也有默契，只要看你一眼——看一个带小绿花的本色信封，我就安心了。我每天说不清有多少时间是在遐想，并在哪里哪里盖起一座小三合院，哪里哪里孩子们给我留了一组单元房……我盖得好累，布置得好累，结果还是认为"螺蛳壳里做道场"好，主要有一个文化环境，我们不能长期离开我们沐浴自如的文化环境，但随浅予桐庐行早已钦羡。他每年都邀一些老友去的。郁家当然也十分愿意去。这两处都使我们在文化上接氧，我太高兴了。而且也不要介绍信，不要检查结婚证。我可是不想去领结婚证，没有诗意，咱不去吧。我的大洋，咱们要那小水闸干吗？！

你还真存了点儿钱，买国库券很好，不然可能被你的扣小钱甩大钱的新娘给踢腾了。咱们当没那笔钱，也没 $3000（买书的钱在这之外，但看来你没跟沙漠说）。你什么时候要寄钱给鼎山跟我说，那是 $3000 以外的。总之，咱们尽可能在家把小日子踏踏实实过好，而后，想出去不担心没差旅费，想一时不写也不担心过不到月头就好。说起房子大小来，我仅仅担心不能保证咱俩早上读书写作的安宁而已，即每天有整整四小时是我们自己的或各自独有的——譬如早上我值班接电话待客，下午你值班接电话待客，有四个小时做点儿正事，一天怎么过心都安了，你说是不是？

好好乖乖，不鱼雁传书了，你的娘子就快来了，快来了。

今年立秋早，到北戴河不下水就不下水吧。写至此（5:03p.m.）薛素珍来，说《上海滩》记者问薛，黄宗江说宗英要结婚，确实否？

消息可发否？薛答我从不管人家私人的事，未表态。我也闹不清宗江
说了什么，我得准备人家对我发问了，听其自然吧。我今晚就写到这
里吧，我该洗澡去了。你来吗？……拥抱你

你的胖娘娘

1993 年 7 月 22 日

黄宗英 ▶ 冯亦代（1993 年 7 月 22 日）

亲爱的二哥：

我喜欢反反复复看你写来的信。仿佛一遍又一遍被你拥抱，被你
亲吻，被你抚摸，被你……而且，我在发信前若不再看一遍，除了你
的爱怜之外，我什么也不记得信里都说些什么？问我什么？要我回答
什么？要我做什么？我都想不起，想着的只是哥哥的浓情蜜意、耳鬓
厮磨、枕衾与共……

我看不懂什么这一代那一代华裔作家的"隔"，我毕竟没有研究
过他们的作品，涉猎甚微。但我记得陈若曦在西德的一次华人谈文学
时，谈到大陆作家强调海外华裔作家的"寻根"而忽略或排斥他们的
"认同"，他们已经入外籍，也有爱国的义务（不是原词）云云。我
觉得陈说得挺有道理，尊重现实的文学，就要看到寻根是自然的，认
同也是自然的，文学不兴人为的矫情，不能寻根寻到锦缎团花马褂不
离身，认同到比洋人还洋人。我一向（"文革"后）认为把去国划为
不爱国、叛国、卖国，在文化上——自古以来交融着、相互影响着的
文化——强筑藩篱、硬架电网之举是没有文化的产物，是抽刀断水水
更流的。二十年代初是没有这一套的。冰心写《寄小读者》是在慰冰
湖上，没人想她不爱国了。解放初期，广州去香港，不设防，暑假里
孩子们去香港外婆家，开学时又回来了。为什么越来越闭关锁国，锁
出个"反右"，锁出个"文革"来呢？但你要写的是海外华裔作家的

"隔"，写他们割肉吗？我看得少，没法参与了。二哥，以后会有很多这样的时候，我张大眼睛听你讲，听你讲。讲我不知道的事情。这会扫你兴吗？不要紧，你还有那么多有学问的朋友们。不必强求老婆学贯中西！老婆傻点儿好。

花篮里的玫瑰花蔫了，但那花篮特别好看，我移了一盆意大利吊兰在花篮里，放在竹书架做的花架上，看吊兰的绿叶婆婆娑娑垂下来，并垂到栏杆外，在阳台上看一片葱绿，在弄堂里仰望绿叶出墙煞是好看，仿佛你在我眼前撒欢。二哥，你别不去听音乐会，别哪儿都不去，太封建了。我要你去，我要人家看见你近来怎么那么活泼啊！谁让你守着的，你去听了，看了，还可以讲给我听哩。以后，或第二天凌晨就写给我。

你说敦煌出版社的那本书的书名吗？起书名，是跟给咱们的孩子起名似的，要你一言我一语地起啊，说啊，卜啊，点点点牛眼啊……如今你要我隔着一千多公里抛个名儿过去，难为我不是苏小妹，你那照片倒像秦观鬓微霜了。哥，但我还是替你想了想，胡想，因担心傻二哥在等我起名字。

一开始，我就想到我曾想用（已用过）的电视系列片的题目：

《不远，不远》

扉页　　世界很小

　　　　连月亮也不远

　　　　心之所思哟

　　　　就在那不远的地方

我作为都乐公司总经理，本来想拍摄一系列散文纪实电视，并已经拍出五部，剪辑好四部，就是以《不远》为总题，审片时，试放时谁看了谁说好。这题目很广，很虚，很有点儿世界大同的味道。当时，姐支持我，四片的文学稿曾见于她的杂志，后来就发生了也是并不远的事件……这题目我们也可以攒在那儿。

如果你拿定主意为陕西出版社写那本书，当我们在"七重天"隐居不了时，我们可以到宝坻县去写，距北京 200 公里，我可以向侯隽要两间房子——一间咱们住，一间专为你写作。写作间的电话也让总机掐掉，所有的客人和应酬让我接待，你届时出个面就行了（例如宴请时）。我在宝坻和我在家一样，比在家还方便。你先给我留几本《西书拾锦》，我可以和侯隽谈，我们要象征性地付一些房饭费，只为了我们安心。否则不安心。那里的伙食也很不错，别把你吃得更胖了。

你给敦煌的书，我来校对吧。你别把时间用在校对上，我反正是要当第一个读者的。我一边读一边贴小纸条，并用铅笔画记号。看完一遍后，把我的观感、意见跟你说了。也许还能帮你润色三五处。然后，你按我小纸条自己勾改一番就很简单了。我总也勾不好……

你将有一个很帅的专为写作的可以拎来拎去的小箱，藏青色的，是薛素珍送我的生日礼物，我转送你，我有一个粉红色的儿童小箱，捡 Jenny 的。

还想到，你这种《西书拾锦》似的文章还要继续写下去，可以起一种一看就想起它的兄弟姐妹的排行的题目，譬如：

融融集

扉页　　一卷在手　其乐也融融

溢溢集

扉页同　一卷在手　其乐也融融

漾漾集

潺潺集

陶陶集

沸沸集

……

也想过：

伴书行

扉页　自从世界上有了文字，人类的衍化就伴着书写行进……做作了些，唯恐人家不知自己读书。

还想过：

找果果记　这仿佛是非有我不可的"儿童读物"了。

亲爱的二哥，也许用融融集，挺喜兴，小序里也可以把还准备写溢溢、漾漾、潺潺、沸沸的向往预告。我喜欢预告——在自己后退的车轱辘下边垫上石块，出溜不下来，只能往前跑。

爱你的小妹
1993 年 7 月 22 日

四点多伏案，此刻书八点了。住笔。扶手装好了吗？不知和我有什么关系，我没那么重的身子啊，你瞎想像。

我委实想不到我会被你一个个的有学问的朋友和几代的亲人们相中，真想不到。

冯亦代 ▶ 黄宗英（1993 年 7 月 23 日）

想不够、爱不够、抱不够的娘子：

我现在摸出规律来了，一般上午我都会有些失望，因为没有你的来信，以往已养成我的习惯，上午报来时，你的信也来了，现在一直等呀等到下午送晚报来时才收到，不过次序（信的）却有了颠倒，往往后写的信倒先到了，而且照你信上的口气，则 19 日似乎还差一封信，似乎是 20 日的，那是你谈对于陕西要我写 1957 年文章成书的一封信，看今天能否收到。21 日的信封是拆过的，胶水把信封都胶上了，而且把封吹足了个 Tape。Jenny 这孩子真有意思，你的这封上她审过的，哈哈！请你告诉她北京现在正演《京都纪事》没有演《挥剑问情》。北京和上海的节目不一样，如果北京电视不买《挥》的

Copy，便不会演了。

你对于陕西要的那本书的意见极对，1957 年的事不是什么公平不公平待遇的问题，不过我们把悼词里的话说惯了口，其实错了就错了。又何必往自己脸上贴金，说对人是不公正待遇呢？我大致考虑了一下，如果我在北戴河就动笔，连同你的修改意见，到最后定稿写10 万字（我不想多写，没有那么多可写），大概初稿到 10 月底可以写成，经过一个月的修改重写，就到 11 月底了，然后最后誊清，年底交稿。如果陕西同意，就照办，否则这本书的内容到写回忆录时再写，我今天就给柳萌打电话。

我大致想了一下这本书，因为是回忆，也只能按时间写，但我想先看薄一波最近写的一本回忆录（谈开国后政界错误的史实），也许根本不看就依《毛选》五卷写，等我翻了书再说。我不善于写长稿，过去写长稿不是文学作品，而是交代及检讨，这倒写了几厚本，最后付之一炬，算是冤案昭雪了。我要尽量写得哀而不怨，像杨绛的《干校六记》，但我没有她的幽默，我当然尽量写得不那么剑拔弩张。

昨天居然写了篇《想起祖母》计 1300 字，是给《杭州日报》的，将来可以根据写回忆录，其实我回忆的东西，写得不少，将来重写时将这些材料加以延长组织也就可用了。万事开头难，你来了，有了商量我便可以放笔直书，但严格讲来我这个人是没有资格写回忆录和自传的，因为有许多事牵涉他人，不容易写。

依我的意思，我们还是照原定的时间表办事，我希望是我的一稿定稿了，你再看，提意见修改。现在看我怕不习惯，反而影响进程。我不要因为我而改变你的原意。不论 10 月初你去不去南通，你过了阿丹的忌辰来。我们相守的日子长着呢！又何必争这几天。当然我愿望你能早来。但我不愿违背你的初衷，我一定要求你的心之所安。

对了，我昨天在电视里看到了一则广告，一面是席梦思，一面是硬的夏天睡的一张席子，我想这正符合我们的需要。可能新出品要贵一些，但这张床应该是我买的，你8月来时不妨去店里一看，今晚上我再注意广告的详情。6:55a.m.

翰老的追思座谈会上，上海的蒋丽萍给我拍了四张照片，现在寄上两张（因为其他两张有你不认识的人），一张在会场上不知听谁的，一张在大厅里，这张居然想到你，笑了。你欢喜我那件衬衫，其实还有一件穿了还要嗲，一边红花，一边蓝花，鲜艳得很。其实这两件衬衫是送我外孙二人的，他们嫌小，我刚好，便与他们换了来。还有一件红蓝花的，太鲜艳了，我也不敢平日穿，带去海边穿，以后在你家里穿，向你发嗲。

我倒忘了喜糖了，我想有些朋友送他们喜糖也就够了，吃了大家高高兴兴。但有些人是必须吃饭吃茶的，以示郑重，等你来了再讲不急。我上海的同学只通知几个人，到你来了再通知，其他的就由他们去传了。

今天早上凉得像初秋，21℃，大概附近有雨，下午有阵雨，原说今天上午及昨晚中雨，也不见下来。上海好像也是中雨，不要受凉，千万千万。

永远永远爱你的爱哥哥

1993年7月23日 7:35a.m.

冯亦代 ▶ 黄宗英（1993 年 7 月 24 日）

娘子，亲亲你，抱抱你，吻吻你，爱抚你……

收到你22日的信，是不是写错了日子，哪儿有这么快的邮递，但看到你贴的三角邮票，一定是航空来的，大为高兴。女儿从传达室拿了你的信及晚报来，说老太太一天一封，我说人处两地就须用邮件谈话了。她笑了。昨天孙女小英夫妇来吃晚饭，我已叫他们买游泳衣和T恤衫了。孙女婿穿的一件很好看，不过21元。我穿了到北戴河去。

昨天天气屋里只有21℃，凉凉一天，但很舒服。买到一本（两册）薄一波的《若干重大决策与事件的回顾》，对于毛主席进行了影影绰绰的批评，但说须决策层负责，不能由毛（主席）一人承担。我写书不能以它为依据，但可以参考，已开始看了一些，是跳着看的，完了再看全文。

关于敦煌那本书名我意太空灵了，读者不知道作者书内写的什么，如果用之抒情散文，就比较恰当，因此我又想了一夜，想用《夏天的玫瑰》，副标题是"西书拾得"，你说如何？提"书"名太直，不提"书"，不知书内为何物，正副题结合，便知全貌。但正题亦可改为《盛开的玫瑰》或《芬芳的花朵》，总之从这一条路子再想。你把书名比作给儿子取名字，太妙了，这几本书不也是我们的儿子吗？我想了给陕西那本书的名字，称《漫漫长夜》，如何？请你考虑考虑。

昨天将我们的喜讯，通知姜德明（他是专门写五四时期及左联时代的书话，黄裳是古，他是现代，我则写洋的，三人而已）。他说恭喜恭喜，你早就该有个老伴了，现在找到般配的人，太好了。因为袁鹰电话不通我就请他转告，下午袁鹰来了电话，说德明告诉他，我有喜讯，要他猜是谁？他立刻回答了你的名字，我笑着说，原来宗英的好事还有群众基础，可喜可喜，英雄所见略同，我也当英雄了。

你说到侯隽那儿去，太好了，我正想找一个地方去度蜜月。大连太冷，香山又太贵，到他们那儿好极了，请他们看看你的新女婿，你的老伴。那里可以写书，而且回北京有什么事要做也方便，可以作为一个点，而且还可以吸吸新农村的空气，换换脑子。太好了，一定这样办好吗？而你来北京住上三四天我们就走，也可以避免许多酬酢。昨天袁鹰和德明还说喝喜酒，我说以你和我的朋友之多，请不起，因为不能因不请而得罪人。他们说由他们来请，这个事，我们也须预防，所以找到一个就近的退路，我们可以拿度蜜月之名，一走了之，回来他们再要请，就师出无名了。

我是一个爱做白日梦的，而现在梦已成真，便有许多世俗事要考虑了。你想出来的去处太好了，当然那里也有应酬，但总比北京好一点，你说呢？

我和李辉谈，以后南方报纸投稿，由他做我的经纪人，一样写稿，为何不去拿千字百金。现此风已北旋，《今晚报》也已增加稿费了。我一个月写四五篇，便可以养娘子了，哈哈。浴缸装扶手，为你是小，为我是大，因为这样一来，你我都可以放心了。坐着洗，立着洗都可以，再说事情不必由我自己做，机关里会安置的。老年人怕摔跌，我不要发生什么闪失。我已经看完了《星》和《橘》。我喜欢前者的"后记"，后者的"后记"太像社论了。其实你另写就会更亲切些，但这两本书都是可以垂之永久的。我写的文章，像《星》《特别的姑娘》《小丫扛大旗》这样的文章太少了，好像一点也不食人间烟火的。《大雁情》是将来党大谈对知识分子一个很好的参考读物，这文章引起了我的共鸣，还有那篇写治水的老伯伯，真感动人，你的文章是文情并茂，我哪里觅得这样一个宝贝！

天凉了，一个人睡，感到冷清，想着你，想一个实实在在的你。还有两个半月了，我们可以圆梦了，我多幸福呀！亲爱的宝贝，亲爱的娘子，想你，想你，无边的想你。我甚至有两次梦到你了。一次你领我进一间房，门一开，出现了两个小孩，笑着欢迎我们回家。一次我们去一个地方，可是老走不到，便大为着急。日有所思，夜有所梦，这便是现实。抱你，吻你，亲你……

永远，永远，永远是你的二哥

1993 年 7 月 24 日 7:29a.m.

黄宗英 ▶ 冯亦代（1993 年 7 月 24 日）

多情多义的二哥：

此刻我为你誊写白朗宁和伊丽莎白书笺！想到每天可以为你多

读一些书，一段，哪怕一句、一个形容词我都高兴。八十岁是思维的壮年期，而体力往往不若以前了，俗务又无人分担，是客观条件使其创作衰退而已，这是正常的而并非不正常的规律。我是手持拂尘的仙女，为你掸去寂寞忧烦。哥，我早年失学，没什么大才，但我有一颗助你的心，就可以在沧桑学海噙一株小海草到你书案前。

至于家事，我只说，一个人累，会有另一个人扶持；两个人一起累，就会累烦累垮。我们在实践中，再掂量这一承受逻辑吧。要看到，我们已经拥有了最可贵的子女的支持，给予了我们心灵和灵感的广厦，这是黄昏之恋最珍贵的稳压器，并不是每一个曾为人夫、为人妻、为人父、为人母者都能得到的。我们两人有了共同点，总是把不利条件想得太多，是一生经历的心痕。也好，也不好，我们都不要那么心细，大大咧咧一点儿好吗？

二哥，那《星》我自己看不下去呢。尤其是《星》篇，当时一口气十八小时哭着写成，如今看看，干吗那么兜圈子啊？明白的人明白落笔那时候还没彻底否定"文革"和个人迷信，这都得兜着说圆了；不明白的人还不兜烦了，不看了。你马马虎虎溜一遍就行了，将来替我出出主意收集时怎么办？二哥，不要再夸赞我，我从来是不知怎么写文章而写文章的，自己人别夸，当我气馁时打打气是可以的……

知道你定了2号的日子去北戴河，8月20日返京，明白了。7月28日起不要往北京写信，8月15日以后不要往那至今不知地址的北戴河写信。你如能一抵达北戴河（或午睡后）给我打个长途，不要叫人，若是别人接了，只说找Jenny姥姥就行，告诉我地址和回电号码，什么也别说，挂了就行了。那么，我就不那么虚无缥缈地牵记了。我就知道我不但可以写信，还可以在有事时打电报、挂电话了。我也没什么大事，不过就是要找个碴子，把自己的心儿拴着，我可能在知道赴京日期后给你个电报，别把你吓着。万一我8月15日以后赴京，除去我开会的时间，我们岂不是可以碰头了吗？此刻环保（的会）不来通知，应该会期定在中旬不会在上旬了。

二哥，我们《望长城》拍摄气球放飞，就在北戴河一带，为等季候风（或等"没风"——三级以下的风）我们在那儿住了半个月。今年8月7日立秋，海边气候潮，被褥都是湿漉漉的（住的是高级宾馆），洗的衣服也难干，你注意多带两件换洗衣裳。没人陪下水，今年就不必下水了。你收拾衣物的时候不要低头，任何时候使劲前都不要猛，都要有个准备动作。衣物、书、稿纸，分两个手提，提不动不要勉强提，要让家里人把你送上车，下车要有人接，中途要活动。四小时也要带足饮料，最好带着湿手巾（放塑料袋里）或湿纸巾，我给你一个湿纸巾样子，这种包装里有两张纸巾，可并不容易撕开口，要事先剪个口，放在你随身上衣口袋里，一觉得空气不大好，就擦擦脸、鼻头、脖子……中途要下车活动活动。男人旅行方便。可随地小便一番再补充水，可以买两瓶小瓶矿泉水隔夜放冻结箱内，一早取出上路。我的娃娃，上路前不要吃得过饱，因坐着不动窝着胃。我的孩子……药店里有人丹，还有最小瓶的花露水，都是爽神的。我的乖乖，海边早晚凉，要带晨衣或两用衫。我的小小囡，去就是去休息的，带点儿手边的活儿，也是作家、学人的一种休息方式。轻松轻松，不许干活儿，没什么不交稿天就要塌下来的事。千叮咛万嘱咐说不尽小妹的情分，你不是一个人去海滨，我在你身边，我日夜在你身边，你干什么我都跟你在一块儿。

我的胃和背都好了，只服些保和丸什么的。少吃多餐就好了。我10月去北京之前会做一次较详细的全身检查，你放心，谢谢你想着我的"舒乐"。

因为要试包1—4包湿纸巾，就不等明晨再封信了，才4:40p.m.，仿佛没有坐够with you。好吧，今晚我多看些书之类吧。

二哥，你的勇气与Browning比，自己觉得如何？ Elizabeth是瘫在床上啊。他们本来不认识，女方家庭又反对。二哥，当你往医院给我写信时，我想起了 Browning……

你的 Elizabeth

1993 年 7 月 24 日

把 love letter 和誊抄件和纸巾分装，免因违反邮章被扣。

冯亦代 ▶ 黄宗英（1993 年 7 月 25 日）

我爱不够的娘子：

果然如我所猜测的，少了你 20 日写的信，但昨天居然迟迟地到达了。而且是封长长的信，幸而没有丢失。这封信所以迟到，可能因为太重了。你对于陕西那本书，我完全同意，我根本不想写一本奴隶文学，书店要的也不是这样，他们希望"反右"和"文革"一块写。

想不到你的电话，这么早就来了。电话铃一响，我的心就怦然，一笑浮上了我的脸（我连脸都没有洗过），而你的声音就在我的耳边了，真高兴。真高兴！因为不在等，所以心也平了，真正在坦然的心情中打电话，没有一点紧张。其实我的紧张是多余的，但每次接到电话，我的心里总像是在初恋时，打第一个电话一样，我又在初恋的心情之中，这是老来的幸福，可不是每个老人都能得到的，谢谢你，谢谢你，我的好人！

凤子叫李辉组织人给我们送婚礼，他问我的意见，我说秀才人情纸半张，画张画大家签名就可以了，不要太花费。现在差不多的好友都通知了，就差冒舒湮夫妇了，这个人是另一种无事忙。先告诉他，他一定要请吃饭的，慢一点告诉他，可以免他紧张。余下的还有安娜的两个妹妹和弟弟，我预备最后告诉他们。

今晨的天气预报说今天有雷雨，已经下了一个凌晨了，正午前才停下来。鸟儿叫得特别欢，好听极了，养鸟人大概养的是黄鹂、八哥、鹦鹉一类，我没有本领猜出来，而鸟主人我也不认识，也许以后会慢慢认识的。

　　浴室的扶手已装好，这样无论站着坐着洗就方便了，我是站着洗的。娘子，我将来给你擦背，我用的水是微温，冬天较热，我怕热水。你如果刚才说的 8/15 来领奖则我 20 号来还可以看到你，到日子前再联系，希望你的会期能延迟，过去七八月都是休夏的日子。如果我回来时你还没有回上海，那真是太好太妙了。我急切地要见到"实实在在"的你，小妹，你发明这个词是前无古人的，真是闪闪发光的词。

　　阿姨要出街买菜了，来催我，我就写到这里，但我的情却会跟着这些字，一直到辽远的上海你那儿。看到"实实在在"的日子，一天比一天近，你的傻二哥乐得更傻了，我为我们美好的日子欢呼，紧紧抱着你，疯狂地吻你，亲你，抚你。

神仙般的二哥

1993 年 7 月 25 日 8:20a.m.

黄宗英 ▶ 冯亦代（1993 年 7 月 26 日）

紧紧抱着我的好胖胖：

　　想到三天以后就一时不给你写信，非常地不习惯。通信已大半年，加温已小半年，日日有信也已好几个月了。如今不给你写信，仿佛这日脚，这时时分分秒秒都没个交代似的，很不习惯。

　　好吧，换一个节奏，我想想这二十天里我做些什么，先不计算别人要我干什么，并扣除和 Jenny 的钟头。因为瞎忙，我好多日子没筹划着过了。以前，当我情绪饱满时，对每天的时、分都卡得较紧，并也睡得很少，现在不敢不睡足，因挺着不睡会导致亢奋，安眠药夺走了我本来可以学点儿什么、做点儿什么的时间。时间不计算就过得极快。早上你说看我的《星》，我也拿出来看看。二哥，年逾八十真妙不可言，我喜欢。啊，我寄往北戴河的信就不能百般撒娇了。二哥，我还没好好儿撒娇过呢。10:45a.m.

寄给你今天文汇书林，不管你有没有《文汇报》。

哥，小妹想你，非常非常想。11:30a.m.

我恨不得马上飞北京，跟你一块儿去北戴河。当然不是想旅游，而是不放心你一个人出门，谁照顾你呢？一人一个房间吗？洗澡时外屋有人吗？哥，你要多带些钱，瓜啊，果啊，多吃些，仿佛不会有什么好的冰淇淋，买不到好水果，买点儿西红柿，用肥皂水洗了，拿开水烫过（易剥皮，皮上有药害）吃下去，别贪凉。想睡觉，是因为炎热使人疲倦，一凉快就乏了，但我觉得，想睡就多睡，又没人拿鞭子赶你干活儿。

7a.m.，26th，昨天下午应云卫的儿子应大白（即小白）来我家，他是教哲学史的，兄弟姐妹商量，由他执笔写爸爸，自己家里凑钱出本书，他到上海来采访爸爸事迹，住在后妈家，不久将去北京。解放前夕，应云卫导演的《喜迎春》《鸡鸣早看天》，我分饰小学老师和拉客野鸡。我说重点不在他导了什么片子，而在他大打其杂，用今天的话说就是公关部部长。有些事不明白就留个不明白。非明白也许也没什么道理。如应云卫，为什么是秘密党员？究竟有没有参加共产党？（大白说夏衍清楚）我说你能找到他跟袍哥、跟青帮、跟红帮的关系，跟中统、军统的关系，比写出他的影片艺术风格更有色彩。为左翼戏剧运动摆平这些关系，老应，应家阿哥，应家伯伯奇勋盖世。反讽……我的天，你自己出钱是否也能出版吗？好，不从能不能出版想，你是搞哲学的，从哲学上选角度，以人情人性刻画……谈到傍晚，要留他吃便饭，又叫来精神病院蒋主任夫妇。小白告辞，蒋主任说看到我在文汇报写的《栗子》知道我精神状况是正常的。但他让我不要停药，要坚持服维持量。

我的一天就那么打发了。

二哥，我一时不给浙江写稿，很高兴你给浙江，给你的故乡也是我的故乡写稿。哥，你要明白 Jenny 在家，我的时间是零碎的。如果她一直在家，我会调整我的工作时间以适应，目前短期就算了。

我可能想写一篇评价《蓝色高地》的文章，如写成，会将誊清稿寄往那潮涨潮落的地方。但由于跟小白说话，我的小书桌又压了两大包阿丹的《认罪检查》，上边别着我以前看的时候别的各种记号，我会不会去翻这些认罪书呢？……我住笔了，否则可能赶不上 9:05a.m. 邮班。我大多时候是赶这班的，却闹不清为什么有时早上有时傍晚到达你那儿。亲爱的，怎么这么舍不得呢？你放心去海边，放心散心。

吻个不停的小妹

1993 年 7 月 26 日

邮票贴三角校正过来没有？

黄宗英 ▶ 冯亦代（1993 年 7 月 26 日）

亲爱的：

二哥，你文兴大发，一篇接一篇，我真的觉得有小妹我的功劳。你的灵感源连接着我的血管、心脏，可是我疑心你为娶我在巴巴地去赚高稿酬（也不过百元千字，千字文又谈何容易）。以文易酬，这本没什么，自有文字存人间，是好事。但你毕竟是这般年纪，又有高血压，切切不可伏案过久、文事过劳，要把它作为享受去做。是的，写作的甘苦，是我们最大的享受，何况我们相依走笔。二哥，我只是要你再把弦放松些，放松些，我们的生活不会成问题，路费只是我们手头不紧就去，否则我们可以不去嘛。过日子，我女儿要我把我的工资全带至北京，上海由她来开销，这真也没什么。这也不妨碍咱们回上海小住或大住。她是按外国人的规矩和中国人的孝心，这样我每月可以有 500 余元带"七重天"（房租从我工资扣，一直如此），你就没有养活娇娘的负担。喜事花些钱就花些钱，也没什么后顾之忧。以后，我们再多少存些钱过老。我问精神病医生怎样防止老年痴呆症，他说：只有一个办法，就是多用脑。你在写文章，不会得老年痴呆症，一切用脑的活动多参加一些，如打牌、下棋、书法，都有助于健脑。哥，我们是比同龄的老人脑子好使些。我一直把东忘西忘作为一种生活习性来看待。我小时就东忘西忘，因为父亲活着时，家中有八个仆人，父亡后不久就浪迹江湖，从来不在乎什么身外之物，忘东忘西不是好习惯，没办法，只是强记本领实在大退化。

附照片的那封信收到了，我当然喜欢那张笑的。我没看清楚，蒋丽萍给你一共拍了四张照片，那么这张单人近照可能有用处，以后在这种情况下就不要给晕头小妹寄了。我喜欢你的照片，不管照成什么样都喜欢，尤其是为我笑，冲我笑的。但不要给我寄了，自己留着，有时配散文需用（其实我也什么没留）。其实我们彼此如今像大灰狼黑狐狸也都各自认命了。一笑。如有那两面床，极好。是什么架子呢？什么尺寸？贵些就贵些，省去了冬天撤下来的夏天没地方放。二哥，我在上海并没有睡席梦思，我只睡棕绷，冬天垫三条棉絮，随着气候的转暖一条一条撤。医生说我的腰不适合睡软床，但我不在意睡软床，也习惯睡棕绷。不太习惯睡木板，但可以睡火炕……一切无所谓，我希望床架子不使人腻心。

你写你的回忆录吧，我已经把我说要去给忘了，我就是这个性格脾气，你有数便好。不是真忘，只是把曾经想过并不一定执行的事撂在一边了，一切还是按照深思熟虑过的行事。二哥，我觉得你未必完全明白我说的不要站在受过不公平待遇的角度写。唉，信里我也说不明白了。可你干吗要看毛选五卷再写，干吗要看薄一波的呢？合什么口径呢？任何人都有资格写回忆录和自传的。

我很珍惜你偶然之笔写了《想起祖母》，一定要逮住这种偶然之笔的情绪和调调，我们排演时导演就是抓我们的下意识动作使出戏。二哥逮住想起祖母，由此想起那一天，那一晚，那一瞥，那一场合，那一震撼，那一颓唐，那一迷惑……唉，二哥，自传、回忆录又不是个奖杯、金匾！谁想写谁写！！二哥，亏得有小妹给你冲冲、搅和搅和。你想到杨绛，对了，对你，不是她的文笔，而是姿态。

二哥，这十万字怎么写都行，不要太考虑以后怎么写回忆录，回忆是生命的花序，年开年新；回忆是生命的果子，岁岁结实。我不知道你的回忆录答应了哪家出版社，如没答应或如限制时间不是太"立等可取"，我们在一起，我们可以一起或各自写些新的，这也是一种积极性休息的办法（变换）。

我希望明天能收到你将到达的地址，我已给你准备了几本书。闲书。

你写回忆录，千万别写起来没完，要充分享受新鲜空气，享受大海的吟唱……

你是我的，不许累着我的胖胖。

你的娇娘小妹
1993 年 7 月 26 日

冯亦代 ▶ 黄宗英（1993 年 7 月 27 日）

恩恩爱爱的小宝贝：

终于盼到了星期天，我又可以和你开口谈话了。

昨天天气比较凉爽，我伏在案头，写着写着，竟忘了时间，错过了休息，突然起来散步，只是 3500 步，报纸便来了。但是《今晚报》没来，不知 23 日他们有没有发出我的悼翰老的文章。我已经看到排成铅字的你的《心香一炷》，重读一遍，真是至情的文章，写得好。宗江也看到了，打电话来说写得好。这样高规格的，决不掉格儿。

我《读书》的文章，还修改今天一上午，因为我舍不得那些完整的材料，那都是别人没有注意而用过的，我似乎写出瘾来了，钻了进去，就钻不出来了。但看到别人的思想，经过取舍变成自己的文章，也是种乐趣，许多人下海，我决不羡慕他们，我们的事业是足以粪土大腕的工作，他们懂不了。

上海的一个朋友写信来，要我为他译的两篇文章作校对，我还没有决定是否答应他。他译的是毛姆的《随想录》，译笔也不错，我想把它带到北戴河去 KILL TIME，译者之要我校对，也不过是易于为《世界文学》刊出，我想等他文章寄来，看了再定。

外文报说上海在下雨或 CLOUDY，但我看到温度还可，大概不会影响你下水游泳，我真羡慕你，我也妒忌那些看到你玉体的人，因为你是我亲爱的人。我今年一定争取下水，因为有两个保驾的人也去那里。如果医生同意，我便去泡在水里。我喜欢水，以前也学过游水，但结果只能在游泳池里拾硬币，或是在海浪里戏水，没有学会，我希望明年我可以和你一起去北戴河。

我似乎越来越年轻了，你的女友说我不像八十，那真是对于我最好的赞词，不过我的心境的确如此，小妹，那都是你给予我的，我怎样感谢报答你呢？爱你爱你一百个，一千个，一万个，爱你。

昨天上午收到了你的信，奇怪我分两天发的信，怎会同一天到你手里呢？害你久候，真是抱歉。今天可以听到你的声音，也可以听到我的声音。那就是对你的补偿。不对，这不够，我要的是夜夜在怀里抱着你。现在是 6:00 了，我听着电话声，我都等不及了。但我须耐心一个钟点。

你做书的摘录，太详细了，这是很累的工作，我想这样你那里大概言情小说多，所以除了传记，华人写的小说，关于"文革"的，你告诉我（只要书名，作者和大致讲什么），其他的就不要做了，除非你发觉这个工作有兴趣，因为花的力量太大太多，我舍不得要你流着汗做着写着。然后我告诉你要哪一本，小妹，你说好吗？

你的那张书法结业照片，我放玻璃板下右手，因为你是向右看的，如果放在左手，盯着我，我就做不好工作了。我现在除了读书看报写文章，就是想你，无时无地不想你，你感觉到了吗？我想你一定感到的，心有灵犀一点通，因为我也感到你在无时无刻地想我，不过我还没有像你听不见别人对你说的话。有时朋友来可以作为休息，但时间长了，心就不专了，而且有些烦，因为他打搅我对你的思念。6:34a.m.

阿姨要出去，先写到这里，等你的电话，好人。

你的二哥

1993 年 7 月 27 日

冯亦代 ▶ 黄宗英（1993 年 7 月 27—28 日）

亲人：

我已看完你的《星》及《橘》，你知道我喜欢哪一篇？你一定猜不到，我喜欢的是《一门挣脱枷锁的学问》，写得真是洒脱极了，当然我并不是其他不爱，而最爱的是这一篇。我们做人往往为自己造成的枷锁给圈住了，有时以为自己洒脱，却正是不洒脱处；而要真正洒脱，除了你的爱之外，一切皆空。我想宝二哥就是这样衡量世事，到了爱也洒脱，那就四大皆空了。我只有这种体会而说不好。

早晨寄给你的文稿，你看了如何，也许我又是自作聪明，我要人知，但不要一窝蜂地请我们或我们请他们吃饭，这使我有些怕，这样由他们自己知道，如果由我们通知，则漏一个两个就会升格成原则问题。秦怡不写文章，她连个间接通知都没有，只拍了一个片子，也就昭告天下了。你为什么老说美不美的，即使你是个丑八怪，我也要爱，但你美在灵魂，我也会爱上你的，何况你不是不美，如果说美，我又美在什么地方呢。我和你一样都只有情，当然你更有美。

我发现你读的诗很多，我真不及你，我只看了欢喜，我就写不到文章里，为文章添声色，以后得好好学你。今天大致估计了一下，也许等到明年上半年，10 万字是可以到的，内容大致是：（1）西书拾锦；（2）英美文坛故事（读书录）；（3）读译散记；（4）对外国书的书评；（5）译文（外国作家访问记）及他们的回忆；（6）其他。书题呢？《常开的玫瑰》或《迟开的玫瑰》都只适宜于回忆录，显不出与读书有关，请你给我好好想想。4:35p.m.，7月27日

卞之琳有本书叫《西窗集》，我忽然想到用《微风拂拭的窗户》，副标题是"读西书录"，但也嫌累赘，或用《迎风集》，有学术味，你说呢？9:10p.m.，7月27日

午夜忽然似乎有人叫了我一声，便醒了，拿表一看，只有两点二十多分，再睡一时却睡不着，我想你一定也醒了，在想我，要不，我怎能有这样的感觉呢？以后就把你放在我的肚肚上睡着了，一直到今天5:30才醒来。一夜风雷大雨，把屋搞得凉凉的，舒服极了。报上说上海也是小雨或阵雨，我想天气也一定会凉快的。这正是躺在床上的好时光，可惜我现在只能奢想，而抚摸不着你。

我老做白日梦，梦着在宝坻的日子，那一定是我们自由自在的辰光，主人不会打搅我们，我们也不去打搅他们，只有你和我和书，坐对玉人，人生还求什么呢？我可怜这狗苟蝇营的世界。如果我们有机会去西安，那更好了，我们可以看秦唐的地下物，遐想古人的生活，那也是一种福气，与心上人永久在一起，就是个幸福。突然想到戈姐怎么不能大胆地跨出这一步呢？想到这里又想你，没有你，我还会有后面的日子和愉快的心情吗？这几天晚上电视映《京都纪事》，那些人活得累，使我看的人也累，何必？阿丹对艺术的看法，其实也是个人生态度，世上唯有生活与爱情是属于自己的。想着你，就不知想到哪里去了，写到哪里去了。千万个字归纳为一句，就是我想你，我要亲你，吻你，抱你，一生一世。

我还想写一些短的文坛故事，和一篇《拾锦》是九月份用的，北戴河回来，就准备欢迎我的娘子了。读英文，写故事概要，你不要紧张，怕我嫌你翻字典，其实我有时一个极普通已认识的字也要查字

典，为了要找到适当的汉字。钱锺书是读字典的，我已太老了，不能读，便查。勤查字典也是个读书识字的好方法，你千万不要怵阵，我有时往往因一个字而要查几本字典，勤查才能补足我们的"拙"。至于平日读书，只要约摸脑子里捉到一个"大概"就够了。我不但查英文字，我连中国字也查，该查，因为可以找到同是一个词义，用不同的字来表达。我估计你用不了多少时光，就能掌握。我们慢慢来，不急，你千万别紧张。我的看法，一个人要做点事，必须有些压力，以促其进展，我不是高考的老师。

明天再写，不多写，写也永远写不完。暂时总得有个结束。永远永远爱你的二哥，你是二哥的生命与灵魂。

1993 年 7 月 28 日 7:42a.m.

冯亦代 ▶ 黄宗英（1993 年 7 月 28 日）

娘子：

不用形容词比用形容词亲切得多，因为那些形容词都是镜中花水中月，不用形容词就像我在你身边叫你一样，你听到了吗？我以后就叫你小妹，宗英，那是公开的叫法，屋子里便叫你娘子，同意吗？

我记得前些天，我在给你的信中，粘上了一张黄小条，那上面有我在北戴河的地址，但是原来自己记下的一张却找不到了，我今天再打电话去问，明天告诉你，无论如何我会在到了北戴河后给你打长途，那里也许还比北京方便一些。

天气预报说过后一段时间太阳又要出来了，今天还早阳光已爬上东墙，所以游泳裤还是带去，如果水深我就不下水了。娘子，你教我旅行中的一切要准备的事，真感谢你。其实政协的队伍，到处开绿灯，我们的小轿车一直可以开到月台上。车子是专列，茶水点心冷饮都可以买。车到北戴河，我这个 80 岁的老人，就由小车送到招待所，到那儿正好 12 点多，招待所还有特别准备的午饭吃，屋子里有电话，我就给你打长途，报告平安到达，以免你悬心牵挂。我这次不预备多做工作，主要是在休息，带一本字典和要我核校的稿子，一本《幼年海明威》。总之，你一切可以放心。哦，到了那儿，大夫还要来检查身体。以后，也可以直接去北京医院北戴河分院去看病。

现在还只有 7:15，但蝉噪开始，阳光普照，热势就已可以感到了。原说今天有雷雨，刚才天气预报，白天有雷雨，夜里也有，不过北京太大，往往这里下雨，那里天晴，好在我没有什么事要出去了，可以在家纳福。一切我自己小心，我知道如今我的身体是两个人的了，你放心，我的身体又属于小妹了。

我已将《地狱之门》读完了，书中谈到的事实，有些还是我亲历的，因此倍觉亲切。那时我多么希望他能演鲁迅呀！那时我还天真，其实他演不演都有一只魔手在指挥。如果我们不是政治先行，鲁迅为什么不能演？他也是人不是神，可叹造神者，为了自己要做神，便把不是神的人捧为神，这是中国历史的悲剧。我完全是个拥鲁派，可是经过"文革"，我的看法有所改变。如果他在世，1957 年不成为右派，那才怪。当然在他的盛名之下，他不可能成为右派，但当他无可利用时，也会（被）掘墓鞭尸的。

你看了我写的读译散记《黄昏之恋》，觉得如何，如果你同意，我就可公开对朋友说，我早已在文章里昭告天下。你没有看见，只能怪自己。索隐派就要去查"小妹"是谁了，可能新闻记者要扯一阵子。我的同学可能要慢一点知道，因为我们发表的《读书周报》，他们不一定看。

想不到我们的 L.L. 会成为勃朗宁先生的译本，天下挚情人是同一心态的，所以写出了同样的信。我们值得自傲，也许有一天，书市上会有一本《黄冯情书》，那也听其自然好了。凌晨又是四点多就醒来，听到你的声音，又迷迷糊糊睡去，搂着你，抱着你，你的三封信放在胖肚上。昨天的信忘记回航空了，今天是航空，看看到的时间如何？

你的夫君，永远是你的二哥

1993 年 7 月 28 日 7:40a.m.

昨天日期不知有否错，我等不及了，多翻了一张日历。

黄宗英 ▶ 冯亦代（1993 年 7 月 28 日）

二哥：

一早，我理抽屉，只理了阳台小书桌的三个抽屉，我已经有点儿晕晕乎乎。近年独怕整理东西，是奔波的后遗症，却如今要重新燃起奔波的热情。什么时候嫁接上吉普赛人的命？

你让我 28 日以后不要写信（到）北京了。今天已 28 日，不知这"以后"包不包括今天。我算了航空邮班，你还可以收到我此信。没别的事，只希望你不要写作太累，要多欣赏大自然。那边空气好，想睡就多睡睡。有量血压的地方，勤着去量量血压，一早一晚要添衣裳。在住处洗澡，水不要太热……哎呀，我不多操心了，以前没我，你不也去海滨了吗？

我在等你的信，可能再写点儿，在五时以前发出，我此刻给甄哥去复印我写的东西去了。正写着，Jenny 喊着"我爱不够的娘子"进来了。她倒不看内容给我了。字写得歪歪倒倒是因为孟浪来了，我当然得张罗着陪陪他，留他吃了中饭，Jenny 拉他玩一种买房产的牌。我头疼，吃了去痛片，想到自己真老了。过去一帮一帮的客人来也不过如此。如今一个熟人来就感觉累，不行，我的身体还得再好一些，否则怎么承担起你的娘子的重任。

二哥，处处时时都在牵挂。

小妹

1993 年 7 月 28 日

冯亦代 ▶ 黄宗英（1993 年 7 月 29 日）

想不够的娘子：

收到你 7/26 十一点钟上海邮局邮戳的信，已是 28 日下午五时，这样这封信走了两天半（连发到收）。的确快。我昨天寄的两封一平一航，请你注意一下到的时日，这样就可以比较出来了，也许我说两种邮法，需时差不多，是站不住脚的。

进行了差不多有两个月的收发信的方式，突然改变了，是不惯的。我建议你每天等一段，或每天还是照常写而不邮。隔 28 日、29 日两天，然后到 30 号下午邮出，估计我要到 8/2 可以收到，而我在这里也每天发到 8/1，这样便接上了。不过晚了一天半的时间，可以还你的相思债了，好吗？否则，将来我们在一块又不能时时说悄悄话时，又如何呢？所以你不要心里嘀咕，就只隔一天收到信（从我发信的时间说）。你可以安心了。

昨天《十月》到了，这里面有贾平凹的《废都》，看了几页是仿《金瓶梅》写的，至少我看过的几段，大都是黄而不美。我以为书中写 sex，当然以劳伦斯为圣手（指《查泰莱夫人的情人》）。中国的西厢也不错，最近我看的美国通俗文学《诺拉》也写得美，都是藏而不露的。《红楼梦》写贾瑞也太露了。这次《废都》写得太露，而且有些粗俗，不免没有意思了。《金瓶梅》写法，我以为是粗俗之笔，是第三者描写，不是当事人的感受。

昨天航空发了个北戴河的地址及电话给你，想来可以收到了。其实地址记住北戴河的邮编及机关名即可，那地方小，而全国政协休养所是大机关，信一定可以收到的。如果可能我 8/2 下午或晚间给你电话，以报平安，而使娘子放心。

我真希望那个环保的会晚到 8 月下旬开，这样我可以和你见面，须知我们已三四年不见了，问题还是你说的"实实在在"，中旬靠后也不要紧，我可以提早两三天回来。我多么想在"七重天"早日见到你，唯有相见，才是疗相思之苦的唯一办法。我要你，我要你，亲亲爱爱的小妹呀！

上海老同学昨天我在给他写信时，已露春光，我说我不耐孤独的无言的生活，决心找一老伴，但我未写你的名字，以后再写，你这个大人物太新闻敏感了。昨天施蛰存来信谢我的贺电，回信中我也将提此事，告诉他我和你的姻缘，他一定双手赞成的，这样疑陈实讯，可以昭告天下了。

你怎么又在看阿丹的东西了，我上次建议找小姜写，你有否考虑，将来你写个序言就好了。我看他是可以承担这个责任的。应大白书老应传记很好，再晚了有些事都会被淡忘的，你的意见十分好，写他导了什么戏没意思。将来可以列一个表，写他传奇的一生，为党做了那么多工作，而所得的结果如此，则是主要的。难道中国的知识分子应当被如此残酷地对待吗？……这要控诉那根极"左"路线，否则便写得轻了，可以哀而不怒，但根子一定要暴露！

今天上午文联出版公司的一个编辑和南大的一个研究生要一同来看我，前者给我带来她译的《毛姆传》来，后者则是为了要识韩荆州而已。毛姆说自己不是一个一流作家，但二流作家中，他却是班头，不免自谦。其实英国有两个作家应该获诺贝尔奖的，就是他和格雷厄姆·格林，他们的作品打破了严肃与通俗的界限。6:37a.m.，7月29日

我是很喜欢毛姆的，年轻时读他的《人性的枷锁》，读得废寝忘食，欣赏他娓娓道来的文风，我曾经译过他的名作《雨》，也为国内翻译界认为是传记之一，我不知你有否过目，那是写传教士的虚伪入木三分的作品。

今天天气预报是30℃，但一早就蝉鸣盈耳，热气逼人，可能是一个热天。上海有阵头雨，娘子，你如有藿香正气丸不妨和Jenny各吃

一丸，以示预防。我知道上海的湿热是很难受的。我们二人平时都得注意健康，因为我们的生命不是一个人的而是你我的。很高兴孙大夫给你的诊断，完全正常，我就从来也不相信你会精神错乱。我知道一个人的生活是如何苦恼，而你却坚持了十三年，这要多大的勇气！娘子，暂时搁笔，我数着日子，因为我想你，一个实实在在的你。

爱你的二哥

1993 年 7 月 29 日 7:36a.m.

冯亦代 ▶ 黄宗英（1993 年 7 月 30 日）

可想而不可及的娘子：

我现在简直可以想像出你的一举一动，现在你在教 Jenny（读）书，现在你在想我，现在你去游泳，现在……我们将来生活上如胶似漆，但又相敬如宾。这是中国一直传下来的美德。我们当然可以比年轻人更理解一些。生活是旖旎的，但更要活得潇洒些。过去我们都活得太累、太苦了，时至今日当能小视苦累，而超生彼岸了。徐迟来信一直提到黄昏恋前多考虑，我想他大概尝到一些互不理解的苦涩了。但我们和他不一样，他们是萍水相逢，我们是相知有年，奇怪我简直像对有几个心爱的英美作家一样，我似乎一直就很了解你的，当然不是细节，而是知道你做人的苦恼。这是前盟，这也是缘分。为什么一些有望于我的人，我都不顾，而对于你就这样情投意合，我们的婚姻是三生有缘的，我们这一对会是中国文坛上的韵事。

昨晚女婿对我说，女儿正在设计一个布置房间的新想法，原预备看完《京都纪事》和他们谈谈，但他们来了客，今夜一定谈。他们总要设法使你住得安适。今晚孙女要来吃饭，她也是个设计人，结婚一年多，屋子里的安排已经换了四次了。昨天我很高兴，小厅里的一面大镜子，工人给我装在墙上了，效果是坐在屋里，似乎屋子变大了。

这种安排，如果我没有去美国，看到一位作家家里的安排，我是不会想到，不过我的镜子不过 60×90，而他是整的一堵墙，我坐在那儿觉得屋子大极了，其实一半的屋子是虚的，是搭的布景，螺蛳壳里做道场的又一法。佛要金装，人要衣装，房子也要包装，否则太平淡了。

估计你会有电话来，在行前却不是今天，果然来了，听听你的声音，也是个愉快，你可以安心；政协的人出去，一切安排周到，随车有医生，到招待所有医生及体检，所以你放心。陪我去的是我的孙子冯强，去年是朱晔、朱桦、冯强三个人去的。今年朱氏兄弟回老家安徽去了，便只有冯强，明年如果能去，便是你和珍妮了，我的家属扩大了。

明天再谈，信是永远写不完的，因为思念永不会停止的。

爱你的二哥

1993 年 7 月 30 日 6:40a.m.

冯亦代 ▶ 黄宗英（1993 年 7 月 30 日）

吻不够的娘子：

昨晚上二嫂打电话来，我为之一喜，这我真是黄家女婿了。她讲了你已收到我的地址，便告我立秋之后水凉就不要下水等等。我听了心里暖和和的。后天我就上车了，晚上或下午就打电话给你，告诉你那边的情形。我原来想在那里开始写稿，现在不定，也许先读书，后写稿，写稿就写"反右"及"文革"，我估计一下是可以写到十万字的，带的书是《毛姆传》（中文）、《海明威的青少年》（英文）。

关于敦煌要出的谈西书的书，我想用名字为《迎风集》，取迎风户开之意，我舍不得《迟开的玫瑰》的名字，拟用在你和我合写的书里。我喜欢这个名字。那本谈"反右"及"文革"的书，则用《漫漫长夜》或其他更好的名字。

床我已经托人去打听了，冯陶的方案是搬出两个书橱，床南北加放小五斗橱，否则你无处放衣服及杂物了。如果你八月来则你买了床暂时放一下，等我回来再支起，如果你不来则等到十月再买，我连同布置都在十月搬动，这事以后再谈。

知道《黄昏之恋》稿已发，昨天有个老朋友打电话说听出版社的朋友说我有了黄昏恋，来证实一下，但没问起是何人，也许他已知道，因为这消息可能是范用透出去，昨天施蛰存来信谢给他的贺电，我写回信拟告诉他，他也是位老朋友。你如有可能可透露给王元化、李子云。你不欲去办手续也无所谓，证明非非法，可另想办法，这样可以省掉许多麻烦和世俗的事。这是我们二人的事，又何必效法小儿女。昨天鼎山来信寄了他和蓓琪夫人合照的照片，是给你我的，并祝福我们，我想不将照片寄给你了，免得损坏，将来看好了。他说也许有可能来北京，因为友人拍电视，请他做顾问。

我家里的阿姨姓王，她说不识字，但人极聪明，她看信封，便知收信人是你，我想可能她还是识字的，你来后打电话，白天冯陶不在，听电话一定是她，我之前告诉她的。

你的记忆力是没问题的，也许因为你又在想往事，就遗忘了，重要的事你还是记住的。噢，鼎山来信说为什么要寄钱给他买书只要通知他会寄来的，但我们既然有，寄给他是应该的，我们也不会浪费，否则老要他买书，我们也不好意思，我回他信时当说明这一点，他可以理解的。

这两天北京阴而不雨，昨天蚊子大闹，被叮了几口，因为蚊香没有用，原来的"必扑"刚用完，今天就去买。因为睡不好觉，我这两天正在看贾平凹的《废都》，已出版了平价本，我是看《十月》杂志所载。因为是仿《金瓶梅》的写法，所以卖得很红火，除了黄的，还是写得蛮现实主义的，还加上些魔幻现实主义，总的意见要等看完了再说，我想今明两天就可看完，我不带到北戴河去。

昨天忘记了问二嫂你来京（8月）事，但我想如果你已定局，她一定会告诉我的，想来还没有最后决定。

今天又是阴天，有雷阵雨，听说北戴河早晚已有秋意，因为七号便立秋了，农村的老人说夏天不热，冬天也不冷，但愿如此。吻你，亲你，抚你。

永远是你的二哥
1993 年 7 月 30 日 6:55

黄宗英 ▶ 冯亦代（1993 年 7 月 31 日）

亲爱的二哥：

仅仅是希望当你到达北戴河休养所时，小妹的信，也跟来了。

平平静静地过你的假期吧，单身汉的日子快要结束了呢，要珍惜它。我说的真心话，学人的生活大半的时光是在默默中度过，我给予你默默的权利。早上起来到海边走走，和休养的人聊聊天，如果你依然每天早上给我写信，我要怪你不爱生活了。

我和 Jenny 单号游泳，6:45 离家，8:15 回家，我 11 号参加游泳比赛。你只需告诉我分机好了。就打一次电话，批准你放假，这些日子你全身心进行 love letter 的功夫，太累了，你喘几口气，歇一歇。吻抱你。

你的小妹
1993 年 7 月 31 日
发 7 月 31 日 19 点邮班

黄宗英 ▶ 冯亦代（1993 年 8 月 5 日）

二哥：

二哥，你怎么就不再给我个电话告诉我你收到我的信呢？我有生以来第一次情切切意绵绵地天天给人家写信，却不知对方收没收到呢！唉，我此时手里只（有）你 8.1 从"七重天"来的信。算起来，还要等两天才收到你北戴河来信。多长的两天！

二哥，你不要再制造振幅好吗？我害怕哩！

你先看看书，使脑兴奋点转移——做积极性休息，再写文章吧，是你的休假呢！写回忆录，也许迎头会碰到适当的总体构思（写来又不怕一再突破构思）的问题，洒开来想一想。

好啦，就写到这儿，祈祷快快收到。吻你

你的宗英

1993 年 8 月 5 日

冯亦代 ▶ 黄宗英（1993 年 8 月 6 日）

心爱的人儿：

想不到昨天上午会收到你 8/2 投邮的来信。……收到了你的信（8/1 的），好高兴，草草吃完饭，上楼看信，这信走了 2—5 天。实际上只有三天，快极了。想来我给你的 5 封信都可以收到了。前三封是航空，第四、五封是平信，何时收到，礼拜天电话告诉我，我原来预备收不到你的信时，今天打长途，现在收到了就不打长途了。我有点怕到那个长途室去，一排一大堆人，说不成什么话，因为我有个内外通明的感觉，还是写信的好，可以说悄悄话。

除了上台阶需要有人扶一下外，平地还不需人搀，但像你们听音乐那样奔法，我可办不到，我只能慢慢走，幸而我没有跟去，否则一定迟到。哈哈，照你的标准，我大概还可"帅"一下。我不拿手杖，因为用了就扔不掉，而且人也跟着老了，我脑血栓之后就是这样定了决心的，如果用了手杖，则上台阶也用不着有人扶。人是矛盾的，换了别人，即使手脚方便，也要用手杖，显得老迈。我不干，干吗要示人以老呢？

读英文小说比较快，根本不查字典，也可以过得去，所不认识的形容词及名词都可以猜。以前我读英文课时，也不是字字查的。但翻字典也有个乐趣，往往在熟字上发现新解释，是一乐也。

到这里加起来也不过只有一天见太阳，其他都是阴天，风已成秋风，看样子，一时也不会有太阳，因为寒冷及高压继续控制华北的上空，连带上海也不会太热的。以后你进有空调的屋子，一定要等汗有些干，再坐下来。你那一天大汗淋漓，没有发生问题吧，我为你担心。上海实在太热了，能不到公开场所去就不去，以免影响身体。我又牵记你的胃，也担心你的背，千万注意自己的健康。

好像环保的会已经在开，昨天电视有报道，你不来也无所谓。在上海你可以参加游泳比赛，得个奖比开会有意义，可以纪念你的七十大寿。秦怡的办法，我以为这样不明不白算什么，结婚就结婚，为什么要采取柏拉图的方式，但那些蚊子报也讨厌，好在我们住在北京，北京没有上海那样一窝蜂。上海的重"艳闻"是有历史的，这实在是轻视女性的陋习。我想如果有记者来访问你，一口承认也是个办法，因为这样他就无法可乱造了。阿丹的事，在九月举行好极，这样可使你免于心挂两头，事情由赵青来办，可以减少你的负担。不要忘记给我送个花篮，这样我们在一块的生活，似乎又近了一些。

现在是 7:10，我去洗脸，于是下楼吃饭，希望今天再收到你的信。

你的二哥

1993 年 8 月 6 日

冯亦代 ▶ 黄宗英（1993 年 8 月 7 日）

好小妹：

收到你 8/3 晨发的信，怎么你忘记时间写了一番写到清晨，没有睡吗？又有什么事烦你心了。小妹，我们不会像 ×× 和 ××× 的，他们的结合没有恋情的基础，只是撮合，也许还有什么别的企图，我们图什么呢？就是爱情，虽然已届黄昏，但其炽热，不下于少年，他们也会自叹不如的。因为他们没有爱过，而我们曾经爱过，知道怎么去爱！这是我们相互之间的基础。我们没有私心杂念，我们是黄昏之恋，他们则只要找个老伴，如此而已，一不顺心，就此吵翻。我们是要共同建立一个老年生活的。同他们根本是两回事。

也许是小陆灏要约你写你不惯写的文章，打搅了你。其实写这样的文章，与写《西书拾锦》是不同的，只要你的读后感，以及你对原文是否顺溜发表意见，不及其他。作者我曾经查过，也查不出，不是专门写书的。这本书是美国使馆介绍的，他们在香港已经出过，译者是住在香港的学人，也不是专门写文章的，查了也没有意思，只要说说谈谈就好了。因为可以容纳的字数最多也不过一千五百，所以千万不要紧张，我们都是老年人，最怕临时横插一杠子的事，必须泰然处之。我不要因此影响你的情绪和生活，因为不值得。你总以为我写稿子在于积聚资金，其实我写稿子，是为了完成我当作家的初衷。我现在在熟人中虽略有名，但我原来的理想，经过二十年的周折，时不我予，是永远完成不了的，何况我又志大才疏，你的成就比我的大得多，我写了几十万字，不过是在自己的兴趣中打圈子。而你呢？两三篇文章就奠定了你在文坛上的地位，千万不要以为你不及我，我能上银幕吗？我能去罗布泊吗？我能去西藏吗？千万在这一点上不要有自卑感，我说一些文学之事，不过是想你离开那些萦绕在你心头的憾事，这是心理学上的移情作用，是治你不眠症的。哈哈，二哥成了心理治病的专家了，但你的确中了我的魔力，被我勾引到文学的梦里来了。好了，不要再纠缠在旧的生活里，我们将共同建立一个新生活。千万不要自陷于自设的陷阱里。

昨天又晴又下雨，天很风凉，秋意已来。幸而我带了长袖的衣服，但一时还用不上，因为一见阳光就热得不得了，海边的天气是喜怒无常的。一时热，一时凉，我则守定了旧日的时谚，秋冻春捂，是个好信条。

明天又是星期天了，你会来电话吗？你已经收到我在北戴河发的第一封信吗？写信已成为我的功课，可以和你谈天，代替我对你的说话，否则你我怎知自己在想什么呢？你是爱不够的，因为我是你的丈夫、朋友、二哥、爱人，这不是一般人能做到的，我必须当得起这四个称呼。爱你的二哥。

老写错字，因为心早已飞到你身边了。

1993 年 8 月 7 日 7:00a.m.

黄宗英 ▶ 冯亦代（1993 年 8 月 7 日）

二哥：

坐到阳台小桌前已是 8a.m.，只因天黑沉沉黑沉沉的，起床时已是 7:00 了，半夜起来关空调，开小风扇，睡了一会儿，又起来开窗。由于郁闷，真仿佛是入夏以来最热的一天似的，雨下不来……《文汇报》来，刊今天 30℃？？

昨晚躺在床上，看了杨绛的《将饮茶》（1992 年第一版，1992 年 11 月第三次印刷）的《丙午丁未年纪事》，这一篇我以前没看，比《干校六记》写得"稠"些但也竟然满纸幽默。你看过吗？这本书，此刻诱惑我不去看《秋》，但一件事既开始做，还是一口气做了好，两口气就没劲了，三口气则上气不接下气了。我开始看《秋》，想到我们很幸福的是作家，晚年有得看、有得写，想像不出什么也不做的晚年老人是怎么过的。

昨天6号，没收到你的信，想今日可能收到，而且我嘱咐过你不要天天一早起来给我写信，要出去看看海，要多休憩，游荡。

也是昨天6号买到8月7日的《文汇读书周报》，看到你的那篇《聂绀弩的一首佚诗》，赶忙剪下寄你。戴浩我是很熟的。

今天是阿丹79阴寿（他属兔），家里要买些上供的菜，阿姨昨天摺了锡箔，我们家几乎什么俗都随的。

二哥，我想你。

小妹

1993年8月7日6:30a.m.

冯亦代 ▶ 黄宗英（1993年8月8日）

恩恩爱爱的娘子：

昨晚上床较早，可是不能立刻睡去，想着你，深深地、幽幽地，Oh, I miss you a lot！这无尽的相思，何日始能生活在一起呢？我就是在盼这一天，这一天，近了近了，不到一百天了吧？每晚我想着你入睡，但哪有今晚那样的深沉。

昨天晚上只在精神上等长途了，今天一早起来运动完，你的电话也来了，我真高兴，听到你的声音，如见其人，只差握着你的手了，多想吻吻你，抱抱你。但听到声音，总比写信来得实在，一半的望梅止渴。希望这样的日子越少越好，希望以后永不分离。

上海人究竟灵，我以为小陆灏不知道，他居然也听说了。因为我不在上海，再是生花妙笔，也写不出两人不在一块的故事吧！即使写了也无所谓，我们是光明正大的，还有什么话可说。李子云那里不必专门去，将来我写信给她好了。张可曾是安娜的同事，她很关心我的。元化则是我们前后编《联合时报》的副刊《夕拾》。

今晨我起得很早，一方是等你的电话，听见铃响，我的心都跳快了，如果有人拍照，我一定一脸笑容，谢谢你，好人，谢谢你，好人。今晚我一定可以睡得安安稳稳了。我想你也会是和我一样心情的。我起初以为航空信要到北京去转的，现在不同，那我还是发航空，我要你及早知道我的行动和思绪。

爱你的二哥

1993 年 8 月 8 日 7:48

黄宗英 ▶ 冯亦代（1993 年 8 月 9 日）

二哥：

8.8 1:50p.m.，近日又没你信，想来是你不相信先进交通工具的后果，上次我去北戴河、秦皇岛，都坐摄制组的尼桑越野（车），如今琢磨秦皇岛的非航空邮件，是否有直达快车呢？上海报上有广告，北戴河 8 日游，当是有的吧。为什么那么慢？

我坐在小桌前来，是追忆威·蒂尔的春夏秋冬都写了什么，记得的只是他们夫妇的无声的恩爱。

4:30p.m.，我走到楼梯口看看有没有你的信，看到一封文联的小报，难道今天的邮班已过了，只是晚报还没来呢！唉……

我真痴。昨晚 8:00p.m. 还一而再去楼梯口张望有没有你的信，都三天了啊！我真痴，你也真是的！为什么不相信飞机？！也许是你听了我的劝告叫你少写信，我真是自作自受。

像在一堆乱线团里摘线头儿似的，我提溜不出来。记得"文革"结束初期，我在文艺出版社编辑室短期坐过班，头一天坐班，见七八个人坐一间办公室，一声不吭，憋到九点半我就一个人咯咯笑起来，问：你们就成天这么憋着？我咯咯笑个没完。我的任务是写稿签，看完一大摞来稿（长篇小说），写个内容提要。好在那时候业余来稿都很朴实，只要把人名、人物关系摘出来，内容猜都猜得出。可这本山川四记游了这儿游那儿，我可怎么摘。我得准备叫醒简妮游泳去了。

　　吻你，原谅你。

小妹
1993 年 8 月 9 日 6:30a.m.

冯亦代 ▶ 黄宗英（1993 年 8 月 10 日）

想不尽的娘子：

　　如果你问我还有什么，那就是这老想不尽的相思，这相思既甜蜜，又苦涩。你真是随处都在我的身边，看了海棠我想着你，做了好梦我梦着了你。昨夜你就在我的梦里出现，我和你去到一个地方，接着找不着你，便着急醒来，似乎身边还遗留着你的余馨。我愿意这个梦一直做下去，而等我张开眼时，你便躺在我的怀抱里，我的好人哪，我的无底的相思啊！

　　昨天刚要下楼去吃午饭，忽然电话铃响了，原来服务台要我去取信。当然这是你寄来的，是封航空，告诉我收到我的第一封信了，我那种内疚的心情一扫而空。我似乎就坐在你的身旁，听你娓娓道来你一日的生活。如闻其声，如见其人，但这还是抵不过我们的相思债。

　　由于前天去游了秦皇求仙入海处，觉得有些累，今天就坐屋里看书休息。杨绛的《干校六记》及《将饮茶》的确写得好，至于沈从文的散文，我觉得他的小说就像是美丽的散文，而他的散文就像是他美丽的小说。回忆小时候，我曾经有意学他的用字遣句，以后才生发开来的。我和他不熟。但遇见几次，总觉得他是个无比温柔的人，无论是随意的倾谈，还是谈一个问题，他都是那样的不动声色，这是个被

· 295 ·

扼杀的天才，我为之一哭！

今天五点不到起来想看日出（我在阳台上就可望见的），但海上一片大雾，太阳就是不肯露出来，等到它慢慢地由一线到为眉、为圆盘时，就像是小孩在纸上涂了个大金黄色的圆点，但是看不到水上的碎锦，因为全给路旁的丛树挡住了，但可以看到天上云彩的变化。可是与海上的碎锦就差远了。几时天上没雾，一定到海边去等它出来。

小姜在什么地方看到写我的东西了，我也在纳闷，外地有人来看我，回去总要写些关于我的文章，和陆灏等初见我时以及熊耀东写我孤独感的文章，这些你来了都可看到，我已经剪贴了。

也许我急于见功，总希望有人写记我的文章，而不是那种泛泛的报道文学。我自己知道离我自己所希望的还远，但幼时我有个雄心是要在中国文学史上占一席地，你在报告文学上已经占了一席地，我的西书书话给看中的人还不多，也许将来是我的一个缺陷。我觉得这也是水到渠成的事，要强求是不可能的。但我深信你会给我写的灵感。

阳台上洒满太阳光了，你可以感到阳光给人的欢欣，你也给我生的欢欣，我以为自己还年轻，因为我对你的爱以及你给我的爱，使我们年轻，我们会永远年轻的。

你的二哥

1993 年 8 月 10 日 6:05a.m.

黄宗英 ▶ 冯亦代（1993 年 8 月 10 日）

亲亲爱爱的二哥哥：

谢谢你甜言蜜语安慰我，我并没有一夜没睡，一定是写错了日子和时间。我只是时不时地害忧郁（虑）症，家里人、外头人都看不出来，只我心里沉得、累得老觉得人为什么要每天醒过来。前几年我有时早上一醒就这么想，但愿长睡不愿醒……有时真也没什么原因，或许说这原因只是活了那么多年活累了而已，所以自己也很不容易恢复，有点工作做就好一点儿。陆灏那稿子，他又没逼我，只是我想，我今后可能要学着写"书后感"之类的东西，我以前极少写此类文章，此番开头，又选了个毫无连贯的难题。不碍事，我只是试试。

此番又一次情绪低落，可能只是因为三天没收到你的信。（昨天9日一天收到三封）可能我无由头地敏感到，你看我想着写信迎他在北戴河，他却一点儿也不着急，之类之类吧，谁知道想到什么。

环保奖的事没我也挺好，真的很好。有一次我们作协往上选先进，大家议论时，都说让谁去背这十字架，谁还背得动什么的。人们眼前都怕得天赐荣誉，还是能默默地写出几篇文章好。这些天上海东方电视台在播放《望长城》，教 Jenny flute 的林老师问我：拍出这样的片子，你不觉得幸福吗？我答"是幸福"。今早张阿姨陪 Jenny 去看《霸王别姬》，但这条路线没邮筒，这信可能要等下午邮班了。

抱紧我，紧紧抱着我，要永永远远爱我。

小妹

1993 年 8 月 10 日 8:30a.m.

冯亦代 ▶ 黄宗英（1993 年 8 月 11 日）

亲爱的小妹：

昨天上午突然服务台打电话来说有信，便叫小强去拿了，这是你7 号早晨写的信，虽然短短一张，但却治疗了我的相思。我实在想得你好苦，和你一样地想我。你怎么会没有收到我6 号的信呢？我只记得有一天我是在下午发的信，也许就是这封信延误了。我摸不准这里时间，以后一定早上发信，这样你可以每天收到。我已将写信作为日课，早上起来做 20 分钟早操，洗脸，然后就坐下来给你写信。我这里一站在阳台上，就和站在海边一样了。

阿丹和我基本上是同年的，他 8 月 7 日 79 岁，而我则要到 11 月 13 日才整整 80 岁，差不到一年。在年岁上我们似乎又亲了一层。我和你相爱，他一定赞成，因为他知道我会终生爱你的，我们会终生相爱，此心不渝。

谢谢你寄来《聂》文，这也是他和我的文字因缘，可惜他多次要我学写诗，我自知才缺，胡诌了几次，便难以为继。因为我这个南方人是平仄不分的，我一共开了几个头，最初是在中学里一个同学，以后是祖父，以后又是几个朋友（包括老聂），但都没有成功，平仄不分是很难写旧体诗的。总之是知难而退。

昨天又是一批人从北京来，大为叫热，说北京凉快得多。但北京有海之名，而无海之实。上海当然要更热了，明年你一定要在北京及北戴河过夏，这样省得你午夜起来关空调开小风扇，我只怕影响你的睡眠。昨天是这里最热的一天，我整个下午坐在海边，看红男绿女，但在海边也出汗，因为没有风。

这里每晚有闭路电视，前天有张片子，十分有意思，名《时光倒流七十年》。真真假假，煞是好玩，他和她在时光倒流中相爱了，男的是位剧作家，女的是位名演员。看着戏我便想到了我们，我们的时光倒退了六十年，我们还是以赤子之忱相亲相爱，比这两个人更有意思了。我们重现青春，以当年的炽热，写了我们的爱情，这大概是少有的。黄昏之恋，有的只为找一个老伴，而我们则觅得了一对恋人。

我真不知如何诉说我对你的爱，昨天晚餐，在饭堂里看到一个背影，也是灰白（不像你那样白得深亮）的头发，乍一看还以为你来了，再仔细看比你大一圈，当然不是你，只是我的幻觉。但这使我整晚都是在想你，根本不知电视里演的是什么。

昨天给一些同伴拍了些照片，今天我想到要在海边拍一张，以示纪念。明年就可和你一起照了，当然是说海边。我们结婚就要拍一张，给我们的后代看的，可惜我和你无法养一个聪明绝顶的孩子。

假期已过了一半，我想家了，主要是我在这里只能读书，而无法写。因为环境不是写文章的，这里只有爱情的企望。我想你，无时无刻不在想你，我爱你，亲爱的人。

永远是你的二哥

1993 年 8 月 11 日 7:00a.m.

冯亦代 ▶ 黄宗英（1993 年 8 月 12 日）

视如一人的娘子，是我的另一半：

收到你 8 日的来信，还没有收到我 6 日的信，不免我也着急了，好容易挨到晚上看完联播，实在放心不下，而且我心里想听你的声音，便打了电话。你一连收到几封信，我也就放心了，这里寄信没有邮筒，都交给总服务台，由他们汇总交邮局，免不了总服务台上有延误，真是抱歉。

长途比写信更接近一步，有了声音的实感，电视发展到装在电话上便好了，但这还要几年。现在总比写信进了一步。我对于《四季》的意见，你以为如何？否则你这篇小文就很难写了。《人生四季》似乎是另一本书，但一时想不出是谁写的了，可能是英国作家吉辛，家里有两个版本，你要看，回去寄给你。

今天开始要审读俞亢咏译的毛姆随想录的补充稿件了，他是国内专译毛姆的。此人在上海，大概比我小十几岁，不过译笔不错。我曾经译过毛姆的《雨》，他译过《雨》的剧本，原来加上编者一篇毛姆琐谈，预备出一本书，但始终没有成功（没有人愿出）。我对《雨》的译文，是我的力作，另一篇是我译的王尔德（英）的中篇《亚瑟勋爵的罪行》，我的译文，也是得到称誉的。

昨天是北戴河最热的一天，原因是没有风只有太阳；今天则是个阴天，看来可以凉快一些，有阵雨，但海边的天气是变幻莫测的。

在这里住了十天，休假已过其半，我除了看书，什么也没有做。幸而每天给你写信安慰我的寂寞，否则就只有书伴我了。我行前《大连日报》邀我去大连休息，我说日子有冲突，他们再去考虑，以后来了北戴河我亦未去信问；我是他们读书版的顾问，如果明年还是，则我们还有个大连好去。

一早天很阴沉，现在则逐渐明亮起来，但看来太阳是不会露面的了。也好，关在屋子里看稿子。可是我多想你。如果和你在一起，我的心头不会这样寂寞的。人是永远不会满足的，特别是恋人，朋友，兄妹，夫妻，该满足了。目前就差一个共同的生活，我深深地盼望这一天。

怎么能用平凡的话语来倾吐我对你的相思呢？因为这种心情，连曹雪芹都没有写过，因为他没有这种感受，你的《情书选》里有这样的例子吗？我真想能读到。我天天去海滨，路过冷饮摊，就吃一根巧克力冰棍，这样下来我的肚子又前功尽弃了。我有个胖肚肚，可以承载小妹的爱情，想死你了，可看而不可及的小妹。

你的二哥哥

1993 年 8 月 12 日 6:22a.m.

黄宗英 ▶ 冯亦代（1993 年 8 月 12 日）

亲爱的二哥：

7a.m., 12th, Aug，昨晚 Jenny 把床上的毛巾被、夹被、棉被都踢到床下去了，夜凉如水，醒来有些筋酸骨痛，就盖上被多捂了一会儿。起来（6:15a.m.）本 bend over the desk 去写那小稿。可 8:30a.m. 约了人，似乎不应开笔。我昨天因为想把《英语世界》《名人书信百封》借给谢德辉，也就又翻阅一番，发现一时舍不得借出去。我真想跟你说说哪篇哪篇我喜欢，哪篇哪篇对我有启发，可在信中写就太啰嗦了些。二哥，我们以后一起看书，忍住不要时不时地彼此打扰，然后再说说彼此的体会，一定很有意思。

我为什么总觉得有些累呢？我自己久久思忖，是因为我老想在你面前——在字里行间——提神。我怕我的莫名其妙的情绪影响你，或招惹你又为我担心。其实，只是因为，只是因为十多年来我非常习惯徜徉于寂寞，咀嚼那痛苦的自由。如今失去了。还没在一起，就把这样的时间和心思梭哈了。二哥，我一点儿也没有调皮说笑话的意思，反正现在你也来不及了，下辈子你可千万别跟女作家谈恋爱，她会胡分析她自己，有事没事的，剥页岩般剥她的大脑皮层。可是，二哥，你说我分析得对吧？

中央艺术研究院关于五七干校选题的来访者是阮若珊的学生，78届中央戏剧学院戏文系学生，毕业后留校，听过阿丹讲表演课。他准时 8:30a.m. 到我家，不容易。他是从虹口赶过来的，挤车挤得很热。昨天在电话里我就说了不管他们是女同志还是男同志来都吃了便饭走。因为几句话之后没什么顾虑了。谈得还可以吧，主要谈许多细节。他借去了我的《星》《橘》集及近作，以便有选择地复印。我跟他说，有人最近通读过，说最喜欢《枷锁》。中饭后，我告诉他，估计他写好之后，可以在北京找到我，说了"七重天"的地址、电话。总之，不知根据什么，他说我特别年轻，孩子气。后来我说："是的，年轻人，做个见证吧。她还年轻，她可以写，她不想写了。她可以去参加游泳比赛，可她什么都不想干了。我不正常吗？"他说："不是你不正常，只能说这社会不正常。"我说，我当然不会公开说我这种"退隐"思想，否则又会说："改革开放形势那么好……"因为一提到你时，他就说："那可是个大学问家。"二哥，我很愿意做大学问家的小助手。二哥，你不要再劝我，我当然不会什么也不写，什么也不做的。小李 1:15p.m. 才走，午睡不成，也没力气起笔新篇，找了本董桥的《乡愁的理念》来翻阅。二哥，今天 12 号，跳掉 13 号不写，14 号你不让我写，如此算来要小别 8 日你才能在"七重天"看到我的信。你放心，我乖乖地，争取再难也把那读后感写出来。别太想我哦。吻我吧。

你的小妹

1993 年 8 月 12 日 3p.m.

黄宗英 ▶ 冯亦代（1993 年 8 月 13 日）

哥：

你的数学题做得不对，为什么你 20 日离北戴河，让我 14 日就别给你去信了呢？飞机又不是老牛车？

好吧，打着你收不到。寄你有关《废都》的《新民晚报》上的文章，你看过这小说，又一时看不见这报纸。

我挺好。你不要惦念牵记我的各式各样情绪，只是因为本来没有你，我就什么也不说，我就病了。有了你，我就什么都说，唯一只怕影响你的情绪。我尽量不发病，其实我是个快乐的人，昨天我看董桥散文看得很入迷，此刻刚陪 Jenny 自泳池归，在泳池外边各吃了一碗菜肉馄饨回来。

二哥，11a.m.，我写了五张 500 字稿纸，删减约 1500 字，终于完成了《四季之梦》。我现在誊抄，然后复印了寄给你，你收不收得到都没关系，只寄一份复印稿，不多写什么。二哥老师！我交卷啦！！！二哥，你倒算算我一共计多少时间，费劲地写下这篇小短文？

你的笨妹

1993 年 8 月 13 日

冯亦代 ▶ 黄宗英（1993 年 8 月 15 日）

千爱万疼的小妹：

清晨 4:40 就醒来了，赖在床上想你，今天又是星期日，我可又要听到你那带有性感的女中音了，我已等了两天。你的电话大概要过 6:00 才来，便起身做一大套的早操。现在是 5:32，坐在窗前给你写信，窗外淅淅沥沥下起雨来了。前昨两天北戴河酷热，昨天才有一些清风，风吹来已有一些秋天的气息了。上海这两天怎样呢，你的比赛结果如何，都时在我的思念之中。倒不是盼你拿个奖杯，而是测验你的意志。我发现我俩有个通病，越是做不到的事情，越想试试，而且下了决心就无法更改了。雨过了，海上一片混沌，哪里有音乐的声音，在灰蒙蒙之中，好像在梦里，就盼一个梦里的真真，我亲爱的小妹子。

现在离 6:00 还有一刻钟，你的电话何时来呢？你醒了吗？起身了吗？上海热吧？你睡得好吗？昨天收到你 10 日的信怎么又收不到我的信呢？你又牵肠挂肚了，其实以后你可以放心，我是每天 7:30 一定发给你一封信的，如果一天收不到，那第二天一定收到，不过就是花费时间等候了。好在现在时间是我们自己的，就不吝惜了，因为在离（开）这里之前我们都在假期里，正式上班 21 日开始，那时我们可以计算航程了，也可以放下心来了。

前几封信谈结婚的必要性，你可都收到了？我想为了合法，我们还不得不世俗一套，但这样也好，我们可以自由自在，一切有据，没有人可以瞎猜疑了。你说呢？我依你的决定。

昨天一位老大姊劝我结婚，这样可以有个老伴，知心知疼的人，我告诉她我已有了意中人。她问是谁，我说是你，她大为赞成，她认为我们的志趣是相同的，一定可以有美满的生活，大大地祝福我们。看来我们的社会基础还不小呢！因为几十个人当中，没有一个听了这消息，有迟疑的，都十分欢喜，我们真是天时地利人和了。

现在是 6 点了，大概你的电话就可以来了，我真等急了，这真是境由心造，自己寻烦恼，不过几分钟，你的电话就可以来了，我又何必急急乎。人真是奇怪的东西，这也是爱情的使然吧！急切的心情，使我无法把信写下去，容我坐到沙发上去等你的声音吧！整整地半个钟点过去了，可是你的电话不来，我真有些六神无主了，我之所以这样的等候，因为我要体会你等我信的心情，这是对自己的惩罚，以赎我使你等候的罪行。咳，这半个小时是难熬的，而我的小妹却要等上一天、两天、三天，我不怪你吃安眠药，我自己的神经已经等得变 Numb 了，我要吻你抱你搂你亲你抚爱你紧紧地不放，作为我的报偿。你呢？你要求我什么？

我原是想在信里写上我得到你电话时的欢欣，现在就留到明天吧！我希望你不让我失望。

永远永远爱你不够的二哥

1993 年 8 月 15 日 6:40a.m.

冯亦代 ▶ 黄宗英（1993 年 8 月 16 日）

亲亲的小妹：

这次真是尝够了等待的焦急了，我守在电话前面，预备随时收到它的铃声，全身的神经都竖起来了，可是它就是不响，我数到十，铃儿一定来，可它就是不来。等到早饭的时候，我不得不去食堂，可就走到快到一半，似乎耳边又可听到铃声了。草草地吃完早饭，有人邀我去散步，我无法推却，便和他们一起走到花园，但突然似乎又听到铃声，我又折回来上了楼，我真想问问总机有没有我的长途。正在尴尬间，铃声响了，于是喂喂，听到了你的声音，神经顿时松弛了下来，从此我可以体会出你去看信箱的心情了。我感谢上帝，我们是有福的，因为他垂爱我们，给我们许多想不到说不出的幸福。

从十一日起，这里天天有人走，回北京，这倒使我更眷恋这里的景色了。今天一面在阳台上做早操，一面看海上日出。天水相接的地方是一长抹乌云，太阳就挤在这块乌云上面，是辉煌的金黄，是一个火似的圆球，上面又是乌云，背面则是金色的阳光压在乌云里，说不出是什么颜色。现在太阳为乌云全掩盖了，乌里发金，煞是好看，于是天色阴沉下来，原来今天是个阴天，要下午才见到太阳。我躺在床上就可看到日出，那样发亮的景色，心就禁不住一腔的躁动，想做些什么，想叫喊想跳跃，想抱你，想吻你，想亲你……这时的心情是说不清道不明的。

我说了一大套，总之是说我想念你的心情。我们别离得太久了，应当早日团聚，不能待心头火热的感情灭了再见。但想想这感情不会因久别而消沉，相反她将更为深重，我又安慰了。但整日的相思却又是甜蜜，又是苦涩的。我估计你九月底大概小 Jenny 回美后可以来了，我应该早日回去做你来时的准备。我打听了一个家具厂可以定做床的，我真想马上和他们谈生意经，将屋子布置一番，拿出个书柜到隔壁去，然后放上一个五斗柜，不要床头柜，太小，放不了多少东西。如你所说的，把书移到隔室，屋子里的天地就可以大一些，至于写文章我是随处可写的。来北戴河前我就在饭厅里做事，因为那里是四面清风汇集的地方，很风凉。

祝贺你老将不老，换了我怕就做不到了，我从来没有游到 150 米，起码要休息两次，现在则连游也不会了。我没有学好过，因为我换不好气，你的夫君真不及你多了。你慢慢会发现我的无能的。

在这里天天晚上有闭路电视，可就是没有好片子，唯一看得有滋味的是《时光倒流七十年》，题目好，戏也编得好，我们也要过倒退五十年的生活了。我现在的心境像个初恋的少年，前面还有好长一段路哩！

《黄昏之恋》那篇文章，不知有否出来，依小陆灏（安迪）的惯例，他不会连续发稿的。他说怕好稿子用完。想到很快就可搂着你，我等不及了。

二哥

1993 年 8 月 16 日 6:25a.m.

下次星期天的电话，要打到北京了，我在等你的声音。

黄宗英 ▶ 冯亦代（1993 年 8 月 16 日）

亲亲爱爱的二哥：

我简直不知怎么疼你才好，实在是疼你啊！二哥，我也觉得你好福气，我好运气，我也委实是个很疼人的人儿啊！我要把你疼个够！！

也许我就是这么一个人——必须有人需要我奉献，青年时为哥哥弟弟母亲，后来为阿丹为子女，我追忆起二月回国时心中的隐情：在这个世界上已经没有人、没有必要的事需要我非做不可了。孩子们都长大了，连小 Jenny 也是我不在她身边比我在她身边宠着她更好。也许这就是我又住进精神病院的内因。人也不是那么容易死的，可又不知怎么活着，为什么活着？为谁活着……听到了你的呼唤，你的信飞来了……

二哥，我已给岚岚写了信，只因担心你不好意思支使孩子们，但我想他们是高兴为爸爸、爷爷、外公的喜事张罗张罗的。家务事（买床事）已写在致岚岚信中，不赘。今天将寄出 3000 元，你不要跟我搞，你也打出 3000 元来，看能不能把咱们的喜事办了。也许是打不住的，黄家宴、冯家宴总要宴一宴，没关系，该花的钱也花得值，高兴。

昨天晚上，我已基本理好两个包裹——我的嫁妆，床上用品，没费什么事，因为早就一点点儿攒了。（只是一时没找到两个小孩的枕套，我去时再带去吧）没什么不得了的东西，也不像是新娘子的东西，不过想得挺周到，连洗脸沐浴毛巾都想到了，主要为的让你少操心，就差没寄牙刷牙膏了。因为不知"七重天"怎么晾被单，我把贴身的被套、被里都落过水了。我一共寄了四条被面，两大红，一白缎小花，一小女孩和房子，当然不必缝四条被絮，也许需要三条，一条有大被套的合欢被，两床小被，没有非跟你分被的意思，可万一你和我在一床被里边两人都怎么也睡不着呢，再甜的蜜月也得睡觉啊。好啦，我不想那么细了，你也别过于细心。我有我大大咧咧的一方面，真也不在意一些生活上的事，所以急着寄出，只是因为放张阿姨回乡一个多月让她养养，这个夏天她发了几次痧，不久前又发了一次高烧……人老没力气，72岁的人了，我安她的心，就这是正常的，毕竟上了年纪。今天或明天趁她儿子从诸暨来接她，就让她儿子陪她去邮局把包裹寄了。收到包裹单时，也得派强劳力去取（下封信告诉你净重量）。我想，也只有把大床买来，铺上了，你才放落心思安心得待好梦成真。嫁妆里有一方红巾，届时，要给我展平，我要戴着红头巾进洞房，我实在是"不认识"我的冯郎，实在也并不猜得到我的新郎是怎样的一位新郎。（上一封信，你说你和阿丹同岁，79，我好像赚了一大票，我老寻思自己是去服侍个快九十的大老头子！）

你的新娘

1993 年 8 月 16 日 5:50a.m.

冯亦代 ▶ 黄宗英（1993 年 8 月 18 日）

日夜思念的小妹：

昨天收到你的《四季之梦》，到今晨我已读了多少遍了，每读一次，必惊叹一次，而且总有我不如你之叹。你要我打分，我又怎样下笔呢？你的文章简直神了，如果以百分为标准，则判你 200 分也不为过。我给小强读了，他说他一直懂得评文的"清新隽永"，但从没有文章配得上，但这次他一读就想起这四个字，好像这四个字是专门为这篇文章写的。我不是阿谀你，他的感觉也是我的评语，文章写得如此灵活与精致，看来也只有你了。向你恭贺。我信服你这是第一篇书评后，我想专写书评的也要自叹不如。

昨天开始看海明威的《永别了，武器》，是林疑今重译的，的确比原来（解放前，大概在30年代）的译本好多了，他译出了原来的简洁和会意。他生前，我曾经答应他要评价这本书，可是原本我的意见较多，他是国内译海明威最好的，我不忍妄作雌黄，这次我多懂了些海明威的好处，而他的译文也有了大改进，我就敢写了。我总觉得要写评价，应当写值得评价的书及译文，一般还是以鼓颂为主，要是我的文章写得如你的"水灵灵"，我就满意了，你的是真正欣赏，我的有时似乎是仲裁官员。

上午大批人去昌黎果园，我没有去，在家里坐着等你的信。果然十一点，电话铃响了，要我到服务台去取信。读了文章，我真为你这个"小妞"高兴，你什么都是上乘的。下午我坐车去市里起士林吃冰淇淋，大为失望，因为货色大不如前。我每年来吃一次，吃一次差一次。昨天三块钱一客的冰淇淋巧克力，还不如摊上买的七毛钱一根的巧克力冰棍，店里也没有什么好买的，原想买两个大水果蛋糕，但看到玻璃柜里的两只红头苍蝇，我就兴趣索然了。

我今天等你为我复印的文章，但我想多半要失望的，因为小陆灏不一定马上就发。好在我有你的文章和海明威的小说可以消磨时光，我也就不急了，因为春光早已泄漏，目的已达。

文艺研究院不知要写你什么样的文章，这两个人似乎对你一无所知，要访问有成果，真是太难了，怎么他们连准备工作也没做。想来这两个人还是有灵性的，一是他们准时到达，一是你们谈得投机，我就盼读他们的好文章了。

明天就是19号，后天晚上就回到"七重天"了，时光也过得真快，但我也有些思家了。你一共写了十七封信给我，伴我的假期，使得我心情充满了幸福感。谢谢你，我的好小妹。你什么时候去南通？不要想得太多了，如今有了二哥，你心里应该平衡而又平静，不会再那么落寞了，二哥随时可以听你的心曲的。

永远爱你的二哥

1993 年 8 月 18 日 6:17a.m.

要四日后才收到你的信，三日是刮目，四日就是思念了。愿这日子早早过去，让我们永远躺在一块，生活在一块。

冯亦代 ▶ 黄宗英（1993 年 8 月 19 日）

怀抱中的小妹：

清晨四点钟就醒了，再也睡不着，想着你。我说你真是个绝顶聪明的小妞，我还在回味你那篇《四季之梦》，写得实在使我佩服，如果我写，那就不会有这样恣肆的笔触了。有的话是我永远想不到，文章一开头，就不是一般人所想得到的。小时候，也不知多少"拍花"的故事，但以之形容书与人的关系，则未之曾用，的确是神来之笔，令人钦服，当然我也不能例外。

好容易看天一点点地亮起来，云间的辉煌但又躲在青色凉云中的阳光，这时还不肯露头，因为在天水相接处。一抹凉云，慢慢地升起了一个金色的大圆盘，可以看到它的辉煌，但一眨眼，太阳升上来，海面上就有耀眼的碎锦，似乎太阳是凝重而端庄的，它下面的一道碎锦，却如手舞足蹈的小天使，在欢庆那一缕阳光。看日升真是看不厌的，希望明年我们能住在面海向东的房间，会增加我们不少乐趣的。

起床了，做完早操，便坐在桌旁给你写信，这是这次在北戴河最后的一封信，明天的需要到京后和后天的一起写了。当中缺一天，累你看个百遍邮筒，真抱歉。但我真正想望的，看到你这个人，听到你的声音，抚摸你的胴体，再没有其他的了。如果我要索赔偿，就是你要还给我这些相思债，没有其他的了。我要你的吻，你的爱抚，你的柔情，须知我是个贪得无厌的家伙！

除了写信，我在这里没有动过笔写文章，脑子里除了对你的思念，也没有文思，只是机械地做了些资料工作。今天海明威的《永别了，武器》可以看完了，这番改译使文章大不相同，几乎现出了海的原来风格，但还是有南方的方言，譬如台球，南方人是称打弹子的，在普通话便与小孩玩玻璃珠球同义语了。翻译是难事，作为一个南方人搞翻译更难，一不小心便露出了南方人的尾巴。但这个重译本在我印象中，的确比第一个译本好得多。我赞成你说的书读完后再讨论，所以你要防备我无头的惊叹，不理我的打岔，否则你的文思及读书的兴趣，也会被我分隔的。我这次看了三本书，一英二中，核对了一篇译文，每天早上给你写信，这便是我的工作；另外则是换了浅棕色的皮肤和工作的劲头，则是我的收获。还有就是你对我的思念，我对你的爱恋，好充足的假期呀！

我想出外有二十天也够了（事实不到二十天），因为我已有了田园将芜胡不归之叹（指我的写作），以后就是等待娘子的来临，我们丰富与快活的生活，虽已白头，犹是少年人！不要着急，我回家后的第二天清晨，会继续向你诉说我的心曲的。这心曲有如春蚕的细丝，这一辈子是吐不尽用不尽的。如今又可以看见玻璃板下你对我的笑容了，但我希冀的是你晚上真正的笑容，可以用抚摸得到、用吻掩盖得住的笑容，也希望我搂抱你的时候不给你失望。

明天在车中做一个白日梦，不给你寄信，看看回到"七重天"，我有什么更新的事情可以告诉你。紧紧地搂着你，吻你，亲你，吻得你透不过气来！

永远爱你不够的二哥
1993 年 8 月 19 日 6:06a.m.

黄宗英 ▶ 冯亦代（1993 年 8 月 19 日）

亲爱的二哥：

上封信还没发（下雨，忙乱，邮班不赶趟），又去写信。

昨晚九、十点钟，我小儿子阿劲从洛杉矶飞沪，今天 11a.m.飞北京（我的儿女都是这么来去匆匆的）。10 月 17 日返回 LA，所以我从来不托他们给我办什么事。阿劲一眼看到书桌玻璃板下的你的照片，说："怎么还那么年轻？"又用英语说："妈妈，你自己高兴怎么活就怎么活，知道吗？"然后问了问阿姨家庭开支够不够，嘱咐张阿姨回家养病要安心，我们总归养活你一辈子，身体好些高兴回来就管管家，支派年轻保姆劳动，你别干太累的事，放手让合适的保姆做……我告诉他我大约 10 月 15 日去北京，以后北京上海两地住住，可能在上海的时间要少一些，工具书资料不足，医疗关系也不是那么方便转，并也摸不清家里什么时候静，什么时候乱。我们得写东西，不写，不知怎么活，惯了……

昨天下午广西教育出版社"名人之侣回忆丛书"编辑主任谢纪智打长途来邀写《我和赵丹》，我基本上是答应下来了。我告诉他我有病，医嘱少写。他就不限时间，说新凤霞一本就要出了，又邀了梅志，邀张兆和写沈从文时，她愤慨得拍台子……我又提出，因为是名人，家里往往很不安静，可以不可以提供在广西拉大样写一阵子的条件。他说，即向领导汇报，在柳州写如何？我一听柳州（出版社在南宁）有些哽咽，答："也许就从柳州起笔……"

二哥，你愿意不愿意新婚后和我一起去柳州（刘三姐故乡，阿丹在那里留下二百来张书画的地方，也更是"阿丹一倒霉宗英就做贤妻良母"的地方……），你愿意仿佛有些屈尊似的跟我一起去度蜜月吧？我们可以各带着自己要写的东西，去那里住个廿来天或一个月，你看呢？我没跟小谢说你，因为我要求请个特约编辑姜金城，他马上答应了。我已跟小姜说过，一切安排由他来，他会弄妥当的。我想蜜月中，你陪伴着我写阿丹，我陪伴着你写安娜，这是多么无与伦比的亲情呢，是同一美好姻缘的延续、净化和升华。妙哉！（10.15我到北京，10.20飞广西如何？你不是想新婚后即离开北京吗？日子听你的，早告我，我好回话）

二哥，我对广西尚未提你，因已托付小姜说，为了你我深感的社会官场世俗之乱活，我将提出为写作并遵医嘱：行动保密，不接待来客来访。你说是吧？你自主考虑，不去以后去也行。

甜甜地吻你

小妹
1993年8月19日

冯亦代 ▶ 黄宗英（1993年8月23日）

恩恩爱爱的小妹：

前天晚上不知怎地那样好睡，四点醒了，翻了一个身，又迷迷糊糊睡去。再醒时已六时了，连忙起来上洗手间，这时电话铃响了，又匆匆去接电话，拿起话筒却已断了。真说不尽的自怨自艾，怕你的电话再不来。幸而八点多你的电话来了，我的心才平静下来。听到你的声音，似乎离上一次已经隔了好几个年头了。

我一切都好，就是睡不醒，也许是服了延生液的关系，也许在北戴河时每晚看电视，睡得太迟的缘故，总之多睡总是好的，怕的是耽误了事情。昨天真是把二十天的报纸都看完了，心里急着要写文章，今天吃了早饭便开工。似乎要写的文章一大串，而我又急于动笔。昨天连收你两封信，好高兴。你要我赔报钱，我也在高呼上当呢！过后一想，他（陆灏）肯定要在下月初见报的，他说的下一期是指九月份

· 312 ·

的第一期。因为说话时，8/21那一期的稿子早已发了。我的猜想也许是对的，因为月初的一期是特大号，受到编辑部和读者的重视，我赔你三个吻。

7:00，刚才去吃了早饭，又拿起笔来了。你要我和你去柳州度蜜月，我想在北京是否太匆促了一些，当然我是要和你逃过新婚的俗事的，否则朋友来了，我们也无法拒绝，如何得了。我想我们的结婚将是静悄悄地，不用唢呐去吹打，但是我怕你一写那些旧事，你心理上承受不了，而我们婚后就碰到这些事儿，不免扫兴。我想是不是在我们生活有了些熟谙之后，你的心理也变得惯常一些时候，再去柳州。因为柳州也是我的一个伤心之地，我不愿好容易逃出旧事而又投入旧事。当我们有意识地忘掉旧事，我们心理上才能有承受的能力，你说对吗？广西出书可以把你的先压一下，不要那么匆忙。我实在想不出我们恩爱又立刻回到尘封的旧事中去。这中间起落有多大，我还可咬牙忍一下，你又如何应付？所以我希望你再考虑，我们不要围着出版社转，而要出版社符合我们的计划和心愿，你说好吗？

北京这两天已经秋风习习了，早晚特凉，上海报上也说已临早秋，你一切要小心。张阿姨去了，你换了一套生活方式，一切不要急。慢慢来，忙中易出错呀！特别你要注意心理的平衡，如果还需要吃安眠药，那就不要中断，一定要保证休息。至要至要！看到你信里说的忙忙碌碌，我真心疼，有些事可放的就放一下，还说将来我们要回上海的，总之健康是最重要的。我担心的就是你的健康。

良宵苦短，只是我日前爱睡的感觉，你来了，我们有说不完的话，就更苦短，趁这个时候当睡一会儿，便可应付了。紧紧地搂着你，亲你，吻你。

你的二哥

1993 年 8 月 23 日 7:30a.m.

黄宗英 ▶ 冯亦代（1993 年 8 月 26 日）

二哥：

　　柳州的事依你。我以为你新婚之后急着蜜月旅行，而我又怎能得知柳州亦是你的伤心之地呢？出版社当然是由着我，我又没签合同允诺什么时候去柳州。你我什么时候想去再去吧，不想去，永远不想去，就从我们的人生旅途地图上划去好啦。由你，由你。

　　8:18 来信，竟然在前天由房管所张锦标师傅送到，就是那封冯强赞我文"清新隽永"的。我太高兴了，这是年轻人的、晚辈们的最内心的称赞啊，至于二哥的称赞，是情人眼里一切都好，不知什么时候才不是一切都好，那也是正常的。别心疼我做家务，是热得汗从鼻梁上下来，累得脚骨酸痛，但我是在扮家家似的。昨天又开始为 Jenny 裁缝一袭围裙，又绣又贴的，煞是专注。好顶真，而且起手就想做完。

　　小阿姨钟点到了。住笔，发信。

　　吻你！

小妹
1993 年 8 月 26 日

冯亦代 ▶ 黄宗英（1993 年 8 月 27 日）

日日夜夜想看的娘子：

　　昨天没有收到你的信，心中总不免着有所失，多是你惯的，使我每天看你的信，当了日课，明知你平平安安，可心里总不免牵挂。幸而昨天为给阳台装窗，嗞嗞嗞的电焊响了一天，倒也不觉得寂寞。可文章却写不成了，便坐在窗前看《毛姆传》。看得津津有味，说写文章靠灵感是只说了事情的一半，还有一半就是勤学苦练，我想我还是在这个阶段。

午睡醒来，便看《毛姆传》，可惜文字译得太粗糙了，书虽在内地出，译者则好像是香港的生手，好在我只看毛姆的生平，就不去推敲它的文字了。推敲文字，成了我的一个毛病，要不得，已经养成眼高手低了。

四点半后，小英来，她是和我来谈床的。屋子实在太小了，好在屋子里有六个书柜，如果拿掉两个还有四个，不妨碍我们的以书为友。好在她今天还要来吃饭，三个臭皮匠，一定可以变成诸葛亮的。倒是冯陶有了难题，因为走了诸多地方，都只有小床的棉花胎，买不到大床的，看来我们有各睡各的被筒的可能，但也不会妨碍我们的恩爱。

你如果上街，请到书店为我买三本书，两本是三联的《一部小说的故事》《一间自己的屋子》（这一本是英国的弗吉尼亚·伍尔夫写的，前一本作者一时找不到），另外一本上海文化版的《世界文学随笔精品大展》。最近向三联要了几种书，就是上面说的两本已经售完了，听说上海还有，所以要麻烦你。

要去吃早饭了，今天写到这里吧，但写不完我对你的相思。我就盼你早早下凡到"七重天"来。这里少一个女主人，我少一个宝贝，一个说悄悄话的人，紧紧地搂着你，吻你，亲你，要用吻盖满你的全身，你是我的宝贝。

你的二哥

1993 年 8 月 27 日 6:43a.m.

又及：娘子，你可千万不要在星期天不来电话惩罚我，我一定准时恭候，你不来电话，我会伤心的。

黄宗英 ▶ 冯亦代（1993 年 8 月 27 日）

抒情十四行诗选：

伊丽莎白·巴莱特·白朗宁

我想起昔年那位希腊的诗人[①]

唱着流年的歌儿——可爱的流年，

渴望中的流年，一个个的宛然

都手执着盼送给世人的礼品；

我沉吟着诗人的古调，我不禁

泪眼发花了。于是我渐渐看见

那温柔凄切的流年，酸苦的流年，

我自己的流年，轮流掷着暗影，

掠过我的身边。马上我哭起来，

我明知道有一个神秘的模样，

在背后揪着我的头发往后掇，

正在挣扎的当儿，我听见好像

一个厉声："谁掇着你，猜猜！"

"死"，我说。"不是死，是爱"，他讲

闻一多译

　　二哥，是你"揪着我的头发往后掇"。

　　二哥，是为你，我才想到向出版社提出接待去广西的。因为你字里行间总是表达新婚后离开"宴请""接待"的高潮，想躲到一个

[①] 指忒奥克里托斯（Theocritos），公元前 2 世纪希腊诗人，西方田园诗的创始者，影响深远。

地方去，而我考虑宝坻与你不合适，县里的人们热情来看我跟你是搭不上话的，彼时，你也许也没心思涉猎一个新的领域。再说吧，也许我们正应该待在家里，这是我们自己的新居。我们把心理调整一下，豁出去有一个月光景宾来客往，电话频繁。这是正常的，是我们的福气，有那么多人关心我们，爱我们，为我们高兴。我们设一个喜簿，记下亲友的贺信、贺电话、贺登门。以后，我们应该每年至少有9—10个月的时间要在我们自己的家里，而主要是在"七重天"的家里。明年富春江去叶府前后，你在我新康家园里住住试试，习惯则多住住，不习惯以后少住住。我总是想你的书与资料在哪里，你的三魂七魄有二魂六魄就在哪里，而我是包括在你的"书"里的，一本活的书。只还有一魂一魄想出游，想游遍世界……读自然的书，而这本书，由于行旅之道的混浊和我们的年龄，一年有2—3次就行了。

昨天，楼下邻居小乖乖的母亲送 Jenny 一串小贝壳的手镯，简妮问我："姥姥，我什么时候也能去到能拾贝壳的海边呢？"我告诉她："在中国的青岛、大连、北戴河都能拾贝壳，如果明年冯公公还去北戴河，你在暑假里就一个人飞北京，我们带你去。""真的吗？""真的，sure！"我很奇怪，难道她在阿利松那州（加利福尼亚州）海边没拾过贝壳吗？她去年曾在该州度夏，北戴河仿佛也没贝壳，倒是青岛可以赶小海子。

柳州之事听你和大哥的，不再提了。认识雪莱吧，哈哈，二哥老师净对我做赶鸭子上架的事，我喜欢雪莱，我会利滚利地赔你的无底的相思。

你的相思 bird

1993 年 8 月 27 日

冯亦代 ▶ 黄宗英（1993年8月29日）

日日夜夜相思的娘子：

昨天上午我去医院拿药，想不到你来了电话，回来阿姨告诉我说有人来电话，说十点半再来，我还纳闷是谁，因此当我拿起电话时，真是又惊又喜，这个突然袭击来得好，我毫无心理准备。太感谢你了。这是早一天来的喜悦。可是得陇望蜀，我希望你今天还会来电话呢！会来吗？总之我恭候着电话，听你随时的召唤，安慰隔地的相思，除了信，就只有电话了。

我高兴得连书也看不下去了，幸而天气还风凉，坐在窗前想你。逐渐心情平静下来，就看刚由香港寄来的《时代周报》和《新闻周报》，有些对我写文章是有用的，就是静不下心来写文章。我太高兴了。我昨天写信说你如一定要去柳州，我也可去，但电话里你说不去了，我也同意。总之我也很矛盾，去与不去，一切"服从命令听指挥"。不去了，就在这里进行工作。

冯陶设计的房间是拿出一个书橱，床还是东西向放，这样螺蛳壳里便可以摆道场了。她的意思床等你来了买，说买了如果你不喜欢，便不好。如果是这样，则你来了先在宗洛家里住一宵。第二天由我来迎你进洞房，当然是只有我家和你家的亲戚，然后到外面去吃顿饭。因为当时宗江说要到海南去。这样的安排，你意下如何？朋友暂时不通知，好吗？第二天我们就去登记，或者是先登记，后合卺。这只是我的建议，一切由你决定。

今晨一起来，就是个秋老虎天气，但我想比上海的闷湿天气，总可以好一些。因为这里已是秋高气爽，天上时现美丽的云彩，我就是盼三仙女早日下凡。今天阿姨休息，她要到顺义去，我在她去前写这信由她去投邮筒，她要去了，我不多写了。

天热，一切事情都慢慢做，听说你在大搞卫生，心里真挂念，千万一切"悠"着点儿。吻你，抱你

你的二哥

1993 年 8 月 29 日 6:28

冯亦代 ▶ 黄宗英（1993 年 9 月 1 日）

小妹娘子：

忽然觉得这样写，可能比加上一堆形容词更为亲切些，所以学你的样，把这些虚伪文字都取消了，你不觉得更好吗？我发觉你已早不用这些字眼了，但我每次收到你的信也并没有觉得我们的爱情不坚贞。

昨天上、下午都收到你的信，上午是剪报，下午则是你对于乐山关心的言辞，这使我对你的义行十分感动，你真做到爱屋及乌了，谢谢你。他已经验了大便，结果是什么问题也没有，癌症可能是大夫的一种疑虑，患者当然是十分敏感的。但是我还得把你谈到介绍药的信寄去，以告诉他我的小妹是怎样一个有义气的人。我就喜欢你这种爽朗的脾气。

郁风的妹妹 ReRe 已经和何康登记，而且住在一起了，他们有两个家，两边住住，除了两家亲戚见见面之外，一切举动都没有。他们以前（五十年前）就是一对爱侣，可是抗战时湘桂大撤退，他将ReRe 送到重庆交给黄苗子，便又回广西了，以后因为战事，便两无消息了。何康的儿子受亡母之托，找了几个月才在美国找到 ReRe，于是一根红丝又结上了。事情表面好像是闪电战，但又是长期的爱恋，他们昨天来看我，两个人高兴得不得了。

ReRe 传授了结婚登记的经过，先要向原机关申请一张证明（有一定的程序，要填一张表格），然后双方带了各自的证明连同三寸的各自照片，到中山公园来今雨轩的婚姻登记处登记，再在那儿拍一张

双人的合影。然后在登记证上签名打手印，四天后再领取正式的结婚证书。事情似乎一大串，但是十分简便的。

章含之从祖光那儿得到消息，说要为我们操办一切，她家是有空旷的地方的，可以招待人。吃饭茶点或Buffet都可以，所以如果我们逃不脱，就在她家里请一次客，这样也可以打一招呼请他们不做宣传员，不知道的人也就算了。因为我考虑，即使我们婚后马上离开北京，但回来后还是逃不掉的，不如采取主动，不然来一档吃一次饭，那真受不了，你说如何？我听你的。昨天我和ReRe夫妇谈了，她说依我们的形势，可能逃不掉，还是采取主动，以免得罪人。

昨天我又写了篇"读译散记"，是天主教作家美国格雷利的两本姊妹小说《七重罪》与《诺拉》，今天抄了给陆灏。我昨天收到了你的剪报，下午ReRe夫妇来了，便给他们看，他们很赞成这种形式的"昭告天下"。我把《黄昏之恋》也给他们拿去看了，何康虽然当过部长，但他年轻时，曾在演剧九队里工作过，也是位演员，是受张光年领导的。

昨天诗人江枫送来了雪莱的书信，我正在考虑用什么文体译，初步想到的是用文夹白的笔调，以符合当时的文风。我们译的只是书信的一部分，做这件工作的有杨宪益、王佐良、卞之琳、董乐山等人，我们用两个人的名义出现。

三张信纸已写满，明天再谈。小妹，我想你，想你到没商量了，我就盼望我们的佳期。

爱你的二哥

1993年9月1日6:04a.m.

冯亦代 ▶ 黄宗英（1993 年 9 月 2 日）

小妹娘子：

昨天收到郁风的来信，是从勃里斯本（布里斯班）寄来的，因为她写着"宗英均此"，所以就把信抄下来给你看。

"二哥，8 月 11 日回到大威（她的二儿子）新搬的家，我们的工作室一捆捆书和纸箱，乱堆成山。几天之后，才拆阅一大纸袋的信。最使我惊喜的是你的三页信。虽然我已从 FaFa 那里听到好消息，还有老杨和沙漠自美国来信都告诉我来自宗英的喜讯——她说被你的几十封炽热温存的情书给写动了心，正在自己准备嫁妆呢！

"我能理解你在失去安娜以后连说话的人都没有那种难过的日子。正如同我从半步桥四五人一间窄小肮脏的牢房转移到秦城单独一人一间宽敞干净有卫生设备的牢房，反而受不了那没人说话的孤寂，竟然三番五次提出要求回到半步桥去（傻乎乎当然不会理睬我的要求）。

"人是需要和人在一起的，即使是老夫老妻，没什么甜蜜，而且经常拌嘴（北京土话即轻微的吵架），也总是有嘴可拌的好。如我和苗子，人家看起来常说神仙伴侣，但实际上很平淡，每天从来是各干各的，中午休息两人躺在对面床上，各看各的报纸或书，偶然看到什么想说的才说一句。有时听的人正在看内容不相干，还不想搭理，即使如此也总是有人可说的好。

"我想到安娜和阿丹地下有知，也会为你们高兴，你一定详细知道 ReRe 与何康的事。从五十年前被冻结的一点爱情又燃烧起来，自然程度不同，但我想 ReRe 当然当时也不会全是没知没觉。据说还有何康前妻的临终之嘱，儿女们的热心撮合。最近亲人中不断传出这类好消息，特别是 ReRe 数十年来一个人为五个儿女操劳，也该得到'黄昏之恋'。

"最早传出的是徐迟的喜讯，相信他从那位年轻的伴侣又能恢复青春。我不同意邹获帆说他被夫人拉着跳舞卡拉 OK 会拖累他，只是他大概写作甚至写信时间和兴致会减少了。自他结婚我只收到他一封信，因此我也不写了，你写信替我……

"……祝福，宗英均此。郁风 8 月 22 日"

另外还有一张贺喜片，上写着："二哥、新二嫂——亲爱的宗英，收到来自各地的信，普天下都在为你们高兴祝福！黄昏之恋万岁！（苗子已用此题写了短稿）郁风。"苗子则写"阿公的漫画十分好，正因为甜、苦都吃，所以才叫幸福，苗子郁风拜祝宗英亦代优俪"。那幅阿公的漫画，则是两颗樱桃，一只苦瓜，上面写着"甜的吃，苦的也吃。阿公"。

信和卡片都在我处，已经有折坏的皱纹，不敢再寄，等你来了再看。我这封信似乎成了郁风苗子的抄件，但就在我誊抄的时候，我的心是甜的，我想你看了，心也会是甜的。朋友的祝福太好了，人除了自己的爱人，也是不能离开朋友的。

明天再给你写，浸在甜蜜里的爱你的二哥郎君，小乖乖向你致以最崇高的敬意。

1993 年 9 月 2 日 6:18a.m.

冯亦代 ▶ 黄宗英（1993 年 9 月 3 日）

小妹娘子：

戆大（音度）有戆福，昨天我真太高兴，我做梦也不会想到你会打一个电话给我，所以当我听到你的声音，我连心都跳到嗓子口了。这诱人与动人的声调，除了用心来迎接，又能用什么呢？我正在想我的信未尽积愫，下午就得到了补偿。须知电话来时，我正在看你 30 号的来信哩！

许以祺怎么知道我写了 100 多封信给你，秘密泄露，将来必致成为他们的话柄，好在我已练就一副老面皮，也不会抵抗不住朋辈的揶揄。不过这样一来，我们的婚事，便不能不大大方方了。当然我们说昭告天下，只是一句笑话，但至少范围要稍稍加以限制，我的设想是：我把你接到宗洛家，于是我们即去登记，以后我再把你迎到"七重天"，我便宴请你的家人。我们便成了合法合人情的夫妻了。然后我们再定一天介绍我的亲友，是极小范围的。用Buffet的形式，这样可以让大家有个谈话的机会，说说笑笑，如果宗江在由他主持，不在由宗洛主持。送过礼或有所表示的，我们请他，否则就不主动请，以免人太多。以三四十人为限。文艺界的、《读书》的、零碎的，就差不多了。所以如此，因为这是我们晚年的一件大事，我不想草草了事，你说对吗？如果不请客，那只有他们请我俩了。

我忘掉你上海来时，何人伴来？要不要我到上海去接你？坐飞机还是坐火车？还是由许以祺这个小舅子来接你？还是孟浪？当然坐火车可以多带东西——我想除了当时要穿用的，其他都由邮包寄来，可以省事，你说呢？

你的菜单，使我垂涎欲滴，如此细致，那我的便成为粗茶淡饭了。我当然不会要你亲庖厨，但你若有时高兴，我也不反对，但你绝没有这样的负担，我何忍心使你陷在口腹里。你玩得高兴，我也高兴。你忙忙碌碌过了一辈子，现在应该是享天伦之乐的时候。只是别玩得太累，究竟是耄耋之年了，免得使我担心。你来"七重天"，便只有闺房之乐了。总之我们会在快活里讨生活。

佳期即将来临，我的心也跟着你去了，我就是盼望我们在一块的这一天，既然逃不掉世俗，就照世俗办吧，你说好吗？我要一切都是风风光光的，可不是大办。

现在是 7:10a.m.，刚去吃了早饭，我想大概你现在也吃过早饭了。我心里唱着歌。欢欢喜喜回来给你写信，这是我当前的唯一快乐。写完这封信，我又要誊稿了。我这次从北戴河回来后，已写了四篇稿子，还有一篇未写在纸上而写在脑里了。天气总是闷热，我的关节发痛，是老毛病了，不要紧，我写一会儿，玩一会儿，读完一本《圣床》和三篇《聊斋志异》，小半本《海明威的学徒生活》（英）。女儿与女婿说我节奏太快。我则嫌太慢了。因为我现在除了看书写文章、接电话、待客，就无事可做，连一个说话的人都没有，郁风说有个人在身边是必要的，否则太……了。我就是盼望那个日子，你来了就有说话的人了。

张瑜回国拍浅予的王先生和小陈，浅予也去桐庐了，他要在影片里出现，他兴致很高，他对戴爱莲还是痴心一片，然而这个天女娲也补不了啦！我体会到他的苦恼，从而倍觉自己幸福的可贵。吻你，搂你……

你的二哥

1993 年 9 月 3 日 7:25a.m.

邮票已附在昨天的信里。

黄宗英 ▶ 冯亦代（1993 年 9 月 4 日）

亲亲爱爱的二哥：

今天早晚邮班都没收到你的信。虽然知道明天会收到，亦不免有些怅怅然，真是！

7:00p.m.，给两个小妮子开上晚饭，还没给两只小猫开饭。

刚才小姜来，约咱俩在 1994 年度一蜜年——出一本书，有 10 万字就可以了，包括 1993 年春天以来，咱们各自在各种报刊上写的文章，明年将写的专栏文章，以及书信选，ect.我基本上答应了，他说：以体现两个品格高尚的人、有学问的人的黄昏之恋……事业的霞光……追求……爱憎……记游……

我想你是会同意的。我只担心你还有别的书约，但估计你不会有成双成对的书约。你想一想，信若赶得快，我星期日打电话来，你给我回音。

我得去洗碗了，还得去拌猫食。

我真想倒在你怀里歇一歇。

吻你。

你的小妹
1993 年 9 月 4 日

冯亦代 ▶ 黄宗英（1993 年 9 月 5 日）

小妹娘子：

昨天晚饭后范用打电话给我，说我们的 100 多封黄昏恋的信，是否可以印成一本书，如果同意他就通知董秀玉（三联的）准备。我说要成为教唆犯的，他叫我和你商量，我说即使要出版，也要删去一些词句，我要和你商量，你说呢？请你考虑了，给我一个决定，我去回复他。

我以为如果同意出书，也须经过一番编辑工作，我不知梁实秋和韩菁清的情书是怎么编的，你看过吗？其实也用不着看他两个人的，我们有自己的格调，管他们呢。删掉那些过于哆的就成了，你说呢？你多想想，我也多想想。

我不知 100 多封信是怎样传出去的，你已经写了 158 封了，不连在路上的。似乎朋友们都知道了，知道了也无所谓，只能说明我们爱情的坚贞。昨天范用问我是否已经去登记，他听小丁说，我曾经到机关去要证明，衣着漂亮，神采飞扬，真不知从何说起。我两次去机关都是因为来了两笔稿费，汇款单上把我的名字写作"冯亦"，去机关盖章的。当然也问过结婚登记的事，并向他们打听在什么地方登记，如此而已。人言可畏，幸而我们没有什么要怕的，怕的只是沸沸扬扬，打乱了我们的平静。我的那批朋友都是口没遮拦、惯吃豆腐的，开起玩笑来实在吃不消，其实也无所谓，事情是明摆着的。

　　我不知你昨天有没有看七运会开幕式，我看了，觉得文艺演出的编剧，的确花了一番心血，有了新的感觉。韦唯、刘欢的歌也好，韦的嗓子，我想没有人比得过了。连张百发的嗓子也不错，这几天北京人的胃口都被吊起来了；我喜欢体育，看游泳、体操、篮球、排球等等，我想这是最好的休息，看来这几天我要逃学了。

　　昨天誊好了《海明威在橡树园》，今天预备誊《七重罪》与《诺拉》，以后又要写《西书拾锦》（十二月号的）。三联的《听风楼读书记》已见预告，但不知何时可出版。预告已见，出版还会远吗？等你来共译《雪莱的信札》了。我忽然对那本写"反右"和"文革"的书没有兴趣了，我想我是个历次运动的幸存者，过去也零零碎碎写了一些，当然不是集中谈这个漫漫长夜的，我想算了，何必老是耿耿于怀，但是调头一想，"左"的阴魂不散，还不能等闲视之，则写书又是必要的了，还是回到我的回忆录中，把这些事包括在内。你说呢？我觉得写漫漫长夜与我现在的心情不合，我在高度的欢愉中，又何必去翻那不愉快的一页。你给我考虑考虑。

　　北京这两天秋高气爽，但秋老虎也够厉害的了，一个清晨和黄昏都闷热得很，上海怎样呢？如果早晚凉，你要考虑你的晨泳了，我怕水太凉，引起你的关节炎。不在你身边，一切要自己当心，游泳是好的，能改个时间吗？

　　今天是5号，到10/15，还有四十天，就是我们的鹊桥相会，我现在就是只盼这个日子。张阿姨回家之后有消息吗？你来了，Jenny又由何人料理？如果张阿姨能在月底回来就好了，你即使来京，也可放心。

　　我已经在看《徐迟文集》第一卷的诗篇了，读过他的《江南小镇》。我约摸可以猜出这些诗是给谁写的。这是些爱情诗，可惜我只能写散文。诗是神秘的，但能写出爱来。

爱你的二哥
1993 年 9 月 5 日 6:10a.m.

黄宗英 ▶ 冯亦代（1993 年 9 月 5 日）

至亲至爱的哥：

为什么要说"一堆形容词"是"虚伪的文字"呢？你愿意怎么叫怎么写就怎么叫怎么写，不必为之太伤脑筋并下"评语"。

哥，你的婚礼狂想曲、梦幻曲、浪漫曲爱怎么想就怎么想，爱怎么做就怎么做。It's a great enjoyment for you，你该不会在被角上挂枣儿、栗子、大花生吧？

至于雪莱的书信该用什么体译，看内容吧。我不是太喜欢文夹白，我老觉得那会显得是中国人写的，我一看文夹白的诗体，就觉得译者站出来了。待我找出《名人书信一百封》仅供你参考。读读通俗本也怪好玩的，做这部分工作的译者、编者、出版者之功不可磨灭。

含之和我是共患难的姐妹儿，没说的。

童大林吴明瑜夫妇与黄门宴一起请吧，无所谓。老三宗洛夫妇住含之对门，让他们过来一下，权充大舅爷代表吧。我一会儿给他们打电话。（现在 8:10a.m.）

什么?！8/31 又写一篇关于克雷利的！回到"七重天"，你写几篇了，前天数了数你的 love letter，共 122 封，加昨天一封加退还一封，共 124 封！！！写吧郎呀郎，你的笔管里有我输液接氧哩！远距离发功也。

就要在一起了，就要在一起了。

你的爱

1993 年 9 月 5 日

邮票 10 张收到。

冯亦代 ▶ 黄宗英（1993 年 9 月 6 日）

小妹娘子：

你的好听的中音，还萦绕在我的耳朵里，这抵消了我昨天没有收到你的信时的不安。明知你很愉快地在生活，但心里总放不下，我想这心里的忐忑，总要等你到我身边，我才会安静下来。

昨天起，又多了个赏心乐事，那便是看电视里的运动节目，韦唯和刘欢的嘹亮歌声，似乎把我的心也带到运动场上了。昨天广东女选手之未能保持她的举重纪录，真使我为她扼腕，但新的纪录的创造者，又使我为她高兴。体操运动美丽和艺术的姿态简直使我入了迷。所以你不要以未来对我歉疚，我是很自得其乐的。

读《徐迟文集》（第一卷是诗）也是个乐趣，他是写现代派诗的，头几年的还令人难懂，到了五十年代以后的诗，与朗诵相结合，诗便变得平易了。你说我在想什么？我在想你的朗诵，其实是我自己念出声了，我却遐想是你在诵读了。

昨天刚把给你的信封上，你的电话便来了，我懊悔不能把我的高兴寄给你，但我心头洋溢着幸福感。除了没有你的实体，我什么都齐了，我不是一个顶幸福的人吗？但要将我写给你的信公开，我有点难为情，小辈的会骂我老不正经的。

一个上午我便在幸福和徐迟清新的诗里消磨掉了，连应该做的工作，也没有动。下午，北师大来了个讲师杨玉圣，是送一份聘书来的，要我做季羡林主编的《世界文化史知识丛书》的编委，其实我懂得什么，可是无法辞谢，只能滥竽充数了，惭愧。这位讲师也是迷我的人，他把能收集到的我的文章，都找来读了。正如我少年时迷郁达夫、迷沈从文一样，而老来则迷我的娘子，哈哈。

今天，要把俞亢咏译毛姆自述文章的作者简介写出来，这样才能连同他的译文投给《世界文学》，我想要鼎山去买新出的《毛姆传》，这是个离天才还差一点的人，他自己说他做不了一流作家，但在二流里却是在头上的。我很欣赏他这句话。我也是做不了一流的作家，但至少还能恋栈在二流里。你应该是属于一流的，你是什么都是一流的。我喜欢你这样，你可以在文艺史上占一个位子，而我万幸也不过被人提上一个名字。其实身后的名字又算得什么，所以我说我这个人有些痴。文人不能图利，但为了名。想穿了，也不过是个梦。

即使我遇到的都是喜事，但我还只是想你，而想你是件又苦又甜的事情，生活中就要有苦有甜，不会只有苦或只有甜的，否则人间太圆满了，永没有坎坷了。其实坎坷中也有乐，当年我在干校时，还没有人身自由，但每次到大自然中去拾粪，当拾得五百斤一车时，心里也有一丝满足的欢愉。所以我没有什么要怨天尤人的。上帝给了我小妹娘子，我已经够幸福而使别人眼红了。我是个多福气的人。

我现在时刻在心头的是想你来后的生活，你不要我给你画眉毛，我却要你把我变得更年轻些，像两个两小无猜的孩子，过着心满意足的生活，连红脸都是幸福的。

紧紧地搂你。

二哥

1993 年 9 月 6 日 6:27a.m.

冯亦代 ▶ 黄宗英（1993 年 9 月 7 日）

小妹娘子：

不知道今天你已否收到我上月 29 日的信？那天是星期天，阿姨要到顺义去，她一早便走，我是交给她寄的。如果没有收到，肯定她不是在城里投的邮。好在我对你来时，又有新的建议，丢了也就不算了。

十月你来时，事先告诉我，我来车站或飞机场接你（你要我去上海接你，那就更方便了）。我去接你，就此车到"七重天"，一夜无话，第二天就去登记，你必须带来你的身份证、阿丹的死亡证，以及你机关的证明，三张三寸照片，我们选定一天，在含之家里吃Buffet，人是少数的。名单我另外告诉你。如果当时宗江在，就由他主持；如果他不在，我们自己出面或由小丁、祖光主持。以后就是选定日子请你家的众多舅老爷，然后请一次我的女儿全家，另一次儿子全家。在含之家的一次，由《人民日报》的李辉夫妇做总招待，请的人只是我必须通知的以及你的朋友，亲戚不算在内，我请的人是他们有表示及我的狐群狗党。我们的结婚照是要由登记处拍的。现在的想法，就是这样，你以为如何？

你复印的两篇文章，设计得好极了，我欣赏，我还没有写字，因为一时想不到好字句。小姜要出双人集，我完全同意，就是想不出有十万字的已发表的文章；关于两地书，范用来征求我的意见了。如果你同意，只能单出，否则这里用一部分，就要重了。如果不算这一个大头，我大概可以出四五万字，你呢？

今天是白露了，秋天真的来了，昨夜降温，整夜呼呼的风，我都冻醒来了，但事实上降温的幅度并不太大，今天说有小雨，不，北京太大了。往往东边下雨，西边晴，所以说不定。秋天到了，你就到了我的怀抱，我就盼望这个日子。你想我们见了面，到可以讲悄悄话的时候，你会说什么，我要说什么，想想这些，也是够甜蜜一阵子了。好人呀，你还按捺得住你的心吗？

那本精选，如果你没寄出，就留在你那儿先看，我只是要知道选了我什么文章，既然选了我的文章，至少要送我一本吧，稿费可以不付，但书是要的。另外两本书，如果买不到就算了。我想杭州的三联书店可能会有的，其实那两本书，英文我读过，不过几十年了，讲什么已经难说清楚了。

抱抱你，亲亲你。纸上谈兵的日子，就要过去了。

爱你的二哥

1993 年 9 月 7 日 6:30a.m.

黄宗英 ▶ 冯亦代（1993 年 9 月 7 日）

二哥：

10:45a.m.，我到楼梯口张了张，你的信已经在楼下门洞里等着我了。我想是有感应吧，你 4 日来信写到合出书，可能我也是在 4 号或 5 号对你写道：小姜约我俩合出书。那么，就把这第一本合出书给上海文艺出版社吧。有小姜做责任编辑，我们这本书会出得不错的，可着我们的意儿出。

关于佳期就照你 4 号信中所说直接接我去"七重天"吧。如果有孟浪、沙漠送亲，就在家中招待个便宴。如果是早上到，我们下午午休后去登记，如果是下午到，就第二天去登记。咳，不是为了日后携手同游，何在乎登不登记呢？！我和阿丹，从没办过任何手续，既没去伪社会局登记，也没在报上登个"我俩因情投意合……"，几十年风风雨雨也厮守过来了。如今，必须过登记的手续，就高高兴兴演这一出吧，憨头憨脑地认真去演，来今雨轩也好，小西天或新外大街什么居委会派出所都行，可能还要我报个临时户口哩！好，我记住作协的介绍信和我的居民证，记住！！！

我今天早上理了四个衣裳抽屉，一个箱子，一个包，主要为给简妮的衣服分类。把秋衣取出。那只包，是我顺手抽到什么认为该带到"七重天"的。包括穿惯了的旧衣裳，包括可以代替睡衣上身的大红衬衫，下身呢？……

我吃午饭了，三个包子，一个茶叶蛋。懒得为自己做个荠菜汤，懒……

小妹

1993 年 9 月 7 日

冯亦代 ▶ 黄宗英（1993 年 9 月 8 日）

小妹娘子：

这几天你一定醒得很早吧？我每晨一定在四点醒来，还是搂着你的感觉，于是又迷糊一阵子，这就要到五点半才真正起了身。是你在想我吧？这无可奈何的相思。小妹，我真的想你想得快要发疯了，我天天在计算我们见面的日子，现在不是有四十多天吗？如果有一天地球罢工，拒绝运行了，我又怎么办呢？我在发痴！

北京因为冷空气来，昨天温度突然掉了 5 度，好像秋天真个到了。昨天是白露吗？你去游水时，水凉不凉，多多小心，不要又感冒了，令我担心。如果水太凉，就不要下水了。Jenny 可以上学了，你也少了个小伴当。昨天只穿一件圆领衫就不成了，奇怪的到了黄昏，即使下雨，也显得闷热，时间不长，风一来，便觉得凉凉的了。昨天天空偶然晴了一会儿，马上显得秋高气爽，但只有一刹那，马上又是阴沉的天气了。你来了，单是变幻的天色，也够你消受的了，何况又有我们两个人。

昨天我在计算我们喜筵上的名单，我用的是减法，于是一个个减下去，看看人还多，今天有空时再计算过，然后明后天写出来，寄给你作为定局。天凉了，我的头脑特别好使，工作效率也特别好。我昨天把俞亢咏译的毛姆的《七十述怀》与《七五述怀》又核校了一下，顺了顺文气。写了作家简介，今天誊抄了，这个工作便完了（下星期二交给李文俊）。这都是受人之托，是人情债。明天起我就要写信给安娜的弟弟和妹妹了，告诉他们我要做的事，这样公告天下的事也做好了。

有朋友介绍我看张恨水的散文，昨天由他女儿送来了，全集中的《上下古今谈》和《山窗小品及其它》，翻读了几遍，文章写得不坏。过去以为他是鸳鸯蝴蝶派，不着重他，后来有一年作协号召我们下乡，我和他及孙福熙到南郊红星场去待十天，一块住在老乡的炕上，才发觉他是个眼光尖锐的人，说话十分幽默，是很可交的朋友。以后则我遭了奇祸，便少了来往，一直到死也没有见过。

现在是 7:15a.m.，我刚吃完早饭，我不知今天上海的天气如何？昨天公布上海天气时，我去听电话了。如果天晴，你一定去游泳池里当仙人了。这里下了一晚的小雨，刚才天气预报，说今天最高气温只有 22℃，是否大热之后必有大寒呢？穿衣换衣，千万不要偷懒，上半年你不是硬挺了一下，挺出不舒服吗？今秋务必注意，也不要搞得太累。我真是牵挂你。

昨今两天因为天色不好，不出太阳，所以楼下的鸟儿也不欢唱了。如果他把鸟儿放在阳台里，则你来时也会听到它们的啼鸣。我想上海公园里人这么多，一定把鸟儿全吓跑了，"七重天"就有这个好处，可以听鸟鸣、听雀噪、听鸽叫，你来了一定会喜欢的。我就担心你住惯了上海，住不惯北京，北京太干燥，吃的菜也粗，以后你如果有什么过不惯的，你一定要告诉我，虽然你是在北京长大的。

你是不是看中了一个提包，你喜欢就去买了，作为我送你的礼物，钱你来了还你。我已经看见你挎着手提包的帅样儿了。吻你。

郎君二哥

1993 年 9 月 8 日 7:34a.m.

黄宗英 ▶ 冯亦代（1993 年 9 月 8 日）

二哥：

三联要出我们的书信，呀呀呀呀……叫我今后怎么提笔呢？仿佛穿着游泳衣上了闹市挤在人群中。不好想着今后要出版的。那还能是悄悄话吗？可是要出，就尽可能别删，否则算什么情书呢？！不等于要公开二哥的 secret。还有，我闹不清这三百多封信里除了情和爱还有什么样的内容？我的意思是有分量些的东西，譬如哲学、文史、人生、社会……也许我们还应该把随信附的自己的某篇文章，推荐的某篇章节……总之，得结实些，没有文以载道的意思，只是两学人要有学问些。我意：可以在一年以后回过头来结集。包括在"七重天"或somewhere，你（我）在写作我（你）想说话时在纸上写点儿什么，这很好玩。贴上邮票——kiss or hug，共欣赏。否则我俩老相互打岔就什么事也做不成了。而且朋友们都说，宗英说话老说不清楚，写起来却特明白。三联可以预告（订入计划），但我意1995年出书。

这本书，有爆炸性的效益。天啊！好一对风流伉俪，仿佛人家差不多都是死了才出这样的文集吧。天啊！天！！！出了书各烧一本给阿丹、安娜以慰（或气？）在天最关心你我的人儿。

至于写不写回忆录，我意不必什么事都形成"决议"。我一直几乎都用ing写作的，只有当我觉得已前行无路时才想到回顾，并也是为了觉得欠阿丹的债，觉得世道至今对他不公平。此刻，我觉得咱们对写回忆录的心理负担别那么重，试试看回忆和新的追求，憧憬花插着进行，可以不可以呢？以后，咱们专门各有一个小箱子或抽屉，为回忆录专门自己间隔出一个时间段落来，或我（你）写回忆录时你（我）别写，免得两人都陷于愁眉苦脸唏嘘不已，日子难过。我看依各人自己的文思之流吧，你也别以为你写了"反右""文革"的回忆录，世界从此不再愚昧和残暴，我也别以为此债不偿难以瞑目。大哥老让我take easy，这件事，咱们有一搭没一搭的一并考虑。何况，许许多多新的事儿总在招呼咱们呢，我们文学的前程依然灿烂吧。

爱侣小妹

1993年9月8日

冯亦代 ▶ 黄宗英（1993 年 9 月 10 日）

亲亲热热的小妹娘子：

昨晚诗人江枫打电话来约我吃饭，我坚辞不掉。我们就到附近的"小四川"饭店，吃了顿四川的菜，吃得非常满意。席间江枫大肆吹小妹，竟使店里的服务员小郑，听得一愣一愣的，真是个奇迹。

昨天收到你的电话，孟浪要千里送京娘了，得谢谢他，这位专事帮助人的老大哥。听说之方腿不方便，倒使我揪心。电话来时我刚午睡醒来，我正迷糊，电话大响，立刻跳下床听电话，原来是孟浪和你，真使我高兴，我们要开始紧锣密鼓闹头场了。娘子要来了，我多高兴，我要跳上天了。

现在是 7:22a.m.，我刚吃了早饭，接着给你写信。昨天过得太高兴，上了床竟一时不能睡，就拿起一本书来看，以后也不知什么时候睡着的，居然还关了灯。四时许，照例醒了，便想到你的温存，我真想赖在你身上撒娇，以后便搂你又睡，等再醒来时，已经是六点了，连忙起来做早操，给你写信。

昨天我下了决心把小几上的书收拾整齐，这上面都放的是刊物、字典和《纽约日报书评周刊》，又要写《西书拾锦》了。这两天还须收拾书桌，有书、有剪报、有《文汇读书周报》，堆得老高，给你几位嫂嫂看见，一定骂我是懒鬼。骂管骂，心里还是甜滋滋的。

想着小姜要为我们出书，字数不够，我想只能把明年上半年的也包括进来了。我每天看书，看电视，看天，看星星，也看着玻璃下面的你。那双深邃的眼睛，微微的笑，真使我想煞你了。还有一个月零五天。楼下的鸟儿又在婉转啼鸣了，我想到了你在电话里的笑声，你是愉快的，我要你永远愉快，我们愉快的生活，这就是我们的晚福。我要驱走你一切的烦恼和忧虑。须知天下有多少人能得到晚晴的生活，这是老天爷对我们"残酷的"报复，最后笑的该是我们。

想想以后欢乐的生活，我梦里也要笑出来，这两年的孤独太可怕了，如果没有你，我还得孤独下去，真是说不尽我对你的感激。我前生一定是个善人，否则我得到怎的都是好报呢？上天对我太仁厚了。吻吻你，我们就等待10/15那天的重逢，我已经几年（？）没有看见你了，但你的倩影永远陪伴着我。

永远永远爱你的二哥

1993 年 9 月 10 日 8:02a.m.

黄宗英 ▶ 冯亦代（1993 年 9 月 12 日）

二哥：

明明是秋之细雨下着下着，天却依然闷热。

感冒畏寒过去只是通身一阵阵汗透，不知是多披一件衣好，还是少穿才是。

因为感冒怕传染 Jenny，就睡在女儿屋里，见橱顶有些新买的书，就随手拿来看看，如《张爱玲散文全编》等等。

给你通完电话，仿佛了却本周一件大事。

二哥，消息在港见报，随它去吧。我们不宣扬，而社会舆论爱怎么就怎么吧。我觉得绝大多数主编编辑对我还是挺好的。这件事，我们自己已决定了，外界怎么说，都随它去吧。

我们还是沉下心来，细细地经营我们的 18.5 平方米的爱巢，神圣的爱巢。不论我们旅游多远，多长久，我们会渴望回到我们的小屋，渴望那案头的一盏灯……那不硬也不太软的床……两千元一张床，不贵，真的不贵。没席梦思我们就垫棉胎不行吗？还好。

如果购物（包括再买个小型电视机，当然如大电视机能放在小厅，则不必买，不能放，我想是必须买的）钱不够，我这里有。不过，我一时不再汇款了，免得你需自己去取，该花的你先花着，到请客什么的，我来就是，一样的，你的钱就是我的钱，我的钱就是你的钱。去含之家，当然吃 buffet，不能吃茶点。中国人吃茶点等于没请客，自请客。既然含之家能坐那么多人，那就把黄家人一起请来吧，黄家有个退路就是在老三宗洛家候场。吃罢喜筵又可视情况在老三家歇息，说话儿……候车……

二哥，你别收拾书橱，那要低头的，等我来了我收拾吧。其实我喜欢收拾书橱，把书摊得一地，翻得入迷，别太催我，我一天收拾几格，慢慢收拾。你千万别自己去屉里低着头捆书，千万别。我昨（前）晚嘱咐含之从纽约买个自动测血压器给你，她说她有一个，是买着玩的，但不知准不准……我要她给买个好的。感冒了，并也该弄中饭了，不多写。录 Shelley 诗。

小妹

1993 年 9 月 12 日

冯亦代 ▶ 黄宗英（1993 年 9 月 13 日）

小妹娘子：

想不到今天收不到你的信，是因为你病了，这正是我担心的，天气入秋，温度一天数变，你一定要勤穿或勤脱衣服，一不小心就会感冒的。我猜想你住的屋子，一定是又潮又冷的，所以你格外要小心。

我今天把你寄来的包打开了，因为儿媳说她可以去找打棉花胎的，要尺寸，我见到被面非常喜欢，放在床上一定很漂亮而又很雅致的。枕芯也由她去买，荞麦皮还是软和的，请告诉我。我正在为电视机发愁，我想把它移出我们的屋子吧。我现在没人讲话，所以看电视；你来了，我们在白天工作，尽量不给人干扰，晚上看了新闻联播，如果黄金时刻有好电视就看，否则我们退回屋里，讲我们自己的话。

含之去苏州后是否还要到上海？我想有三五十人够了，太多了反而请这个不请那个为难，人少好说话作遁词。场面太大我也怕，至于以后的传来传去，就可以假痴假呆了。作协的人我不预备通知，同样民盟的人已知道，但也不请，只分糖，否则屋子要撞塌了。你的朋友（亲戚除外），你要请多少人？夏公（衍）今年生日时你已在京，我们一块，告他喜讯，最近他家控制来客，我也好久不去了，只打打电话。

我《读书》的文章尚未动笔，因为这几天不想写，但无论如何这两天要写了。这两天我在看兰州大学一个教授译的亨利·米勒的《北回归线》，以前看原文觉得他写得有新意，译成中文，译得不坏，但写的尽是乱七八糟的事，不免失望，有工夫译这样的书，真是白费工夫，译者出版者可能完全从生意眼来看，因为这是本早期的禁书（美、英）。

无事时，我总在描绘我们共同的生活，刘年玲说我已经 Close 以前的篇章，现在又掀开新的一页，所以她在《侨报》写了篇《冯亦代与安娜》给我闭上了以前的生活，她说的另掀开一页，确是的论。那么我们如何过这些情投意合的日子呢？因为你也是翻了新页，当然我们不会忘掉阿丹与安娜，但以后的日子是我们二人共有的，我决心把它写成绚丽而又平静的一页，平静，平静，一百个还是平静。平静的我们的晚年将是旖旎的。

昨天是一天明媚的太阳，秋高气爽，人的心里也是高高兴兴的。午睡醒来，我躺在床上想你，我们共同的日子，还有一个月零两天了，这令我盼望的日子，这遂我们心愿的日子。"七重天"在欢迎新的主人，我在心里欢迎我的娘子。这几天我的左腿神经痛，但却掩不住我心头的喜悦，大后天我要上中医医院去扎几针，你放心。

现在，阿姨还没有醒来，楼下传来鸟鸣，眼前是闪烁的太阳光，空气好极了。我在心里喊着你，你听见了吗？好人。我要告别我那孤苦的生活了。我盼望那颠凤倒鸾的日子。亲你。

你的二哥

1993 年 9 月 13 日 6:18a.m.

黄宗英 ▶ 冯亦代（1993 年 9 月 13—14 日）

二哥：

午前起，猛雨无止无休大下特下，还夹着炸雷，我印象中秋天是不打大雷的。我忘了是关照还是没关照小陈阿姨去接 Jenny。大雨、泥泞、交通混乱，管她接不接，我自己还是去接吧，带一双旧跑鞋去……1:00p.m.，雷声中，雨渐小。

上午，女友彭新祺给我打电话，邀我为《深圳青年》写一篇《我的黄昏恋》。我不肯，她不饶，我说你写侧记好了。我们是至交，她可以写得很有分寸的，既然已传开了，既然可能相识的不相识的记者编辑都可能写，我倾向小彭来写。

你把你今年出了三本书的书名报给我，我不想报你的官衔，我也记不住。除了知道你从一个非文学机构拿薪水并有可能还去北戴河之外，也不想多了解什么。（今天上午没你信）

小彭还说，她把咱俩的事告诉巴金了，巴老连说"好、好"，我很高兴得到这位情圣的首肯，他和阿丹是好朋友，他说"好"，我就不在乎任何人说我"背叛"，在"寡妇再嫁"的观念上，中国也确实在变哩！

小妹

1993 年 9 月 13—14 日

冯亦代 ▶ 黄宗英（1993 年 9 月 15 日）

小妹娘子：

今天醒来就是六点钟，一夜好睡，因为昨晚到傅惟慈家吃饭累了，天气又突然热了起来，出了一身汗，也睡晚了。而昨天下午北京

· 339 ·

十月文艺出版社的两位编辑也来谈告翻译人的事，也谈累了。那是关于周勤丽的两本译文的，以后给你详谈。

今天上午还须去八宝山，刘尊棋的告别式，他是我在国际新闻局的老同事，自肃反运动起就吃了冤枉官司，在农村劳动了二十多年。等到平反，再做英文《中国日报》的总编辑，已经满头白发了，真是一生坎坷，我一直很同情他的遭遇。这几年我是不参加告别式的，他是例外。虽然我的遭遇比他好，总有物伤其类之感。

《西书拾锦》这一次我写的是英国间谍惊险作家勒卡尔。冷战消失，写间谍不行了，他就改写国际军火商和贩毒犯，已成一大家，连《纽约时报书评周刊》也为他写评介了，也许他将是这一方面写作的一大家。介绍过来，可以为通俗文学开一新路。

现在是 7:22。我刚吃完了早饭。昨天下午来了客，晚上又出去吃饭，搞得很疲倦，到现在似乎还恢复不过来，老了，尽管我心和精神不老，但身体还是老了。以后你来了，我们一定采取不应酬的方式，因为话说多了，也累人，这是不能欺骗自己的。至少主要的是心不能静下来，好像身前堆满了未完的事情的样子，其实有些事说过也就算了。

我每天还在吃西瓜，因为可以通肠胃。现在也不过卖 6 毛钱一斤，一个西瓜至少吃两天，由于没有人和我分着吃。女儿冯陶总买哈密瓜给我，两元一斤，太贵了，而且我也嫌它太甜。

见的人大都问你什么时候来，他们似乎比我还心急，好心的人总希望眼前看到的都是美丽和平的事情，这心情是和我们一样的。现在还有一个月的时间，床被的问题已经解决，就是个搬电视机的问题了，因为有天线的关系，还得找电工来，预备下周内解决这个问题。床 23 日就可以来了，我没有定做太好的。不多写，似乎今天又是忙碌的一天，明天谈。吻你。

你的二哥

1993 年 9 月 15 日 7:42a.m.

冯亦代 ▶ 黄宗英（1993 年 9 月 17 日）

小妹娘子：

昨天下午收到你 13—14 日发的信。知道了张阿姨已经回来，不免为你高兴，这样你不必厨房、学校两头跑了。但是你写到打的去接 Jenny 时在下雨，来往途中是否顺利，也使我牵挂。昨天上午又收到你寄来的四本书，当即看《我与萧乾》，一直看到晚上上床，一共看了 160 页。他们受的苦，真是比我受的多了，所以我无法写那时的事的考虑，也是对的。我还是个幸运者，除了干校，既未去劳动改造，又未受皮肉之苦，这一点也不得不"感谢"我们机关的造反派。"反右"前，作协曾要调我去做外事工作，幸而未调成；如果调成，那就该有苦吃了，恐怕现在你也不会与我成就好事了。

我今年预定可出的《听风楼读书记》（三联《读书文丛》辑内，已在排字中）、《湾流集》（天津百花文艺出版社，已可印刷，是我这几年的抒情散文），还有一本《西书拾锦》（深圳海天出版社，已出版，是西书的书论）。翻译的文章，散见《世界文学》，未辑成书。这是我这几年的出品。至于明年交稿的暂时不必写了，因为都在商量中。

这两天心绪总不能平静，我总想是不是我们的事太顺利了。老天爷含了妒意，想折磨人。你也许会笑我迷信，但我过去的确是在兴高采烈中摔下来的。我真怕重蹈覆辙，也许我夹尾巴做人惯了。当然现在不会有发配之事，但令你不痛快之事，往往还会有的。我真害怕，但想想我又怕什么？中国的知识分子，被折腾得全变成小心翼翼、胆战心惊的了。

今天窗外北风怒号，秋天真个来了。可是我窗前的太阳花，日中还在开花，去年留下的菊花，又长得很茂盛，但还没有花苞，不知将来会不会开花？读报知道现在有些观赏绿叶的植物出卖，我没有去买，等你来了，你去选购，我不匮。

你寄来的两本英文对照的诗很好，我是不会读诗的，更说不上欣赏了。我开始写作时也写过，大概这是钟情文学的人的必由之路。当然严格说来，我写的诗是不能称为诗的，后来把写的诗交给戴望舒看了，他倒真正一首首地看，看完便对我说我不是写诗的材料，还是写散文的好。从此我便不写诗了，但散文也没有写好，没有你那种横空出世的佳句，不过能够成文就是了。

今天中午我再去看一次针灸大夫，我的左腿痛便可以好了，这是睡中贪凉引起的，因为有一夜闷热，我开了房门睡，招了风才痛的。你不要挂念，我只是信笔写来告诉你情况的。大概再扎一次针（通电的）也可以好了。今晨屋子里只有 24℃，虽有北风，但还有些闷，报上说上海尚在雨中，你感冒刚好，一切要自己当心，勤穿、勤脱衣服，不要受寒，我们老了，感觉有点木，往往到添衣时，天早已凉了些时候，所以必须自己当心。这样噜苏，你不会说我无话找话吧？但我们只能这样地相濡以沫了。

只有 28 天了，我高兴，我们终于要待在一起了。

永远爱你的二哥

1993 年 9 月 17 日 6:30a.m.

黄宗英 ▶ 冯亦代（1993 年 9 月 17 日）

哥：

我昨天（星期五）没有给你写信，只是因为口腔科把我弄累了，天又奇热（33℃），从医院回来，洗了个澡，吞了一碗冷拌面，开了卧室空调，服了止痛剂和镇静剂，睡了个午觉，我还以为晚上老魏的晚宴，我不知要怎么个受罪去吃，没想到不疼了。又想到先贤圣哲帝王美女如果牙疼也一样尴尬，也就处之泰然了。今天还得去，今天显然比昨天凉快些了，但太阳还是挺毒的。

昨晚是爱多亚路原皇后大戏院旁新开一爿月光大酒店，在试营业，要请些名人去，老魏就请了四位都叫绍昌的不同姓名人，四位姓王的女作家王周生、王安忆、王小鹰、王竹林，还有我，共十人。老魏是个爱请客并会便宜请客的热闹人，拍了好多照，又存资料了。他即将去"台湾中央大学"去参加个会……

美丽的床上用品买来了（七件），除了一条丝棉被有芯外，枕头2件和椅垫2件鸳鸯枕1件，都没芯，可以去店里买，但我不在上海买了，太憨了。这些东西将再凑一包，赶快寄出。我不写了，赶着去医院的路上把信发了。

竹林送我一本新写的《女巫》。

塞个粽子去弄牙。

小妹

1993 年 9 月 17 日星期六

老魏在宴会上把咱们的喜事捅出来了，我想他会捅到台湾去。

冯亦代 ▶ 黄宗英（1993 年 9 月 19 日）

娘子：

你 15 日写的信，昨天傍晚来了，心头喜悦。加上昨天遇到的事都是开心的，而且宗江又解决了我的难题，因此精神为之一爽。昨天上午去参加了《读书》编辑部和湖南科技出版社"第一推动丛书"的讨论会，中午还在贵宾楼吃了午饭。遇到了童大林，但是因为不坐在一起，所以没有谈话，但因为他是你的朋友，所以我也感到如你坐在我身旁一样。认识了不少科学院的学部委员，这些都是第一流的知识

343

分子，国家瑰宝，自己可以和他们坐在一起，不免长了志气。你是常和科学界人士打交道的，我则还是第一次，感觉自然不同了。

遇到写批评文章的许觉民，以前文学研究所的所长，他是老友，谈起我们的事，他说你是他少见的有风度的人，并称赞你的文字，祝我们幸福，我谢了他。

昨天又拿回来一批赠书和赠礼，书都堆不下了，今天儿孙来给我搬组合柜（一只），大概要忙一天，但心里是愉快的。现在除了为你写信，便在等你的电话，大概不久可以来了，这便是痴汉等老婆也，哈哈。我前两封信的调子不好，你一定在担心，如今可以释然了。真对不起，害你担忧。

昨天下午是一时半回的家，躺下睡到四点钟才起来，因为这几天太累了，是睡得少的缘故。但是心情不畅是主要的，心情好了，人也正常了，一切你可以放心了。我们都是重感情的气质，所以很容易受外界的影响而不时被动，我现在已好多了，我们是难夫难妻。

王映霞的《我与郁达夫》，使我知道许多以前不知道的事情，郁达夫的性情是多疑的、自说自话的，他之追求王映霞，就是一个表现。我以前对他俩离的经过，不知详情，所以上封信我也说了些不公道的话。世事是复杂的，特别是男女间事，不能随意下判断，我过去也只是听了一面之词，受了影响，对她的看法是不公道的，以后听这些事决不孟浪了。现在我在看魏绍昌写的梁实秋与韩菁清的文章，这是情之所钟，金石为开。他们二人结合在一起，的确是月下老人一线牵的结果。我不知你有否看过他们二人的书信，如有请给我一读。

天气预报北京这一周还有两次降雨，也有小寒流，大概一天天要凉下来了。但昨天上午出去，还是仲夏天气，贵宾楼冷气太凉了，许多老人都受不了，幸而我是多披了件夹克，后来冷气关了，才好受一些。上海老有雨，温度也低，你要多多保重。

现在是 7:09a.m.，我刚吃完早饭，以为吃饭时你的电话会来了，但是没有。心里不免嘀咕，怕你又感冒了。今天的电话很重要，因为要决定请客的问题。你大概还来不及收到我 17 日的信，那是告诉你宗江不赞成请客的，他要我们淡处理，这原是我想出来的，真应该先和他研究。当然我的想法，也是由于含之可以供应场地，考虑不周也。亲你，吻你……

你的郎君

1993 年 9 月 19 日 7:15a.m.

黄宗英 ▶ 冯亦代（1993 年 9 月 19 日）

哥，由于口腔科周医生在我牙龈上钻木取火——取神经，而我又为来回省 30 元出租车费忍痛走路，终于不支……明天星期一，还去口腔科，该取的神经都已取出，没什么大不了的事了，请放心。（即：是硬病，疼过就好了。）

打过电话后的近午收到你写的，你说是闹情绪的信，既然你已解脱出来，人间烦恼事总是少不了，什么房子、政协规定，我又闹不清。该办的办了，过去了也就算了，电视机的事使你伤脑筋，但我认为也是属早晚必办妥的事，既已挑明，早办晚办悠着办吧。

支持《收获》的笔谈，以前也发过，你写就是。我认为不必捐款，我从来没少捐款，但《收获》最后可能要有财团大户支持吧，我们的 1000 元无补于事。而且二哥，我们俩我认为只适合在文学上学术上联名出头露面，捐款一事，表示我俩有钱还是怎么的？总之不合适。你若想捐，就自己捐吧。孙大雨事，我没捐款，却起了作用，请再思。

周勤丽是《花轿泪》的事吗？我演过《花》片中勤丽的钢琴老师……

大哥不赞成操办请客，所虑甚是，我非常同意。本来我俩也是决定不请客宣扬的，后来你被人家哄起来了，并像个老少年似的开开心心要请客，我只得依你。我现在想，当然还是不请客好，逼到头上来，分散地小聚聚（花钱也不少），只在诸亲好友之间。总之，不接受起哄，只声明两人归隐书林，两人年迈体衰，谢绝应酬，否则是没完没了的。我在上海就已经造出了"什么也不参加"的舆论和气氛，托病不出。你只管拿我的病挡驾吧。搞不清你"圆满"和"掉份儿"的尺度。

　　二哥心里可能还是觉得不请客不光明正大，我倒觉得我俩早些合写成文章最光明正大，其他都是小事。朋友嘛，总是会说："什么时候喝喜酒啊？"总也是说说。

小妹

1993 年 9 月 19 日

冯亦代 ▶ 黄宗英（1993 年 9 月 21 日）

小妹：

　　昨天收到了你两封信，是你在治牙的间隙中写的，听到你在受磨难，心里好不难受。我想起"文革"中我做阶下囚时，突然拔了下颚的所有牙齿，每次进食堂，等于受难。幸而厨师老李为人厚道，总暗地里给我预备下一些稀的，才渡过难关。但自己除了忍受，又有什么办法呢？你现在当然比我当年的遭遇好得多，但一旦镶好了，便永远消受了。不过看着你在受苦，我的心里总是难受的。

　　我昨天写了一篇小文谈《收获》的，今天誊清了给肖关鸿寄去，也许为了给你看先寄给你，由你转去，文章无深意，不过写了我对《收获》的一些反应。这是本好杂志，我们应当想一切办法支持它。如果夭折，那就太可惜了。《收获》既得不到拨款，那就只能由读者来维持了，我想应当来个集资的行动。

・ 346 ・

你买了称心的床上用品，我也高兴。现在我不愁没有被盖了，昨天儿媳李春来电话，定做的床，23 日一定送来，还有一只小床头柜，来了就放在屋里，加上褥子，我就和你先在梦里相会了。我也收到你寄来的《话人生》这本厚书了，看了你的文章，却像一个青年在讲老人话，既清丽俏皮，也使我知道当时你的心情。

知道你出席了魏绍昌的宴会，从前我们说他"鲜夹夹"，现在不得不佩服他的资料收集了。如果把他收集的照片印成一个集子，每帧下写上说明，这便成了文物。"三反"前我们还时通音讯，以后才疏了下来，这也是一种人为的中断友情。见面时代为致候。

昨天，新凤霞打来了电话，向我道喜，说又有"二嫂"，心里很高兴，以后便称你"二嫂"了。我昨天打了个写给安娜弟弟妹妹的信的草稿，今天改了附《一封无处投递的信》一文的复印本寄给他们。我赞成你关于生活延续的说法，年玲说又翻过一页，不免寡情了。

只有 24 天了，你一定知道我的心急，当年张生"待月西厢下"，一定也是这样的心情。我们这个家逐渐露出它的雏形了，我高兴，你也高兴，但 Jenny 要受损失了，她少了 granny 的体贴和照顾了。宗江说关于家宴等他回来不走时再定。我要誊抄《收获》一文了，我想还是先寄给你，看了，再交肖关鸿，但一定要在月底前。吻你……

你的二哥
1993 年 9 月 21 日 6:10a.m.

冯亦代 ▶ 黄宗英（1993 年 9 月 22 日）

三娘子：

昨天没有收到你的信，不知你的牙齿治得怎样了？行前能镶上新的吗？念念，念念。想到你在吃苦头，心神不宁，总想能替代你就好了。晚上睡到三时，突然听到闹钟的铃声，便惊醒过来，似乎在催我醒来，但我屋里是没有闹钟的。你那时醒了吗？是我们的心灵感应吗？真奇怪，不可思议。

写了一个连续的文章，名《漫谈读书》，是《大连日报》约我写的，十天一篇，已发表我的第一篇，昨天写了第二篇，每篇千字，作为练笔。你寄我的《话人生》，有好几篇谈到保持思索写文章，是老来追求健康之法，正和我总结的经验相合。每天总是500字，我想的确是个好方法，头脑不老之术也。

天气冷了，奇怪的是黄昏总要热一会儿，昨天刮了一天北风，屋子里倒还温和，不过风声挺怕人的。到晚了就凉了下来。电视正在放《根》。我没有看，因为感觉上太沉重了。看电视原为消磨时间，何必去自寻烦恼，替古人担忧。看过晚间新闻和体育新闻，就收拾躺下了，做我的好梦，否则就只能承担独居斗室，无人对话的寂寞了。你来了就好了，可以谈谈悄悄话。一个人最怕是情感没有宣泄的机会。

昨天来了好几个电话，都是来讨喜酒喝的（当然首先是道贺），我告诉他们不预备请客吃饭，他们听了都表示赞同。姜德明和邵燕祥听了都赞成。他们怕我们太累了，因为待客也是个苦差事；而且的确太招摇，如果突然来一批不速之客，就难以应付了。真得谢谢宗江，他解决了我们的难题。

冯陶她们研究所成立十五周年，带了两大束菊花来，供在窗前，时时飘来香气，这是种幽香、清新之气。菊花可以傲霜雪，人也是越老越有睿智，我们以有幸福的晚年而自傲。徐迟劝我婚前要多考虑，现在据说因为有问题了，志趣不同，因为他们二人的文化水平有差距，不像我们是同一水平的，至少阿大阿二差不多，你稍微前一些，但我可以承受。我们的事情太快，人家总怀疑我们是一时冲动，其实我是早已想到了，但没有机会出口。然而我们有缘，缘把我们牵在一起了。有知道徐迟夫妇的友人说，他们只花了一个星期不到。

你给我的《话人生》是本有用的书，特别对那些刚退下来的老人，可以预先安抚他们的精神。我特别有兴趣是写文章的大都是熟人，看文字如听他们透露心曲，很亲切。我在你文章里看不出你有老人的颓唐，倒是扑面的青春味，我想小妹给我的魅力也就在此。小生何福？得了一个布满青春的娘子，是我三生里修来的，也是三生石上铭刻了的。

昨天是个阴天，整天不见晴，今天却不同。对面房屋东墙上洒满太阳，天是秋高云淡，甚至可以说万里无云，美极了。耳朵里则是愉快的鸟叫，"七重天"就差娘子来了。还有二十三天，要唱庆团圆了。娘子，吻你，吻你，第三个还是吻你。

我留着书（新的）没有整理，等你来了拣爱看的放在就近的书架上，我真发愁书读不完，两个人合起来读总可以读一部分吧！有书也是一福，因为你对面是知识的宝库，我在《大连日报》写的栏目，就是劝人读书的。书中自有颜如玉，我读书读出了个娘子来了。我总欣赏那一句：呆人有呆福。我就是呆人，你也脱不了。窗外刮风了，今后太阳会晒进屋子来，欢迎你的是间温暖如春的屋子和炽热的感情。

二哥

1993 年 9 月 22 日 6:30a.m.

黄宗英 ▶ 冯亦代（1993 年 9 月 23 日）

二哥：

晚上回到家里，你的信已等着我了，好安慰，又到了神圣时刻，神仙世界。别担心你低调的信会影响我，彼此说说自己人生在世经常必然遇到的忧愁郁闷，往往这忧愁郁闷也就烟消云散了。你心情好了，我很高兴，就像我此时能和你说说"人生在世，在所难免"，我也不觉得太烦累了。

我不喜欢王映霞，不喜欢。她的"说说明白"，就是说郁达夫的过错。女人心狠到要把版权立字据拿到手，死后还一再出示，什么意思？？曾经彼此爱过，过后不爱了，哪里说得明白？！我以前闹不清别人，对王映霞有非议，我只是看了王映霞的自白，才非常地替郁达夫喊倒霉，竟纠缠于这样一个女人。

我没有梁、韩情书的书。

好啦！二哥，平静下来，正常下来，到时候，也就像你的亲姐妹回家似的，一切平常一些，我也方便很快融于你的家庭。果真能双双归隐书林，日子过得越平淡越幸福。

前天作协秘书长赵长天打电话来问魏绍昌摆宴祝贺事，说陆星儿等都说应该摆宴送我了。我说"别，不张扬，别摆宴"。我问了他几个具体的事，例如，如果医疗关系转北京，再转回来，手续都要经过市卫生局……我说，那就别转了。二哥，我想我去北京后，也不会有什么大不了的病要看，上海依旧可取药，我带足冬春的药，偶然看个病，自付也行，回来报销（作出差）也行。看吧，没事儿，我去美国半年也没看病，只瞎买了几瓶头疼药、镇静药。

娘子

1993 年 9 月 23 日

冯亦代 ▶ 黄宗英（1993 年 9 月 24 日）

娘子：

收到你 9/20 下午发的信，很高兴，因为收到时我正在望着新送来的床作遐想。我没有铺上你寄来的床罩等物，而只铺李春送你的褥子，因为我要留着你寄来的等你来了用，显得更温馨些。你问我是否一定把你盖上"冯记"的戳印，没有，绝对没有，不盖戳印我也不怕你逃掉，事实上知道的人都把你我连在一起了。我不过为了你，我不要你受一丝儿的委屈。你说了你不喜欢喧嚣，但在我总觉得不能草草了事。这究竟是我们的大事。我怕黄家的人说我不当一回事。宗江这样说了，我才同意的。你说我是呆大，我承认，说我要盖"冯记"的戳子，我不承认，我是个听娘子话的人，不信，你以后看。

屋里换了床，才像一间热闹的屋子，不那么有股孤寂的味儿了。我高兴，但睡上了新床，我又想你，一时睡不着。昨天 CCTV 不是有特别节目吗？开了小收音机，关了灯，想像你就在我身旁躺着，好舒适。也不知什么时候睡去，快两点了就醒过来，等蒙特卡洛的宣布，我原认为是没有戏的，不幸而言中，今天的世界还是白人第一，种族上不平等，这是我们无法改变的事实。以后一觉醒来已是五点，连忙起床，因为是该起来的时候了，不过头有些昏沉沉的，还在打哈欠。中午好好睡一觉。

我的左腿经过电针治疗，已完全好了，所以不麻烦闫大夫了，其实是不麻烦我自己到西苑去看病，我害怕折腾。我一向有个为我看病的针灸大夫张勤，我的脑血栓就是她治好的。她在北京也是小有名气的。我本来想你来后，也要和你一块去找她。她的丈夫是新影的一个摄影师，名蒋祖武，也是小有名气的。所以你放心，我决不会对自己不当心，因为我现在是你我共有的。《话人生》差不多要读完了，对养生之道，颇有体会，我是个不知老或不愿老的人，但老是事实，逃也逃不掉，那么干脆承认，不讳言老，服老，当然脑子、精神不能老，否则无法做人，更说不上发挥晚晴了。我很高兴，文汇出版社通过我们的出书，我们见了面再想想如何应付合写的一部分，否则书便没有特色了。宗江已去海南，要月底回来，届时请姜来好了，我想宗江不会拒绝的，我总觉得他把许多好文章，口中念念有词都化为唾沫了。不过他的活动比我们的多。

昨天《新民晚报》的高汾来电话，一面道喜，一面说她来操办，她也是叫我二哥的，是老夏训练出来的名记者，我说了半天，她才同意。我忽发奇想，结婚的日期，绝对不宣布，登记了，如果一时无法离开北京，则去躲在含之家里，或者临时去香山饭店住上一个星期，再不然就不听一星期的电话，叫阿姨说你我去上海了。你可以不"怯场"了，我也可以一推六二五，作不知晓状。

昨天《英语世界》的总编辑陈羽纶打电话来说28日北京举行期刊陈列会，要我和杨宪益给人家买书签名。我起初诿辞，经不起他的说项，看在白看了几年的《英语世界》面上，答应去半天。你一定要说我好管闲事。我这个人就是脸皮薄，以后你好好驾驭。

《收获》的事决定照你说的办，区区千元，不济事。但明年我们自己订，不要他们送了。昨天有个"笔会"的叶编辑来催文章，说肖关鸿已去党校学习，我说文章已寄你，请他问你拿。因为他们下星期一要发稿，为了我们的《双人集》，我们真要规划一番，否则到期交不了货，奈何！我们不能食言。

你忙着新嫁娘的衣服，我根本没有想到，真糊涂，现在不请客，就好了，否则我只能穿我那套西装了。哈哈，新娘打扮得如花似玉，新郎是个瘪三，好看呢！幸而取消了，否则临时来批新闻记者，乖乖不得了，我怎样变些吃的东西出来。人无远虑，必有近忧，否则这批人笔底下不留情，我们还背上了应付不周的罪名！

到你来时，决定照你的意见办。如车可进月台，那一切麻烦都解决了，否则出站叫车，也是麻烦事。再我们如不听电话，就要对方留一个姓，以便稽考，我家的阿姨不识字，但人很灵，也是见过世面的。

你的包裹是邮局寄的吧！我会留意提货单的。我离休后，不拿规定的每日交通费，我便可自由要车，方便多了。当然你来了，我们可以常出去散步，不像我现在那样的很少下楼散步。我们要对生活安排一番，正如你所说的要有个适应的过程。我一切听你的。吻你。

二哥

1993 年 9 月 24 日 6:42a.m.

黄宗英 ▶ 冯亦代（1993 年 9 月 25 日）

二哥：

昨天傍晚五点多钟收到你那封附有给文汇的《我读〈收获〉》稿，而文汇·笔会的小叶已催多次了，约好今天上午九时半来取稿，我完全忘记了星期六上午要去口腔科。没关系，我打个电话医院改个时间就是了。我可不敢怠慢了二哥的稿子，而且委实认真看了几遍，还大胆地改了几个字。文章写得蛮好，但有个人儿认真地看了，还是有胆子改几个字的。我准备 8:30a.m. 去旁边店里复印后给你寄去，免得将来报上印错了字，你以为是我改错了。我想在这个世界上只有我敢改大学问家冯亦代的文章了吧？

二哥，你多次来信说到我俩合写文章，我想"合写"只能在我俩之一主笔成文之后，因为我俩已各自有了个人的风格，你的质朴练达和我的率真俏丽都是不能代替而又可以互补的。至于译文，我能大约模子可以看懂，则已属神奇了，如合译那是你的带徒弟，看我满头大汗操刀罢了。所以，人家向你约稿，你有灵感，尽管写来，我们有的是题材供我们二人"合译"，我给你加油，你拎着我的银发往上"提溜"。此刻，先别惦着合写不合写。

我在看竹林的《女巫》，看好寄你。这位女作家是应该支持的，以"荒诞"寄情托意，不与西书对比难以评论。

不多写了，免得信太厚。你仿佛对新屋挺满意的，我高兴。

小妹
1993 年 9 月 25 日

冯亦代 ▶ 黄宗英（1993 年 9 月 26 日）

娘子：

昨天午睡，一觉醒来，却接到你的电话，我正在牵记你已否去了苏州，一路如何，收到你的信和电话，放下了一块石头。昨天上午收到你寄被具的提货单，不过我已去参加国际文化出版公司的董事会，所以到午间才看到，预备星期一去拿，因为明天要不到机关的车子。星期一去拿被具，然后再去梅绍武家拿《毛姆传》。他今天临时有事出去了。请了小保姆，而小保姆又自动放了假，所以我跑了空。他要自己送来，我想这样我架子太大了，所以还是我自己去，不给人找麻烦。你昨天信里不是说不要给别人找麻烦，让人讨厌，我是相信你这句话的。

听到你的声音是愉快的，我可以知道你的心很平静。我自己怕心里嘀嘀咕咕，我也怕人心里嘀嘀咕咕。昨天早上我刚要出去，舒湮来了电话，说他要到电影资料馆看 30 年代影片。如果戏完得早，就来我处谈谈，我说很对不起，我要出去开会，他又问我佳期，要热闹一下，我谢了他的好意，我说我们不预备办什么事，想悄悄地过。他问你何时来，我说未定，这样他才无话可说。你电话来劝我，我才心里释然，我有些看不起他，特别是他写了怀念唐若青的文章，竟把唐写成一个荡妇，君子不道人之短，何况他凭的只是道听途说，太无情义了。我是宁可人负我，不能我负人的，把已走的人臭骂一通，不是英雄。

昨天下午我的一位叫我先生的学生朱世达来，他刚出版一本小说《相爱在哈佛》。这是一个中英文俱佳的青年人，原来在新华社当外文部副主任，羡慕写文章，去了美国研究所。他知道我们的喜讯后，对我说这是唯有大勇者才能决定的事，同时必须是热爱生活的人，因为你们勇于面对人生，热爱生活，他把我们的事看得十分严肃，他是复旦毕业的。

今天听你声音的愉快，在昨天预支了。但你的女中音还在我的耳际，想想以后我可以耳边常聆你的妙音，我真太可心了。我想到我们幸福的晚晴生活，我感谢你。我们将有说不完的话，读不完的书，写不完的文章，我们老来多幸福，老朋友都祝贺我们的结合，因为他们无求于我们，只愿我们幸福。

北京今年的天气真奇怪，一面预报有弱寒流，温度要下降，实际上天气还是在秋老虎的爪下。早晚我要穿件毛背心，但白天还热得很，冯陶把电风扇都收起来了，便显得燥热，幸而我是不喜欢扇扇子的人，看上海的天气，好像还比北京凉似的。估计再半个月，天气一定会入秋了，我们可以同去香山看红叶。

不请客我的精神压力也解除了，登记后我想托人去香山饭店定一个房间，住上三天到一个星期，避避风头。这笔钱是不请客省下来的，应该仍为我用。我昨天收到姜金城的信。又多了个年轻朋友。他信里谈到我们的双人集，说只要明年 10 月交稿就可以了。我前封信误为《文汇报》，我也真能在第二故乡出书了。请你就便和他说我收到他的信了，谢谢他，希望有一天能在我们家里招待他。前几天收到上海译文出版社吴劳来信，他说看到我写的黄昏恋，想"小妹"莫非黄宗英，后来陆灏证实了。"我就想这该是文坛、艺坛的共同佳话了，以小妹的风趣，你的博大，该是在一起有讲不完的话的……想当年你在大后方和二流堂同人会聚之际，小妹正以甜姐儿身份在孤岛走红，如果她也到了重庆，怕你们早就认识了。"这就是一位老朋友看我们的话。其实要是真的认识了，我们也只能兄妹相称，我不敢有逾越的行为，但也说不定，或者是个"不了情"，我不知道。

吴劳说寄给我一本徐迟译的美国梭罗写的《瓦尔登湖》，这是本颂扬大自然的优美散文，我很高兴我能和你在一块读，这是本哲人睿智的书。我之爱好自然，很受他的影响。访美时曾去瓦尔登湖凭吊，那里安静得一根针掉下地也能听到的，我在河边伫立了许多时候才离开。可惜我写的文章，不能道出我的幽思，我那时还是心浮气躁的。如果今天再去，我定会写出另一篇文章的。这篇文章收入我的《漫步纽约》。我究竟不是一个诗人。

想你，这无尽的相思，再过半个月也要告一终结了。安娜的妹妹弟弟我都去了信，告诉他们，要他们谅解和支持，附《一封无处投递的信》的复印本。

吻你，就等你来了。我就希望我们活得快活些，特别是你，你真的太苦了，苦了那么多年。

你的郎君二哥

1993 年 9 月 26 日 6:38a.m.

黄宗英 ▶ 冯亦代（1993 年 9 月 26 日）

哥：

幸亏我昨天给你打过电话，不然岂不等煞二哥。现在已是 9:20a.m.，女儿房间依然毫无动静，她有时住在家里，有时住在宾馆，当她住在家里的时候，早上大家都悄悄无声……

早上打开报纸，看到自己的文章《义士"鲤鱼锛"》，我已经把这篇文章忘了，但这篇可辑入双人集的前一部分：各自的孤寂哀伤……

昨天《中国论坛》何国芳打电话来向你约散文稿，我说，你们先给他寄份刊物去吧，不然你这杂志的名字会让人以为要发表论文哩。我的那篇《走》就是在该刊发表的，她现在要我的《断章残句》，我已不知"丢"在哪儿了。昨天清晨，我随着你的《我读〈收获〉》又划拉出一篇文章，小叶还夸好，我真高兴，你若不写，我哪儿来这篇呢？！我幻想着以后夫唱妇随的日子，但警诫自己，不要幻想得太美。唉，其实我的幻想多么可怜——只不过是宁静。二哥，我警告你，一切可能引起将来不太宁静的行为都令行禁止！！

过了国庆，我将去作协，预订两张 14 号的软卧车票。拿着你提醒的备忘，去请组织上出一种什么样介绍信，也许仿佛有一张什么表格之类吧。二哥，我想把咱们登记的日子订在 11 月 11 日左右的日子，这样每年就可以凑在你过生日的时候也就是我们的结婚纪念日，你的孩孙们贺你生日时也就是贺我们新婚周年，双周、三周、五周、十周、廿周……年，我只是想把家人祝贺的日子集中一些。本来我也是想 11 月去北京的，因担心你等得急，才又订的 10 月 15 日到京这个日子。以后我们每年两人私下里纪念纪念，你说好吗？凡我提得有理的事，你是不许说不的。二哥，我俩有个小的差异，你冷寞了一生，内心深处渴望热烈；我热闹了一生，时时渴望静寂，这个矛盾，你要将就我方是聪明。

我不想给你寄竹林的《巫》了，只是觉得世间书很多，这本你可以不看，农村的生活你也不熟悉。

我回过头来读你早先寄给我的美国短篇小说选吧。

女儿带了 Jenny 出去了，趁这工夫，我赶忙看点儿书吧。我的养子周民的媳妇从澳大利亚携女儿（8 岁）回国，每天要到我这里练钢琴，也得备点儿 ice-cream、drink etc。我不写了，我看书了！真想击 21 响礼炮：作家黄宗英要看书喽！！！

小妹

1993 年 9 月 26 日 10:58a.m.

冯亦代 ▶ 黄宗英（1993 年 9 月 27 日）

娘子：

我怎么这样糊涂，怎么把我大学毕业的时间写错了，我是 1936（一九三六）年毕业的。幸而你细心，提出了这个大错误，否则变了虚（少？）报年龄了。请你给我改正吧！我的《收获》文章大概是24号傍晚收到的吧？算来应该如此，否则你不可能在25号说文章已交给小叶了。我没有写什么捐款的事，我对自己立下规矩，凡是用我二人名义的事，不经过你的同意，决不自作主张，即使是我一己的事，我也事前要和你商量，否则叫什么夫妻？我以前也是如此，今后更当如此。我不知你对那篇文章，有什么意见，我自己是不太满意的。好在这类文章，也不要收入集子。你说呢？

虽然前天通了电话，昨天没有听到你的声音，心里还是若有所失，要治疗这种刻骨相思，就只有你来了，我真有些度日如年。我想我们的心情，一定是彼此彼此，心有灵犀一点通嘛！我把这些日子，叫作挨日脚。等真的这个日子快到了，心里倒又作难，不知我做的准备工作，是否做好。我想你要有个心理准备，到时一定会这个没有那个不凑手的。娘子，你多多包涵，因为你的郎君，已经越来越书呆子了。我总想一切事都等你来了再做，这样可以有商有量。昨晚北风怒号了一晚，因为降温了，今天只有10℃—24℃，与前天比平均差8或9度。秋深了，冬天真的要来了。今晨也还是风声盈耳。上海怎样？不要少穿衣服。

上海译文出版社发行《英汉大辞典》的上下卷合订本，大概要百元，我想你买一本放在家里。以便我们将来住在上海时用，这样我可以不搬这里的大砖头了。

又在桌上写信了，已是7:18a.m.，因为阿姨要出去买菜，便先写到这里，明天再写。吻吻我的好娘子。

你的二哥哥

1993 年 9 月 27 日

冯亦代 ▶ 黄宗英（1993 年 9 月 28 日）

娘子：

昨天我高兴极了，安娜的妹妹安媚来看我，送我六条鲫鱼，这是她送我过节的。我和她谈了我要和你结婚，我拉住孤寂这个题目不放，她却恭喜我说她早已劝我觅一老伴，现在找到一位称心如意的，当然应该结婚，她祝贺我。我留她在家里吃了午饭才走的。我原先认为这一关很难过，但现在大家都通情达理的，我就解除了又一心病。这样安娜弟弟那儿也不成问题了，估计这几天他已收到我的信。安媚也是你的入迷的观众，她是安娜最小的一个妹妹，我是看她大起来的，她和我的姨表弟结婚。

我昨天没有收到你的信，心里有些嘀咕，是怕你这几天累了，身体不舒服。你应当抓紧时间休息，千万不要太累。你离（开）上海前一定有许多事情要做的。中秋节到了，月团圆，人也要团圆，我盼这一天，还有半个月零两天了。日子是过得快，但心里还嫌它不是行走如飞，至于以后的日子，则希望它是牛步，走得越慢越好。昨天已经把包裹拿回来了，上次去也是这位女同胞办的手续。昨天去了，似乎已经认识了，她说你来拿黄宗英寄的包裹，是那个电视明星黄宗英吗？我连说"是、是"，她笑了起来。

后来我到梅绍武那儿去拿《毛姆传》，英文的，是托他向北图借的，他一个月去一次北图，借书还书，他说他来不及看书，可看的书太多了。我最近也感到此点，就设法挤时间，条件是不使眼睛搞得太累，我为这个挤时间在《大连日报》"书与人"副刊上写了文章。我想写读书的文章，遇事生发写成一个长文，每期写一千字，稿费百元，你笑我在聚财，其实是我信手写来，一点不吃力。

今天要和杨宪益为《英语世界》签名卖书，九时开始，他们用车来接。明天则是天津百花《散文·海外版》座谈会，中午吃饭。当然胡扯几句总是逃不掉的。10月2日则到五棵松儿子家里吃饭，要爬四层楼扶梯。儿子说在每一层给我放个凳子，预备我走不动好休息。他想不到我会同意去的。以后的日子就痴汉等老婆了。娘子，我等迎圣驾。好日子快来了，我心里唱着歌，唱我们团圆的歌。北京方面起哄的潮头被我压住了，我一想也许你一离沪，便会报上见消息的。北京那些惯于发消息的朋友，我一直没有通知他们，一级保密。

请你把你的经历写一张给我，因为我要民盟机关出证明，以便你一来我们就去登记。如果那时朱桦军训完毕，那么就请朱晔、朱桦作保镖，保我们去中山公园。否则我们要去香山饭店也去不了。昨天范用又来电话，要出我们的书信，我谢了他的好意，但没有答应他，我说等我老了再考虑，他真是个热心人。

电视已放映姜文的《北京人在纽约》，演技摄影均佳，这个戏也许会轰动的。北京电视台用《明官三大案》来对抗，恐难成功，日子又近了一日，快到我们还相思债的时候了。吻吻你，我的好娘子。

你的二哥

1993 年 9 月 28 日 6:15a.m.

黄宗英 ▶ 冯亦代（1993 年 9 月 30 日）

亲爱的哥：

睡不着，睡不着，索性起床，梳洗，吃几块小饼干，坐在书桌前也才 3:30a.m.。以前我常常这样，我反正一个人，我吵不着谁，以后……我不知道。

二哥，我不去香山，咱们不去香山饭店，咱们干什么要花那么多冤枉钱呢？咱们是有钱人吗？凡是宾馆饭店不超过 200 元以上的房间只是极简单地供开会住宿用，无浪漫可言。吃一顿饭，如果叫一荤一素一汤，没 150 元一顿拿不下来，两个人吃和三个人吃没什么两样，再说你总得换个花样。二哥，也许你想找个安静地方，you dream to make love with me several times a day, that's impossible！你看外国小说看多了。你先要清醒地知道，只要我的名字在无论哪个柜台上一登记，那么无论在南疆北疆，远至川藏公路的车马大店，我的车半夜二时到达，还有人来找我聊天、签字……二哥，为什么要花那么多钱把你的娘子（带）去展览呢？我以前曾提过去柳州，因对方说，让我住周总理住过的小红楼，大概依然是内部招待所，我才起意的。我现在也半点儿不后悔不去，想来想去想得都是自己疲惫地强颜欢笑去做巡回展览。二哥，咱们哪儿也不去，咱们就在家。你仿佛非常担心"七重天"的狭窄普通，甚至寒酸。二哥，设想你如今若是有驷马高车广厦的"大腕"，我会得睬侬吗？！我脑子里深深地印着你在三不老阴笃笃的那堆满了书和杂志的房子里的印象，当你让我坐下来时，我的腿伸不开……而使我引起怜惜你的若干个印象的重叠才萌生出了爱。金窝银窝不如家里草窝。二哥，我已经很满足于有 18.5 ㎡ 的无价之书窝了。二哥，我除了提过一个也许使你很为难的我不堪忍受有人夜夜去咱们窝里看电视到十时半之外，仿佛没有挑剔过什么，虽然我闹不清只一条公用天线，是否能解决再有一台电视机的问题。外国的高楼大厦的住宅里，连厨房也有电视机。（我家电视机装 cable 以后，也难动了）好啦！我放弃这个挑剔！我强迫自己去忍受某些不是艺术的什么玩意儿，我织毛线玩儿。我能在看电视时换了睡衣拥着被头织毛线，织累了就钻被窝吗？

小姜昨天冒雨捧着一束花来了，正好我女儿脚崴了，躺在床上，我说送橘橘吧，橘橘说，放客厅吧。他总是能在路过的菜场上花上两块多钱就能买一大把花。我们初步谈了关于双人集的设想，并说他过完阴历年（春节）后争取到北京来，我们是在他一坐下先谈的董乐山的文章。我将另外写信给乐山（由你转），在此就不多说了。小姜边谈边说：看你今天精神挺好嘛！挺高兴的样子！我说：医生通过检查，说我智商超常哩！我从来觉得自己这也笨那也笨，这个"智商超常"的测试结果，虽不可靠——就让我做了一些"游戏"——而且是今天我去内科问"抗衰老所"检查报告出来没有，医生答"没有"。过一小时我看了妇科下来取药时，内科一女医生又跑过来极高兴地告诉我："黄宗英，检查出来你智商超常。" 说完她就匆匆回去诊病去了。我也闹不清智商超常和高度健忘是什么关系？是从来超常，还是在我近七十岁时，与别的同龄人比超常？总之，相信电脑算出本人智商超常，给我以信念，去学习、掌握、运用新的学问，应该开始自我感觉良好，自我感觉很重要。

今天是 30 日了，又过节又过中秋的，你家、我家也都会热闹起来，我很高兴今天起早了，给你写下这封信。

今天早上将再次到口腔科，今天去了，就没事儿了。

此刻 4:35a.m.，我看书了，我忍心把信封了，心不二用，本书生要看书啦！！！

吻你。

小妹
1993 年 9 月 30 日 4:45a.m.

冯亦代 ▶ 黄宗英（1993 年 10 月 1 日）

娘子：

一轮明月照窗前，想到古人的诗句"人生难得几团圆"，也想到了你。上海是阴天，大概看不到这个团圆。我虽然看到这个团圆，但还得挨过这落寞。好在过了一天少一天，还有十四天了，我的思念才平静下来。女儿女婿祝我团圆。

写到上面一句，电话响了，我准知是你，连忙去听，果然是你，心都跳了。心里说不出的高兴。昨晚也是电话响了，我去听，以为是你，却是打错的。这倒使我心里在等你的电话了，我料定你有电话来的，可惜我这个电话打不了长途。而朱焘那个是公务电话，我不想占公家的便宜。

我的高兴劲儿，你是可以想见的。到现在我耳边还是你那好听的女中音。听了你的声音，我这个节便过得圆满了。昨晚是女儿女婿给我过节，吃香港、广州的椰子月饼，这是我最爱吃的。晚饭也喝了一听青岛啤酒。下午是孙女儿来的，也是月饼，我现在反而愁吃月饼了，因为老年人不能吃得太甜。但虽然小小的月饼，我一次也不过吃1/4，但心里是愉快的，也是天伦之乐吧！

昨天宗江回来了，我告诉他已取消宴客了，他大为高兴。他还处在旅行的兴奋之中，他十七日还要去广州，二十一日回来，以后因为美国有朋友来拍电视，是他老友，他要招待，海南决定不去了。所以我们的黄氏家宴，年内可以举行了。

原来我住的是小西天商业一条街，街上连新疆的饭也有得吃，所以你不愁没有饭吃。至于新外大街则吃的地方更多了。以后有朋友来，我们便在这些饭馆里招待他们。如果我们吃厌了家里的，也可以偶尔去吃一顿。

今天我不预备出去，就坐在家里写信，鼎山的、楼适夷的，上海吴劳的，美国刘年玲、费慰梅的（费正清夫人），够写的了，也是一笔人情债。余下的时间，便读《毛姆传》。昨天又有人送我四本杨沫的全集，有空再翻阅。我真羡慕他们一本本地创作出来。我选的文化交流工作，是很难得到人的青睐的，又有多少人要知道美英的书及信息呢？所以做学问要耐得住寂寞，也许一生也得不到个首肯你工作的人。我选了这一行，我不后悔，至于一流二流，无非是自我感觉，贾平凹据说是一流作家，但一本书写赖了，口碑全非。问题不在流，在是不是肯定一个人的工作，似乎在发牢骚了，就此打住，不谈了。

昨晚因为喝了酒（没有过量），一觉到天亮，已是四时多。想着你，想着我们未来的日子，搂着你睡到 6:30 才起身，做了早操，坐下来给你写了几句，你的电话就来了。我想只有不再打电话，写信，我们的生活，才能真正开始。这将是一个相互适应的过程，你要多教教我，在生活里，我有时是很傻的。

小丁开展览会，你会去看吗？画家只有在展览会里才能显得出，他们比写文章的人更寂寞，尤其是画漫画的；也许我这样想是错了，但八九不离十，没有牢骚，是画不好漫画的。

亲你，吻你，三娘子，老生这厢有礼了。

等着你的二哥

1993 年 10 月 1 日 7:36a.m.

请告诉我巴金生日的日期。

黄宗英 ▶ 冯亦代（1993 年 10 月 1 日）

二哥：

此刻国庆之夜 8:20p.m.，Jenny 在下午就被她妈妈接出去了，小儿子阿劲一家还没到（估计是没买到机票广州—上海），张阿姨一个人在看电视，我关了两重门在厨房的桌灯（从钢琴上移来的）下读书，其乐也融融。能安静地做自己想做的事对我确实是奢侈的享受。二哥，你能理解吗？你……你不理解，男人并不想真的去理解女人，他只想有一个适合的、值得的接受者去倾得他的爱。唉，我为什么要写下写也白写、说也白说的话。……我多么担心你想像中的我总是那水银灯下的我、闪光灯一闪时特写微笑的我，你并不真的理会我性格中素净执着的一面。唉，也是我惯得你……大过节的，已叹两次气，应该叹三次，唉！请允诺我沉静、沉默、沉思的自由，不然我不往你那蜜一样地笼里飞了。虽是说笑话，也是强调，也是认真。

今天下午为在自己卧室里给儿媳妇腾出两只床下的抽屉，就已开始对自己衣物分类，北京，上海。如果今天半夜阿劲一家还不到家，明早张阿姨不买菜，我就和她翻大樟木箱，取出羽绒服等冬衣，也"检阅"一下自己这些家常半旧衣服究竟能不能"抵挡一阵"。我没兴趣挤着去买衣服，也不可能在家里挤住着人的时候再请裁缝来做那自己想不出该做的什么，就这么的吧。只要二哥不嫌，就这么的吧。（前天我取出浴衣来，想早晚在阳台上穿。没料到 Jenny 一穿刚刚好，这小闺女又长高了，浴衣就归她了。凡在北京能买到的占地方的衣物，我都不在上海买了。我二嫂家离隆福寺不远，三弟家离王府井不远。从"七重天"往西单市场的路并不复杂。哪天把你这老头儿撂在家里，我跟阿姨上街买点儿女人家的东西……）

如果这些天若断了我的信，只可能是因为我太忙乱了，扒拉出一张桌子给你写信也不容易，节日里冰箱里、桌子上、茶几上、架子上都是满满腾腾的。

万一我再寄包裹去（只是因为我拿不了那么多东西），就不必打开了，只是我的生活衣着必需之物而已，18.5 ㎡ 放不下，我放娘家备换季，我尽可能在地址的右下角画个 W（winter）、S 之类记号。

好啦！数落一堆家常话，庆过节，两口子嘛，枕头边的话我又何必急着等不得地非在信里说呢？

小妹
1993 年 10 月 1 日夜

冯亦代 ▶ 黄宗英（1993 年 10 月 3 日）

亲爱的小妹：

收到你30日的信，是什么事使你如此烦心，竟然彻夜不眠？是我香山之行的提议使得你不安了吗？其实我只是个想法，如果你不同意，我也决不会强迫你的。我不是要18岁那样的make love，我要的是你对我的温存。须知我已是多年没有得女性的温存了，而这也是对我的爱抚。我究竟已是八十老人了，开起座谈会来总是要我第一个发言。至于make love，正如你说的It's impossible。如果能有一次使我满足，我也要烧高香了。你会失望的。因为这想法我只是安慰自己而已。我对自己也许有奢望，但只是梦呓而已，你该可怜我。

现在我住的比三不老已有天渊之别，我曾经写过一篇《谈新居》来讴歌她。何况新居还带来一个你，这是我做梦也没有想到的，我只有庆祝自己的福气，哪敢嫌她寒酸。我是要使你除了我的爱之外，你有更多安适，这样可以补缀你那受苦的一生。这"七重天"将会使我们老树开花，重新焕发我们的青春。

今天我起来时不过4:20，因为我的表去修了，临时戴了一只表，表面CPAC，表示12、3、6、9点钟，我糊里糊涂看错了。我突然醒来，想着你，就再也睡不着了。也许这时你也醒来，你在想念我。

昨天是我忙碌的一天，早上把《外国文艺》第4期那个长篇哥伦比亚戴桑·胡利奥的长篇《"狼群"酒吧》读完，的确有新的写法。到了10:30便和冯陶夫妇打的到五棵松冯浩家里去了。我居然走上了六层楼，当中他们逼着我坐在凳子上休息了两分钟，我坚持爬上去了，一点也不觉累。冯浩是收集邮票的，看了许多邮票差不多全世界的都有，几套兽类、昆虫、花卉的漂亮极了。饭是李春和冯英做的，一只烤鸡和蒸鲫鱼，好吃极了。喝了些安徽的石榴酒，饭后躺了十多分钟，醒来已快二时半，又打的到国际饭店，参加《上海滩》的座谈。晚饭，回家已十一点多，刚好看上电视《北京人在纽约》。这就是我忙碌的一天。然后就躺下了，在床上读着你的信。

关于电视的话，怎么能说你挑剔呢？阿姨是通情达理的，她都预备放弃看电视了。但是我不能亏待她，我已托人去买一个second hand的彩色电视机，大概三四百元吧，如果买不到就买一个新的黑白的。这事情你不提，我也已想到了。我怎能容忍在我们爱的生活里夹一个与我们毫不相干的人，竟只因为她要看电视呢？我每晚除了新闻联播（这样可以减少我看报的时间），有好的电视剧或其他节目我才看，否则我还是看我的书，十时后即上床。你不要以为你挑剔，这是我应该做的，因为这是我们的权利。

你问我的那个作家，叫纳撒内尔·霍桑，是美国的小说家，也是美国文学的创始人之一。以前美国的文学是从属于英国文学的。他的代表作是《红字》（1850），他是美国文学中第一个注意心理描写的人，作品充满浪漫主义。他的短篇小说到现在还在发生影响。

这两天北京又暖和了，预告是天将晴和，你真该来享受北京秋高气爽的天气。这是北京最好的季节，也是看红叶的季节。我们一定去玩一次，好吗？但不住下，我已经给电话来的人，重申上午工作的要求了。你放心，我决不做你不愿做的事情，也决不会独断独行。我感谢你给我的爱，我只要你给我温存。深深地吻你。

二哥

1993 年 10 月 3 日 6:05a.m.

黄宗英 ▶ 冯亦代（1993 年 10 月 3 日）

哥：

你究竟从哪里、从什么时候起学会如此这般"花"人呢？从头到脚，从里到外，一字一句"花"我，不听，不听，看行动，看你是否能让我这记忆智商 120 分的女作家也能像你一样平均每天写作不少于500 字。

我们家也吃了大闸蟹，我放弃了，但看 Jenny 吃那半斤多一只的蟹，津津有味地吃完，我也挺开心。张阿姨吃了半个月饼吧，反正买来买去送来送去的。我只吃点广式月饼还不吃那有火腿什么的，仿佛是吃错了，倒是已陪 Jenny 玩了两天了。昨天是带她看张乐平画展，凡画有三毛的她都仔仔细细地看。碰到了乐平的儿子、媳妇，画展的选择作品、陈列布局都挺好。乐平九泉有知应向彼岸的老友们夸耀了。

儿子阿劲转去天津、北京了，没来上海，但我和 Jenny 已"流浪"了三天，带着我们的随身物。倒是我大致收拾了赴京的行装（翻了几只箱子，昨天，因担心他们来后没地方、没时间铺开），如今只等在这"大致"里再选择了。二哥，我想还是多带些吧，因为不成套的旧衣，不多带难配。到了北京，真也不想甩掉你去摸不着门儿地买衣物，凑合着吧。

我不写了，我收拾完了，我看还能不能挤出时间写点儿东西。乖，听话，我很快就来了。吻你我的陌生的新郎，是的，是陌生。

妹

1993 年 10 月 3 日

冯亦代 ▶ 黄宗英（1993 年 10 月 3—4 日）

小妹：

我封上信，你的电话就来了，这是我意想不到的，所以有些喜出望外，亲爱的人，我现在只能听你的声音来疗我对你的饥渴，我想你呀！

忙碌的日程，已经到此为止，以后就闭门家里坐了，要写文章——《读书》明年第一期的"西书拾锦"，这是十二月要发稿的，怕那时忙，先写好了备用。你放心，不要牵记。

刚才的电话，你的声音低了，幸而很清晰，所以我还是听清了，电话局大概在妒忌我们，但他们想不到我是顺风耳。今天我不会出去的，有人来找我也要他另日来，我要静下来，做我的工作。但日程上也没有新的事要做了（指出去的事）。

昨天译文出版社的吴劳，给我寄来了《巴黎的陷落》《瓦尔登湖》。这是徐迟的重译本，是写自然的经典散文，你来后一定要读的，另外两本孙大雨译的《黎琊王》和《奥赛罗》，他的书能见天日，你有大功劳，我代老友向你致谢。这个书呆子不一定会想到给你寄书的，好在你来了就可看了。6:43a.m.，10月3日

昨天另一件高兴的事情，就是下午安娜的弟弟郑奇从合肥来了电话，他是合肥职工科技大学的校长，身体不好，可一直不让他退下来。他祝贺我并说不能来吃喜酒，从邮局小汇了钱给我，请我们的客。他是安娜和我培养大的；是个老党员，到过越南，打过仗。昨天只有收到两个电话，都是下午打来的。耳根清净。上海的一个老同学也来了贺信说："恭祝新婚燕尔，老来有伴，既有照顾，又解寂寞，至少可年轻十年。希望来上海度蜜月，弟当发动校友会举行盛大庆贺宴会宴请，切盼。"他还不知道你就在上海呢！

宗江前天告诉我，请你不要买火腿送他了，他已有好几只火腿了，但他说请你在你弄堂对门一家店里买Bacon（外国火腿）给他，他说不知这家店是否还开在那儿。他这次回来兴致很高。

我除了《毛姆传》未看完外，昨天开始读《我的父亲邓小平》。这本《毛姆传》写得不太好，只是事实的连缀，太琐碎，我是选着看希望了解的章节。

明天要叫孙女冯英回来给照料缝被头了。其实这个被胎虽是新弹，但棉花已经藏了几年了，算不得是新棉花，不过没有打成被胎，放在床上盖过，日子越来越近，我几乎什么都没有准备，有些要你来了之后做了。现在床只还缺两个木棉的枕芯。还要收拾出柜子一大格给你装衣服，大致如此，其他就等你来。

这里的天气特别好，明亮的秋天，不热也不太凉，好天气在欢迎你。"七重天"在等候你这个新主人，二哥在等候小妹，夫君在等候娘子，于是有一天你真个来了，便皆大欢喜。昨天没有收到你的信，大概你也在忙着打点行李。两颗不平静的心，就要合成为一颗安宁的

心了。突然降临的喜讯，有些使我手足无措地沉入幸福感了。

吻吻你，搂搂你，亲亲你，我的好小妹。这是我唯一要做的事了。你和我一样高兴吗？等你的电报，告我火车的车次和第几节车还有到达的时间，使我可以迎接你，可惜中国人没有拥抱的习惯，我真想在晚上抱抱你。等了你太多的时日，我等不及了。

再吻吻你……

二哥

1993 年 10 月 4 日 5:58a.m.

黄宗英 ▶ 冯亦代（1993 年 10 月 3—4 日）

哥：

今日（3 号，10:35a.m.）"流浪"告一段落，只不过"零七碎八"还失落在"异地"，我有天然"脑保健措施"——总是要立起来找呀找呀找呀找……

出浴后，坐在阳台上看报，发现咱俩的文章又一次挨肩在一个版上。上次《文汇读书周报》是"订婚"，这次是"结婚"了，还有萧乾、程德培做"伴郎"，还有韩石山的《风格与年龄》为我牵"婚纱"，美哉！妙哉！咱们就这样开始在文汇报范围内唱和吧，悄悄地已经开始了我们的专题。11 月份我报题：《终于看到〈中国西藏山川植被〉摄影集》，你报什么？我可得在这几天里把这篇文章写出来（可我找不到以前写的《小木星》，找不到就不找吧，逼我少说已做过的事）。这本摄影集好几斤重哩！我还真想带给你看看哩！你却要往我这里搬字典，你是逼我临离家前整理我的书橱和未来的新书置放的地方哩！

如果《收获》对你是赠刊，你不必退了去订，他们是尚可自给的，要订则订在我家地址。总之，我觉得一时可以不必。

知道你有文汇，我还是把剪报寄你。这样，我们编集子时，自己可以在剪报的天、地、边上写注，写连接词，写请编辑注意的事项，etc。

好啦！老头子，老太婆，收心干活！！不要一而再"蝴蝶翅子乱扫青"。我们努力去做别人代替不了我们去做的事，努力不做别人也可做的事。切切！！！

海东女狮
1993 年 10 月 3—4 日

哎！《文汇报》专栏不定期好吗？只别累着！

激你，将"军"，速写一篇来给我，短些（回我的可能长些）没关系，最后让小叶和肖关鸿删砍，因我要说一个年过半百之金陵女子拼死拼活离家别子在西藏 15 年，现还在西藏，今日"文成公主"也。你快写一篇什么书后，用你自己的"色彩"，我等你并排上版。

冯亦代 ▶ 黄宗英（1993 年 10 月 5 日）

亲人小妹娘子：

昨天原以为可以整日在家，却忘掉下午作协有个彩虹奖的会，他们电话来我才记起。这个会是由我主持的，不得不去。幸而从三点到五点只开了两小时，见到几位学有专长的外国文学研究家，他们都是有职称的，只有我是个白丁。会完回家，你的三封信已经静躺在桌上等我了。一封还是 9/28 的，竟走了五六天，没有失掉还算幸事了，一封是 10/2 的，寄照片及经历的，还有一封也是 10/2，是你要三个"沉"的"沉静、沉默、沉思"，我完全理解你的心情，因为在我忙碌中，也会起这种要求沉静的心，可是你没有来时我做不到。我最怕的是突然来了人，心理上一点没有准备，我可以理解你的心情。不过现在我受难的时间少了，而你受难的时候还有。

我昨天和女儿安排了一下，15 日你来，只由我来接，因为星期五他们都要上班，这一天你也很累就在家里吃家常饭，16 日是星期六，我们一家十二口人到餐馆里吃，为你接风，你喜欢吃川菜，我们就近在一家"小四川"餐厅吃，你喜欢吃广东菜，我们就到西单"新阿静"菜馆吃。以后的事，我们商定了，再做安排。15 日也许宗江来，那么我们临时到外面吃一顿。

我们静下来之后，我们拍了照就去登记，我不愿大楼里的人在我们背后指指戳戳，这些世俗不得不办。除了照相，其实也只是一个钟点的事。这样我们也可以自由自在了。你来时不要忘掉户口簿和身份证。我们只有大自由而无小自由，所以这些世俗的事情，还不能不办。世俗的事情，我们就有大自由，但可怜巴巴的，我们还没有小自由。其实在所谓的自由国家里也莫不如此，这就叫社会压力，我们讨厌它，还不得不遵守它。

这是封讲世俗事的信，可我还不得不写，你还不得不看，我要保护你的和我的权益。小强送我一个镜框作为贺礼，我把你送我的照片（在美国艺术中心拍的）放在桌上，这是我们定情时你给我的。我想我写信到十一日就可以了。再写怕你收不到，我等你的电报（到达时间、车号、车厢号）。吻你。

二哥郎君

1993 年 10 月 5 日

冯亦代 ▶ 黄宗英（1993 年 10 月 6 日）

小妹娘子：

我想隐居于市完全可以做到，以昨天为例，我只有打出去两个电话，而进来的只有一个，而且是为《读书》稿子的事，所以上午不接电话的事完全可能。这不是为你安心，事实上有时的电话，是我不耐寂寞，自己去招来的。

你文章的题目已经选好，我正在考虑一篇，李辉的爱人应红送了我一本新作《我眼中的风景》。我想写一篇《应红眼中的风景》。我觉得中国的女作者，都是了不起的，常有惊人之笔，但还没有想好如何写法，预备这两天写好，寄给你，看看能否配得上你的文章。

昨天读了一天的书，午睡后在室内散步两千步，人很精神。今天准备到医院去拿一些药，就在家里写文章。关于进月台的汽车，已商定，大概没有问题，车到那时可以修好了。这就减少我们拿行李的麻烦。即使没有这辆车，有一位司机熟悉也能进去。可以放心了。

今天我睡到 6:10a.m. 才起来，起晚了，交了秋人好像格外疲倦，每天总醒得不准时，家人笑我有福不享，一个人睡在那我享什么福？享福是要和娘子一起的。

现在是 7:20a.m.，我已吃过早饭，坐下来给你继续写信，Jenny 在你来京后一定要寂寞了，她母亲那么忙谁又来照顾她呢？张阿姨能成吗？这孩子的智商不低，可以造就和你一样出类拔萃的人物，我如果有这样的孙女，我一定高兴。其实这是后话，因为现在我就高兴，你的就是我的，无分彼此。

我不怕纷乱的生活，因为我做过报馆的工作，那个乱动，一般人是受不了的，但是我可以做到心若泥塑，不为外界所动，除非乱到我头上。有时我就会变得茫然，一般我可以保持中立。我在重庆时的生活，也是整天人来人往的，所以你可以放心，我承受得了，只要给我一角之地，譬如阳台或小间。你们不会扰乱我。

北京的天气，十分干燥，你来了，我就用加湿器，同时你必须吃小菜，多喝水，我现在还在吃西瓜。早上吃完早饭吃，餐后也都吃小菜，吃苹果对你的胃有好处。我想你来了，早上我们可以下楼去散步。有那么些人每天六时后必在小园子里打太极，我们有兴趣，也可以参加。黄昏我们也可以下楼去，甚至上街。平时则在小楼里读书写文章。人多的地方尽量不去，因为认识你的人太多，而且我们又何必去夹热闹。有时去看看书画展，跑跑书店，座中有鸿儒，往来无白丁，仙境生活也。

阿姨要出去买菜了，写到这里。

吻你。

二哥

1993 年 10 月 6 日 7:40a.m.

黄宗英 ▶ 冯亦代（1993 年 10 月 6 日）

二哥：

我昨天已将 10 月 5 日机票款（2 张）交上海作协外办徐钤，飞翔花轿将载我到北京，到你的身边。

我也在办各种所需手续，家务事也在渐次交代，极忙。今天（或这几天）就不多写，一切放心。

你 12 号以后也不要再邮信来，想写，就写了放在我的 charming 照片一起，待我到"七重天"，也许你会结结巴巴不知该跟我说什么，或不知该先说什么时，给我看信吧。

吻你

你的小妹

1993 年 10 月 6 日 9:50a.m.

黄宗英 ▶ 冯亦代（1993 年 10 月 6 日）

亲爱的二哥：

　　今天（6 日）下午收到你为我半夜睡不着觉而焦虑的信，是我不好。我记不起怎么涂笔告诉你我睡不好，但如果你收到我 5 日写给你的——办了多少多少大事的信，你也就应该理解了。我早就暗自决定不以我在滚滚尘世间的俗事的纠葛来烦扰你，即使我的身心难以成为你的防护林带，也不能在你艰辛耕耘大半世的文学园地里掺和杂草荆棘。我认真地这样想，也仿佛每次都拣心地素净的清晨并调整自己的情绪进入最佳状态时为你驰笔飞书，但是，我做不到，二哥，你能体谅我吗？（何况每件大事，都不是"立等可取"）

　　此刻，难得晚上（7:15p.m.）给你写信，专门是为了今天下午五时一刻接到南通阿丹的外甥任大洪打来电话，说"丹亭落成典礼决定在 11 月 2 日揭幕，并举行赵丹电影展览周"云云。大洪说他明天到上海来看我，并给我看名单……我只答我身体不好，作为家属，也只是被邀请者，我没什么意见。又说：医嘱疗养，随身要带个人（张阿姨）。

　　二哥，这日子定在我已预订机票的时刻，该不是阿丹在跟二哥要调皮吧？二哥，难道我 10 月 15 日飞北京，10 月 30 日返回上海转南通吗？即使在京延后登记，带着冯亦代情侣的身份，我怎样去谒自落葬之后我还从未祭过的阿丹墓碑半身像呢？演戏是我的生涯，而生涯中我从不演戏——这两个角色毕竟不能这样跳来跳去。二哥，想给你打电话，又觉得绝不能在电话里突然说这件事，你也会一夜睡不着，或一天坐立不安。二哥，咱们本来的决定也是先办好阿丹的纪念大事，我再到"七重天"的，由于南通取消 9 月 10 日的纪念又突然定在 11 月 2 日，如明年 11 月 2 日，或哪怕明年 1 月都不像现在这两个日子一喜一悲。新娘，孀妇，我驾驭不了这样地变过去、变过来，而且我也不能上半月去街道办事处敲结婚登记的图章，下半月又丧服祭奠……二哥，我决定将婚期延后了，我估计我最多在南通待三天，回上海后，容我在阿丹的南通电影周落幕后——约在 11 月 9 日，我 10 号去街道办事处敲图章，不！我的天！庄公梦蝶……三天！！不，不，二哥，索性按我们曾经讨论的另一个日子——11 月 15 日，生暖气的日子……我 14 日去街道办事处，这样街谈巷议说起来也是黄把大事办了，人走了，比较停停当当。二哥，听我的吧，你别犯血压高，我们不在这几天，事实上去南通趁我们婚前把这事办了，对我们是好事，我放落一个大心事。二哥，你不会有什么别的想法吧？我爱你！！！

我依然在 10 号星期日早上给你打电话。不过，天冷了，女儿已把电话拉到她卧室里了（可拉来拉去），如她忘了拿出来，或你还没接到我此函，我晚间再打一个，打两个，打三个。

说的都是 Privacy，除了我大哥，别乱跟中外友人见谁都说。切切，尤其"非法咨询"，懂吗？

小妹
1993 年 10 月 6 日

冯亦代 ▶ 黄宗英（1993 年 10 月 7 日）

娘子，我的好小妹：

昨天上午去了医院拿药，又给你拿舒乐安定片，我想足够你用一时期了。我要逐渐治疗你的睡眠，不用这个法那个法也能入眠，我想有时不能入睡是心理上的，不过是早一点晚一点而已，小看它，也就逐渐使它退却了。这是我的经验，也许你可以试试，但愿我不在睡眠里用呼声打扰你，希望它有节奏的呼声能助你入眠。

下午一觉醒来，把文章想好，便坐下来把文章写出，今天预备再研究一下于明日寄给你，今天完全花在改与抄之中。我这篇文章不大好，但时间所限，也就只能如此了。我不虚饰，将我原来的水平抖搂给你，我没有提你的文字，为了避嫌，免了被人说老婆是自己的好，在同辈中，你的文字也是别具一格的。

昨晚沈阳来了客，是位心理学专家，他说黄昏恋是极为必要的，而且可以延年，寂寞可以使人忧伤，这是最不利于老年人的。昨天我去拿药开药方时，医生问我多大，我说80，她先以为听错了，又问了一遍，我说80，她说我还以为你只有60多。这时来了另一位病人，她要他猜我几岁，那个人望了一下我的头发和体态，然后说60岁还不到70，我听了大笑。医生说我家里大概有高龄的历史，又问我养生之道，我说我没有特殊的养生之道，只是起居有规律，食不过饱，不生气，即有但也随来随消，每天散步而已。那两个竟以为我有秘诀而不宣，碰上了我认识的有的坐轮椅，有的老态龙钟，都羡慕我连手杖也不拿。

安娜的弟弟竟汇了两千元给我，说是他请我们客，买点东西吃用，因为是高额汇款，必须收款人亲自去拿，所以今天下午，我还得去跑一次邮局。如果彼时文章已抄好，便随手付邮，使你可以早收到。你不满意，我可以另写，我希望在你下嫁时可以刊出。郑重祝福我们。

你不要嘀咕你的衣服，没有适宜于家里穿的，就到北京来买几件，还说你不会去买时装，长裤毛衣、休闲鞋，就很好了。我们无法做绅士淑女状，就普普通通好。绣花鞋在家里穿，出门穿上一双皮鞋，只要与衣服搭配就好了。我只有一套西装，你也只有一套出客衣服，彼此彼此，你不嫌我，我不嫌你。我们要的是学问和智慧，和写文章的灵感。

北京这几天又回热了，许多人说今年冬天不会太冷，但愿如此。但今年冷也不怕，我们生活在热流里。吃过早饭，现在是7:12a.m.。

　　娘子的闺令真严格，怎么连握手都不许吗？至少要容许在车站上握握手吧！我不会在大庭广众之下抱住你使你红脸的，但我要求有握手权。你来了，我送你一套衣服，好吗？不要拒绝，这是我对你的一番心意，也许你不喜欢，那么另挑一项可以长期保留的东西。

　　还有八天了，我们可以建立共同的生活了，我的心里唱着歌，抱你，吻你，就可以不纸上谈啦！我快活。

二哥

1993 年 10 月 7 日 7:23a.m.

冯亦代 ▶ 黄宗英（1993 年 10 月 8 日）

好娘子：

　　昨天把文章《应红眼中的风景》抄完了，下午去邮局取钱，便顺手拿了，这是我第一次亲手给你寄东西，可是我来不及写信，只夹了一张黄纸条，估计本星期六你可以收到了，看看这篇文章成不成？匆匆写来，我没有把握。

　　你快来了，我简直魂不附体，诸务待理，不知从什么做起，你来时带了户口证，不要复印的，将来再寄回去好了。也不用穿着特别，就是家常穿的好了。我也照你话穿一件夹克来，不过是一件去年买的夹克。昨天管汽车的同志来了电话，那辆可以进月台的车子，已经修好拿回来了，这样便解决一个大问题。还有一星期我们可以见面了，我开心得有些发慌。一个人也奇怪，你天天在盼望宝物从天上掉下来，但真的宝物掉在你怀里，你倒反而手足无措了，我能理解到你要离沪出嫁的心情。

　　昨天事实上我没有做多少事情，改了一篇文章，誊抄了一遍，去了一趟邮局，翻看了一本书，另外就是清晨给你写了一封信，不做这些事情时，我就在做白日好梦。我在想我们那本合集，如何编排法。

我们将编一本生活延续的书，而不是翻新的一页的书。我不知你和小姜是怎么商量的。我又想到我们的见面，是热烈地握手呢，还是痴痴地对望？（你不许我 hug 你，没办法违抗三仙姑的玉旨）我要给你备一些家常饭给你吃，然后第二天再去家宴。大概我们吃得太多了，特别是现在的吃程序，吃饭成了演戏，真怕在外面吃，宁愿在家吃炸酱面，没有菜也是香的。

今天有个友人要来送中文及英文的人名录给我，书里有你也有我，他说留个纪念。我已经和朋友说了，不收礼，不吃饭，唯一接受的是书。自己写的书。因为我们的婚姻是从读书来的，与众不同。我想黄昏恋中也不多见吧！

今天要把柜子整理出来，可以放你平日穿用的，其实也不过挤出一格，太寒酸了，幸而床后的框子较大，可以放些东西，还有就是床头柜。大件箱子，只能放阿姨和朱晔他们屋里了。螺蛳壳里做道场，这是我们新面临的问题。我不知如何应付，什么地方都是书。娘子你嫁了个书虫。今天小英来吃晚饭，我要和她解决床上的用具问题，到今天连个枕芯都还没有。我决定先买一对木棉的，这样便解决了。你一定以我至今未打开你新买的床具为奇怪，其实我是要留下这丝甜蜜到你来的前夜。因为被子缝早了，就没有地方放。我现在想想真是百无一用是书生。

你说对了，我这几年得到的都是外面穿的，里面穿的，幸而安娜买得多，但经过三年也就用得差不多了，袜子等我都是叫冯陶买的，其他幸而这两年多，我还没有穿破衣服。以后就落在你头上，我先向你道谢。

抱你，亲你，吻你。

你的二郎

1993 年 10 月 8 日 6:25a.m.

黄宗英 ▶ 冯亦代（1993 年 10 月 8 日）

亲亲爱爱的二哥：

好想你，好想你，好想你，你想像不到我是怎样地想你。我好担心，好担心，好担心你难以承受我延迟去京的煎熬。二哥，我绝对应该在 11 月 2 日的纪念阿丹的活动中，最后一次纯然以赵丹夫人的身份出现。他离世后，十三年来没有正正式式公开地举行过一次关于他的纪念会。南通市委市政府能恰恰在这个时候举行他的系列纪念活动是大好事。

二哥，我知道相思苦，更知道相思甜，这确实是我一生来首次的体验，你也是的。如果我们不是远隔重洋相互牵念，如果我们不是书来信住两地相思，那么也许就是我们天天见面也不会见到一块儿来的，这是很微妙的，it'mysterious。二哥无奈而愉快地接受我在 11 月 12 日—15 日中的一日到"七重天"吧。

孟浪从苏州来信，因不慎伤足，不能起床，不能陪我来京了，张阿姨陪我去，她早就有这意思，此番回乡又算了个命，要远行回来才能转运身体好。年纪大了的人怎么说呢？也好，如此，我到"七重天"后一些生活琐事（缝啊、补充购物啊——如脚盆之类）就由她上街办了。三朝回门时，就把她送到宗洛家。（张阿姨说只在京待三天，我说既然去了至少 5—7 天。她觉得三天一转，身体就完全会好了，她现在还不错）

张阿姨问：北京有糯米（京称江米）没有？你问过你家阿姨必须准确回答，我们要带粽叶裹粽子。若买不到糯米，我们带来。

宗江要的是方腿，我会记得带来。

昨晚参加小丁宴会，今晨将去参加小丁画展揭幕，在忙忙叨叨梳妆打扮好之后，先给你写几句，安慰我的把脖子伸得长长的好二哥。

你的小妹

1993 年 10 月 8 日

明日女儿携简妮去南通为阿丹扫墓祭拜，家里也要上供，又是一年十月十了。

冯亦代 ▶ 黄宗英（1993 年 10 月 9 日）

小妹娘子：

收到你 10/5 的来信，从头到现在整整 196 封，所以你再写 4 封信便可以到达 200 封，这就是婚前我们两地相思的证明，蔚为壮观，也只有我们才能做此伟业，乌拉！加上我的，我们的两地书可以大大地出一本了。但我不希望在我们生前出，把我们的私情向外公开，阿拉要难为情。或许有人会猜想我俩穷极无聊，拿私信卖钱，我也不想趁此赚一票。范用的意见只能拖一拖了。

昨天我把你寄来的三个被包打开了，这架新床真漂亮，冯陶和冯英把我们的双人被缝好了，被里太小的样子，但冯陶东按西揪，居然也纫成被，就是被头短了些。我用的是那个鸭子被面。你同意吗？枕芯冯英买了两个荞麦皮的，准备再买两个木棉的，舞台就搭成了。信插有断线的地方，幸而珠子未散，都在包内，冯英将它们全缀上了。

宗江来电话，他说星期天有事到新街口，将到我们这里来一趟，先看看还有什么缺的及屋子淋隘到什么程度。当然主要的是好久没见面，只通电话，要见见面。且看他对"七重天"有什么意见。新凤霞说要画两个大桃子送给二哥二嫂，我们床头刚少一幅画，就补了这块墙壁。昨天有一个朋友来，将新出版的《中国现代作家大辞典》送给我们，里面有我们二人的传记，可惜只有我的照片而没有你的，这是美中不足。

· 381 ·

床上用的我决定用你最新寄来的一套，因为你觉得这套称心，我也喜欢。不用长枕而用双枕，因为这里的长枕芯子都太短小。我现在只盖两条毯子，你来时大概要用被头了。你盖新被，我盖旧被。以后习惯了，有双有单。好吗？你新寄的包裹还没来，估计下周初也可以到了，还说没有立刻要用的东西。冯陶出一个五斗柜给我们，不过是放在朱晔屋子里的。信插似乎太小，放不了几封信，我的信多，和我的一只可以配对，不过我的是咖啡色的。

15日我们在家里吃便饭，由冯英来做几道菜欢迎你，16日是否家宴要看人齐不齐了。因为儿媳妇李春出差去了济南。朱桦军训大概可以回来了，我总想人完全齐了。至于宴请黄氏兄弟弟媳，则要看宗江的决定了，你说这样好吗？朱焘现在调了工作是经贸委副秘书长兼办公厅主任，这样他回家的时间就不能定准了，冯陶说他们自己家吃，这样我们不必等人吃晚饭，每星期六或日则大家一块吃，冯英夫妇每星期五来吃一次饭，冯浩、冯强、李春他们住在五棵松，就逢节来吃，照旧不变。

昨夜半夜里突然起了大风，我为之吹醒（声音），但醒了一下又睡着了。今天早晨北风还劲吹，声音如工厂汽笛，气候也变凉了，前几天我只穿毛背心，有时还嫌热，今天则穿上毛衣才能对付。你来衣服不要穿少，宁愿到了车上脱，当然羽绒衣还早了一点。

凤姊写了篇她和沙博理的金婚纪念，当中有许多沙的小故事很有趣，共三万多字，她要我找一家刊物发表，我一时想不出，你能代为帮忙吗？

还有六天，我真是度日如年，但终于鹊桥相会了，而且永远相会了。我是志得意满，你呢？开心吗？我们可真正相互亲吻了。

二哥

1993年10月9日6:45a.m.

黄宗英 ▶ 冯亦代（1993 年 10 月 9 日）

亲爱的二哥：

今天（9 日）8a.m.，橘橘带着 Jenny 去南通上（供？）祭扫去了。家里也在摺锡箔，并在阿丹灵前供上清香的桂花枝。昨天与观众见面带回的菖兰和康乃馨花束还浸在盆里，只因那大花瓶我已经搬不动了，不能在忙乱中动这只古瓶……

家里陡然静了下来……

我遣张阿姨去复印两份《冯亦代和安娜》……

南通的日程是到 11 月 4 日截止。

我要从南通回来后，才能用同一个居民证（出外也要用）去街道办事处在结婚介绍信上敲章和买、取机票。11 月 7 日是星期日（立冬），11 月 14 日又是一个星期日，你希望我是星期日到是吗？其实我大概也没什么不得了的行李了，我决定坐飞机，从旋转轨上将行李移到推车上的力气我也还有。张阿姨比我的力气还大些，不一定要专人接行李了，就是从汽车下来，到家里大楼电梯口不知有多远、要不要上台阶，彼时你已经可以先乘电梯到"七重天"让阿姨来迎一迎了。张阿姨只在"七重天"待三天，你阿姨屋里能不能打个地铺（铺的我包裹里有，被子咱不缺），这也是张阿姨一番心意，她已经掉过多少次眼泪了，说："侬一生比我还苦，望侬今后老先生待侬好……"总之，就让她了了这番心意吧。三朝归宁，我们送她去黄家……我进门后，即给你阿姨一封红包——200 元，你也准备 200 元红包给张阿姨，不是钱的事儿。还有，你用车的司机是否固定的，我也要给个小红包……

10:45a.m.，我到楼梯口看看，邮班送来报刊和别的信，没你的信。我等傍晚邮班再打电话吧。我主要不放心你收到我挂号信的心情，那么，就先打一个吧，马上。

11:15a.m.，多巧！我给你打这个电话多及时，我一颗心也放下来了。我就担心你收到延期的信后情绪上波动，鸭头颈变做鹅头颈，等得焦躁，你说话的口气让我放心了，放心了。

我今天下午要去圣约翰大学每月一次的校友会玩一玩，是去唱唱英文歌吧，反正盛情难却。我在圣约翰（40年代初）交过一学期学费，只旁听了一个半月，一天上两场戏，早上骑了破自行车去听课，有时早上还要排戏，人受不了，就不去听了，也是因为我的英文老师Miss桂逝世了，我也就不知去听什么了……现在他们非让我入校友会，就入吧。老头儿老太太聚着唱唱歌……

我该吃中饭了，不写了，下回你没复印过的文章，不要寄给我。我真不知怎样向你形容我的糊涂，我昨晚手持前晚的请帖去出席国际影展的中国片展的开幕式，放的《城南旧事》，台湾女作家林海音出席讲了话，大陆演员有张瑞芳、孙道临、田华等。

11月2日，你如送花篮，和小丁等共同署名送吧。你想个名单我来张罗，祖光、凤霞、亦代、丁聪、沈峻、郁风、苗子，如何？

喊吃饭了。吻你。

你的小妹
1993年10月9日

冯亦代 ▶ 黄宗英（1993年10月10日）

小妹娘子：

上午刚读完你的航空挂号信，没有写日期，看内容大概是6日写的，显示了你的急切心情，你的电话就来了。我知道上次南通改期，早已成了你的心痛，我正无法给你解除，信中和你电话中所谈的，我真为你高兴，因为这样为我们解决一个大问题。我记得我曾经在信里写过，说你随便什么时候（都）可以用赵丹夫人出面，这就是为了解决你心中的嘀咕；现在老天保佑人，给我们解决问题，太好了，我为我们的好运欢呼。你我真是得天独厚，逢凶化吉，感谢上苍。所以你就照你的决定，到下月十五日再飞京成就我们的大事。只要你心里高兴，我是不会阻挠你的。我到飞机场来迎接你和张阿姨。昨天也是我好运的日子，一认乡亲，张阿姨可以放弃她对我的保留和担心吧！

你送我的见面钱唤起了当年我跑北京图书馆的记忆。那时都是熟人，现在他（她）们都退离了，全是小青年，但知道我与他们关系的人还多，以后不必找老梅给我借书了，谢谢你想得周到。那时我差不多时时在文津街图书馆旧址里，不借书也要翻翻外文书籍的目录，书来编号上架，我就从梅绍武手里拿到了，他那时还在图书馆里管赠送的外文杂志事务。前几天为《英语世界》签名时，还遇到一位当年坐在老梅身旁，现在成了某报刊编辑的人，和我套近乎。世界有时很大，有时也很小，看一个机遇了。

你说在双人集里可以容纳和我们有关的人的文章，这个事情我们再从读者方面多想想。小姜的意思怎样？总之要符合出版社的意见，我想如果出版社不介意一篇文章在两本书中出现，这未始不能考虑。但我总觉得这书会太杂，因为终究是我们的书，但可以考虑，我们的朋友给我们的信札及我们的回信。但这很难办到，因为我们写信不留底，别人也不会收藏我们的信件。今天宗江要来，我也可以听听他的意见。

来京的日子一改，就不会和宗江冲突了。我们可以按部就班地做，他也不必行程匆匆了。他听了你的消息也会高兴的，因为这样一来，你便可以解除你的心理负担了。今天我家的阿姨要去大兴县看她的闺女，一早便走了，而我则看电视中的美国电影《秘密》，到十二点多才睡。今天由她叫醒已是六点半，连忙起来匆匆吃了早饭，让她去赶长途车。你的信这时才写，只能由别人发了，所以到你手时，你要着急了，请你原谅。

你 6 号的信比 5 号的先到，你这个马大哈，害我看你信看得莫名其妙，只知道你负担很重，好不疼你，现在看了迟到的 5 号信，原来也忙了这些大事，应该给你嘉奖。你在办公证，我上次信里不是谈到我也要找公证，我们真是一对同命鸳鸯，妻唱夫随。

昨天楼适夷寄了一本新作《落叶集》，几篇文章都是谈知识分子的遭遇，我上午打完你的电话开始，一直到黄昏，看完了他六万多字的小书，深为中国知识分子叹息。他写的文人，有的也是我的朋友，使我一掬同情之泪，六万多字，差不多是一本现代文学史，这本书你将来一定看看。

谢谢你"我爱你"这三个大字，我也回报你我爱你！

吻你虽然还要等一个月，但我为我们的"干脆"高兴！

二哥
1993 年 10 月 10 日 8:06a.m.

冯亦代 ▶ 黄宗英（1993 年 10 月 11 日）

小妹娘子：

上星期三凤姊去医院看夏公，我本拟同行，临时因事未果。我托凤姊把你我的婚事告诉他。他说已听他儿子讲了，这是好事，很高兴，同时问凤子，他们两个怎么走到一起来了。所以文坛三巨头，已有巴夏二公赞成。冰心我也认识，但不是至交，她也不会反对的，当然反对了也没用。

你说的那三本企鹅版的书的作者，我不知道。以前没有看过他们的书，想是新起的作家，企鹅是不出通俗文学书的，不知近来有否改变。请你寄给我，也许我可以写《西书拾锦》。昨天宗江来了，我许久没有和他见面了，两人抢着说话，可是我抢不过他。我把你要迟来的消息告诉他，他也看了你的信，说这是好事。

你说是阿丹调皮，其实我认为这是阿丹成全我们的地方，你想你如果心理不平衡，我们都不能高高兴兴过日子，而且将来要办阿丹的事，你总会处一种尴尬的地位，造成你心理的不平衡，那又何必呢？一延期就解决了这个问题，所以我们是要感谢他的，我想宗江之说好，也是从这点出发的。谈到出书，关于双人集里是否夹上亲友的稿子，他考虑还是不夹的好，这是两人的集子，牵涉到别人，就杂了，不好，当然我们不阻止别人写文章。我想暂时做这一决定，如果真有精彩的写我们的稿子，临时放进去作为一篇附录或代序？也无不可。

我前夜少睡，昨天午睡到三时才起来，好不想你。醒来看了几页《邓小平》（毛毛）就看电视里的《正大综艺》，那个电影《饼屋女郎》看得津津有味。这样一天便过去了，但因为宗江来，我如见到了你，所以高兴。他似乎老相比我还厉害，抄了一张儿孙辈的名字，快快活活地走了。他是和若珊一块出来的，若珊去开会，他则到我这里。以后便去接若珊，同到友谊宾馆，与朋友去吃午饭了。他说黄氏家宴可以分批，最好不到餐馆去，最后决定到时再议。

取包裹的三张通知单已经收到，昨天临时无法向机关要车，决定今天下午去拿。拿回来不拆封，暂时放在衣柜里，冯陶已空出一只衣柜了，否则我放不下了，我得以蜗居为歉。床上已一应俱全，但我都不用，等你来了全用新的。你平日晚上起不起夜，我想我们应该去买一个尿盆，否则冬天穿过小厅去厕所会受凉的。请你告诉我。

吻你，我的宝贝。现在不是孟浪千里送京娘，而是张阿姨了。

二哥

1993 年 10 月 11 日 6:44a.m.

黄宗英 ▶ 冯亦代（1993 年 10 月 11 日）

二哥：

上午到华东医院是最后一次此番治牙，在等医生时，在花园走走，十三年前，曾携着阿丹在那里"散步"，树丛中桂子飘香，草丛中断肠红噙着泪……回来候诊找了张纸不知给你写了什么，好啦，好啦，过了过了。有什么 Sentimental feeling 以后在书中写吧。

我把你的文章复印了，寄还你，写得很好，我发现你一写女子总是写得很好的。只是你联合你的孙儿郑重赠给我的文章的评语"清新隽永"一甩手又赠给年轻女子了，你个"花花太爷"！一笑。

你可别送我一套衣服，你再给自己做一套衣服也成，不做也成，你已经给我很多。老师，当然我给你的东西也是了不得的，可今早我连为 Jenny 写个英文请假条也写不好，"苟不教，师之惰"也。

估计你是明年去完西安，或去不去富春江，大约在四月初来上海。我不会让你窝在朝北的小房子里写作的，何况那间屋也还没收拾出来。我只是提醒你不要怕烦怕吵，我的卧室兼书房的书桌是贴着墙角在朝东的窗下，外边熙熙攘攘闹翻天，你只管坐在角落里做你的事情就是了。只是我把你嘱咐我买的英文辞典的书名和出版社忘了，懒得一一查信。你再用黄纸条写张贴在回信上，我让小姜去买（《四季之行》我收到稿费 70 元，是两篇文章的稿费吧）。

我忘记说，我想把《应红眼中的风景》发了，一是因为如果这稿子压在我这儿，我会着急的，最近似乎没有写作的心情和略为完整的时间；二是从我要写的稿子内容上，咱两人都写女子，又不是妇女节。我一定写徐凤翔，婚前能写出这篇已很知足了。你能不能换个外国大男人呢？这篇是先发出，还是"储蓄"起来？盼告，我意可先发。发小叶（什么名字）还是小陆？

我昨天在校友歌咏班遇同学何占春——上海广播局主任编辑，谈起我想录下自己的声音，在我可能损伤或消逝我的声音之前，请他做我录音剪辑的责编。他今天已经开始进入查阅资料（我所写的文章们），打算四月回沪时去录音。而录音新作，朗读他人作品为《四季之行》，30分钟一个节目，讲12次，每季度选三个30分钟，是难度很高的朗读艺术再创作。你给我好好儿收着你那四本，方便时，再从三联要两套，因要剪贴。

寄简妮在厨房的照片，那小桌是我经常独自吃饭的地方，你来后，咱俩可以在这儿吃，现炒现吃。

Jenny回家了，我要去辅导了。吻你

小妹

1993年10月11日

冯亦代 ▶ 黄宗英（1993年10月12日）

亲爱的娘子：

昨天去取了三个包裹，至少可以放三个箱子，你如何拿了从车站或机场出来呢？很沉的。我取了你的包裹，便到梅绍武家里去，他正在录《呼啸山庄》的电视剧，演得真精彩。在他那里坐了一会，程之夫妇来了，我和程已四十多年未见，屠珍说这是宗英的，我连忙不要她说下去，程之说知道知道，我们在上海都听说了。我和他们说几句话，便告辞回家了，他们是来谈《梅兰芳》的电视剧的，程之有兴趣，剧本是梅绍武写的。

我大致翻了一遍《毛姆传》，写得太琐碎，大小事情无一漏过，看起来不那么有劲。闭馆的时间到了，我便去还了他。我发觉自己读书太滥，兴趣太广，做不好学问。但是年纪到了这么一把，又为什么要对自己多加限制呢？

· 389 ·

昨天上午理了一个发，人变得很精神了，镜子自照，颇为得意，古诗说的女为悦己者容，男的又何尝不如此呢？我就是为你而容，你说对吗？否则又有谁欣赏我，就只有你这位收集古董的三娘子了，哈哈。我也很矛盾，有时觉得自己已很老了，这是年岁不饶人，有时又觉得年轻，但这只能说自己的精神了。我从你写的信来看，你有时是很年轻的，是个小调皮。我想一个人只要保持自己精神的年轻，就难能可贵的了。

我不知你是否在看《北京人在纽约》，似乎好口碑不止，我觉得戏中的王起明、阿春、宁宁都演得淋漓尽致，郭燕比较差些，不过她这个角色很难演。大卫也演得好，美国人的脾气就是这样，很执着，说来就来，不用揣度。

今天要给《大连日报》"书与人"写文章了，否则要跟不上了，这次想谈谈读书的方法。这样一直写下去，想写一万字，每篇千字，看能不能写成。像谈天那样地写我觉得很有趣，因为无所限制，适合我的脾胃。《读书》要交明年一月号的稿子，本来我觉得时间有些紧张，现在你要延期来，我又可多选择了。按时间写文章有时也是个负担，因为怕找不到适当的必须介绍的书。

节令过了寒露，似乎秋已深了，这几天温度降到20度左右，晚间在10度上下，看上海似乎也差不多。你一定要小心，不要太累，冷热注意，我很会唠叨，但我发觉你常会感冒，总不放心。我自己在这方面比较注意，老年人是很容易感冒的，千万注意，不要使我牵记。北京现在是最好的季节，长空一碧，太美了。就是我楼下养鸟的，关上了窗户，便听不到鸟声了。

绍武、乐山、李文俊、傅惟慈他们已经准备在我家附近一家餐馆里请我们吃一顿了，这都是我的好友，其他的我想能逃的就逃。不过你也要有心理准备，初来时一定要忙一阵的。然后生活又安静下来，我们自己耕耘我们的生活。我多么希望我们这样的新生活。

剪下两条眠安宁口服液的广告，请你问问医生，是不是适用于你，一条是谈药的，另一条是谈入眠起床的，供你参考。我决不打扰你的入睡，因为我比较容易入睡。

吻你，命里注定要迟迟见面，但我高兴这会使你心理平衡，这比早见面好多了，否则真像演戏了，这一幕悲另一幕喜。

你的二哥

1993 年 10 月 12 日 6:52a.m.

黄宗英 ▶ 冯亦代（1993 年 10 月 12 日）

二哥：

5:15a.m. 就醒了，睡得很累，却也没有梦，胳膊腿还没舒展过，是紧张的征兆。是的，要在一个多月的时间里把生者和亡者的大事都办好，首先心理上就紧张。昨天傍晚，我找出毛线来，想给自己织个帽子（我原来的毛线帽戴得像小菜场卖咸鱼的女人戴的了），织毛线可以缓解我的紧张，既非无所事事，又分着一点儿心。岔开了。橘橘看我那咸鱼帽样子好看，叫我给 Jenny 织一套粉红的帽子、围巾、手套。我很高兴去织（得买线），因为我给自己织常常半途而废。

安娜的弟弟送款，委实是动人之举。倒也不在他送的礼厚重，而在对姐夫和姐夫与我的结合的一份真情挚意，我们别把这 2000 元瞎花了。我意，我们再凑些钱在 8 ㎡小厅里装一个小的迷你空调，使全家团聚"七重天"时凉暖共享，让孩子们依然感觉到姥姥家的温馨。这事牵涉电负荷和安装，能解决的话，可当我们在上海时安置，我姑妄说之，不然你把前舅爷的钱用来做啥，又何以回答舅爷？总得想一个与安娜的儿女们共享的用处。

我说不让你给我买衣裳，因为衣裳总要过时的，你的爱是不会过时的。饰物我又是不戴或曰够戴了的（听女儿说还要送我们一对钻戒），你不要琢磨送我什么，如果你上了心老惦着，那么，这飞行花轿就算男家派的不就行了吗？我们依俗令不过为了好玩，添情趣，不要为之所拘。我想，我到达北京的日程从 11 月 13 日你生日咱们喜日冯家聚会倒着算，我最好 10 日或 11 日到"七重天"，12 日登记，所以有个"或"，担心 11 日到，接连三天有日程，你和我都会感到疲惫的。10 日到则 11 日在"七重天"安顿安顿，12 日登记，13 日冯家双庆，回娘家可择 13 日之后任何一日——怎么算"三朝"都行。我想，15 日吧，看大哥安排。张阿姨另外找娘家人接走，或登记时即把她送至史家胡同。

可我又查了 14 号是星期日，这样也好，把每个活动的日程都间隔开，我不巨细安排遥控了。

我们婚礼前后用车，除第一次接站外，都不要用公车。

以后探亲访友，与公事无关，也不用公车。

去图书馆，去买书，去展览会、书画展、音乐会坦荡荡用公车。

看病当然用公车（指你）。

前几天，在参加丁聪画展开幕式时，去早了一天，参观了别人的书画展，抄来一副对联（缘自大风堂）曰：

　　庭前大树绿于我

　　天外朝岚虹上楼

（上联是新康花园住所景观，下联是"七重天"景观，排除世间的诸端乱活，我们学会适应在北南两个家蜗居吧）

　　千字文帖：索居闲处沉默寂寥　求古寻论散虑逍遥

老年大学书法班函催我去上课了。此刻停笔，用毛笔把这对联写下来，求教陈老师，也是"遣怀"之作吧。心乱。

二哥，我等你回函收到我寄去的你写应红的复印件再发稿，发《新民晚报》也好，读者多，好让多一些人知道应红（读者比文汇面广）。

深深地吻你。

你注意弄一个不要有固定年度月日的笔记本，以后开始共同生活时，两人轮换着相互督促着写下最简单的日志。

小妹

1993 年 10 月 12 日

冯亦代 ▶ 黄宗英（1993 年 10 月 13 日）

小妹娘子：

北京开始凉下来了，今天温度最高是 15℃，不过没有风，也许不会太冷。

昨天好高兴，上午、下午都收到你的信，现在又是传书疗饥了，我真是一副猴急相，你不要笑我。凤子打电话给我，说上海陆诒写信给她，打听冯亦代是否要和黄小妹结婚，他不敢直接问我，怕搞错了，不好意思。凤子说我要她保密，她应否如实告诉他。我说完全可以，将来陆诒有机会来北京，我们在"七重天"招待他。凤子真是守口如瓶，那天她的外甥女姚珠珠打电话给我，说她听到消息我要和你结婚，确否？还问我有否告诉凤子，我说她是我第一个通知的人。足见凤子的确是个守信用的人，是个忠实的朋友。

我是很少恋床的，但秋深了，我睡得糊里糊涂，不能按时醒来，今天又睡到六点五分才起来，连忙起身做早操，刚坐下写信，阿姨就来叫我洗脸，接下去就是吃早饭，我对于自己之不能早早起身，很生气。

电视机四处托人买，都没有成功，因为保证不了质量。儿媳妇建议，我原来用的那个牡丹已经旧了，不如花两三千元买个新的遥控，拿旧的给王阿姨用，我想这也好，不知你意下如何？是否同意？如同意，我就这样做了。你在床上打毛线也解决不了我们讲悄悄话的问题，换一下问题也解决了。我的旧电视机接触开关都旧了，不灵了。

393

希望你同意我的意见，不要为省钱着想。

昨天写了《漫谈读书》给《大连日报》"人与书"，这是第三篇，第二篇尚未刊出，已去函询问了，我怕稿子未收到。这个题目预备写十篇，每篇千字至千二百字，以充实我们的双人集。

今天起晚了，只能少写些了，明天再给你写一大篇，这是我们的谈话记录。张阿姨来，不要打地铺，我想还是在招待所住，不过三四天的事。打地铺，我怕地下门缝里的风，吹了不好，她也年纪不小了。阿丹会上送两个花篮，一个是苗子、郁风和我的，另一个祖光夫妇和丁聪夫妇，好吗？吻你。

二哥

1993 年 10 月 13 日 7:48a.m.

黄宗英 ▶ 冯亦代（1993 年 10 月 13 日）

二哥：

今天会不会是写第 200 封信呢？但今天是你不喜欢的日子，也许 13 对我们是吉利日子。我的生日、你的生日都在 13，坎坷一生，终于将要修成正果。以后，不管什么俗事烦扰，我们小两口都要恩恩爱爱的。

我昨天整理半张书桌中间抽屉时，发现在鬼哭狼嚎的医院写给你的半页信，为什么没发出？还可能打底稿？！是 3 月 8 日的，是荒漠里的呼唤。

寄给你《绿叶》里写我的文章，那 81 页上首的照片，正是你 81 岁时在新康园要坐的书桌一角，那小西窗，不到我站着的一人高，书桌左上方挂着我骑马的照片，右边是我画的静物，你看我指指点点让你坐下来呢。桌灯是 100 度光和 15 度光的母子灯泡。在右边（没拍到的地方）有四扇朝南的窗子，在小西窗对面有一扇对等的小东窗，你尽可以安心在这里写作读书。（只是卧室里没沙发，只有一对仿红木靠背椅似的皮坐垫椅，我给你买个摇椅吧，后一块儿去买，虽然 21 ㎡ 的屋子也已经没空隙了。书桌挺大，如果能在书桌左方的墙上给你吊个小书架就好了。屋子里已有四个可搁书的书橱、架柜，我走前也不收拾了。我真的不能收拾东西，那半个抽屉让它先乱着吧）

霍桑那篇在树林子里转来转去难懂，我读了 Mark Twain 又忘了。现在在读 Henry James 的 *The Real Thing*。

今天祝希娟要来谈拍摄《赵丹传》，说要我同意。我电话里答："阿丹是大家的，谁拍都行。"只是你要想办法给自己留回旋余地，建议她拍到阿丹从新疆出狱就行喽，后边碰头彩批《武训传》就难办。不写了，吻你。

小妹

1993 年 10 月 13 日

黄宗英 ▶ 冯亦代（1993 年 10 月 13 日）

1993 年 10 月 12 日我理抽屉，发现这半封信了。不知当时可曾寄给你，看到那歪歪扭扭的字，心惨惨然。如今把一张纸上隔了十天又写了也没寄出的信，寄给你。作为 200 封纪录的纪念。

亦代二哥：

当我清醒些个，我就又在翻译文章了。于是又糊涂了，我不着急，我只是在找一些比较机械的事做，医生批准我写作——在医院里写，但不是说开始就开始的，虽说已经开始了，我要求出院，没有家属敢来接我，我只好套上耳机，不听外边"鬼哭狼嚎"，在这被上帝遗忘的地方。

我为什么不会写字了，为什么？

我查字典去了，如方便，我会把正在翻的资料寄给你，你一定会笑，一看就明白的小事儿，还费那么大劲……

我家的英文字典一而再被儿女和他们的朋友掳走，此刻借来一本上海译文出版社《新英汉词典》（增补本），1978年4月版。如果我再买字典，买什么人编的？版本、年月？

买到的是一本封面非常雅致的、上海译文出版社1979年3月版。

我今天（3月8日）本说明天可以假释出院，可又留我两天，做一种吃了对我反应很大的碳酸锂的药物实验，我几乎又哭又闹，我不愿做此实验，等受完这一段罪再写信给你。

你的小妹

1993年10月13日

冯亦代 ▶ 黄宗英（1993年10月14日）

亲亲热热的娘子：

这几天不知怎么又这样困，今天醒来是在4:35，我以为还早，就眯在床上，但再醒时已是6点差5分了。赶忙起身，穿衣服就花了十多分钟，上了厕所回来就到6:10了，早操一完便是6:25了。你看早上的时间，实在去得快，如果我再贪睡，这时就要到七点了。

昨天安娜的大妹妹 Alice 从香港来长途，她已收到我的信，谅解支持，祝福我们。她已经收了香港的摊子（两个工厂），因为她已80岁，到十二月中旬就到美国住在她女儿家里了，在洛杉矶。她原在沪江，后来转学到圣约翰去，在那里毕的业。她嫁了个孙中山顾问的儿子，是个香港的骑师，后来因为投机失败，跳楼自杀了。她有钱，但一毛不拔，完全美国脾气，苦了一世，有钱也没用。除了看 *Time* 和 *News Week*，是不读书的。其实她英文很好，现在连中文也读不通了。安娜和她的两个妹妹，家庭是可以写本小说的。

你又把冯陶的名字写成冯岚了，孙子辈不论，但冯浩（子）、冯陶（女）、李春（媳）、朱焘（婿）要记住，因为你来了，要和他们打交道，也许见了面也就记住了，正如我现在搞不清你的儿女一样，看我将来闹笑话，你得随时提醒我。

孟浪怎么这样不幸，没有骨折还算他运气，但送不成京娘了。你写信时，请给我问候他。我从你电话里知道你很着急，怕我对你迟来有情绪，但我听你电话后，感情上如释重负，因为你晚来，却可得到我们二人心理的平衡，这是求之不得的事情、最圆满的结果。我们应当感谢阿丹在天之灵。

你说体会到相思之甜与苦，我有同感。想到我们远隔千里不能立时同在一块，特别这几天我睡在大床上，旁边缺少一个人，就想得很苦，但一转念想到共同生活的旖旎日子，便觉得甜了。但无论甜苦，总是一种煎熬，有苦的，也有甜的，你说对吗？吻你，你这个老甜姐儿，现在我脑里有你那帧伏案作书的照片，我的心充满着甜味，我的小爱人。

二哥

1993 年 10 月 14 日 7:32a.m.

黄宗英 ▶ 冯亦代（1993 年 10 月 14 日）

哥：

夏公高兴，我开心，因夏公的高兴是真高兴，他不会敷衍，他奇怪"两个怎么会走到一起来了"，我还奇怪呢！冰心不会投安理会弃权票的，你还要个全乎！

企鹅版三本书已由小姜走出版社寄出，免邮局瞎查了。

宗江为什么抄一张你儿孙辈的名字呢？连我还没抄呢。抄一张给我，在你闲来无事时。

看来你对延期真的觉得挺好，我也就放心了。

我说双人集里要夹别人稿子，也只是一时之想。因为我总觉得像"幕间连接词"那样对每篇文章有个交代，其实这交代可能是"潜台词"，对我的各种意念你不要认真，我几秒钟里可以想好几种编排法，可就是快一个月了写不出一小篇文章来。

我乱忙着，昨天上午为Jenny跑遍小半个城去买粉红毛线，却只买到一种西洋红，太艳了。下午，张阿姨又去跑另外小半个城。两次来回，买来一种细粉红绒线，而我已经用白粗绒线起针织手套了。昨晚已完成一只手套，今天可成副。然后织西洋红帽子、围巾、手套，想说服Jenny不织那个细绒线的，而用之织毛衣……唉，我一辈子就这样七抓八抓地浪荡了"高智商"，成不了大学问，但我喜欢做凡人。只现在想着双人集里被你端端地占了上风，有点儿……有点儿……担心编辑和读者不答应，是吧？

谢谢你想得细致，你什么也不要去买了，我带喜娘张阿姨去做什么呢？她会备齐的。

昨天去买毛线的同时，也为自己买了去南通的衣物。不买，仿佛对不起阿丹。

你拿到三个大包一定吓一跳。我是塞得多了些，光是羽绒外衣就一长两短一背心。以后，过了当新娘子的这个冬天之后，并不需要这么多，可以裹出两件来做枕芯或椅垫芯。

沪国际电影节时有请柬（已闭幕），但我一个人要单位派车又没司机票，叫车又不方便，就没去。昨晚家里住了个洋人（孩子们的朋友来参加影节），今天一早走了。

我不写了，想查查昨天为Jenny默了五遍的生字中我所不认得的字和发音，望你没白喜欢我"最贵重的嫁妆"。

吻你

小妹

1993 年 10 月 14 日

差点儿明天起飞。

黄宗英 ▶ 冯亦代（1993 年 10 月 15 日）

二哥：

今天 10.15，本是应该相会的日子，但 11.15 也很好，很好。你再数 30 天吧，你说数多少天？你说要不要赶你八十大寿，还是以后我悄悄补。

差点儿发不出今天的信，因一早我织毛线，Jenny 学织毛线活儿得把手，她很上瘾，我也不得闲。她的星期六是 weekend 不上学，我们吃了早中饭帮她去采购。她忽然蹿了个儿了，是 143.5cm，刚刚在街上量的，而且她没有在中国上学的衣物准备，何况带来也穿不上了，短小了。等我们忙完回来已 3:30p.m. 了。

上午孟浪又带口讯来，问我什么时候赴京。他伤足后，原来竟完全不能起床，但此刻还说月底能好，我先寄 200 元去慰问，然后娓娓与谈，总之劝他不要着急，要设法照个片子。他若真倒下来，老境也委实堪怜的，没个人照顾他。

二哥，我多会儿管过你花该当用的钱啦？我只说过别去住宾馆、别墅，太贵，在家就好。把家安置好，我看就像你女儿说的那样吧，买个新电视，遥控的，但两三千元是达不到的，该用就先用啦吧，往后不够花时，就换我将带来的美金。孩子们给了我，就是让我花的，咱们该省的省，该花的花，电视总是要看的。我失去了选台权，我说："人家都在看《北京人在纽约》呢。"Jenny 说："中国人在美国那点事儿我都清楚，看那干啥？"也是，我弃权了，相信我能和你看到一块去。花篮照你说的办，勿念。

我看就定 11 月 15 日？你最后敲定一下，孟浪若好了，我会带他来北京，送他去文联宿舍，而不是让他送我到"七重天"。可怜他确实老了。

小妹

1993 年 10 月 15 日

匆匆写，匆匆发，只担心你等信焦心。

冯亦代 ▶ 黄宗英（1993 年 10 月 17 日）

亲人小妹：

一定是你在想我而不能入睡，昨夜晚我醒了三次，耳边似乎你在喊我，一点一次，三点一次，四点一次，再睡一下，便到了 5:20 了。第二次醒来又睡，便做了一个梦，一个没有你的梦，我梦里还在想我要梦到你，而不要做那个莫名其妙的（写到这里，你的电话来了）。6:27a.m.

我早已等急了，我昨晚就盼着你来电话，后来想想怎么可能半夜里打电话呢？但也可以想到我相思的苦涩了，可怜的二哥。徐迟真是诗人的想像，五十年代我也想不出你有否来过羊市大街，即使来，也会有阿丹。如果他看出苗头，要不是诗人的眼光，要不就是我们有爱慕的流露。缘也缘也，我宁愿相信这个太罗曼蒂克的梦吃。

你现在可以 10 日来了，那就还有 23 天。我终于想到你这个三娘子了。接了你的电话，我好高兴，心不在焉，老写错字，真不沉着。但是我们谈恋爱是纸上谈兵，也不怪我心花怒放心不在焉了。我可爱的人儿，我终于盼到你这位三仙女了，一定要打电话去告诉宗江，使若珊也可以放下心来。这一段是吃了早饭再写的，现在已是 7:11a.m. 了。

我真是太高兴了，真想到阳台上去大叫三声，以示庆祝，你想一个人盼望天上下来个仙女，居然现在仙女要下凡了，我怎能放过这令人喜悦的时间呢？徐迟笑我早成了热石头上的蚂蚁，真是言中了。这个蚂蚁快做了一年了。

北京天天好太阳，你真应该早来晒太阳，负暄情话，其乐融融，现在我只能在太阳里看书。

你 10 日来，我想暖气也可以来了，如果还不来则用热水袋、电炉来救驾。据说今年北京不会太冷，但总之要仙姑吃苦，你问我日期时我心里也矛盾。为了我，你来挨挨冻的滋味吧。还说我这生总还不了你的债了，便成了债多不愁，但也不妨碍我做个百依百顺的好丈夫。你信里抑是心里总怕这怕那，最怕的是我不爱你，娘子呀，这是不可能的。我不爱你这样爱我的人，我又去爱谁？我的心早已成泥絮，如果不是仙女超度，我大概要做和尚了。但是你的爱使我复苏了，我感谢你。

三纸为度，又到了吻你的时候，想想再过 23 天，我可以抱着你，亲你，吻你，我太高兴了。你知道吗？亲你，吻你。

你的二哥

1993 年 10 月 17 日 8:00a.m.

黄宗英 ▶ 冯亦代（1993 年 10 月 17 日）

亲爱的二哥：

给你打完电话回卧室，才发现把自己关在门外了，一定是昨天 Jenny 和她妈妈发小脾气时，把门钮掀过了，只能从里边开，可大礼拜天的 Jenny 正熟睡，老阿姨又去买菜了，我从来闹不清钥匙在哪儿，就坐在阳台上理抽屉。天冷了，找了块毛巾系在头上，我太容易头疼了。

我已经给 Jenny 织定一副手套，一只帽子，今天织围巾。织的时候，我把辅助 Jenny 做功课时捡来的英文单词写在图画纸板上，写得大些，边织边吃英文生字。我总是摸不着在哪个音节上读重音的规律，所以我自学的英文，往往读错重音。而小说看不懂主要因为我词汇量太少，有一搭没一搭地积累一些，记忆力差了，不容易记住。一回生，二回熟，四回五回总会渐渐多认识一些。我织毛线用不着盯着看，这是我十五岁之前在家做姑娘时练的幼工，一秋一冬要给哥哥弟弟和自己织呀，换袖子呀，拆大就小呀，拼花样啊都行。但我决不给你的胖肚肚织大毛衣，那得织到哪年哪月？想了想，没什么给你织的，除非织个镶色的椅垫。

张阿姨回家了，我要转移到卧室去，重新考虑今天的杂事计划了。也许临帖，写写隶书试试，好玩。老师要到每张课桌前来批作业的。

遥控电视机一定买了吧，大小就依在床上看视觉上舒服为准，不必跟人家比大尺寸，这样我可以偎在你身边或看，或不看，只看我的书，或捣乱了。我还是挺爱看，有选择地看电视的，说不定将来看起午夜电视哩！午夜常常放好故事片，但要等我的睡眠被你治得巩固些之后！

我真羡慕你一篇篇地写文章，我按捺住自己不追赶你。我现在做的也都是我该当做的，Jenny 从 6 个月自己坐飞机（被空中小姐带回）来上海，就在我身边，我工作时，把她带在身边（去蛇口、北京）掼来掼去的，如今又掼到美国。此番来沪，留下读书，又不知何时要走。她在美国跟着小舅舅、舅妈过，人家有自己的宁馨儿，但 Jenny 永远是个 cheerful girl，又明白又不明白，她只跟姥姥说心里话，无所顾忌，想要什么就说想要什么，她自己织的娃娃裙今天也会完工的。

吻你

你的爱

1993 年 10 月 17 日

冯亦代 ▶ 黄宗英（1993 年 10 月 18 日）

亲亲的娘子：

昨天电话里忘掉一件事，就是你说橘橘要送我们钻戒，这份礼太重，而且我对我的孩子们说不要送礼。现在橘橘要送礼，我实在不好意思收，而且我平日手上也不戴任何东西的，除了手表。所以千万不要送，我收受这番心意了。千万千万。

你的电话使我好开心，你能早来我当然求之不得，"深得吾心"，这是幼时常在报上看到的一句广告，套用正好。感谢你，电话也是我的原动力，我昨天就把谈吴欢的那本《驴唇马嘴集》文章写了，可惜下午来了个半世纪的老朋友，就来不及收梢了。今天补上即可，这是北京方面要的稿子。

昨天来的是一位国际问题专家，是外交部的同学。我们谈了世界大事，我把自己的意见测验了一下，还很正确，没有想得不对头的地方。看来我的脑力尚无问题，不过这样的谈话很累人。他走了，我就连书也不看，只听李斯特的交响诗了。总之一天过得很有意思，更十分快活。今天一早醒来，看看表只有四点多，但过一会儿，立交桥的灯光全熄了，就连忙起来，原来手表已慢了一个钟点，不是慢是停了。实际上已是 6:25 了。起身穿衣做早操已是 6:40 了。在床上好想你哟。

现在是 7:19，刚吃完早饭。孟浪真是倒霉，不知有没有伤骨，你去信时代为致候，我一生是碰到许多好人，但他是好人之最。但在玩政治的人中，我见到的好人，却已灵魂扭曲了，只有在良心发现时，才做好人。这就是普通人与做官的人的区别。

陆灏已经到北京来了，和我通了两个电话，今天约我们去三味书屋饮茶。原来也有宗江的，但昨天我去电话时，若珊说他已去杭州参加小百花的颁奖会了。今天下午少了他，便少了一个保护我的人。范用等以为你已来京，他们会失望的，因为没闹新婚的对象了。陆灏大概等不到你来，但他要来看看"七重天"新房。

收到你 10/14 的来信，编号已到 205 号了，你夸我写信能手，但你也不弱，堪称伯仲。总之这些都是我们爱的结晶，是我们的儿女，哈哈。如果真的出书，那就要好好地编辑一下，我想将来我们编好，交给一位编者，要他或她设法出版，这也是洋法子。

我读完了宗江的《花神与剧人》，跌宕不羁。吴欢是学到一些的。他以写电影剧本的方法写散文，另有一工，也是可以传世的。他一年多的文章可以写一本书，我以无事之身，读与写都太少，总想写得好点，事实是偷懒，把时间快快地流逝了。我赞成你留一本"日知录"的办法，这样我们可以相互督促。

我现在担心的是考试能否及格，你要有坏的心理准备，我同意你说的我们意不在此，但这也是生活的一部分。可惜我们开始太晚了，如果早十年。当然这是梦呓，因为早十年根本无可能！

吻你，紧紧地抱你，我这日夜思念的娘子。

永远永远爱你的二哥

1993 年 10 月 18 日 7:59a.m.

黄宗英 ▶ 冯亦代（1993 年 10 月 18 日）

二哥：

别对自己不能早早起身很生气，那以后有得生气哩！

昨天晚报秦绿枝写丁聪的文章里提到你——你的提携。

已给孟浪寄了二百元，写了封信，告诉他伤脚的严重性，要他必须做 X 光拍片检查，骨折时并不太痛苦，但必须卧床三个月。又告诉他如好转能行走，请他自己考虑是否北京养伤，生活条件比苏州好，有暖气，有食堂。如想去北京，我把他捎去，让他叫他儿子到机场来接云云。说只是如此。我想我写明白了。不是要他送亲,送亲已有张阿姨(也写明白了)。孟浪倒下来后很苦很苦,我们文化界里也有许多老无所养的问题。

我们应该对我们的晚年知足,现在你有我,我有你。

以上为 7:20a.m. 以前写下,每天 7:20a.m. 我叫醒 Jenny,照顾到她出发 7:40a.m.。

今天 11a.m. 收到你 14、15 日两封信,喜出望外。

糟糕!我织的 Jenny 围巾花样挺占眼,当然更占手,干不成别的什么事,也只好耐着性儿织完它。以后还是戒掉织毛线吧。可女儿看我织得好,也 Order 一条围巾。

二哥,我看不懂,为什么要阿姨烧水给你洗脸用,你不能用热水瓶里的水吗?你这习惯怎么像民初的少爷呢?!看不懂。我洗脸特简单,一年四季只用水龙头里放出的冷水,偶尔洗热水脸,或是因为化过稍浓些的妆,或是从太冷的外面回来,更为的是用热水焐焐手。我一般不用脸盆,只就着龙头……

那对联你喜欢就好,只你编的对联:

　　排除尘世诸多乱语　　适应南北两个蜗居

我意太实了些,试改:

　　抖落尘世诸多忧烦　　偏安南北两张书桌

我不谙对偶平仄,只这意思,排除很难,抖落有不在意之意也。我们不能算蜗居,只求偏安于书桌也。你别费心去找人,看方便,如苗子肯写当然棒,按照你能挂放的地方的大小再求墨宝。那张借来的对联是改大风堂句,大风堂在哪儿?什么朝代?俺不知道。

好啦!我继续织毛线了。吻你。

　　　　　　　　　　　　　　　　　　　　　　小妹

　　　　　　　　　　　　　　　　　　1993 年 10 月 18 日

冯亦代 ▶ 黄宗英（1993 年 10 月 19 日）

亲爱的三娘子：

　　一天没有收到信，虽未如热锅上的蚂蚁，至少心里也不胜切盼，但知道第二天一定会收到来书，心里也就释然了。幸而昨天下午去三味书屋出席陆灏的茶会，把这独坐书案前的相思挨过了。

　　昨天到的都是老友，小丁已出现，大谈黄宗英去看他的画展。我车在二环路上被堵，到的迟了。一到舒湮就大叫新郎官来了，我便说他怎么这样俗，众人也说他，他才默然。

　　一上午把写吴欢书的文章改完了，但没有誊写，预备今天干。自己很得意，我是文章自己的好，老婆也是自己的好。其实你也不需我夸，早已名声在外了。昨天认识了一位人物，就是毛（主席）的前秘书李锐，没有他的文章，世人还不知庐山会议的经过呢！这次茶一直到五点多才喝完，范用又鼓如簧之舌，要我们出两地书一本，李辉和陆灏则要说服我在三味书屋举行婚礼。我是笑而拒绝，他们说我如不同意，他们就向你申请。经过昨天的唇枪舌剑，他们也知道不可能，因为一公开举行，那就非 150 人不可了，还没有算上记者，他们也就知难而退了。在书店里为他们在纪念册上题了几个字"书中自有风味"，书店老板大为高兴。以后当是我们常去的地方。这是处十分雅致的地方，北京的朋友在盼你早来，喝书店里茶座的龙井茶。

　　电视机已经托冯英的舅舅向出牡丹牌的厂家买了，因为他是内行，也是厂的熟人，这样这个问题也解决了。我现在就只盼望你来时已生了火，照去年是不到 10 号生的。今年除非天气暖和，大概也在这个时候，好在太阳已经晒进屋子了，不会太冷，请你放心。

　　朋友们总想说服我举行茶会，他们怕冷落了你，其实我们就是要安静。他们的起哄，是自然的，但是我们只能辜负了他们的好意，将来零碎补礼了。一个人得到朋友的爱护，也是件心里舒服的事情，如果没有友情，那真是太可怕了。夏伯今年九十四了，日内出院，月底（30日）生日，大家分批去，我总以为党是不应当冷落这位人瑞的。今年我只能代表你去贺寿，但你来了，我们还要去，他是很喜欢你的。

已经想了好几个题目写文章，预备陆续写出来，欢迎娘娘驾到。你大概要婚后再动笔了。写一篇"我们新的生活"如何？这样天津《散文·海外版》的文章有了，我们结婚纪念的文章也有了。请你考虑找一个题目。你说你是不会要我画眉的，但我们可以写文章。

娘子，还有 21 天你就来了，我心里唱着歌，欢迎你的歌，吻你，你这宝贝儿，高兴吗？我高兴，我的宝贝要来了，我要你的爱抚，再吻你，深深地。

爱你的二哥

1993 年 10 月 19 日 6:34a.m.

黄宗英 ▶ 冯亦代（1993 年 10 月 19 日）

二哥：

我好轻松，昨晚我说服 Jenny 让张阿姨去织那条围巾了，而且确实张阿姨比我要织得好多了，她是织绒线生活的能手。

今晚（19 日）我得去 SAS 参加 Jenny 的家长会，6:30p.m.，不知我能不能听得懂，还选举家长代表什么的。Jenny 不要她妈妈去，一定要我去，就去吧。

如此，我可以渐渐收心来写该写的文章了吧。上次开了个头儿，可那个头儿开在什么样的纸片上呢……重新来过……但往往要搁浅在"头上"，开头难！

我不该过问你怎么洗脸，你本来怎么生活就怎么生活，一定是那热水瓶在低的地方，你不方便低头弯腰去拿。不管是为什么，你依旧保持你的阿姨烧水喊你洗脸就是。我以后注意不干涉你的生活习惯，虽然我想笑。

今早就写到这儿。吻你

小妹

1993 年 10 月 19 日

我起先以为是你妻弟赠你的贺仪，所以坚持要与你孩子们共享。既然有"公案"，安娜也会认为合适的吧？

前天上街，顺便买了副塑胶手套，因为你信里说起阿姨有时请假、放假什么的，小小不难的家务事，我总也得做做，但我不敢下厨，除非你一个人放大胆子等着吃。

你劝我吃水果，北京冬天有我吃的水果类——我爱吃心里美水萝卜，吃了心，腌了皮过早上的粥或泡饭。也爱吃冻柿子，那铜盆大柿子，买了来，先放冻结箱里渫个两天三宿，然后就放朝北窗台上，随吃随取，连冰碴儿一起吃进去，用小勺挖来吃。还有京小白梨，天津鸭梨。我还爱吃已经没人问津的绿豆糕，称斤买的，一咬就掉面的，不是上海那种小巧有油的绿豆糕。我爱吃豌豆黄……别忘了，我是北京生人。

字典将嘱小姜买，本人这两天拒采购。

小妹又

冯亦代 ▶ 黄宗英（1993 年 10 月 20 日）

亲亲我的娘子：

昨天怪事一桩，其实也不是什么怪事，忽然收到美国胡石如老的贺喜卡，我正怪他怎么知道的，幸而他附着一短言，才知端的。小简上写着："不晤亦代先生垂十年矣。宗英女史久仰鸿名，缘悭一面，近由苗子兄一文欣悉鸾凤和鸣人间天上，万里之外，敢申贺忱。胡石如，一九九三年十月一日。"贺片上有首诗曰：

When Two Become One

When two people find with each other

    New beauty in everyday living

And open their hearts to each other

    By trusting and sharing and giving……

When two people share with each other

    A world of contentment and fun

When they know they are meant for each other

    Then two people truly are one

我抄下了这首诗，好像这是专门为我们写的，我很喜欢这首小诗。你欢喜吗？因为非常适合我们的心境。

觅购了半年多的《费正清集》，昨天居然由杭州三联觅得了，大为高兴。但不是他的传记，是他研究中国问题的一些意见，不免有些失望。好在我最近收到他夫人费慰梅寄来一本每一时期由他友人写的文章，是关于他的生平的，所以也就满足了。费正清是中国学的专家，门生遍美国，影响美国的对华政策。50 年代，美国人称他是中国的特务，"文化大革命"时，中国又说他是美国文化特务。80 年代我访美去哈佛大学作报告，他已从哈佛退休，请我去吃了次午饭，谈了两三个钟头，我们相互尊重，是好朋友。

今天，要开始看法国都德的《不朽者》，是译者周克希寄来的。他原在华东师大教数学，是有成就的数学家，但他喜欢文学，法文很好。前年他来看我，问我的意见，我劝他两者兼做，但去年他还是辞了职，到上海译文出版社去当编辑。我敬重这些生活中的勇者，如果我 40 年前不做"驯服的工具"而立意写作，那我现在写的就丰富了。但是后悔却是无用的，看我今后的努力了。我们相互促进。

昨晚洗了澡，很早（9:30p.m.）就搂着你睡了，今天醒来不过4:05a.m.，再也睡不着了，就想你，这无可奈何的相思哟。已经收到你 15 日写的信，编号是 207，你的信真蔚为大观，我无法赶上了。只有多几个吻，作为报答。紧紧地抱你，吻你，又少了一天，我们可以见面了。

二哥

1993 年 10 月 20 日 6:25a.m.

黄宗英 ▶ 冯亦代（1993 年 10 月 21 日）

二哥：

今天中午没收到你的信，但昨天收到两封，可能是到早了吧？（17 日、18 日）

钻戒随她去，不然以为我非要换别的呢。钻石象征坚贞纯洁，择夜半无人与你对天盟誓，你别跪下，爬不起来时，我拽不动你，而且说不定女儿说过又会忘了。

《开光》小文如何？我今日将挂号寄陆灏部下张青，请他候徐凤翔改定再发，我没说给你留块地方，我担心把你逼得头发昏，你自己看，反正徐改定稿寄我这里。我等你的话，我并不忙着发。

又给你个饶头，多一封。

小妹

1993 年 10 月 21 日

冯亦代 ▶ 黄宗英（1993 年 10 月 23 日）

小妹：

昨天收到鼎山的来信附了他为纽约《侨报》及香港《大公报》写的文章，是关于我们的喜讯的。他还以为 20 日是我们的佳期哩，可是我们已经改了，但是他们为我们高兴，则跃然纸上，我是衷心感谢。各方面的故事凑起来，我们的确有前缘，三生石上早定终身了。

我安安静静地过了一天，上午还是写信译文章，下午则读书。译文原文有十八个自然段，我已译了八段，可能比原来设想的要提早译好。译美国人金介甫所写《沈从文传》的符家钦，在《大公报》发现了董鼎山的文章，复印了寄给我，还连带着他新写的一本《沈从文故事》，我昨天下午把它看完了。他写了十万字，厚厚的一本，读了可知沈从文大致的生平。他是被所谓文学正宗的有意排斥到文学之外的，但如今沈从文为读者所公认，这些人到哪里去了？但还是个大损失。

你家里因为有女主人，所以成为招待所，而我这里则人少室小，而且我的亲戚太少，所以得以安居乐业，你就不成。好在这样日子就要告一段落，你躲到我这个避风港吧。我想她们除了吃住，也无法拖你上街的，就再忍耐一会儿吧，要训练自己在乱中生存。烦当然是烦，但要造成一个不烦的心情，如果自己的心情就烦了，那就越来越乱。我注意你在信中用你笔写的那句话，即你要在 10/20 上午 8 时 18 分进入创作了，则就是说你已找到开头的句子和思绪了，可喜可喜！

昨天我上下午都收到你的来信，已经是 211 封了。10/19 写的那一封显然你是在 SAS 学校里写的，用了那张指示停车处的纸，所以你可以在乱中写文章的，千万不要气馁。像你和洋人说话一样，不要以不能听话、说话自卑，其实有的关一闯也就闯过去了。譬如你看英文小说，你已经看了一篇不懂的了，这就是胜利。要养成打乱仗的习惯，惯了就学会一种本领了。

这封信就写到这里，因为要附一个复印件，怕信厚了。其实说穿了，我这个顾虑是多余的，顶多多贴几分邮票，但我以三张为度，就作茧自缚了，我笑自己的傻。还有 17 天了，好小妹，你终于要到我的怀抱中来了。吻你，深深地吻你。

二哥
1993 年 10 月 23 日 6:10a.m.

冯亦代 ▶ 黄宗英（1993 年 10 月 24 日）

娘子：

昨天整日没有收到你的信，却在晚间接到你的电话，乍听之下，简直想不到是你，其实我已久盼这个电话，因为想到如果客人来了，早晨你会怕扰人而不打电话，这我岂非要望眼欲穿？聪明的娘子，你这晚上一通话，岂非疗尽这两地相思！

想到你竟将文章写好了，真是快乐。所以你应当避开大夫给你说的话，相信自己的力量，什么智商测验、脑力测验，这些数据不一定是中国人而是老外的，听听可以，相信则大可不必。文章都写得出，难道智商还有问题？一个人还是相信自己，但要有个限制，不要搞得太累。

前天收到安娜朋友一个电话，她说她憋不住了。这是个老冬烘头脑，我知道她一定想不通，所以故意不告诉她。她从范用夫人处听到了，就等我告诉她，我却等她自己来电话，我不要人家对我指手画脚。果然她是个急性子，憋不住了，就给我来电话。我应该给她电话，但我怕她想不通，她连连说"想通了、想通了"，所以憋不住了。于是大家哈哈大笑，便少了不愉快的事。所以"孙子兵法"里后发制人，也可以用在朋友间的。这个朋友是个热心人，直性人，她的优点，就是能接纳他人的意见。这也是一件笑话，死人不急，急煞活人！

昨天翻译在一句上卡了壳，那是文中引用爱默生的一句诗，本来我就不懂诗，问乐山也不知道，后来还是找我的学生朱世达，英文是God of bounds，原来是"节制之神"。所以我现在越来越相信学无止境了。我简直翻遍了我所有的词典，就是不得其解，钻学问的确其乐无穷。

下午我在读美国金介甫的《沈从文传》，译者是我的朋友符家

第 页

宗英：

昨天虽没有收到你的信，却在晚间接到你的电话，

为你小病在卧床休息，真莫名其妙的忐忑不安。同此想

起水华等人来了半天，你会陪着找人而不打电话，走我真作是

胡乱猜测。聪明的英子，你在晚上一通话，当你病去了这两

天相思。

想起你的文章写好了真快乐，一篇文章要写出去

给大说的话，相信你的力量，好像是向似的，好像是倍感是

些曲折来，一下写出国人问之老辈的所作所为，相信即大家不必

文章都写得好，可以通过编辑者补充。十人已代相信你，但

这有时难、法更辛苦不易了。

听英子的话，妈妈你太一生电话，她说她道她住信了，色介老爷

大方法好，你如意地一说就了，我，长时才没意思去找对她，她以为同

夫人还比他好，故写找对你她，你事看她说些电话线不是人马

你找著书刊作品，基地地不安住在通了信了，没给我事电话，我

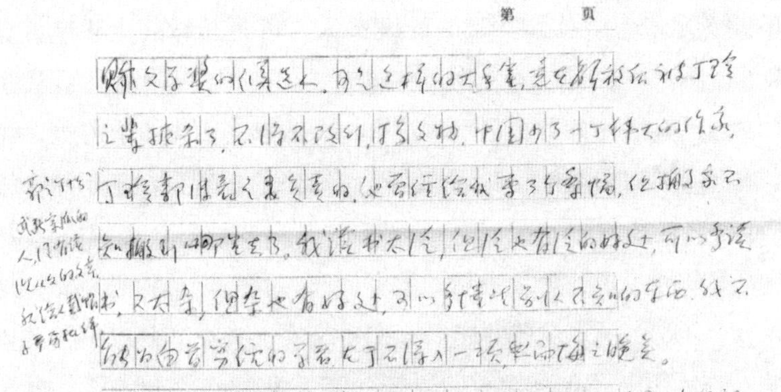
第 页
6:19 A.M. 10/24
15×15=225
中国作家协会

钦，他已不能行动，坐在轮椅里，但却译出了这本 35 万字的书，其中差不多 1/3 是注解，要找沈从文的原书。我就没有这个耐心。这本《沈从文传》是本名作，中国人视沈从文是敝屣，而老外则认为只有他才可能被提名为诺贝尔文学奖的候选人。可是这样的大手笔，竟被扼杀了，不得不改行，搞文物。中国少了一个伟大的作家。我读书太泛，但泛也有泛的好处，可以多读书，又太杂，但杂也有好处，可以多懂些别人不知的东西。我不能为皓首穷经的学者，在于不深入一项，然而悔之晚矣。

今天不知能否把我那篇考利的散文译完，我一定要将它译完，这样可以开始修改，搞出点味儿来。其实译文要一如原文是难事，究竟是两种文字，其中必含有译者的风格。昨天晚上电视不精彩，而 10 点以后的好片子，又因为倦了，来不及看。九点半就上了床。我们这儿暖气已在试水，而且煤也运来了，传言十一月开始就有暖气，因为下星期天气还要冷。你这北方人，大概已变成南方人了。

桌上的小妹在对我笑，我也对她笑，看见这张照片（戴头套），人都说好。吻你，好宝贝，还有十五天你就可以到达我的怀抱。

二哥

1993 年 10 月 24 日 6:19a.m.

冯亦代 ▶ 黄宗英（1993 年 10 月 25 日）

小妹娘子：

你的确是个才女，写一篇文章这样难开头，但开了头以后便显出你的灵气。我也设想我将如何写这篇文字，但我却不能写出像你这样的文章。不是拍你马屁，这样文情并茂，也只有你亲自到过西藏，见过这个献身者本人，才能写得出。祝贺你，你十日怀胎，养了个胖儿子。那个开头便出人意料。如果我写必是写怎样遇到这个人。我看了三遍。晚上睡时放在床头看，看而不厌，偷学你的文笔。

昨天我把考利那篇《人到八十》（想出这个题目我得意，原来是
The View From 80），译完了，提前一天完工，今天便要一句一句对读
了，也许明天核对完毕便誊抄，在月底寄给朱世达。昨天卡壳的那个
God of Bounds，原来是个"节制之神"，妙译，但不是我想出来的，可
惜。这文章是另辟蹊径写的，很有老人的味道，将来印出来呈改。昨天
是写到十时多才完工的，从清晨写译起，花了四个钟点。我常常预定多
少时间，打得宽一些，于是少些时间赶出来，享受超赶的喜悦。

午前就吃午饭，午后 take a nap 到二时起身，便读《沈从文
传》，读得津津有味。他的少年时候，真是颇具传奇性的。晚上错过
了《正大综艺》及星期电影，前者是漏了，而后者则是要睡了。一
个多星期来，我养成早起午眠的习惯，有些成效。腾出时间来和你缱
绻。我欠了许多书债，将来红袖添香和你共读。有许多文章在脑里有
个影子，想写，但都是哀悼人的，所以就卡壳了。我觉得这是我对死
者的一个义务和责任，但心绪不对头。因为我是在快活之中。昨天有
个朋友写信来，要寄一本近作（访问美国一年的文章），要我写读后
感，我想这篇文章也许可以配你的西藏一文。等明天收到书再考虑。

天气预报星期三要降温。我已经将增热器（电炉）拿出来了。看
看能不能抵御这次寒流。好在天不下雨，有太阳，我的屋子便暖和，
比冯陶住的南房好多了。她屋子本来上午东面有太阳，但隔壁造了高
楼挡住了。

我大概这星期要上医院去拿药，并做一次血液的检查，服肠溶阿
司匹林时间多了，小腿皮下便有沉淀，检查一次可以对症下药。或停
止服一时期（指阿司匹林），至于心痛定降压药则是不能停的。你把
你的药名（常服的）都记下了，看我这儿是否可以拿。舒乐安定片我
每次都给你拿的。

我现在同时在看三本书，一本是英文的《费正清回忆录》，还

有几篇看完便放下。看洋姐夫沙博理写的《马海德传》(也是我的朋友)。另一本是《沈从文传》。再一本是你寄来的英国小说。这样每天三本轮流看,便不易疲倦,是学海明威和诺曼·梅勒的读书方法。

但是最重要的事,还是上了床后想你。其实也不限于睡前,醒后,即在平时看书倦了,也会想到你,看书有兴趣了,更会想到你,因为要告诉你我读得得意的地方,和你谈谈。

痴汉等老婆,我就这样在想你,还有 15 天你就来了,我也还尽了你的相思债。吻你,你这位老太太的小妹,你一定在笑我家里做"老爷",那是跟朱晔他们叫的"姥爷",我似乎还听到你电话里的"笑声",我可不是"老爷"或"少爷"。再吻吻你,不是 21 遍而是无数遍,以示庆祝我们的同居。

二哥
1993 年 10 月 25 日 6:10a.m.

黄宗英 ▶ 冯亦代(1993 年 10 月 25 日)

二哥:

昨晚我服了双倍的安眠药还是睡不踏实。一早 5:20a.m.,先是给陆灏部下小张青写了封更正信,虽然我在底草上找不到这句错句:林分,林带,林种……我嘱咐他如见有,请改林分、带谱群落……为写人物在某一特定行业中,我总是要查阅一些我并不能看懂的专业书,此例为常例。发文常梦中觉有错或又得佳句。二哥,我可以在你书桌的右下角写作。因我写作时,一般是视而不见,听而不闻得气人的,只要你不一个劲儿地惹我,我能进入自我。

但昨天使我睡不着的,是白天先给你写了封两大页的信,嘀咕登记不登记,还是嘀咕,从来没中止过嘀咕,下了决心又嘀咕,后来又决心不发那信了。信里说不清,请求你不要定咱们 12 号去登记。咱们在一起好好儿地把各方面可能出现的问题摊开来摆摆平。二哥，你是急着要一张结婚证书呢，还是要一个完完整整无牵无挂的小妹娘子呢？

我今天开始又要准备"流浪"。我儿子阿佐（我共生有三个儿女——橘、佐、劲，另有青、矛）的媳妇原知道我10月到北京，她携四岁幼子10月到津、京，就阿佐，现在在外边游荡了一个多月了，昨天打电话来，我说家来吧。倒也只有今年，凑巧他们都来中国，媳妇们也来来往往。上次阿劲和媳妇是到广州去办绿卡，他们是较晚去美国的，阿劲是1986年拍完《小木屋》后走的，现在回国来不知拍什么片子。他们在中国没有自己的家了，阿佐媳妇的父母移民较早。孩子都是好孩子，在外也不容易，阿佐媳妇带着四岁的男孩Terrance。我让房给她，否则夜里不方便。我反正是剩下去南通（买船票）到作协订机票、收拾行李等杂事了。我住后边饭厅，清早沏个茶，吃点儿稀饭、泡饭方便些，只是今明二日又要大洗、大换、小搬……

当然你若住在这里，我和儿女都不会让你搬动的。他们也不忍心让我搬动，儿子一个人回来时，只在客厅打地铺而已。

我明年还是要下决心把后屋腾一腾。不能睡人也要能坐人，那屋有张挺好的书桌，七个抽屉……朝北，太暗，太冷，太热……我先别管明年的事吧。

媳妇不会在中国久住，除非……除非……她们各自找到与美国相应报酬的职业，我也不必想得那么多。

二哥，我终于有个人儿听我七说八说，说文学，也唠叨家务事了，希望没扰你清兴。趁我还没来，抓紧把专栏等别的文章写好，外插花的先压一压。再嘱咐千句万句，别太累，写东西不要一气呵成。要多次站起来抬抬头，呼吸呼吸，天冷了，也要开窗更换新鲜空气。

吻你。

小妹

1993 年 10 月 25 日

冯亦代 ▶ 黄宗英（1993 年 10 月 26 日）

小妹娘子：

昨天没有收到你的信。我却迎来了巨大的喜悦。午梦方做，电话铃大响，赶忙跳下床来，是娘子的好消息，这比给我二百封缠绵的书信还要宝贵，真是喜上眉梢。世上还有再称心的事吗？苦苦地相互熬了一个长夏，而现在三仙女要上"七重天"了。我高兴，我叫喊（只是发自心底），我笑逐颜开，好像猎犬上路，觅到了一宗宝物。小妹啊，感谢你，因为你给我的，是做梦也不敢想望的。我竟以为自己在一个美妙的梦里生活，而现在梦里的真实，居然是可以到手了，我的幸福感又深了一层。感谢你，我挚爱的小妹，我的三娘子。下午来了一位年轻人，问我黄妈妈什么时候来，我说"就来、就来"，因为他是中央电视台的一个主持人，怕他宣扬，但等到下月六号你来，我一定首先告诉他这个好音。今天该打电话给宗江和若珊了，他们也一定高兴。北京日益寒冷，我希望你来时，这里已有暖气，你上飞机衣服多穿些。

昨天我已在校阅我译的《人到八十》了，漏了半句，连忙补上，昨天只有 check 半篇，今天接着校下半篇。你在忙乱中还写出如此漂亮的文章，给我一个推动。下午来的那位主持人也是一位神童，是专门研究英国作家 D.H. 劳伦斯的。送来一本他出版的译 D.H 的小说，一本散文，还有一本他自己写的小说。这是我喜欢的小朋友。他叫毕冰宾，原来在中国青年出版社当编辑，管译文的，后来这一部门取消，他调总编室当科长，他不愿做官便跳槽到中央电视台去了，这是个有希望的青年人。我现只有几种朋友，一种是老年人，都是有过一番作为的，如范用；一种是年轻人，如朱世达、毕冰宾等一批编辑记者，男的女的都有。他们是给我送养料来的。

明后天我就去机关办理结婚证明，因为这几天那个管人事的同志进医院手术去了。她以前是我办公室里的秘书。今明我还要和女儿、儿子谈如何欢迎你和举行家宴的安排，儿子刚出差回来。

鼎山来信劝我们到香山去度蜜月，我看如果可以得到便宜的住宿，我们便去，好吗？我现在又向一批常打电话来的人告诉他们上午不再接电话了，大概不久会传遍友人的，这样可以保持我们午前的安静。逐渐养成他们的习惯，其实还是养成我自己的习惯。我一紧便成了，如果放松就网开一面。还在自己，这是我的觉悟。笔写干了，换一支新笔芯。

你知道我给你写信，已经写干了多少支圆珠笔芯了？但比之你还差得远，一支笔芯大概可以写一万字。我要用爱抚和吻来补偿你。小妹呀！我真高兴，高兴你要来了。这是我生命之最，也是生命之新，我怎样感谢你呢？年轻时席间有人给我算命，算到44岁停下来叹口气，说要遭口舌之祸，但过后又将干支一搭配，说你的命奇了，你还有几十年老运。我也姑且听之，50年代应了44岁之后，现在则是老运了。哈哈，命运之神给我开玩笑，但我还是谢谢它。吻你，过12天便不会在纸上谈兵了，那是实实在在的，我欢迎这个实实在在。深深地吻你。

二哥

1993 年 10 月 26 日 6:35a.m.

黄宗英 ▶ 冯亦代（1993 年 10 月 27 日）

二哥：

我此刻安安静静地坐在小屋书桌上给你写信了。除了书桌坐椅的后边橱柜箱笼杂物堆得较乱之外，书桌一角还是挺宁适的。桌上青瓷瓶中还插着菊花。

我很喜欢鼎山的小文，文虽短，写出半个世纪的缘分，并真的仿佛这段姻缘是理所当然的。昨天在橘送小江侄女走后，我像在舞台上抢场般把自己和 Jenny 搬到饭厅，收拾了小书房（Jenny 下午放学回家，很高兴地在这 cozy 的小屋里做完功课），整理了几只抽屉。儿媳丽丽带来的床裙和带花边的大被很漂亮，还有一对枕头，我坚持更换上去让小孙孙 Terrance 和他妈妈先睡，说这是吉利的。只昨晚，我嘱咐丽丽别锁门。我说，我怕忘记 Jenny 的什么东西，如清早我进来取，让她别出声招呼我，免得吵醒了孩子。至今，只 Jenny 发现一个漂亮 notebook（无内容）找不着，我的上书法的纸夹不见了（今天下午上书法课，好在就这最后一堂课了），其他尚未发生大混乱，我的药已排列在饭厅的窗台上。

二哥，家里人来客往，我也只跟你唠叨烦，跟客人从来是喜眉笑目的。人家也许一辈子来不了我家几趟，对来的每个人说，还也许是一辈子一趟哩。媳妇 11 月中就回美国，阿佐晚些时候也就回美国工作了。这媳妇非常好，阿佐家若多半间屋，我可能也就不回中国来了。有时我星期日到她家（我有她家钥匙），看她锅空灶冷，患着感冒还拖着孩子睡在床上，我就为她烧上粥。到超级市场买了菜回来，煸出一罐鲜蘑菇，备她娘俩随时浇面吃……对人母之道、人祖母之道我还是很愿意尽的。

7:40a.m.，服侍送走了 Jenny，我吃了稀饭（清早已吃过一角辫子面包），就把自己关在小屋里，关照张阿姨有电话有人来都说我不在家。这小屋是从厨房里走下几级台阶靠左边进门的，很谨慎，窝过"要犯"，没关系，如此整幢房子里的事都与我没关系了，除非我自己愿意去轧闹猛。

其实我还真是乱中挤时间看了你寄来的那本英文短篇小说的大部分，看不懂就跳，看得懂而描写太细微的，我就跳看结果。例如，四个人一只小船在大海波涛中，因为我还远远不到欣赏词句的份，我看他们上岸了就行了。

今天我要给大哥写信，关于阿丹遗言，但上午先看那掌故文章。

二哥，纸上暂别，我工作了。8:30a.m.

符家钦那篇写刘尊棋的也写得很好。

你到底配不配合我那篇《西藏山川植被》呢？徐凤翔改稿已寄回（没怎么改），我再等等你。

放邮票的小塑料袋和装几百元的信封不知被我放哪儿了，没关系，会出来的。案头还有 4 张 5 角猴票，也许你命该又看到几张我翻抽屉发现的自己的照片。邮票和钱都不会丢。只是不知被我好好儿地放哪儿了。我先不找它们。啊！找到了！！！但允诺给照片还是给吧，怕寄丢了呢！六张分两次吧，或三次。

正想投入工作，张阿姨要出去，先封此函发出，忙了，会没人发信。

吻

小妹

1993 年 10 月 27 日

冯亦代 ▶ 黄宗英（1993 年 10 月 28 日）

昨天上午收到你 10/24 的信（#216）很高兴，但也有一些不满足。因为只有一张，而且是在乱哄哄中写的。应该是满意了，可是人心不足蛇吞象，古有名言；我就是那条心不足的蛇，这是逗你一笑的笑话。今天我是否能收到你两封信呢？看看你的字迹也是好的，聊慰相思。

整天都在抄稿子，预备今天去复印。我对于这篇译文很满意，就是叫人八十也要有为的，正合我们的心情。没有人给我核对，只能偏劳朱世达了。《群言》杂志要一篇关于我学术成就的文章，编辑部也要我指定一个人写，我定了朱世达，他们已同意并向朱征求意见，朱已同意。其实我至今做的只是文化交流的事情，不过少人注意而已，有人写写也好，表示我不是单靠翻译写文章吃饭的。当年茅盾先生很鼓励我写"西书拾锦"一类工作的，所以虽知道至今知这项工作重要的人很少，简直是凤毛麟角，我也乐此不倦。知道这一点的，只有美国的木令耆，她最近在美国写了文章，特别指出我是做交流工作的。

你要来"七重天"了，但我对你的生活习惯，如早饭吃什么，菜肴喜欢什么，家里要准备什么，都不明确地知道。只知道你吃东西已经非常南方化了，如此等等。请你比较详细地告我，以便有个心理准备。不要觉得不好意思，这是对共同生活很重要的。我们都已七老八十了，一时生活上的巨变，会觉不习惯的，所以你不要小看。因为我没有搬家，而你是整个到一块新地方去。"七重天"是谈情说爱缱绻旖旎的地方，也不能不吃人间烟火食呀！

关于通俗文学我大概少写一句，我根本不认为诲盗诲淫的东西是文学作品，《啼笑因缘》是通俗文学，诲淫诲盗的只有感官的刺激，也是只对年轻人的，除去这些东西，通俗文学是可以升格的。如《随风而逝》，亦即《飘》，三十年前文学史上只提个名字，而现在则成为研究对象了。

我们该共同将读书及写作生活规划一下，以前写的只是愿望，而现在是真刀真枪干了，每月要检查了。当然我们也要照你说的，不把弓弦拉得太紧。你说对吗？我们要学李易安，写出一部《金石录》出来，而且不止是个序言。那本朋友谈美国的书已寄来，也有谈中国的文章，所以他叫《美国随想及其他》，如果值得写 Review，我想就只写谈美国的部分，"其他"就一笔带过，等读完了再看是否能匹配你写的西藏那本书的文章。不强求，能匹配更好。你似乎对写这类文章也感兴趣了。

《听风楼读书记》共 500 多页，售价 14 元多，已经可以付印了，这是朋友们送我们的结婚礼物。我想多买几本（100 册），以便送人，你说够吗？这 100 册是要付钱的，照书价八折，另外则可拿 20本样书，这是我这几年的心血。如果明年出了双人集，那是我们的结婚纪念。

拉杂写来，又到了三张为度，其实要说的话有的是，但一时又不能全记写下来，歉然。吻你，我的三仙女。

二哥

1993 年 10 月 28 日 6:12a.m.

黄宗英 ▶ 冯亦代（1993 年 10 月 28 日）

二哥：

起来晚了，梳洗毕，此刻已 6:30a.m.。

昨天上午 10 点钟，又被朋友侵犯掳走去政协餐厅吃早中饭聊天，女友阿陶是民盟的，也邀来政协搞民盟刊物的老叶，还有老摄影师吴慰之（阿丹好友）的孙子（在法院工作的），聊阿陶家灶间打官司事，也谈到老年婚姻。哈哈，因为上海民盟早就知道我将是盟里的新娘子。老叶说是佳话。

出得政协，我打的奔去老年大学上课，坚决不听阿陶让我请假的劝告，把她送到她要去的地点。课上得不错，待我回家已近四时，也就没我自己的时间了。切了两三斤嫩姜（腌来吃），就陪 Jenny 做功课了。媳妇丽丽在忙着给 Jenny 裁缝 Halloween 的鬼斗篷，橘橘在缝尖顶小帽……一天很快过去。

再坐下时已是 8:45p.m.，忙得我脸胖手脚肿，说不清楚。你一定很能理解我为什么呼唤宁静、呐喊"上桌权"了吧？

南通一号派赵丹外甥来接上海去的人。

过了卅一号我就不再给你写信了，我得在一片混乱中去一一办妥我应该办的事，所以届时你就不必等待我的信了。我还得分点时间去医院看病取药，我得在乱中沉下心来，不然会病倒的。

二哥，昨天拆你信时阿陶在旁边哟哟哟哟，我说都是说的文章的事，可这封信此刻找来找去找不着，不会丢的。在小屋里只要我每次

· 425 ·

回信，都在左手边放着你的来信，以免漏了，忘记回答你什么问题，今天左边没你信，我很不习惯。

二哥，你一定也奇怪我为什么还要轧闹猛去上这对我来说可能是最后一堂书法课。二哥，我尊敬一切敬自我之业的人，痴人，傻瓜。

……2:00p.m.，刚才本想给你写我听课内容，但丽丽要去航空公司签 11 月 9 日返美机票，我想我还是应该陪她去，一路逛到金神父路。她签票的同时，我问了 11 月 6 日去北京东航机票，我没带居民证，可以明天买。买好就放心了。

如此，就没什么心思细说。

　　探骊得珠

　　握瑜怀玉

谢谢你对我文章的夸赞，我此刻再看一遍，然后美滋滋趁天晴了，上街为简妮买条厚黑长裤……但这篇文章我还没正式关照张青发哩！是不是叫我不用等你了？还是等你？没看明白，反正我不忙，胖儿子正呱呱落地了。

吻你。上街，发信。

小妹

1993 年 10 月 28 日

冯亦代 ▶ 黄宗英（1993 年 10 月 28—29 日）

娘子小妹：

上午收到你的信，你又睡不着了，除了文章改写之外，又嘀咕什么"登记"呢？这是保护我们的东西。除了出去旅行之外，还有可以避免你我二处邻居的指指戳戳，这有什么不好？为什么要嘀咕呢？否则我以后在上海你家还要遭人非议，使你难堪。何况这对于你我的儿辈也可交待。你有什么摆不平的事呢？你对我说了，我们共同解决。我当然要我

的小妹，但也要在法律上站得住脚，所以我也要那张结婚证，有了这张
法宝，怎么会使你反而有牵挂呢? 我可以答应你以后如有关于阿丹的事
情，你完全可以以阿丹夫人的名义出场，我决无二话。你来，我们可以
长谈，仔细谈。至于是否是 12 日去登记，到你来后再定，我并不坚持要
在 12 日。迟几天也无所谓，但这是对于我们有用的。还有个阿丹的财产
问题，我想你可以找个律师问问，否则就传给青、佐、劲、橘四个儿女吧
（做个公证）。以我们现在的收入，够用是不成问题的。当然我们不能像
大腕，但省吃俭用也够了，其实我们也不必省吃，因为足够我们吃的了。

以上是 10 月 28 日 5:35p.m. 写的

昨夜我也没有睡好，因为夜里刮了风，楼上总有一窗或门在晃
当当响，好容易睡着了，一觉醒来已是快六时了，连忙起来，因为此
时已无一丝睡意了。我想你，真想你没得商量了。我不知你近来睡眠
如何了，没有开眼等天亮吧? 你真使我牵挂。我不要你东想西想，心
里有什么事，就在信里对我说，还可打长途，我们共同解决，别苦了
你自己。我爱你要和你结婚就是要使你这辈子再不吃苦的，你已经苦
够了，应当快快活活地过此晚年。我虽然处境比你好，但二十年抬不
起头来，也苦够了。我们两个苦命人在一处，负负得正，便再没有苦
了。这以后的日子，是我们的锦绣前程。有人说老年人只想过去，不
向前展望，我完全没有这种心情。我的心还年轻，我还要在晚年这张
白纸上画上美丽的图案。是和你共同画的，只我一个人，也画不成。

今天下午我已和凤子约定去医院看夏公，我觉得他才寂寞呢。每
天只能在回忆中讨生活，胃又不大好。我今天去看看他对我们有什么
说的。他是我的一个远亲，现在我的上一辈只有他了。我不知宗江到
什么地方去，连打了三天电话都没有人接，又不知云游到什么地方去
了。吴欢写文章说他神龙见首不见尾，庶几乎哉! （去吃早饭了）和
他也可以谈谈你心里的嘀咕。可爱的小妹，不要把这些忧烦的事情闷
在心里，要有苦同吃，你和我一同担当。

你要我在这几日写例行的文章，我要休息两天之后再动笔，这几天只在收集材料，已经看准了两个题目，再考虑考虑。其实我没有眼前要交的稿子，昨天已将《人到八十》寄出，以后就是12月上半月要交的《西书拾锦》了。

把你心里嘀咕的话告诉我吧，相信我，我们来共同解决，千万不要再闷在心里了，就把那两张未寄的信再写一遍吧。你的揪心也是我的揪心，我永远和你站在一起。今天晚间是0度，白天是8度，上海一定寒流也到了，多多保重，不要使我牵挂。深深地吻你，吻你。

二哥

1993 年 10 月 29 日 7:33a.m.

黄宗英 ▶ 冯亦代（1993 年 10 月 29—30 日）

二哥：

罚你！！！为了那劳什子的登记，害我今天（29日）下午跑了小巷深处的居委会，哄了一顿吵吃糖，写了介绍信，从复兴中路1360号步行到复兴西路62号（没交通工具），原来人家星期五下午政治学习，我早忘了这么个办公制度。还好，出来个女同志，研究了，又请示了，说街道不必打图章，图章只对无业人员。二哥，你让我出这洋相干吗?！我又原路步行回家（下着雨），在面包房里为孙儿女们买了各色各样面包……想到你还要继续让我出洋相，我真……前世欠你！！！

二哥，我不到香山去度蜜月，多便宜我也不去。那里或是太热闹——与一切旅游点一样热闹得烦人，或是太凄凉……咱们打个"的"去植物园逛逛，都是平路，不用爬坡下山，咱们买两盆花木回家。我累了，我只愿在家里。7号是星期天，我不知你怎么安排，该热闹就热闹，来不及，就一般日子度过。如此我们将有长长的week days任我们孵窝或飞出窝，不好吗? 我不去香山，不去。二哥，不要逼我说出为什么一定不去香山好吗？难道你认为让我蜜月傻待在"七重天"是亏待了我吗？即使我小有不适应，今后还不要此生此世适应下去吗？难道我们两个待在"七重天"会闷得慌，到了陌生人包围着我们的地步就不闷得慌了吗？难道你一定要向世人炫耀我带新娘子去度蜜月了吗？二哥，你那三不，我只同意两不，至于不羡虚荣这一点，起码你总在想方设法炫耀你娶了天下第一新娘似的。

今天30日早上5:00a.m.起身，想把必办杂事列表出来，可一想到杂事就脑子出现黑洞，遂尔看了若干篇文稿。杂事总是要做的，不然到机场没带机票还了得。我今天早上先去华东医院看病取药，我的药以后可以由张阿姨两周一取，积累了装小铁匣寄去。我常用最简单的头疼药是去痛片，3分钱一片，但街上药房因无利润都不卖了。而我服其他散利痛之类效果没有去痛片好，我戒不掉吃头疼药，一疼不吃下去，要大痛到任何药也止不住的。

好啦，7:15a.m.了，我封信，吃早饭，准备赶早去医院，回来好收拾东西。

吻你。

小妹

1993 年 10 月 30 日

黄宗英 ▶ 冯亦代（1993 年 10 月 31 日）

二哥：

你也真是的，我只身走南闯北那么多年，难不成到"七重天"就把我难倒不成？！书生只知读书什么也甭管，只耐心候美娇娘从天而降好了。你不必操心我的早饭更操心不了。上海和北京的天气，管它什么寒流不寒流，你就是我的大暖炉。我不那么惧怕冷，上海普通人都冻惯了，只是担心你着凉。（因为你问得实，只告诉你早饭我不喝牛奶，不吃大荤，在上海一般吃泡饭）你喜欢我的《断章残句》我就放心了。我已经寄给《中国论坛》杂志。

昨天忙了一天（包括下午带孙儿们去动物园绕园一周，在长木板上看了老虎骑马，狗熊骑车……），没来得及复印文稿。今天是星期日，旁边复印店家可能不开门，再说吧。我担心今天若不寄出，一理起东西来，搁丢了。

张阿姨买菜回家了，我去吃早点了。

夏公身体还好吗？夏公生日之日，是二哥冯生跳墙之日（心）。

我去华东医院时碰到王辛南，向我道贺，说你是她学长，好好，看来沪江校友会你又"下了通告"，拿你没办法。

仿佛是明天就去南通了，我得收拾阳台上的半月前准备收拾而被诸位亲爱的来人扰得我未得收拾的阿丹的东西去了，否则他要发脾气了。

吻你。

小妹
1993 年 10 月 31 日

黄宗英 ▶ 冯亦代（1993 年 10 月 31 日）

二哥：

杂务繁忙，作家连笔也找不到了。

干吗老要详细地问我要吃什么呢？走方文人吃千家饭的，难道就咽不下我冯家饭了吗？这样吧，你让阿姨看看新小米、新玉米糁下来没有？早起我熬粥喝，玉米糁是一滚就得了，比吃泡饭营养。医生说我缺乏维生素 B，所以老发口腔溃疡，你大舅子家若火腿有多，让他见面时带一块来，我就不从上海带了。买包香菇，如此香菇火腿炖大白菜，北味儿就变南味了。我喜欢吃北方饭，炸酱面、饺子、馅饼、薄饼卷、炒绿豆芽肉丝……你只要不天天给我吃乌鸦肉炸酱面我就不至于像鲁迅小说中之嫦娥飞向广寒宫了。

你译了一篇自己很喜欢的《人到八十》也为自己祝了寿，可喜可贺，你说的文事都是叫我高兴的事。

写作规划每月要检查吧，吓煞我哉！过了蜜月再真格地真刀真枪吧。否则早早做了规划完不成要气馁的。蜜月里动笔成文都是捡来的，能捡则捡吧，捡得开心。

《听读》可以付印，大喜，买一百册。当然买一百册。也许……也许还不够呢！送送很快的，再说吧，先买一百册。

让你再变一次蛇吧。我吃午饭了。吻你。

注意我的邮票，第三只蜂是书蜂。

小妹

1993 年 10 月 31 日

黄宗英 ▶ 冯亦代（1993 年 11 月 4 日）

二哥：

虽然很疲倦了，我在厨房里摆开了收拾书箱的现场。少带衣服用具都可拿钱在北京买，少带了我的灵感源我会惶惶然，而且谁也帮不了我的忙。

寄上旧作《小木屋》复印件和 10 月 30 日中环报头版头条关于《小木屋》女主人公的特写，我当然知道此函到时，我已经在家里了。但我希望你对我有更多一点儿的理解，而且我想你应该有阿丹的纪念封，你是阿丹的好友。以前是，以后更是。

我把你的来信带回北京的家，和我的信放在一起了。让来鸿飞笺和它们的主人一样拥抱在一起了。我来不及数数，LOVE 难以数计也难以描述。

吻你。

小妹

1993 年 11 月 4 日

附录

活在纯爱中

李辉

　　在许多同辈人眼里，黄宗英是一个聪颖过人的才女。在我眼里，她则更是一个对知识永远充满好奇的人。初秋九月的上海，当我到医院里探望她时，她正在阅读。年过八十，自跌跤骨折后，她先是卧床半年，不能动弹；如今仍腿脚不便，镇日只能坐着。尽管如此，她每日仍在读书，在写日记。她告诉我，每天早上，她要听半个小时的英语教学广播。"我知道学不会了，我把它作为生活的一部分"，伤感中透出她的执着与坚毅。

　　黄宗英总是不断地把惊奇放在人们面前。她是影星，但把耀眼的明星吸引力看得很淡，反而更看重文学创作。从五十年代初她就以写作为主业了，从剧本、报告文学到散文……

　　如果细细读她与冯亦代的情书结集《纯爱》，就不难发现，正是她的聪颖、好学，孕育了两位老人美丽的黄昏恋。鸿雁传书，演绎出的是一场动人的、纯真而炽烈的爱情。记得1993年年初，热恋中的冯亦代拿出黄宗英的来信给我看，说："我要和她结婚了！"兴奋与得意，像是用蜂蜜浸泡了一生。

　　老人们的再婚曾有失败的先例，如徐迟。但黄宗英与冯亦代建立于纯爱基础上的黄昏恋，却以《纯爱》一书，留下了永远的佳话。他们在1993年秋天结婚，让我帮忙张罗了婚礼，那是北京文化界一次难得的聚会。我也是在那次婚礼上才认识了她。

冯亦代1996年脑血栓中风，一度失语，记忆也严重衰减。那天在病房，医生来检查，黄宗英问他哪年出生，他把"1913"错成"1951"，大家笑着说：你这么年轻。再问你哪年打成右派，他却脱口而出"1957"。让人惊讶，黄宗英感叹不已。从那时起，帮助冯亦代恢复说话和写字，是黄宗英的主要任务。"我演员出身，还不会教二哥发声？"七十几岁了，她执意搬到病房，用毛笔把拼音字母抄在大纸上，让冯亦代每天从最基本的发音开始练。她让我买来写字板和粗笔，让冯亦代练习写字，从笔画开始。"难我不倒"——她把用毛笔写得大大的四个字，挂在他面前。冯亦代坐在轮椅上，呆滞地看着大字，黄宗英扶着他的手，一笔一笔上下左右写着。写累了，又小孩一样开始咿呀学语。她"啊"一声，他也"啊"一声；她"呀"一声，他也"呀"一声。这一幕，让人感动也心酸。可惜我没带摄影机，不然该是多么珍贵的影像记录！

两个月后，冯亦代挺过了那一次大病，恢复了说话和写字。再过几个月，居然还写出了新的情书，写出了书评和散文。朋友们都说这是奇迹。但很少有人知道，这奇迹的身后，站着的是黄宗英。

2004年6月，黄宗英前往上海治病，我陪她到医院探望冯亦代。又一次发病的冯亦代，已经住院了一年多，多次报病危，又多次挺过，但生命显然已慢慢走向终点。冯亦代躺在病床上，眼睛瞪得很大，但已认不出来者何人。她似乎预感到这将是最后的见面。她紧紧握着他的手，默默地握着，好久，好久。

半年多之后，冯亦代于2005年2月元宵节那天告别人世。十一天后，黄宗英在上海的病房里，给远去的冯亦代又写了一封信，向二哥报告他们的情书即将结集出版的消息，写得凄婉而动人："亦代二哥亲爱的：你自2月22日永别了纷扰的尘世已经十一天，想来你已经完全清醒过来了。你是否依然眷顾着我是怎么生活着吗？今天是惊蛰，毫无意外地惊了我。我重新要求自己回到正常生活……亲爱的，我们将在印刷机、装订机、封包机里，在爱我们的读者群中、亲友们面前紧紧地拥抱在一起了。你高兴吗？吻你。愈加爱你的小妹。"

我把这封信起了个标题：写给天上的二哥。

她说，这是最后一次给他写信。

纯爱却没有成为过去，永远留在她的生活中。